KB148672

심상정

심상정 이상, 혹은 현실

초판 1쇄 펴낸 날 / 2010년 2월 20일

펴낸이 • 임형욱 | 지은이 • 심상정 외 | 편집주간 • 김경실 | 편집장 • 정성민 | 디자인 • 조현자 | 영업 • 이다윗
펴낸곳 • 행복한책읽기 | 주소 • 서울시 중구 필동3가 15 문화빌딩 403호
전화 • 02-2277-9216,7 | 팩스 • 02-2277-8283 | E-mail • happysf@naver.com
필름출력 • 버전업 | 인쇄 제본 • 동양인쇄주식회사 | 배본처 • 뱅크북
등록 • 2001년 2월 5일 제2-3258호 | ISBN 978-89-89571-63-6 03800 값 • 14,000원

ⓒ 2010 행복한책읽기
Printed in Korea

• 이 책의 텍스트에 대한 저작권은 해당 필자에게, 책 전체의 편집에 대한 저작권은 '행복한책읽기'에 있습니다.
  필자와 출판사 양쪽의 서면 동의 없이는 무단복제를 금합니다.

심상정 이상, 혹은 현실

행복한책읽기

『우리 시대의 인물읽기』를 펴내며

　무엇을 어떻게 변화시키는가의 중심에는 언제나 사람이 있다. 세상의 모든 일은 사람으로부터 비롯하여 사람으로 마무리된다. 문제는 사람이다. 우리가 우리 시대의 인물들에 대한 진지한 탐구를 해야 하겠다고 결심한 것은 이런 까닭이다. 우리 시대를 대표할 만한 인물읽기를 통해 우리 시대를 읽어보고자 하는 것이다.

　우리는 우리와 동시대를 살아가면서 함께 문제의식을 공유할 수 있는 인물들을 조명하려고 한다. 이 인물들은 문학, 정치, 영화, 미술 등 우리 사회의 다양한 방면에서 우리 시대의 문제에 대해 진지하게 고민하고 있는 대표적인 인물들 중에서 선택하고자 한다.

　우리가 조명하려고 하는 인물들은 우리 시대의 중심 또는 정점에 서 있는 인물들이 아니다. 오히려 중심이 아닌 주변 또는 전위나 후위에서, 묵묵히 그러나 가장 진지하고 열정적으로 자신의 작업을 통해 우리 시대에 대해 고민하고 있는 이들이다. 우리는 우리와 함께 시대를 껴안고 살아가려는 그들의 작업에 대해 생산적 비판과 함께 지극한 애정이 담긴 따뜻한 시선을 보내려고 한다. 우리가 중시하는 것은 의미의 완성이 아니라 그 과정이며, 과정의 진실을 향한 성실한 반응이고, 마침내 그 과정을 통과하여 더 나은 세계로 나아가려는 희망어린 몸짓이기 때문이다.

우리는 우리 시대의 인물에 대해 보다 따뜻하고 깊이 있게, 보다 가깝고 친근하게 접근하기 위해 여러 가지 다양한 시도를 하려고 한다. 인물읽기를 위해 직접 그 육성을 싣기도 하고, 가능한 한 밀착하여 내면을 들여다볼 수 있는 공간도 마련할 것이다. 동시에 우리 시대의 인물에 대한 이론적이고 다각적인 평가와 함께, 그의 작업에 대한 세밀한 기록작업도 놓치지 않을 것이다.

『우리 시대의 인물읽기』가 더욱 깊어지고 넓어져서, 다양한 방면의 다양한 인물군으로 모이고 묶여서, 마침내는 '우리 시대의 역사읽기'가 되기를 우리는 기대한다.

이러한 인물읽기를 통해 우리 시대의 문제들과 희망을 독자들과 함께 공유하게 되기를 진심으로 소망한다.

— 『우리 시대의 인물읽기』 기획위원회

『심상정』을 펴내며

우리시대 인물읽기 시리즈 네 번째 책으로『심상정, 이상 혹은 현실』을 펴낸다.

이 시리즈에 적합한 인물 선택은 늘 어렵다. 우리 시대의 주류가 아니면서도 세간의 주목을 받으며, 우리 시대의 흐름과 변화에 의미 있는 인물이어야 한다는 조건을 만족시키기란 쉽지 않기 때문이다. 심상정은 그런 의미에서 귀중한 인물이다. 그는 한 번도 우리 사회의 주류에 서 있진 않았지만, 역시 한 번도 역사의 흐름에서 비껴선 적이 없었던 인물이기 때문이다.

이제는 정치인으로 불리는 것이 어색하지 않은 심상정은 사실 노동운동가로 더 잘 알려진 인물이었다. 강한 결단력과 투지, 그리고 철저한 신념이 없으면 '운동가'라는 이름을 붙이기 어려운 노동계에서 그는 생의 전반기인 25년을 보냈다. 그때는 노동운동을 빼고는 우리의 역사를 논할 수 없는 투쟁의 시대였다. 심상정은 그 중심에서 한국전쟁 이후 최초의 동맹파업으로 일컬어지는 구로동맹파업을 주두했으며, 이후 민주금속연맹과 전국금속노조 등의 핵심 역할을 맡아 노동운동가로서 전위의 길을 걷는다. 이는 운동가로서도 흔치 않은 경력이지만 여성의 이력으로서는 더욱 그러하다.

일단 정치인 심상정은 적어도 한국 정치에 관심을 가진 많은 사람들에게 뚜렷한 인상을 남겼다. 국회의원으로서 그의 의정활동은 그 누구도 시비할 수 없을 만큼 훌륭한 것이었다. 개인의 정치적 소양과 탁월함이 없다면, 소수 좌파 정당의 국회의원이 그만큼 세간의 주목을 받기란 지극히 어려운 일이다. 특히 재경위 소속 국회의원으로서 경제 분야의 허점을 짚어내고 문제점을 고발하는, 치밀하고도 탄탄한 논증들은 노회한 관료들과 전문가들이 혀를 내두를 정도였다. 여당 혹은 다수당이라는 백그라운드 없이 홀로 이루어낸 정치인 심상정의 입지는 그래서 더욱 빛난다.

정치인 심상정의 재정립이자 진보정치의 새로운 틀인 진보신당은 아직 뚜렷한 위상을 정립하지 못하고 있다. 그러나 진보세력을 지지하고 성원하는 많은 이들의 눈은 심상정의 행보를 날카롭게 주목하고 있다. 그만큼 그에게 거는 기대와 염원이 크고 강한 것이다. 이제 심상정은 노동운동가 심상정, 정치인 심상정을 넘어 새로운 진보의 얼굴이 되었기 때문이다. 그리고 이 지점에서 심상정 '이상 혹은 현실'이라는 의제가 떠오른다.

심상정, 그는 우리 시대의 이상인가? 혹은 현실인가?

그는 이상을 품고 그 길을 가는 사람이었다. 그렇다고 그의 추구가 이상에만 머물렀는가 하면, 그렇지는 않다. 그는 현실을 이상적으로 바꾸기 위해 온몸으로 현장에 뛰어들었으며, 다시 그 이상을 실현하기 위한 장으로 정치를 선택했다. 그가 추구하는 바는 많은 부분에서 여전히 이상으로 남아 있지만 현실이 된 것들 역시 적지 않다. 그가 처음 이상을 품었을 시절에는 말 그대로 이상이자, 불온한 꿈이었던 것들·말이다. 이상을 품고 행동하는 사람만이 그것을 현실로 만들 수 있다. 따라서 심상정은 우리 시대가 추구해야 할 이상이자, 또한 우리 시대가 이루어야 할 현실이다. 이것이 우리가 그를 주목하는 이유이다.

그는 어떻게 우리 시대의 이상, 혹은 현실이 되었는가. 이 책은 그 과정을 추적해 나간다.

이 책은 크게 세 부분으로 이루어져 있다.

1부 〈인간 심상정을 만나다〉에서는 정치인이기에 앞서 한 사람의 자연인으로서 심상정에 대해 살펴볼 수 있게 했다.

임순례 영화감독과 가진 〈인터뷰〉에서는 오늘의 심상정이 있기까지 그를 이끌어온 정치적 신념의 바탕은 무엇인지, 현재와 미래에 대한 그의 비전은 어떠한지를 교육 · 여성 · 진보정치 · 가족 등 다양한 주제를 다루며 확인해 보았다.

〈가족이 본 심상정〉은 친언니 심상임의 증언을 통해 심상정의 보다 인간적인 면모를 담아냈다. 이와 맞물려 〈자전기록〉에는 심상정 자신의 인생에서 중요했던 순간들을 돌아보며 그려낸 자화상이 담겨 있다.

심리학자 김태형의 〈심리읽기〉는 심리분석을 할 수 있는 자료의 부족으로 완성하는 데 어려움이 많았으나, 심상정을 이해하는 데 꼭 필요한 자료여서 이 책에 들어갈 원고들까지 검토한 후에 분석을 마쳤다.

2부 〈정치인 심상정을 논하다〉에서는 정치인으로서 심상정을 '정치비평', '정책비평', '인물비평' 등 여러 각도에서 분석 · 평가해 보았다.

먼저, 이대근 경향신문 논설위원의 〈한국정치사에서 심상정의 길을 찾다〉에서는 한국정치사의 흐름 속에 진정한 진보정치란 무엇을 의미하는지 짚어보고, 심상정의 등장이 의미하는 것과 한국정치사에서 그의 위상 등을 살펴보았다.

〈시대의 요구, 그리고 심상정〉은 현재의 한국 정치 · 경제 상황이 직면한 난관을 종합적으로 분석하면서 이러한 상황을 타개할 수 있는 인물로 왜 심상정을 주목하는지를 정태인 교수의 냉철한 시각으로 풀어보았다.

'정치비평'의 마지막 꼭지는 한나라당 부설 여의도연구소 소장이었던 윤여준 한국지방발전연구원 이사장의 글을 준비했다. 심상정이 가진 여러 장점에도 불구하고 현실정치에서 그가 좀 더 큰 정치인으로 성장하기 위해 숙고해야 할 것들을 합리적 보수의 프레임에서 다루었다.

'정책비평'은 시골의사라는 필명으로 알려진 경제평론가 박경철이 심상정이 내놓은 주요 경제 정책들을 일별하고 평가하는 내용을 편지 형식의 글에 담았고, '공교육 강화'를 전면에 내세운 심상정의 교육 정책에 대해서는 교육평론가 이범의 글을 통해 집중적으로 살펴보았다.

'인물비평'에서는 인간적인 면에서나 정치적인 면에서나 자기만의 스타일을 가지고 대중들에게 보다 친숙하고 개성 있게 어필하라는 한겨레신문 김은형 기자의 재기발랄한 제안을 실었다.

3부 〈심상정과 걷다〉에서는 심상정과 관련된 여러 가지 읽을거리들을 마련했다.

에세이스트 김현진의 〈밀착 스케치〉는 쉴 새 없이 이어지는 심상정의 스케줄을 하루 동안 따라잡으며 '심상정 삶의 현장'을 중계했다.

〈심상정에 대한 단상〉에서는 심상정과 친분이 있거나 반대로 일면식도 없는 필자들을 통해 가까운 사람만 아는 심상정의 이면, 혹은 그에게 거는 기대 등을 담았다.

〈딴지일보 정치인 매뉴얼〉에서는 김용석 딴지일보 편집장이 '정치인 심상정'을 '좀 아는 척' 해야 할 때 요긴하게 사용할 수 있는 필수적인 정보들을 딴지일보 스타일로 재미있게 풀어 담았다.

〈심상정 투쟁기〉에서는 심상정의 노동운동 25년에서 빼놓을 수 없는 구로동맹파업과 관련하여 당시 대우어패럴에서 함께했던 동지들의 증언을 통해 노동운동가 심상정의 모습을 엿볼 수 있는 기회를 마련했다.

〈순정만화 심상정〉은 심상정하면 떠오르는 엄격함, 강인함 등의 이미지에 가려진 심상정의 또 다른 모습을 위트 있게 그렸고, 〈시시콜콜, 심상정에게 묻다〉는 심상정에 관해 네티즌들이 가지고 있는 궁금증을 심상정이 풀어주는 단문단답으로 엮어보았다.

마지막으로, 지난 2009년 6월 국회에서 열린 '교육혁명 토론회' 에서 심상정이 발제한 주제문과, 심상정 연구자료를 부록으로 묶어 놓았다.

심상정을 따라잡기가 생각만큼 쉽지는 않았다. 정치인 심상정에 대한 신뢰는 깊지만, 심상정에 대해 유의미한 이야기를 할 수 있는 사람은 의외로 많지 않았기 때문이다. 그것은 아마도 심상정 개인에 국한된 문제라기보다는 비주류의 한계, 우리 사회 진보의 한계가 아닌가 생각된다.

심상정은 여전히 진행형이다. 이 책이 출간되는 시점에도 그를 둘러싼 정치적 지형은 한 치 앞도 가늠할 수 없을 만큼 혼란스럽다. 진보세력이 부딪혀야 할 벽, 넘어야 할 산은 여전히 높다. 그러나 심상정의 도전은 멈추지 않을 것이다. 심상정의 도전과 그 결과는 곧, 우리가 피부로 느낄 수 있는 진보의 현실을 평가하는 가늠자이자 전향(前向)적으로 극복해 나가야 할 출발점이 될 것이다.

그렇게 말할 수 있는 이유에 대해서는 인간 심상정, 노동운동가 심상정, 그리고 진보정치인 심상정을 조명한 이 책이 대답해 줄 것이다.

— 정성민 (행복한책읽기 편집장)

차 례

인간 심상정을 만나다

정치인 심상정을 논하다

심상정과 걷다

인간 심상정을 만나다

심상정에 대해 알고 싶은 몇 가지 것들

— 임순례 (영화감독)

배석 : 김경실, 정성민, 기선
사진 : 정소진
기록 : 김현진
일시 : 2009년 11월 17일
장소 : 〈한잔의 룰루랄라〉

인터뷰는 2009년 11월 17일 화요일, 오후 2시부터 5시 30분까지 홍대 부근의 한 카페에서 진행되었다. 심상정 전 대표와는 전부터 잘 알고 있던 사이인지라 의례적인 인사나 소개 등은 필요치 않았다. 만나자마자 근황에 대한 이야기를 나누다 보니 특별한 오프닝 멘트랄 것도 없이 어느 결에 인터뷰가 시작되었고, 그 덕분에 첫 질문은 계획과 달리 '챙겨 보는 드라마가 있는지, 어떤 영화를 좋아하는지'가 되었다.(인터뷰는 편안한 상태에서 격의 없이 진행되었고, 함께 자리한 김경실 행복한책읽기 주간과 만화작가 기선 씨도 간간이 질문을 던졌다.)

심상정 : 시간이 없어서 잘 못 보는 거지, 영화 좋아해요. 특히 멜로 영화가 좋아요. 본격 멜로라고 보기는 어렵지만 〈시네마천국〉 같은 영화도 좋고, 〈인생은 아름다워〉도 좋고. 예전엔 TV 드라마도 챙겨

봤어요. 마지막으로 본 게 김순임을 모델로 한 드라마인데 〈서울 1945〉라고. 그 드라마는 시간 맞춰 가면서 정말 열심히 봤어요. 내용도 좋았고 음악도 좋았고. 폭력이나 살상, 복수 다루는 영화는 잘 못 봐요. 박찬욱 감독 영화 보기 어렵죠. 어휴, 무서워서……. 〈박쥐〉까지 보긴 다 봤는데, 박찬욱 감독 영화는 간 떨려서 별로 안 좋아해.(웃음) 사실 정치적으로 보면 이렇게 말하면 안 되는데……. 요즘은 새벽 한 시까지 하는 중국 사극이 아주 재미있어요. 무협 영화처럼 막 날아다니는 그런 게 아니고, 완전히 정통 사극이요. 우리나라 사극은 궁중 암투 중심에 권력 잡은 사람들 얘기만 나와서 나는 별로예요. 〈선덕여왕〉은 내가 늦게 들어가니까 볼 시간도 없고, 계속 안 보니까 미실의 표정 연기 말고는 재미도 없고. 거기에 비하면 중국 사극은 스케일도 크고 인간에 대한 이해가 깊이가 있는 것 같아요.

임순례 : 며칠 전에 수능이 있었잖아요. 저도 이번에 수능시험 본 조카가 있는데, 고액 과외 받으면서 재수까지 했는데도 성적이 안 좋아 오빠 부부의 심기가 아주 안 좋아요.(웃음) 교육문제에 관심이 많은 것으로 알고 있는데, 지난 18대 총선이 끝난 후에도 집중적이고 지속적인 관심을 가질 줄 몰랐어요. 지난 5월, 6월에 핀란드에 다녀온 것도 이와 관련된 일로 알고 있는데, 교육문제에 집중하게 된 특별한 이유가 있나요?

심상정 : 사람들을 만나서 맥주 한잔 하다 보면 이구동성으로 교육문제에 특단의 대책이 필요하다고 말해요. 그러면서 '달리 방법이 없으면 이민이나 가버릴까' 라는 이야기가 바로 뒤따라 나오곤 하죠. 요즘 우리나라에서 계층을 초월해서 만나서 3분 만에 합의 볼 수 있는

주제가 바로 교육문제예요. 아이들 교육문제는 우리 국민들의 희로애락의 한복판에 자리하고 있어요. 제가 정치를 하면서 더욱 확고하게 든 생각은 우리 사회를 좋은 방향으로 이끌어가기 위해서 제일 먼저 교육부터 바꾸어야 한다는 거예요. 지방 정치든 중앙 정치든 국민들이 가장 절실하게 생각하는 과제를 우선순위로 해결해야 한다고 봐요. 지금 이명박 정부가 들어선 뒤 교육과 언론에 집중적인 공세를 퍼붓고 있는데, 그만큼 교육과 언론이 중요한 권력기반이라는 거 아니겠어요? 그런데 지난 시기의 진보정치를 성찰해보면 우리는 교육문제를 전교조와 연대하는 차원 또는 하나의 부문적 과제 정도로만 취급했었죠. 그만큼 진보정치가 전략적 사고가 부족했다는 점을 보여주는 것은 아닌가 하는 문제의식이 들더라고요. 그런 점에서 우리 국민들의 가슴을 숯더미로 만들고 있는 교육문제에 대해서 진보정치야말로 분명한 비전과 해법을 제시해야 한다고 생각했어요. 교육개혁은 노동시장을 포함한 포괄적인 사회개혁 과제와 함께 추진되어야 하지만, 교육개혁에 대한 국민들의 공감은 광범한 사회개혁의 필요성을 확산시키는 데 중요한 입구라고 볼 수 있죠. 가장 까다롭고 어려운 과제이면서도 해보고 싶은 일이에요.

그리고 개인적으로도 학생 시절부터 교육자가 되고 싶었어요. 그래서 사범대에 진학하기는 했는데, 특별한 이유가 있어서라기보다는 교육자로 사는 게 제일 보람 있지 않을까 생각했었어요.

임순례 : 핀란드에 다녀와서 경향신문과 한 인터뷰 기사를 봤어요. 핀란드가 교육혁명을 성공적으로 진행할 수 있었던 건 전 국민의 동의가 있었고, 정당 간의 합의도 이루어졌기 때문이라고 보는데, 한국은 정권이나 장관이 바뀔 때마다 매번 교육개혁을 외치며 정책을 바꾸었지만 한 번도 성공한 적이 없잖아요. 한국의 교육현실이 심

각하다고 생각하고 교육개혁에 찬성하는 사람들도 많지만, 교육 주체 간의 이견, 정당 간의 이해관계, 학벌 위주의 사회의식 등 여러 가지 난맥으로 얽혀 있어 해법을 찾기가 정말 쉽지 않을 것 같아요. 현실적인 해법이 있다고 보는지요?

이명박 정권은 왜 교육문제를 민감하게 느끼는가

심상정 : 먼저 살펴봐야 할 건 기존의 교육이 계속 지속될 수 있는가예요. 그런 면에서 지금까지 이어져 온 극단적인 경쟁교육 체제, 주입식 암기교육 방식은 더 이상 지속 가능하지 않은 한계점에 다다랐다고 봐요. 묻지마식 대학가기 경쟁에서 아이들의 개성과 잠재력은 묵살되고 30조에 육박하는 사교육비에 부모들의 허리가 휘고, 사교육에 밀린 교사들은 자존감을 훼손당하고 있죠. 현재의 극단적인 서열화 경쟁교육은 아이들과 부모 그리고 교사 등 교육 주체 모두

를 불행하게 하고 있어요. 또 입시에 초점을 맞춘 기존의 주입식 암기 교육은 지식정보화 시대에 필요한 인재를 뒷받침하기도 어렵죠. 하루에도 엄청난 정보와 지식이 쏟아지는데 머릿속에 지식을 좀 더 주입하여 외우는 것으로는 게임이 안 되지 않겠어요? 지금 이 시대에 필요한 능력은 쏟아지는 정보와 지식을 관리하고 분류화고 응용할 수 있는 사고력, 창의력이지요. 이명박 정권이나 기업에서 입만 열면 구호처럼 외치는 '경쟁력'이라는 측면에서도 기존 교육 방식은 시스템적 문제가 있어요.

그리고 수십 년 경쟁과 효율의 가치가 지배해온 결과로 형성된 최대의 사회문제가 바로 저출산 문제인데요. 지금 우리 출산율이 세계 최저인데 이 출산율이 지속되면 100년 후에는 인구가 절반으로 줄고 300년 후에는 지구상에 한국인이 한 사람도 없어진다는 거예요. 그런데 왜 아이를 안 낳습니까? 한 5~6년 전 어떤 보수신문에서 요즘 여자들이 몸매 관리한다고 애를 안 낳는다는 망발을 했었는데, 지금은 적어도 그런 얘기하는 사람들은 없어졌어요. 우리나라에서 애 둘을 낳아서 남부럽지 않게 사교육을 시켜 동시에 대학을 보내는 일은 중상위 계층 이상만 가능하죠. 아이들 교육시킬 능력이 안 되니까 안 낳는 거예요. 그러니까 현재의 교육 시스템은 단순히 교육문제에 국한된 일이 아니라 우리 공동체를 해체시키는 주요 원인이 되는 데까지 온 거죠. 공동체를 해체하는 단계에 들어섰다는 것은 기존의 경쟁 논리 체제, 주입식 암기교육 시스템이 더 이상 지속 불가능하다는 걸 의미해요.

지난 5월에 북유럽을 다녀왔는데, 북유럽의 복지모델이 바로 저출산문제 해결을 위해 온 사회가 머리를 맞댄 결과더라고요. 북유럽이 보육복지, 교육복지가 완벽하잖아요. 평생교육을 사회가 책임지니간 북유럽이 출산율이 가장 높은 상태가 됐죠. 그런데 우리 정치권은 망국적인 출산율을 외면하고 있어요. 왜일까요? 이 문제를 정면으로 마주하면 성장주의 기조의 보수정치 시대는 끝내야 하니까 조기입학 같은 언발의 오줌누기식 대책만 발표하는 거예요. 면피용으로.

교육문제도 그래요. 현재 우리나라에서 이러한 교육문제의 심각성을 가장 잘 아는 사람들은 바로 이명박 정부의 교육 담당자들이라고 봐요. 가진 게 많은 사람이 자신의 권력과 재산을 위협하는 것에 대해 민감한 반응을 보이는 것과 마찬가지 원리예요. 교육문제를 그대로 방치하면 매우 위험할 수 있겠다고 판단하니까 자기들 주도하에 리모델링을 시도하는 쪽으로 이어가고 있는 거죠. 입학사정관제 등 미국식 모델을 참고하는 것 같아요. 그에 비해 야권 쪽에서는 단편적인 제도 개선 방안으로 대응하고 있어요. 근원적으로 한국 교육이 어디로 가야 하는가에 대한 고민이 부족한 거죠. 이러한 반성이 교육문제에 집중하게 만든 문제의식이에요. 국민들의 삶을 통째로 좌지우지할 정도로 영향력이 큰 교육문제만큼은 보다 근본적인 수준에서 국민적 논의가 시작되어야 해요. 큰 틀의 사회적 합의를 이끌어낼 필요가 있죠.

임순례 : 그 논의의 장을 만드는 데 힘쓰겠다는 의미인가요?

심상정 : 정치권에서 근본 대책을 마련하지 못하고 있으니 국민들은 도리 없이 개인적 해법에 골몰할 수밖에 없어요. 기를 쓰고 사교육을 시키든가 이민을 가든가 대안학교를 보내든가, 어쨌든 그 경쟁에서 이길 수 있는 정보를 구하는 데 많은 시간과 비용, 노력을 쏟아 붓고 있는 거죠. 너무 고통스러운 일이에요. 그래서 국민적 합의를 통해 사회적인 출구를 한번 만들어 보자는 생각이에요.

임순례 : 그러한 내용을 주제로 강연을 많이 하고 반응도 아주 좋다고 들었어요.

심상정 : 정치를 하면서 수많은 강연을 했는데, 대개는 예정된 장소에서 예정된 청중에게 발언을 했었거든요. 근데 아파트 단지에 플래카드 붙여 홍보한 게 전부인데, 강연을 듣겠다고 자발적으로 주민들이 호응한 것은 교육문제가 처음이에요. 교육문제에 대한 학부모의 관심은 무척 뜨거워요. 특히 현재의 교육 현실에 대한 답답함, 암담함, 때로는 억울함까지……. 이런 문제의 근원이 무엇인지에 대한 관심이 대단히 높고, 단편적인 해법이 아닌 근원적인 변화가 있어야 한다는 점을 절실하게 생각하고들 있어요. 아직 진보정치의 힘이 약하기 때문에 교육문제가 현실적으로 해결될 수 있겠느냐고 생각할 수도 있지만, 일단은 이렇게 전면적으로 문제제기를 하는 정치인을 보는 것만으로도 위로가 되고 고맙다고 하더라고요. 우리가 아직 큰 힘을 발휘하지 못하고 있는 건 사실이지만, 지난 경기도 교육감 선거에서 진보적인 교육감이 선출되고, 지역의 작은 교육권력이라도 우리가 잡았을 때 많은 변화를 일으킬 수 있다는 가능성을 국민들이 보았기 때문에 상당한 관심을 갖는 것 같아요.

　제가 2008년 고양시 덕양구에서 총선에 출마했을 때, 그때 서울은 뉴타운이 쟁점이었는데 덕양구는 교육문제가 쟁점이었어요. 저를 제외한 모든 후보가 특목고 유치공약을 내걸고 아파트단지에서 서명운동을 하기도 했죠. 제가 당 비상대표를 맡아 활동하느라 한참 뒤늦은 2월 20일경에나 선거활동을 시작했는데, 그때 선거참모들 가운데 교육공약은 빼고 가자고 한 사람도 있을 정도였어요. 하지만 저는 핀란드교육을 배우자고 하면서 '공교육 혁신'을 정면으

로 내걸었죠. 그리고 학부모들에게 호소했어요. 얼마 전 고양동에 외고가 생겼는데 그해 그 동네에서 거기간 아이가 한 명뿐인 거예요. 외고가 아니었으면 그 학교를 다녔을 대다수 아이들은 학교를 빼앗겼기 때문에 먼 데로 통학을 해야 하는데, 경기도가 서울 가는 교통은 잘 되어 있어도 관내는 엉망이거든요. 좌석버스밖에 없어서 차비만 하루에 5천 원씩 들고요. 화정동 쪽은 가뜩이나 학급당 학생수가 전국 최고 수준인데 다른 동네에서까지 몰려오니 문제가 더 심각해졌죠. 게다가 지난해에도 고양시민이 낸 세금을 그 외고에 20억이나 지원했단 말이에요. 공립 중고등학교는 연간 1억씩도 지원받기 힘든 상황이거든요. 그래서 제가 엄마들에게 호소했죠. 왜 특목고 외고만 명문고가 될 수 있느냐? 공립중고등학교도 예산지원 많이 하고 자사고처럼 자율권 줘서 좋은 선생님 모시고 학습방법도 개선하고 하면 얼마든지 좋은 학교를 만들 수 있다! 그랬더니 엄마들이 다 공감을 했죠.

그 과정에서 제가 느낀 건데, 특목고 유치해서 아파트값 올라가면 싫어할 사람이 누가 있겠어요. 그러나 그런 욕망을 가진 분들은 공교육 혁신해서 정말 사교육 걱정 없이 우리 아이들이 희망을 가졌으면 좋겠다는 열망은 없는가? 저는 있다고 봅니다. 다만 한나라당이 특목고 유치라는 열망을 계속 불러내고 실현가능성이 있으니까 표가 그리로 움직이는 것이고, 공교육 혁신이라는 보다 근원적 열망은 그걸 계속 불러내서 실현가능성을 만들어내는 정치 세력이 없기 때문에 눌려있는 것이라고 생각해요. 진보정치는 문제를 근원적으로 해결하자는 정당이니까 공교육이 혁신되었으면 좋겠다는 국민들의 열망을 받아 안고 실현시키기 위해 노력해야 한다고 봐요. 복잡하게 뒤엉킨 교육 현실의 난국을 혁신할 수 있다는 가능성만 보여줘도, 우리 국민들 모두 힘을 보태주실 거라고 생각해요.

임순례 : 이명박 정부가 교육문제에 대응하는 방식들, 예를 들어 일제고사 반대 교사 파면과 학교 서열화, 영어 몰입교육 등을 보면 현 정부가 교육문제 해결에 관심이 있다는 생각은 안 드는데…….

심상정 : 이명박 정부가 교육문제를 매우 중시하는데, 그건 교육을 혁신하겠다는 것이라기보다 위기관리 차원의 대응이라고 봐야죠. 막다른 골목까지 왔다는 문제의식, 이대로 두면 자칫 걷잡을 수 없는 상황으로 치달을지 모른다는 위기의식을 이명박 정부에서 더 민감하게 느낀다는 말이에요. 이명박 정부는 기존의 경쟁교육 체제를 유지하면서 기득권에 위협이 되는 요인을 줄이려는 방식으로 접근하려는 거예요. 지금 대학 정원이 약 60만 명인데 고졸자가 65만 명쯤이니까 누구든 돈만 있으면 대학에 다 갈 수 있는 상황인데, 이 난리가 벌어지는 것은 좋은 대학에 보내겠다는 거예요. 스카이나 소위 일류대 앞의 병목현상이 굉장히 심각한 상태인데, 우리가 제안하는 해법은 아예 도로를 넓히고 사통팔달 연결시켜 대형차든 소형차든 원하는 곳으로 갈 수 있게 하자는 거죠. 이명박 정부의 해법은 지금의 경쟁 체제를 유지하면서 그랜저 이상만 다니는 도로를 따로 놓겠다는 거예요. 그게 자사고(자립형사립고등학교) 정책이에요. 아예 국민을 두 부류로 나누어 경쟁이 약화된 듯 착시현상을 일으키려는 게 이명박식 해법의 핵심인 거죠.

'엄마병'에 걸렸던 아들 우균이

임순례 : 심 대표의 자녀 교육은 어떤가요? 아들을 중학교부터 대안학교에 보낸 것으로 압니다만.

심상정 : 아들 우균이를 이우학교에 보냈어요. 이우학교는 대안학교라기보다는 공교육 실험학교의 성격이 더 커요. 아이를 이우학교를 보내는 데 6개월 동안 부부싸움을 했어요. 나는 보내자고 하고 남편은 일반학교에 보내자고 하고…….

　내가 이우학교를 선택한 첫째 이유는, 80년대 사회 변화를 위해서 함께 활동했던 동지들이 '공교육이 이렇게 됐으면 좋겠다는 모델을 한번 만들어 보자'고 해서 시작한 학교였기 때문이에요. 공교육을 바꾸려면 새로운 모델에 대한 검증이 절대적으로 필요하죠. 발기인 모집할 때 함께 참여하자고 했지만 그땐 돈이 없어서 직접 참여하진 못했어요. 지금 경기도 혁신학교 모델과 관련해서도 이우학교 경험을 많이 참고하고 있는 것으로 알고 있어요.

　둘째로는 일반학교에 보내도 제가 여느 학부모처럼 아이를 뒷받침할 수가 없기 때문이었어요. 애가 어렸을 때는 일주일에 3일 이상 집을 비울 수밖에 없었고, 아이도 일주일에 한 번밖에 못 보니까 아이가 엄마병에 걸리고……. 애를 남의 집에 맡겨야 하는 상황이었는데, 그러다보니 아이가 내성적이고 굉장히 움츠러들고 자신감이 없고 그랬어요. 아이한테 미안하고, 아이가 말수가 적어지는 걸 보면 두렵기도 했죠. 그래서 입시에 초점을 맞추기보다, 아이가 부모의 뒷받침이 부족해도 학교라는 사회에서 자기 자신을 발견하고 스스로를 세워갈 수 있는 환경을 마련해주는 일이 절실했어요. 부모로서 가진 것도 없고 아이와 함께 하는 시간도 적으니, 절박한 마음으로 선택한 게 이우학교였죠. 이우학교는 학부모 면접을 보고 두 가지 약속을 해야 하는데, 하나는 일체의 사교육을 시키지 않겠다는 것, 또 하나는 좋은 명문대에 보내는 걸 목적으로 한다면 자신 없으니 다른 데로 가라는 거였죠. 그 두 조건이 우리에게는 아주 맞춤이었어요.

남편이 일반학교를 보내자고 한 이유는, 이우학교가 일반학교보다 등록금이 비쌌고 또 어쨌든 특별학교 아니냐는 거였어요. 이우학교가 정부 지원금을 전혀 못 받으니까 등록금이 비쌀 수밖에 없죠. 그 등록금만 가지고 교사 월급도 줘야 하니까. 그래서 귀족 학교라는 비난이 있었는데, 사실 사교육 시키는 것에 비하면 부담이 훨씬 적어요. 남편은 '일반 국민들이 이우학교를 다른 대안학교하고 구별해서 보겠느냐'며 어렵더라도 일반학교 보내는 게 어떠냐고 한 6개월을 논란을 벌이다 결론이 난 거예요. 무엇보다도 아이가 자기 주도적인 삶을 사는 데 자신감을 갖게 된 것을 보면, 정말 다행이라는 생각을 해요.

임순례 : 소극적이던 아이가 성격이 밝아지면서 적극적으로 변하고, 자기 개성도 발견하고, 그런 면에서 이우학교의 교육 결과를 긍정적으로 보는 건가요?

심상정 : 그렇죠. 전에는 뭐든 나서는 일은 일체 안 하려고 했어요. 아들을 친정어머니가 많이 길러 주셨는데, 부모님이 외국에 계신 오빠한테 가시면서 후배집에 아이를 맡기려고 평촌으로 이사를 했어요. 그때 평촌 아파트단지 안에 초등학교가 있는데, 아파트 들어갈 형편은 안 되고, 그 건너편에 아직 개발 안 된 동네의 조그만 연립주택 반지하에 집을 얻어 살았죠. 그때 우균이가 초등학교 2학년 때였는데 반장 선거에 나가겠다고 하는 걸 아빠가 말린 것 같았어요. 반장이 되면 엄마가 뒷받침을 많이 해야 할 텐데 그럴 형편이 안 되니 나서지 않는 게 좋다는 이야기였는데, 그때 부부싸움을 크게 했어요. 형편대로 도와주면 되지, 부모 사정으로 왜 아이의 뜻을 가로

막냐고 강력하게 문제제기를 했죠. 어쨌든 그 일이 아이에게 적지 않은 충격을 안겨 준 것 같아요. 그때 이후로 아무리 격려를 해줘도 일체 어디에도 나서려 하지 않고 스스로 포기하는 것 같았어요. 참 맘도 아프고 걱정도 되고 그랬죠.

근데 중 3때 졸업 작품을 발표한다고 해서 가봤는데, 우균이가 자기 친구들이랑 랩을 열세 곡씩이나 편곡해서 시디도 만들고 공연도 하더라고요. 무대 위에서 열정적으로 잘 하는 걸 보니까 너무 기뻤어요. 아이가 자신감도 회복하고 스스로를 찾고 있었구나, 새삼 고마웠죠. 그 공연을 준비하느라 6개월 동안이나 매일 집에서 문 닫아걸고 밤늦게까지 연습에 몰입했대요. 그래서 속으로 한편으로는, 내가 이렇게 바쁜 게 얼마나 다행이었나 생각했죠.(웃음) 여느 엄마처럼 집에 있었으면 그 꼴을 못 봐줬을지 모르잖아요.(웃음) 아이들이 자신이 선택한 것에 완전히 몰입하는 경험이 얼마나 중요한가 그때 많이 느꼈어요. 그렇게 해서 성과가 좋으면 자신감도 확 생기거든요.

김경실 : 그래도 대학 입시를 생각하면 좀 불안하고 초조하지는 않으세요?

심상정 : 무엇보다도 아이가 스스로에 대해 자신감을 갖게 된 것을 보면서, 엄마의 공백으로 인한 심리적 상처가 치유되고 있구나 하고 가슴을 쓸어내려요. 대학 가는 문제는 잘 모르겠어요. 내가 새벽 1시쯤 귀가할 때 엘리베이터를 타면, 우균이 또래 고등학생들이 도서관 갔다가 그때야 돌아오는 걸 봐요. 근데 집에 들어가면 우리 애는 쿨쿨 자고 있어요.(웃음) 아침에도 늦게까지 잘 주무시죠.(웃음) 다른 아이들은 분초 아껴가며 도서관에서 공부하는 시간에 우리 아들

은 잠자고 있는 걸 보면 분명 차이가 있지 않겠어요. 어떤 때는 저러다 대학갈 수 있겠나 솔직히 속으로 걱정되기도 하죠.

동년배 아이들을 보면 우리 애가 좀 불안해 보일 수도 있지만, 그건 대학을 가느냐 못 가느냐 그런 문제가 아니에요. 아들이 지금은 굉장히 행복한데 미래에도 그렇게 행복할 수 있겠냐는 그런 생각 때문이에요. 대학 보내는 이유가 일종의 안전판을 만들려는 건데 그런 면에서 보면 이우학교에 보내는 건 리스크가 있는 게 사실이에요. 하지만 그런 건 저도 감수할 생각이고, 아들에게도 그런 리스크를 충분히 알려주었어요.

경쟁은 자신 자신과 해야 하는 것

임순례 : 〈날아라 펭귄〉 공동체 상영 후에 우균이를 직접 본 적 있는데 밝고 개성이 강한 친구로 기억하고 있어요. 남들처럼 종이에 사인을 안 받고 티셔츠를 내밀더라고요. 그때는 아드님인지 모르고, 얘는 왜 옷을 버리나 싶었어요.(웃음) 앞에서 말한 학교 교육 말고 집에서는 아이와 어떻게 지내시나요?

심상정 : 저와 아이의 관계는 일반적인 엄마와 아이의 관계하고는 조금 차이가 있어요. 시쳇말로, 제가 엄마로서 해 주는 게 없기 때문에 아이에게 권위 있는 엄마가 되기 어렵죠. 일상적으로 만날 기회가 적으니까 대화가 빈곤한 면도 있고. 제가 늦게 들어오기 때문에 평소에 아이 자는 것만 보다가 어쩌다 깨어 있으면 아이 방에 들어가서, 저녁은 먹었냐, 몇 시에 왔냐, 요즘 어떠냐, 이런 걸 묻는데 아이가 대답을 잘 안 해요. 이 녀석이 엄마를 무시한다 싶었는데, 어느 날, 엄마는 만날 그렇게 상투적인 얘기밖에 할 게 없냐고 불만을 터

뜨리더라고요. 그때 긴장이 꽉 됐어요. 아이는 주로 친구 관계, 인간관계에서 어려움에 부딪힐 때면 저와 이야기할 필요를 느끼는 것 같아요. 공부 같은 거 말고. 고1 학년대표를 맡았는데 친구들과 조직운영상에서 생기는 문제들, 하고 싶은 것은 많은데 우선순위를 어떻게 두어야 하는지라든가, 그런 걸 함께 이야기하기를 원해요. 요새 연애 중이라 최고의 관심사는 다 그쪽에 몰려 있을 텐데, 거기에 관한 건 하나도 안 물어요.(웃음)

임순례 : 어렸을 때 부모님으로부터 배운 특별한 덕목이나 가르침이 있었나요?

심상정 : 우리 부모님은 아주 평범한 소시민이세요. 아버지께서 우리에게 늘 강조하신 이야기는 능력 이상의 것을 탐내지 말고 정직하게 살라는 거였어요. 친정어머니는 결혼할 때, '아이는 행동으로 가르쳐야 한다' 고 하셨어요. 그 말씀이 큰 교훈이 되었죠.

임순례 : 그럼 심 대표가 아이에게 제시하는 특별한 덕목이 있나요? 가장 강조하는 점이라든가.

심상정 : 무엇보다 자기 자신에게 정직해야 한다는 이야기를 해요. 스스로에 대해서 가장 잘 아는 사람은 자기 자신이니까. 내가 내 능력 이상의 평가에 욕심을 내는지, 마음에 없는 소리를 했는지, 정직하지 않은 면은 없는지, 그런 것들을 자신이 제일 잘 아니까 항상 자기 자신과 대면하고 스스로에게 정직한 삶을 살아라, 라고 말하죠.
　　지난번 핀란드에 가서 에리키 아호 전 핀란드 국가교육청장을 만나 이야기를 나누는데, 한국의 교육 현실에 대해 이야기하는 중

에 "왜 친구와 경쟁을 시키는가?"라는 아호 전 청장의 반문을 여러 차례 받았어요. "친구와는 서로 돕고 사이좋게 지내도록 가르쳐야지 왜 친구와 경쟁을 시키는가?" 참 중요한 얘기예요. 경쟁은 남하고 하는 것이 아니라 자기 스스로와 하는 것이다. 그 나라는 석차가 없고 절대평가를 하죠. 자신의 잠재력을 100퍼센트 발휘할 수 있도록 노력하고, 스스로 얼마나 성취했는가를 기준으로 평가해야 한다는 거예요. 나 역시 지금까지 살아오면서 스스로와의 싸움에 비중을 두고 살아왔다는 생각이 들어요. 남을 이기려는 삶은 항상 남을 의식해야 하니까 불안정하고 굉장히 불행할 수도 있다고 생각하기 때문에……. 아이에게도 그런 이야기를 많이 해요.

교육문제로 확대하면, 가장 시급하게 이루어져야 할 것이 상대평가를 없애는 일이에요. 등수 매기고 줄 세우는 것을 없애야 해요. 수월성 외에도 이게 중요한 이유는, 자기 주도적인 삶을 살면서 동시에 공동체의 일원으로서 시민의식을 기르는 데 큰 영향을 미치기 때문이에요. 상대평가는 내가 열심히 안 하더라도 앞설 수 있는 방법이 있어요. 남이 잘못하면 되니까. 그래서 아이들이 자기가 할 수 있는 만큼 열심히 했는가에 집중하기보다 남은 얼마나 하느냐에 관심을 가지며 자기 에너지를 낭비하고, 자기가 실수하면 다른 애도 실수했으면 좋겠다 생각하고, 누가 자기보다 잘하면 상대를 미워하거나 혹은 스스로를 비하하거나 그런 마음을 품을 수 있어요. 상대평가와 경쟁교육 체제에서 자라온 기성세대와 지금 학생들은 이런 감정들을 일상적으로 겪다보니 자연스러운 것처럼 생각하는데요. 서열화가 자신의 개성과 잠재력을 살리는 일을 방해하고 공동체 시민의식을 체계적으로 말살하고 있다는 점을 간과하면 삶이 불행해질 수 있어요. 그래서 아들에게도 자기 이유가 분명한 선택을 해야 스스로 책임질 수 있는 삶을 살 수 있다고 강조하죠. 그런 이야기를 하면 아이가 귀 기울여 잘 듣더라고요.

그날 일정을 알려주고 내 일을 이야기해 주는 게 태교였다

김경실 : 일반 직장인도 아니고 노동운동을 해야 하는 엄마로서 아이를
키우는 것이 무척 힘들었을 것 같아요.

심상정 : 부모로서의 역할을 어떻게 설정할지에 대한 고민과 갈등이 아
주 많았어요. 아이가 태어나기 전부터 고민했는데……. 저도 태교
를 많이 했어요. 뭐랄까, 엄마로서 부끄러운 이야기가 될지 모르겠
는데 아이한테 양해를 구하고 싶었다고나 할까?(웃음) 전노협 사무
실 오르내리면서 힘들 때마다 엄마가 지금 하려는 일이 무엇이고,
노동운동이 무엇이고, 왜 이런 일을 하는지도 설명하고, 다른 엄마
들처럼 많은 시간을 함께하기는 어려울 거라는……. 이런 이야기를
내내 했어요. 지금 생각하면 아이가 뱃속에서부터 스트레스를 많이
받았을 거 같아요.(웃음) 아주 어릴 때에도 함께 있는 시간을 넉넉
히 내지 못하니까 항상 아이에게 그 이유를 설명해 줬어요. 말을 제
대로 알아듣지도 못할 때인데, 월요일에는 엄마가 창원에 가서 아
저씨들 200명 앞에서 강연해야 하고, 화요일에는 회의가 있고, 수요
일에는 무슨 행사가 있고, 그래서 목요일에야 너를 만날 수 있
고……. 그러면 아이가 뚫어지게 쳐다보며 알아들으려고 노력하죠.
아이가 어려도 엄마와 함께하는 시간이 예측 가능해야 하고, 아이
와의 약속은 어떤 일이 있어도 반드시 지키려고 노력했어요. 엄마
가 나와 많은 시간을 함께 보내지 못하지만 무언가 세상에 꼭 필요
한 일을 하고 있다는 것을 인식하도록 하는 게 중요한 것 같았죠.
그래서 아이가 서너 살이었을 때부터 짧은 칼럼을 하나 쓰더라도

그걸 차근차근 읽어 주었고, 그러면 내용은 이해 못 하더라도 엄마가 뭔가 의미 있는 일을 하고 있다는 것을 알 수 있을 것이라는 생각에서였죠. 우균이가 다섯 살 때, 아이랑 떨어진 상태로 부산에서 1년 정도 근무한 적이 있는데…….

임순례 : 주말 부부 생활을 했던 때…….

심상정 : 예. 그땐 금요일 저녁에 일 마치면 아이 보러 서울에 갔다가 월요일 아침에 새벽 첫차 타고 부산에 가는 생활을 반복했어요. 언젠가는 토요일에 수련회가 잡혔어요. 그때 제 위로는 다 구속이 돼서 제가 다 감당을 해야 했거든요. 금요일 밤에 아이 보러 서울 왔다가, 토요일에 부산 내려가 수련회 갔다가, 다시 밤차 타고 서울 와서 아이랑 같이 놀다가, 월요일 아침에 새벽 첫차 타고 내려갔어요. 아이랑 함께 자다가 새벽에 살짝 일어나서 가는데 어느 날 숨죽여 울고 있는 거예요. 소리도 못 내고……. 그때 눈 오는 날이었는데 얼마나 서러웠는지……. 애기 눈물을 손으로 닦아주고 집을 나와서는 부산에 도착할 때까지 내내 울었던 기억이 나는데, 지금도 그 생각하니 눈물이 나네……. 지금 생각해 보면 그때 아이한테 어떻게 그리 모질게 했나 싶어요. 아이에게 엄마를 배려하도록 한 거잖아요. 그러니 아이가 참, 얼마나 심리적으로 어려웠을까.

아이를 키우면서 노동운동을 할 때의 어려움은 이루 말할 수 없어요. 어느 날은 사무실에서 아이한테 전화하니깐 털실을 준비물로 가져가야 한다는 거예요. 밤 10시가 넘어 가게는 다 닫았고 결국 그 밤중에 옷장을 뒤져 털옷을 풀어서 밤새 다림질을 해 놨어요. 그런데 모양이 이상하니깐 애가 안 가지고 갔더라고요.(웃음) 언젠가 경주에 출장 갔을 때인데 우균이가 다음 날 학교에 크리스마스트리를

가져가야 한다는 거예요. 강연 중간 식사시간에 경주 시내에서 구해 가지고 거기서부터 밤차로 실어 가져다 줬어요.

아이가 초등학교 5학년 때 일인데, 피아노 학원에 보낸 지 2년이 지나서야 처음으로 피아노 선생님에게 전화를 걸었어요. 한번 찾아뵙지도 못해 죄송하다고 하니까 선생님 말씀이, 엄마가 직장 다니는 아이들 여럿을 가르치고 있는데 우균이처럼 자기 엄마에 대해서 자부심을 갖고 있는 아이는 처음 봤다고 하시더라고요. 그 얘기를 들었을 때, 그나마 얼마나 위로가 되던지……. 어디 가서 여성 대상으로 강연을 하다 보면, 아니 무슨 여성운동 활동가도 아닌데 여성 문제에 대해 어쩌면 그렇게 절절하게 이야기를 하느냐는 소리를 듣는데, 저야말로 여성으로서 하드코스를 살아온 사람이죠. 돈이 받쳐 주는 것도 아니고, 노동운동은 험하고, 현상수배 위협에 시달리며 전국을 다녀야 하고……. 살아오면서 우리 여성들 특히 직장생활하는 여성들이 정말 얼마나 박빙의 인생을 살고 있는지 뼛속 깊이 느꼈어요. 아이들 보육 문제도 그렇고…….

임순례 : 같이 운동했던 사람들이 대부분 남성이었을 텐데 보육이라든

지 가사를 챙겨야 한다든지, 여성 활동가의 이런 어려움에 대해서 이해를 하던가요?

심상정 : 우리 사회는 여전히 남성 중심의 문화로 돌아가고 있어요. 살 아남으려면 여성들이 가부장제적 문화에 순응할 수밖에 없죠. '명 예 남성' 형 여성들이 생길 수밖에 없는 현실이에요. 그러나 이제 여 성들도 고학력자 시대에 접어들면서 바뀔 수밖에 없다고 봐요. 여 성들이 행복한 사회가 진정한 민주사회라는 걸 인식시켜 나가야 하 죠. 여성 친화적인 조합 활동이나 성 평등 전략에 대한 요구가 많은 데 매우 중요하게 다루어야 할 부분이라고 생각해요.

'서울대 출신' 이라는 프리미엄

임순례 : 정치인 대부분이 어떤 사안에 대해서 논평할 때 주로 네거티브 한 화술을 사용하는데 심 대표의 화술은 힘이 있으면서도 인신공격 의 차원이 아닌 본질적인 지적이라는 점이 인상적이에요. 어떤 원 칙이 있나요?

심상정 : 국회의원 활동할 때나 지금이나 어떤 말을 할 때는 설득력 있 는 근거가 있는지 확인을 해요. 근거가 없는 상태로 말하면 비판이 아닌 비방이 되고, 그러면 설득력을 잃게 되잖아요. 내가 확신하고 있는 것 이상으로 과장하거나 그 이하로 깎아내려서 성과를 얻으려 하는 것은 자존감이 상하는 일이에요. 비주류로 살더라도 내 중심 을 분명하게 쥐고 가는 것, 그게 제가 가진 자부심의 원천인 것 같 아요. 이것은 특히 요즘 같은 경쟁사회의 젊은이들에게 자유와 용 기와 함께 가장 필요한 덕목이 아닐까 싶기도 해요.

임순례 : 사범대 역사교육과였으니까 운동권에 투신 안 했으면 졸업해
서 역사 선생님이 되었을 텐데……. 그랬다면 당연히 전교조에 가
입했을 것이고, 위원장 되어서 해직당하고, 다시 국회의원이 되지
않았을까요?(웃음) 만약 선생님이 되었다면 인기 있는 역사 선생님
이 됐을 것 같아요.

심상정 : 학교 다녔을 때 덜 튀었으면 지금 전교조 선생님이었을지
도.(웃음) 내가 지금까지 오는 데는 비주류의 포지션, 비주류로서의
인식과 삶의 태도가 크게 영향을 미쳤어요. 그래서 주류에 있는 사
람보다 근본적인 문제에서부터 출발할 수 있었어요. 집에서는 막내
고, 여성이라는 점도 그렇고, 노동운동할 때도 남성이 95퍼센트 이
상인 남성 중심 업종에 있었고, 지금도 비주류 진보정당의 정치인
이고, 그런 점들이 크게 작용했어요. 교사를 했으면 아이들 기만큼
은 확실히 펴게 하는 그런 선생님이 되지 않았을까 싶어요. 저는 고
등학교 때 주로 학교 밖에서 활동을 많이 했어요. 고등학교 1학년
때 벌써 재수를 결심해서.(웃음) 서클 활동도 많이 하고, 고교야구
보러도 많이 다니고. 공부 열심히 해서 대학 가는 것보다 넓은 세상
이 있을 것 같다고 생각했었으니까요. 선생님이었다면 아이들에게
자기가 뭘 하고 싶은지 뭘 잘할 수 있는지, 그런 것을 찾아가는 데
용기와 힘을 주고 응원했을 거예요.

김경실 : 고등학교 1학년 때 재수를 결심했다는 건 자기 미래에 대해서
확실한 전망을 가지고 있었다는 이야기인가요? 예를 들어 일류대
학에 가야겠다든가 하는.

심상정 : 그런 건 아니에요. 고등학교 1학년 때 재수를 결심하게 된 건, 오빠 언니들이 다 재수 삼수를 해서 재수 정도는 뭐 대수롭지 않게 느껴졌던 거죠.(웃음) 다만 아버지가 좋은 대학에 대한 집착이 많으셨는데 형제들이 그 기대에 못 미치니까 제가 의무감을 가지게 되었다고 할까요. 나라도 할 수 있다면 부모님을 기쁘게 해드려야겠다 생각은 했던 것 같아요.

임순례 : 서울대 나오면 한 사람당 30억 원의 프리미엄을 가진다는 이야기가 있는데, 살면서 서울대 출신이라는 것이 프리미엄으로 작용하지는 않았나요? 언제 그런 걸 느꼈나요?

심상정 : 그런 점 많이 느꼈죠. 우선 입학하니까 온 가족이 기뻐서 환대했던 것도 그랬고.(웃음) 서울대 출신이라는 것은 한국 사회 어디를 가나 중요한 기득권으로 작용하는 게 사실이에요. 하지만 내 경우에는 오랜 세월 노동운동하면서 주로 언더그라운드에서 생활할 때는 프리미엄이라기보다는 오히려 핸디캡이 되었던 적이 많았어요. 노동운동할 때도 소위 인텔리에 대한 경계와 불신을 넘어서기 위해 많은 노력이 필요했지요. 제도권에 들어오니까 서울대 출신이라는

것만으로 알아주는 게 있기는 해요. 학교 재학 시에는 남녀공학이라는 환경이었지만 서울대도 마찬가지로 학생운동권이 남성 중심으로 돌아갔기 때문에 여학생들의 소외감이 컸던 기억도 나네요.

일상투쟁 끝에 얻은 부부생활의 지혜

임순례 : 서른넷에 결혼을 했으면 당시로서는 상당히 만혼인 셈인데요. 남성 위주로 돌아가는 운동판을 학교 때부터 경험해 왔는데, 독신으로 지낼 생각은 해본 적이 없었나요?

심상정 : 제가 늦게까지 결혼을 못하고 있으니 사람들이 저보고 독신주의냐고 묻고는 하기도 했는데, 결혼을 반드시 해야겠다, 혹은 하지 말고 독신으로 살아야겠다는 식의 생각을 해본 적은 없어요. 그냥 내 일과 소명에 충실하게 살아온 편이에요. 다만, 당시 운동권 선배들, 남성분들을 보면 굉장히 가부장적이고 권위적으로 느껴졌어요. 여성 동료들이나 후배들을 동지로서 보는 것이 아니라는 생각이 들었어요. 결혼한 친구들 보면 대체로 남편 뒷바라지를 할 수밖에 없는 상황에 놓이게 되니까, 결혼과 운동은 여성들에겐 양자택일적인 측면이 있어서 결혼에 대한 물음표를 달고 다녔어요. 그러다 결혼을 해야겠다고 마음먹게 된 건 전노협 시절이었죠. 조선소의 사십 대 아저씨들은 제가 미혼이라고 하니까 아무리 열심히 활동을 해도 그냥 아가씨로 보는 거예요. 결혼하기 전까지 운동하다 말겠지 하는 식으로만 보니까, 깊은 동지적 관계를 형성하기가 너무 어려웠죠. 그래서 그들처럼 평범한 삶 속에서 가족을 이루면서 제 뜻을 펴가고 싶었어요. 그러다 남편을 만나고 7년 만에 결혼했어요. 남편은 여러 모로 저를 잘 이해하고 있었어요. 운동하는 데 내가 자기보

다 더 잘할 수 있는 자질과 능력을 가졌다며 격려도 해줬고요.

임순례 : 한국 사회에서 남자들이 하기 힘든 생각일 텐데…….

심상정 : 모든 면에서 다 그렇다는 건 아니고,(웃음) 지금까지 저의 활동을 헌신적으로 지원해주고 있어요. 활동하면서 집도 많이 비우고, 살림도 잘 챙기지 못하는 부분을 남편이 많이 감수해왔고 지금은 아이 챙기는 일까지 도맡아 하고 있죠. 아직 우리 사회에서 아내 일을 뒷받침해 주고 돕는 남자가 긍정적으로 평가받기가 쉽지 않잖아요. 그런 면에서 아마 남편도 정신적인 고뇌 같은 게 많았을 거예요. 같은 면에서 저도 남편 몫까지 함께 더 열심히 해야 한다는 부담도 느끼고 있고요.

임순례 : 남편 되시는 분이 상당히 시대를 앞서간 분인 것 같아요. 요즘에 그런 남성들이 인기가 아주 높거든요.(웃음)

심상정 : 부담도 있었지만, 그래도 이 사람이면 내 뜻을 굽히지 않고 살수 있겠구나 하는 믿음이 생겨서 결혼하게 되었죠. 물론 애로사항도 무척 많았지만…….

기 선 : 혹시 부부싸움은 안 하셨나요?

심상정 : 어휴, 뭐 옛날에는 무척 많이 했죠.(웃음)

기 선 : 그럼, 누가 이겼어요?(웃음)

심상정 : (웃음) 부부싸움은 칼로 물 베기라고 하는데, 누가. 그러데요, 싸움 중에 제일 치사한 게 부부싸움이라고요. 두 사람이 인격적인 면에서 맨몸을 드러내는 거잖아요. 살아보면 머리로는 이해해도 실제 생활에서는 그 사람이 살아온 환경이 크게 지배하는 것 같아요. 남편은 귀하게 큰 아들이라서 살림을 해본 적이 없으니 처음에는 가사 분담 같은 걸로 많이 싸웠어요. 결혼 초기에 청소는 내가 하고 빨래는 남편이 하기로 했는데 세탁기를 돌려본 적이 없으니까 서툴 수밖에 없었죠. 색깔 있는 옷 함께 돌려서 물 빠지고, 다른 옷에 물 들고, 이것저것 세탁물 섞어 돌려서 먼지가 범벅이 돼도 그냥 감수하고 살았어요.(웃음) 처음에는 빨래를 널기만 하고 걷지를 않는 거예요. 그 다음에는 조금 발전해서 다 마른 빨래를 걷어서 개키는 단계까지는 갔는데, 자기 것만 갖다 놓고 내 건 그 자리에 그냥 놔두는 거야.(웃음) 일부러 그러는 게 아니라 어떻게 할지 몰라서.(웃음) 누구든 먼저 손을 대기 시작하면 그 게임에서 지는 거니까 버티는 거죠. 텔레비전에 허옇게 먼지가 쌓여 있는 게 보이는데도 그냥 보고만 있었고.(웃음) 지금은 나는 잘 못하고 남편은 전문가가 됐어요. 서로 잘 하려고 했다기보다 서로 그냥 감수하고 사는 것에 익숙해지는 방법으로 부부간의 갈등을 해결했다고나 할까. 사실 돈이 많은 것을 해결해 주는데 가난하니까……. 서로 한계를 잘 알고 있는 거죠. 여기까지는 감수하고, 여기를 넘어서면 안 되겠구나, 그런 걸 아니까 함께 조절하고 봉합하면서 살아 온 거죠. 아, 남편은 밖에서 이런 이야기 하는 거 별로 안 좋아하는데.(웃음)

누구의 삶이든 등가를 이룬다는 생각

임순례 : 그래도 지난번 선거할 때 남편분이 많이 돕지 않으셨나요?

심상정 : 그때 정말 놀랐어요. 남편이 일등공신이었죠. 주민들한테도 인기가 정말 '짱' 이었어요.(웃음) 나는 그때 비상 당 대표를 맡아서 선거운동을 못하고 있을 때고, 선거법상 배우자만 나서서 명함을 돌릴 수 있는 상황이었어요. 주민들은 남자 후보의 아내가 선거운동 하러 다니는 건 많이 봤지만, 여성 후보의 남편이 선거운동 하러 다니는 건 처음 본 거죠. 어디든 가는 데마다 남편 이야기가 나왔어요. 김현미 민주당 의원이 심상정 의원님 남편 덕분에 드디어 자기 남편도 나섰다고, 나한테 고맙다고 하더라고요.(웃음) 남편은 부족하면 부족한 대로 없으면 안 쓰고, 상대에게 많은 것을 주문하지 않고 사는 법에 익숙한 사람이에요. 세상에 공짜가 없듯이 부부관계도 마찬가지예요. 콩 심은 데 콩 나고 팥 심은 데 팥 난다는 말처럼, 서로 바라면 바라는 만큼 서로 얽어매고 갈등이 생기고 어려운 상황이 발생하니까. 우리는 서로 비우고 사는 지혜를 익혔죠. 많은 부분을 그런 삶의 철학이나 태도로 해결하고 있어요.

임순례 : 상대방에게 가장이나 주부로써 기대하는 부분을 줄이는 것도 그 안에 포함된 거 같은데, 그래도 부족한 부분이 있지 않나요?

심상정 : 어떠한 상황을 떼어놓고 보면 물론 부딪힐 때가 없을 수 없죠. 정치하려면 여러 가지 여건이 필요하고 돈도 많이 들어가는데 남편이 돈 좀 잘 벌어다 주면 좋겠다, 그런 생각을 하면 불만이 안 생길 수가 없는 거죠. 하지만 남편은 돈 버는 데 재주가 없는 사람이고 남에게 아쉬운 소리를 못하는 사람이에요. 도덕관념은 나보다도 더 엄격한 사람이고요. 아내가 평생 셔츠 한 번 제대로 다려준 적 없는데 불만을 말하기로 하자면 남편이 나보다 열 배 이상은 더 있지 않

겠어요?(웃음) 상대방으로부터 덕을 보겠다는 마음이 아니라 서로 배려하는 마음이 중요한 것 같아요. 흔히 부부는 일심동체라고 하는데 다른 환경에서 자란 남녀가 어떻게 동심일 수 있겠어요? 서로 다른 마음 다른 몸이라는 걸 인정해야 이해하고 배려하는 마음을 가질 수 있겠죠. 부부는 부족한 서로 다른 두 사람이 서로 배려하고 도와주면서 완전한 두 사람으로 성숙해 가는 것이라고 생각해요.

누구의 삶이든 그 삶의 가치는 소중한 거죠. 가진 게 많은 사람들도 우리가 모르는 아픔과 고통이 있을 테고, 우리처럼 비우고 사는 사람들은 소박해서 얻는 행복도 있을 테고……. 누구에게든 삶의 가치는 같은 거라고 생각해요.

임순례 : 자녀와의 관계도 그렇고, 남편과의 관계도 그렇고, 서로에게 부족한 부분에 대해 상대방을 탓하거나 불평하기보다는 현실적인 합의점을 찾아내는 쪽을 택한 거네요.

심상정 : 그 방법을 같이 찾아낸 거죠. 각자 자기의 삶을 충실히 살고, 거기서 서로 엮여 있는 부분에 대한 기대를 최소화하는 거예요. 우리 아들도 거기에 굉장히 익숙해요.

기 선 : 유명인의 자녀는 마마보이거나 열패감을 느끼는 경우가 많은데, 혹시…….

심상정 : 우균이는 마마보이하고는 거리가 멀어요. 주로 아빠하고 시간을 많이 보내니까.(웃음) 실은 제가 밖에서 인정받는 것에 비하면 집에서 아들한테는 덜 인정받는 게 아닌가 싶은데.(웃음) 저는 그걸 인정해요. 아이가 바깥에서 정치인으로 활동하는 심상정에 대해서,

엄마에 대해서 부끄럽게 생각하는 것 같지는 않아요. 하지만 엄마가 정치인으로 활동하는 것에 자신의 삶을 구속받고 싶지 않다는 생각은 분명해요. 열패감이라기보다는 부모가 자기에 대해 과도한 기대를 하고 있는 게 아닌가 하는 점에 대해 몇 차례 얘기를 나눴어요. 엄마 아빠가 너는 뭐든지 잘할 수 있다고 응원해주는 것 자체가 부담스러웠는데 최근에는 좀 벗어났다고 하더라고요. 오히려 어릴 적부터 가난하게 살고 노동운동하고 그랬으니까 거꾸로 그게 열등감으로 작용하지 않을까 걱정했었죠.(웃음)

여성 정치인에게는 이중 잣대를 적용하는 사회

임순례 : 주제를 다른 분야로 옮겨보겠습니다. 여성 정치인으로서 혹시 같은 여성 정치인 중에 주목하고 있는 사람이 있는지요?

심상정 : 사실 우리나라에서는 여성정치라는 게 아직 본격화하지 않은 단계라고 생각합니다. 때문에 여성정치인으로서 삶을 평가할 만한 대상은 많지 않은 것 같아요. 글쎄……. 여성정치인 중에는 아무래도 박근혜 의원이 관심 대상이겠죠. 국민들이 차기 대통령 후보군 가운데 하나로 주목하고 있는 사람이니까요. 이렇게 말씀드리기 조심스럽지만, 박근혜 의원은 대표적인 보수 정치인인데 여성은 진보 쪽에서 대표해야 하지 않겠는가 하는 분발심이 생기기도 해요. 그래서 저는 진보를 대변하고 미래지향적인 여성정치인으로서 국민들에게 가깝게 다가설 수 있을 것인가를 고민하고 있고요.

임순례 : TV 드라마 〈선덕여왕〉이 인기를 끌면서 박근혜 의원을 선덕여왕에 비교한 글이 인터넷에 떴더라고요. 그리고 최근에는 진정한

선덕여왕은 심상정이라는 글을 봤어요. 대중들이 두 분을 대표적인 여성 정치인으로 생각하는 건 분명한 듯해요. 언젠가 대권에서 맞붙을 수도 있고, 개인적인 스타일이나 성향 등 여러 면에서 비교가 많이 되는데, 박근혜 의원이 한나라당이지만 여성으로서 정치 역정을 헤쳐 가는 데 혹시 연대감을 느끼시나요?

심상정 : 17대 국회가 여성 의원이 가장 많았고 여성계에서도 기대를 많이 했던 때였어요. 나도 진보나 보수를 떠나서 여성으로서 연대가 중요한 영역이라고 생각했어요. 그때 청와대 비서관이 만들었던가, 소위 '박근혜 패러디' 사건이라는 게 있었어요. 당시에 나는 여성 정치인으로서 그 사건을 성 비하적인 사건으로 규정하고 옳지 않다는 의견을 분명히 했죠. 그 문제에 대해서는 정당을 초월해 여성 정치인들이 모여서 여성계의 공동 관점을 가지고 대응해야 한다고 했는데, 오히려 당략적 차원의 공세에 여성 의원들이 동원된 셈이 되

었어요. 안타까웠죠. 아직까지 한국 사회에서는 여성에 대해서 이중 잣대가 작동해요. 성 상품화와 가부장제의 이데올로기라는 환경 속에서 활동하는 여성 정치인들 간에 공감대를 느낄 때가 많습니다.

한국 사회에서는 아직 여성 정치 리더라는 이미지도 정립되어 있지 않은 것 같아요. 제가 대선 경선에 나섰을 때 '명예 남성' 같은 이미지를 극복해야 한다는 이야기부터 한명숙 전 총리처럼 부드러운 모성적인 카리스마도 있어야 한다는 얘기까지, 그리고 여성은 인물도 중요하니 외모나 패션도 신경 써야 한다는 다양한 주문들이 쏟아졌는데요. 2007년 프랑스 대선에서 사회당 루아얄 후보가 한참 선풍적인 인기를 끌고 있을 때 그 인기의 비결이 여성의 부드러운 카리스마 때문이라고 굉장히 높이 평가했어요. 그런데 패배하고 나서 어느 신문을 보니까 그 부드러움 때문에 졌다고 논평했더라고요. 여성정치인들에게는 너무 많은 걸 요구한다는 생각이 들어요. 카리스마도 있어야 하고, 부드럽기도 해야 하고 모성적 푸근함도 있어야하고, 게다가 외모도 매력적이어야 하고.(웃음)

임순례 : 강금실 씨가 좋은 예가 되겠네요.

심상정 : 강금실 전 장관은 참 매력적인 분이고 인기도 많은 분이세요. 정치적으로 큰 역할을 하셨으면 좋았을 텐데……. 남성정치인들은 그가 가진 특성을 그 사람의 개성으로 인정을 해주는 반면, 여성정치인들에게는 개성이 아니라 남성적 기준으로 평가하는 대상이 되는 경우가 많아요. 일례로 대개의 남성들이 여성 상급자 밑에서 일하는 걸 알게 모르게 불편하게 생각하는 걸 볼 수 있어요. 어떤 문제가 발생했을 때 남자들끼리는 심한 말을 나누는 상황이 있더라도 어떤 방식으로든 다 푸는데, 여성 상급자는 좋은 말로 해결을 해도

나중에 술자리에 가면 상급자가 여자라서 피곤하다는 식으로 이야기하는 거죠. 여성들 스스로도 자신이 개성 있는 독립적 주체라는 자존감을 확고히 가져야 해요. 우리사회에서 여성정치 리더십은 바람직한 역할모델을 통해 창조적인 인식을 만들어 가는 과정이 맞물려야 될 거예요.

임순례 : 사회 전반적으로 여성에 대한 인식이 같이 높아져야 하는 부분이고, 이 문제는 비단 우리나라만의 문제도 아닌 것 같아요. 미국의 민주당 경선 때 힐러리가 여성으로서 핸디캡을, 오바마가 흑인으로서 핸디캡을 안고 있었다고 본다면, 결국 힐러리가 패배한 것은 여성 정치인이 리더가 되는 것에 대한 거부감이 그만큼 크다는 반증일 텐데 한국은 미국보다 훨씬 심하겠죠. 우리나라 국회 모습을 보다 보면 가장 볼썽사나운 게, 여성 의원들 막을 때 다른 여성 의원들을 내보내서 전위대처럼 쓰는데 정말 낯이 뜨거웠어요. 국회의원이 돼서 국회에서 몸싸움 같은 것 해본 적이 있으세요? 화면에서 본 기억은 없는데…….

심상정 : 화면에 안 잡히려고 노력했죠.(웃음)

임순례 : 그럼 안 보이는 데서 하셨어요?(웃음) 당의 입장이 불가피한 상황일 때?

심상정 : 근데 우리야 막는 입장보다는 주로 막히는 입장이어서.(웃음) 불가피할 때는 할 수밖에 없겠지만, 가급적 다른 방법을 찾도록 노력해야죠.

'여성의 적은 여자' 라는 말은 모함이다

임순례 : 골프라든가 술, 담배 등 남성 정치인들이 주로 사교의 도구로
　　　이용하는 걸 잘 안 하는 것으로 알고 있는데, 그러다보면 정치하는
　　　데 고충이 따르지 않나요? 사실 영화판도 비슷한데, 하기 힘든 이야
　　　기도 담배 피우면서 나누고, 술자리에서 중요한 정보가 교환되기도
　　　하고. 아무래도 그런 면에서 배제되는 일이 있을 텐데…….

심상정 : 굉장히 불편하죠. 국회에서 회의할 때 배경이 공유가 안 되어
　　　있으면 남자들은 화장실 가서 그 법안의 배경이 뭐냐고 물어보고
　　　맞춰서 들어오는데, 남자 화장실을 쫓아 들어갈 수도 없고.(웃음)
　　　저녁에 남자 국회의원들이 폭탄주 마시면서 그 법안은 어디서 요청
　　　이 들어온 사항이다, 뭐 이런 식으로 정보를 주고받는데 그 과정에
　　　동참하지 않으면 그 법안이 도대체 갑자기 왜 나왔는지 확인하는

데 시간이 많이 걸려요. 특히 최근에는 골프정치가 일상화되어 있으니 활동제약이 크죠. 그 문화에서 떨어져 있으니 모든 걸 혼자 힘으로 파악하고 정보를 모아야 하는데 게임이 안 되죠. 여성 리더십을 갖는 데 가장 어려운 것이 바로 남성 중심의 정보 체계예요. 접근하기가 상당히 어려워요. 확고한 조직적 리더십을 갖고 있지 않으면 여성 리더로 성공하기가 매우 어려울 수밖에 없는 환경이에요. 어떤 기자들이 그런 얘기를 하던데, 여성정치인들 가운데 자질이 좋은 사람들은 많이 있지만 조직적 리더십을 갖춘 사람은 매우 적다고. 조직적 기반을 갖고 있지 못하면 선택 대상자로서만 기회가 주어지는데, 매우 안타까운 일이죠. 남성 중심의 조직 인프라, 그리고 그 속에서 전달되는 정보 체계 같은 것이 여성들의 리더십에 상당히 장애가 됩니다.

김경실 : 여성이 다른 여성을 경쟁상대로 설정하는 경우처럼 소위 '여성의 적은 여성이다' 라는 이야기가 있는데, 그런 말에 대해서는 어떻게 생각하시나요?

심상정 : 그 이야기는 남성의 하위 파트너로서의 경쟁을 말하는 것이에요. 국회에서도 많이 느꼈는데 거대 정당 내에서는 여성 의원끼리 경쟁이 치열한 것 같아요. 당직 배정이나 해외순방팀 구성 시에 그 안에 진입하기 위한 경쟁이 치열한 거죠. 여성의 적은 여성이라는 말은 남성의 하위 파트너로서 자리매김하는 과정에서 만들어낸 말이라고 생각해요. 자리가 허용되지 않을 때 당연히 경쟁이 치열해지는 것이죠. 남성 위주의 평가 잣대가 작동하는 환경에 맞추려는 거니까. 진보정치는 그 점에서는 상당히 자유로워요. 진보정치는 성 평등 전략을 중심 가치로 삼고 있거든요. 또, 다른 정당들에 비

해서 인물보다는 원칙과 규범이 작동하기 때문에 여성 정치인으로서 진보정치에 대한 자부심도 있고, 안도감 같은 것도 느낍니다.

임순례 : 영화판에서는 영화 찍을 때 여배우 한 명 대하기도 힘들다는 말이 있어요. 여자들이 질투도 심하고 우정이나 연대감이 없을 거라는 식의 얘기를 주변에서 많이 하는데, 이는 전적으로 남성 중심의 사고에서 나온 모함이라고 생각해요. 〈우리 생애 최고의 순간〉을 찍을 때도 여배우들이 많아서 골치 아플 거란 소리를 많이 들었는데, 막상 같이 작업을 해보니 그런 건 전혀 없었어요. 오히려 서로를 격려하면서 영화를 위해 최선을 다하는 모습이었어요. 한국 남성들을 폄하하려는 것은 아니지만 여성들이 남성 중심의 문화 속에서 매우 강인하고 지혜롭게, 남성보다 몇 배나 불리한 환경에서도 대단한 성취를 이루어 내는 모습을 보면 책임감과 문제 해결 능력도 탁월하다고 생각합니다.

심상정 : 남성 중심의 조직 문화에서 남성들끼리 경쟁하는 건 당연하게 여기면서 여성들끼리 경쟁하는 건 특수하게 취급하는 면이 있는데, 그런 면이 모함이라고 볼 수 있죠. 남성 중심의 가치와 문화가 지배적인 상황 하에서 여성들이 피해를 받는 면이 있어요.

30~40대 여성은 한국 정치와 민주주의의 미래다

임순례 : 특히 최근 들어 여성들이 정치 문제에 더 적극적으로 참여를 하는 모습을 보이는데 이런 현상을 어떻게 보는지요?

심상정 : 이명박 대통령의 지지율이 한때 50퍼센트 이상으로 나온 적도

있는데요. 이명박 정권의 고민이 30~40대 여성들의 지지율이 낮다는 거예요. 특히 30대 여성의 지지율은 25퍼센트를 한 번도 넘어 본 적이 없다고 해요. 전체 지지율은 50퍼센트가 넘는데 여성 지지율이 낮은 것 때문에 청와대에서 여성특보를 임명해야 하느니 난리가 났었어요. 언론에서 그 이유를 물어서 대답한 적이 있는데, 나는 이 점이 시사하는 바가 굉장히 크다고 생각해요. 결론부터 이야기하면 30대 여성들이 거품 없는 정치 인식을 표현하고 있다고 봐요. 요즘 30대 여성들이 누굽니까? 결혼하고 아이들 보육·교육문제에 신경 쓰고, 집 장만도 해야 하고 대체로 대학을 졸업한 고학력 여성들이니 직장문제나 자기실현 문제도 깊이 고민하는 사람들이죠. 지난 60년 보수정치가 낳은 사회 양극화, 경쟁과 효율의 가치가 만들어 놓은 덫에 가장 큰 부담을 지고 있는 것이 이 여성들이에요. 그런데 이 사람들은 영남이냐 호남이냐를 따지지 않고, 정치공학적인 셈법에도 관심이 없어요. 오직 내 삶의 무게를 덜어주면 동그라미고 아니면 곱표를 치는 거죠. 액면가 그대로 반응하는 거예요. 그래서 이명박 정권이 중도 서민정책이라는 식으로 포장지를 아무리 바꿔도 실제 생활에 변화를 주지 않으니 지지하지 않는 거죠. 그런 점에서 30~40대 여성들의 지지와 동참을 이끌어낼 수 있는 정치야말로 진보정치가 대안 세력이 될 수 있는 바로미터라고 생각합니다. 이제는 우리의 민주주의도 여성들의 동참을 통해서만 한 발 더 나아갈 수 있는 그런 단계에 도달했다는 것을 의미하는 것이기도 하고요. 정치의 중심 의제도 바뀌었어요. 과거에는 무슨 고속도로를 놓겠다, 이런 것이 중심 의제였다고 한다면 지금은 여성들에게 짐 지워졌던 보육문제, 교육문제, 환경문제 같은 것들이 정치의 복판에 중심 의제로 등장한 것이죠.

임순례 : 작년 촛불집회에서도 거리에 여성들이 정말 많이 나왔었어요.

심상정 : 먹을거리 문제 같은 것이 여성들에게 민감한 의제였기 때문에 여성들이 폭발적으로 나왔는데, 그런 게 더 이상 특수하다고 볼 건 아니에요. 지금 국민들이 정치에 바라는 핵심 의제들은 그동안에는 대부분 여성들의 짐으로 남아 있던 생활 밀착형 과제들이에요. 그 것이 이제는 정치의 복판 의제가 되었기 때문에 여성들의 정치 참 여와 관심 속에서만 한국 정치, 우리 민주주의의가 발전할 수 있다 는 생각을 확고히 갖고 있어요. 그동안 여성들은 남편 따라 강남 가 는 시대를 살면서 자기 독자적 정견도 가지지 못하고, 정치 수혜자 로서는 국외자였기 때문에 정치에 무관심했어요. 그러나 이제는 여 성들이 정치의 도움이 가장 필요한 사람들이고, 또 지적 수준도 높 아져서 이들이 직접 움직이기 시작하는 상황으로 변했지요. 저는 향후 우리 사회에서 정치와 가장 이해관계가 밀접한 사람들이 여성

들이라는 점을 주목하고 있어요. 거기에 어떻게 대응하느냐 하는 것이 한국 정치의 중요한 과제예요. 진보진영의 여성 정치인으로서 30~40대 여성들과 굳건히 연대할 수 있는 그런 정치를 하고 싶어요. 그게 제가 생각하는 진보정치의 길입니다.

지금은 정치 위기의 시대, 진보정치의 유일한 활로는

임순례 : 진보신당이 민노당과 분당한 게 작년 3월입니다. 외부에서 보기에는 갈라져 나온 만큼 힘의 결집이 안 된다는 생각이 드는데 어떻게 생각하는지요? 생각한 대로 진행되고 있다고 보나요?

심상정 : 지금 한국사회는 전환기를 경유하고 있습니다. 세계 13위권 경제대국이면서도 국민 다수의 삶은 각박해지고 대학 진학률이 90%에 육박하는 나라에서 아이들의 미래는 암울하기만 합니다. 이런 전환기적 시대정신을 받아 안을 수 있는 세력이 없었다는 것이 문제의 핵심입니다. 최근 민주당이 압승했지만 그건 MB가 가져다 준 표이지 민주당을 대안 세력으로 신뢰한 건 아니라고 생각해요. 지금 진보정치 세력이 힘을 쓰고 있지 못하지만 세계와 우리 사회는 분명 변화와 진보의 길로 가고 있습니다. 진보정치 10년의 가장 큰 한계는 진보정당이 여러 정당 중의 하나로 전락한 것이라고 할 수 있어요. 보수정치 체제를 대체하는 새로운 비전과 전망을 갖춘 세력으로서 자리 잡지 못하고 여러 정당들 중 하나가 되어버린 것이 진보정치의 가장 큰 문제라고 생각해요. 유권자들이 권력을 주면 우리는 한국사회를 어디까지 어떻게 변화시킬 수 있는지, 보수정당과는 다른 전망과 프로그램을 제시할 수 있어야 하지 않겠어요? 단편적인 정책으로 쟁점화하는 방식만으로는 한계가 있어요. 분명한

비전과 메시지를 갖추고, 그것을 실현시킬 수 있는 능력을 갖춘 집단으로서 재결집이 필요한 것이죠.

임순례 : 재결집이라 하면 진보정당 간의 통합을 말하는 것인가요?

심상정 : 음, 저는 2012년에는 새로운 통합진보정당의 이름으로 선거에 임해야 한다는 생각을 가지고 있어요. 이 문제에 대해서는 차후에 구체적인 의견을 말씀드리려고 하는데요. 새로운 통합진보정당의 이름으로 선거에 임해서 교섭 단체 이상의 의석을 만들어낼 수 있다고 생각하고요. 그 이후 진보정치의 전망은 매우 밝아지리라고 생각합니다. 그렇게 하면 민주당에도 충분히 위협적인 존재가 될 수 있고, 그런 조건이 확보되면 새로운 중심 야당으로서 경쟁력을 가질 수 있다고 생각합니다. 대안 세력의 전망을 확고히 할 수 있는 것이죠. 그러자면 민주노동당과 갈라설 수밖에 없었던 배경들에 대해서도 납득할만한 성찰이 필수적이에요. 그것을 매개로 하여 국민들로부터 신뢰를 받고 있는 정치인들을 포괄해야 할 것입니다. 전환기적 사회에 부응할 수 있는 그런 확고한 비전과 프로그램을 중심으로 한 새로운 진보정당으로 2012년을 집권의 교두보로 만들어야 한다고 생각합니다.

임순례 : 진보신당 독자 노선으로는 안 되는 거고 새로운 진보 세력 대통합을 말하는 것인가요?

심상정 : 지난 10년간 민주노동당으로 대표되었던 진보정치의 노선과 실천을 성찰하고, 대안 세력으로 신뢰 받을 수 있는 새로운 진보정당을 만들어 나가겠다는 의지의 표현이 진보신당이라고 봅니다. 진

보신당이라는 당의 울타리를 높이는 게 중요한 게 아니라 대안 세력으로 성장할 수 있는 새로운 진보정당을 만드는 것이 진보신당의 목표예요. 그런 점에서 가치와 비전을 중심으로 폭넓은 재편을 이뤄내는 것은 진보신당의 소명이라고 할 수 있습니다. 그때는 참신한 여성들이 정치인으로 대거 등장을 했으면 싶은……. 이를테면 이건 하나의 예인데, 이런 전략을 구사하면 어떨까 싶어요. 비례대표 50퍼센트 여성할당제 이런 게 있는데, 예를 들어 우리는 비례대표를 100퍼센트 여성 후보만 내겠다 해서 여성만 신청을 받는다든가 하면…….(웃음)

임순례 : 이런 이야기를 들으면 심 대표는 기본적으로 참 정치인이라는 생각이 드는데…….

심상정 : 그렇게 된 지 얼마 안 됐어요.(웃음)

국민의 이명박 선택에는 충분한 이유가 있었다

임순례 : 현실과 이상의 괴리가 심한 것이 정치 현실인데 그 괴리감을 어떻게 극복하는지요? 예를 들어 작년만 해도 이명박 탄핵해야 한다고 거리로 뛰쳐나오는 사람들이 대세였는데, 올해 이명박 지지율이 한때 50퍼센트를 넘기기도 했잖아요. 지난 재보선도 민주당의 완승도 아니었고 진보 세력은 또 다시 표를 얻지 못했어요. 국민들의 이런 선택에 좌절하지는 않으시나요?

심상정 : 참 답답하긴 하죠. 그런데 국민들의 그런 선택이 충분히 이해가 가요. 왜 MB를 선택하느냐를 보면 이해가 안 되는데, 왜 우리를

선택하지 않는가라고 보면 이유가 납득이 가요. 충분히. 아직 문제 해결능력이 부족하다고 보는 거죠. 이렇게 훌륭한 뜻을 갖고 있는데 왜 진보정당에 대한 지지가 이렇게 약한가를 생각해보면…….

임순례 : 예술영화 안 봐 주는 이유랑 똑같아요.(웃음) 작가나 영화나 이렇게 좋은데 왜 안 봐 주는 것인가랑 똑같은 거 같아요.(웃음)

심상정 : (웃음) 표심이 야속하긴 하죠. 미래를 위해서 건강한 세력을 키워주는 정도의 높은 정치의식을 그리워하는 건 환상인가 허탈한 면도 없지 않아요. 그러나 씩씩거리며 부부싸움 하고서도 뒤돌아서 생각해 보면 내 잘못인 걸 다 알 수 있듯이, 진보정치의 한계를 저도 잘 보고 있으니까 문제는 우리가 어떻게 길을 찾느냐는 거죠. 정치의 본령이라는 게 어떤 문제를 해결하는 건데, 지난 10년 동안의 진보정치가 반대나 비판을 넘어서서 그런 문제 해결 능력에서 국민들에게 신뢰를 주지 못했어요. 진보신당 같은 데가 잘 컸으면 좋겠다, 하는 기대를 가진 국민들은 굉장히 많다고 봅니다. 하지만 진보신당이 나라를 경영할 수 있는 준비나 능력이 갖추어져 있다고는 보지 않기 때문에 선택을 안 하는 거죠. 저도 그렇게 생각해요. 그런 면에서 민심에 부합할 수 있는 능동적인 노력이 잘 이루어져야 진보정치가 성공한다고 봅니다. 문제의 원인을 내부적으로 찾을 때 우리 스스로 역동적 변화를 만들어낼 수 있는 힘을 만들 수 있어요. 그 책임을 유권자에게 돌리면 결국 비관주의와 실패의 길만 남게 되는 거죠.

임순례 : 그렇게 생각하시는군요. 저는 진보 세력이 뜻을 펼칠 수 있는 장을 어느 정도 마련해주고 그들의 활동을 통한 변화를 기대하는

게 순서가 아닐까 생각했어요. 그러지 못하면서 국민들이 요구만 너무 많이 하는 것은 아닌지 하는 아쉬움과 섭섭함을 느끼고 있었는데, 국민들의 선택과 진보정당의 문제점을 성찰하는 것을 보니 심 대표는 역시 프로 정치인이라는 생각이 듭니다.

심상정 : 앞에서도 이야기했지만 한국 사회가 정치적 전환기를 맞고 있는 상태, 그러니까 지난 60년을 지탱해 왔던 보수 정치 시스템이 더 이상 지속 가능하지 않은 단계까지 왔다고 봐요. 대표적으로 교육 문제를 언급했는데, 지금의 정치 위기는 단순히 야권 단일화 같은 정치 공학적 접근으로는 국민의 신뢰를 공고히 할 수 있는 대안 세력을 형성하기가 어렵다고 봅니다. 우리 국민들의 정치에 대한 기대와 희망, 자기 삶과 사회에 관한 근원적인 열망, 이런 부분을 집약하는 것이 중요하고, 그 점에서 신뢰를 줄 수 있다면 나머지는 시간 문제라고 생각합니다. 대선 경선에도 나갔었지만, 국민 여러분 저에게 권력을 주십시오, 이것이 대선인데, 권력을 저한테 주면 우리의 삶과 사회를 여기까지 이렇게 변화시키겠습니다, 이런 이야기를 할 수 있는 확신이 많이 부족했던 것 같아요. 그런 면에서 레토릭을 넘어 실제 대안과 전망에 대한 고민을 많이 하고 있어요. 역대 대통령 가운데 제가 보기에 김대중 전 대통령이 국정운영에 대한 마스터플랜을 갖췄던 유일한 대통령이라고 보는데요. 진보정당이 우리 사회에 대한 책임 있는 대안, 청사진이 있는가, 그것을 계속 축적해 가고 있는가, 라는 점에 대해서는 깊은 성찰이 필요하다고 봅니다. 우리 국민들은 구체적으로 표현하지 않을 뿐이지 깜냥을 잴 수 있는 능력을 다 갖고 있어요. 진보정치가 하는 말은 다 좋은데 우리 사회가 그만큼 단순하지 않지 않느냐, 그런 다양한 이해관계들을 조정해서 진보의 방향으로 가려면 당신들이 좀 더, 아니 아주 상당

한 능력을 갖춰야 한다, 이런 주문을 하고 있는 것이라고 봐야죠.

축구선수가 춤까지 잘 출 필요는 없지 않은가

임순례 : 대중을 상대하는 정치인으로서 대중에게 문화적으로 어필하는 사람들이 많습니다. 악기를 연주한다든지 춤을 춘다든지 하는 것이 대중에게 어필하는 중요한 도구인데, 그런 면에서 심 대표는 좀 딱딱해 보인다고나 할까, 이런 면을 고민한 적은 없나요?

심상정 : 고민 많죠. 정치인은 표심을 먹고 살아야 하는데 대중적으로 어필할 수 있는 능력은 매우 중요한 거지요. 사실 끼가 없었던 건 아닌데……. 구로공단에서 노동자로 살 때 주로 여성 노동자들과 디스코장에 많이 다녔어요.(웃음) 고고장, 디스코장 말 그대로 이런 대중문화의 한복판에서는 많이 놀아봤지만, 문화적 교양 차원에서 무언가 집중적으로 익힐 기회는 없었어요. 시골에서 서울로 이사 왔을 때 제일 부러웠던 게 일찍 서울로 나간 오빠가 기타를 치는 거였어요. 그때 우리 큰오빠가 학원비를 받아서 몰래 기타를 샀는데 (웃음) 아버지가 그걸 내다버린 적이 있었어요. 그걸 보고는 기타에 대한 꿈을 포기했죠. 악기 잘 다루고 춤도 잘 추고 하면 좋은데 그럴 기회를 갖지 못해서 아쉬움이 많아요.(웃음)

임순례 : 대중정치인으로서 이미지 메이킹이 전략적으로 필요할 텐데 그에 대한 고민은 없는지요?

심상정 : 조언을 하는 분이 여럿 있어요. 그런데 정치인으로서 무언가 보여주기 위해서 어떤 기능을 갖춰야 한다는 요구에 대해서는 부담

을 느껴요. 우리나라에서 정치를 하려면 이미지 정치 차원에서 상당히 많은 노력을 기울여야 하는데, 주객이 전도된 게 아닌가 싶기도 하고. 이를테면 나도 노래방 가서 열심히 연습해서 어디 노래하는 자리에서 남에게 거슬리지 않는 정도로만 하면 되지 않을까, 이런 생각을 해요.(웃음) 시간이 없어서 그렇지.(웃음)

임순례 : 심 대표의 이미지가 대중들에게 딱딱하고 강하게만 느껴지는 부분을 전략적으로 완화시켜야겠다는 필요성은 느끼지 않나요?

심상정 : 축구선수가 축구를 잘해야 하듯이 정치인은 국민의 아픔을 잘 대변하면 되지 않을까요? 제대로 된 정치인이라는 소리 듣는 것이 가장 중요한 목표예요. 그러나 국민들이 알아줘야 하니까 그 방법에 대해 다양은 고민을 합니다. 제에게 강한 인상을 갖고 계신 분들이 많은데요. 지역구 가서 주민들과 만나면 첫마디가 참 인상 좋네요, 또 실물이 훨씬 낫네요, 하는 말이에요. 제가 주로 TV토론처럼 각을 세우는 자리에 많이 나갔으니까 강하고 딱딱하게 보셨다가,

실제로 보면 그냥 동네 이웃 아줌마 같으니까 인상 좋다는 말씀을 많이들 하시죠. 다양한 사람들을 만나서 의견 교환도 하고 어울리는 자리가 좀 더 넓게 많아진다면, 그 과정에서 함께 할 수 있는 문화를 즐기면서 조화를 이룰 수 있지 않을까 생각해요.

임순례 : 정치 활동을 하시면서 늘 시간이 부족할 텐데, 시간 여유가 생기면 무얼 하시나요?

심상정 : 옛날에는 가족들이랑 차 끌고 예정 없이 한적한 국도를 다니는 여행을 좋아했어요.(웃음) 지금은 그런 시간이 없지만…… . 책을 읽고 싶죠. 이를 테면 금강경을 읽는다든가. 자기수양의 시간, 생각할 수 있는 시간이 많아야 하거든요. 지금도 여유가 있으면 주로 책을 읽는 시간을 갖는 편이에요. 음악도 많이 듣고.

임순례 : 클래식?

심상정 : 클래식보다는 한영애 씨나 김현식 씨 음악을 좋아해요. 이 두 사람 음악은 정말…… . 조용필 씨 음악도 좋아하고요. 음악을 굉장히 크게 틀어 놓고 들어요.(웃음) 가족들이 유일하게 공통으로 하는 일은 영화 보러 가는 거예요.

임순례 : 좋아하는 음악도 그렇고, 영화도 멜로를 좋아하고, TV에서 토론하는 모습만 봤을 때는 몰랐는데 취향이 상당히 감성적이네요.

심상정 : 영화 볼 때는 내 취향대로는 못 보죠. 우리 집 두 남자는 모든 영화를 다 보는데, 나는 시간 있을 때 끼어서 보는 거라서.(웃음)

문화예술인의 사회참여는 본연의 과제

임순례 : 요새 김제동 씨 하차 논란도 있었는데, 우리나라에서는 문화예
술인들이 자기의 정치색을 드러내고 발언을 하면 상당히 부정적으
로 보는 것 같습니다.

심상정 : 문화예술인의 사회 참여는 어떻게 보면 본연의 과제예요. 문화
인의 본질적 기능 중 하나라고 생각합니다. 다른 나라에서는, 팀 로
빈스나 수잔 서랜든, 마이클 무어 감독을 예로 들지 않더라도 아주
상식적이고 일상적인 일이지 않나요?

임순례 : 외국에서는 문화예술인이 특정 정치인이나 정당을 지지하는
일이 자연스럽게 받아들여지죠. 관심 있는 사회문제에 현실 참여적
인 액션도 많이 취하고, 대중들도 그 부분을 격려하고 지지하는 것
으로 알고 있는데, 우리나라에서는 유독 이런 활동에 대해 정권 차
원에서뿐만 아니라 일반 대중들도 냉담한 경우를 많이 봤어요. 이
유가 뭐라고 생각하세요?

심상정 : 우리나라에서는 과거부터 국가주의, 권위주의 시대에 국익이
라는 이름을 앞세워서 개인의 개성이나 잠재력을 짓눌러 왔기 때문
이에요. 조금 다른 면에서 살펴보면, 우리 사회가 자유주의의 가치
와 전통의 기반이 매우 취약한 까닭노 늘 수 있어요. 그런 점에서
지배적인 이데올로기로 국가주의, 국익을 앞세우고 정권 안보를 위
해 국가의 통제를 벗어나는 문화예술인들에게 색깔을 입힌 것이라
고 생각해요. 굉장히 무서운 일이죠.

임순례 : 안 그래도 지금 젊은 세대들이 정치나 사회적 이슈에 대해서 발언을 잘 안하는 세대인데, 무심하기도 하고, 문화예술인들까지 '정치적'이라는 이유로 족쇄를 채우는 분위기를 보면 정말 심각한 상태라는 생각이 듭니다.

심상정 : 실제로 정치가 바로 서야 우리 사회가 건강한 공동체가 될 수 있는데, 앞서 말한 것과 같은 일들은 우리 사회의 정치 인식을 심하게 비트는 행위예요. 핀란드에 다녀와서 이 이야기를 많이 하는데, 핀란드에서는 13살부터 18살까지 청소년 의회를 구성합니다. 지역구에서 의원을 뽑아서 자기들의 의견을 지자체에 관철시키는데, 중요한 것은 이들이 어렸을 때부터 정치를 생활화한다는 것이에요. 정치는 특별한 것이 아니에요. 우리나라는 몇몇 시민단체에서 탈정치 이야기를 많이 하는데, 그것은 탈정치가 무슨 말인지 제대로 이해를 못 한 거라고 생각합니다. 정치는 권력을 다루는 분야인데 권력이란 우리 시민들이 공동체를 위해서 위임한 권리의 총화이잖아요. 공동체를 위해서 낸 돈이 세금인 것이고. 내가 위임한 돈이 어떻게 쓰이는지 계속 개입하

고 참견하는 것이 시민으로서 당연한 권리고 의무예요. 그런 면에서 보면 탈정치라는 것은 곧 시민으로서의 자격이 없다는 것을 의미하는 것이죠. 유럽에서는 어릴 때부터 정치를 삶의 일부로 받아들이는 데 반해, 우리 사회에서는 '정치적'이라는 말이 굉장히 부정적으로 쓰이기 때문에 정치는 멀리해야 하는 어떤 것이라고 생각하고, 이로 인해 일부 사익집단이 공익적 가치를 독점하는 일이 발생하는 겁니다. 이번의 문화예술과 관련된 일련의 일들도 이데올로기적 공격을 통해서 문화예술인들의 자율 의지를 침해하는 현상으로, 민주주의 발전에 심각한 위협이고 정치의 정상화를 의도적으로 가로막으려는 행위로 보아야 합니다.

'착하다'는 말은 무슨 뜻일까

임순례 : 의례적인 질문처럼 들릴 수도 있는데, 존경하는 분이 있나요?

심상정 : 이 질문이 제일 어려워요. (웃음) 굉장히 조심스럽기도 하구요. 유명한 사람 중에 누굴 존경한다는 게, 그분에 대해서 잘 아는 것도 아니고, 특별히 없다고 하면 건방져 보이진 않을지 걱정이 되고……. 다양한 측면에서 여러 분들을 존경하고 있지요.

임순례 : 정치인 중에는 없나요? 뛰어난 정치인, 뭐 이렇게 평가할 수 있는 사람은?

심상정 : 정치인은 진보냐 보수냐를 떠나서 자기 노선과 신념에 정직한, 그런 정치활동에 충실한 분이 존경받을 가치가 있다고 생각해요. 다양한 측면에서 존경하는 분들은 많이 있어요. 오바마 대통령도

존경하죠. 잘 생겼잖아요.(웃음) 알면 알아 갈수록 정치인으로서 철학이 튼튼하고 리얼리티에 충실한 매력적인 사람이에요. 브라질의 룰라 대통령 같은 경우는 금속노동자 출신인데 연설하는 모습을 보면 아주 열정적이에요. 재선해서 80%가 넘는 인기를 누리고 있는데 그분 역시 정치인으로서 대단한 능력을 가진 사람이에요. 김대중 전 대통령도 노선은 다르지만 철학과 비전을 갖춘 준비된 대통령이었다는 점에서 존경스럽습니다. 어떻게 보면 존경할 만한 분이 너무 많은 것 같아요.

임순례 : 정치인으로서 원칙과 소신을 상당히 강조하는데 생활에서도 원칙과 소신을 지킬 듯합니다. 무엇 하나를 꼭 집어서 대답하는 걸 무척 곤란해 하시던데, 그래도 가장 싫어하는 인간 유형은 있는지, 어떤 사람인지 물어보고 싶은데요?

심상정 : 대통령 후보 시절에 설문이 왔는데 이런 질문이 있었어요. 당신은 착하지만 유능하지 않은 사람과 일할 것인가, 아니면 착하진 않지만 유능한 사람과 일할 것인가. 저는 두번째에 동그라미를 쳤는데, 모든 대선 후보 중에 후자를 선택한 사람이 저밖에 없었다고 하더라고요. 솔직히 저는 '착하다'는 개념을 별로 좋아하지 않아요. 아니, 착하다는 게 무엇을 하자는 이야기인지 잘 모르겠어요. 그 설문에 답할 때 나는 정치인이니까 공과 사는 분명한 것이 좋고, 공익적 가치와 소임에 충실하게 일하겠다는 생각이었어요. 열정과 헌신이 있는 사람을 좋아하고, 그런 관계들이 오랫동안 지속돼요. 계산이 앞서거나 속된 말로 잔머리 굴리는 사람들은 좀 힘들어요.

천만 원? 파마하고, 이 치료 하고……

임순례 : 좀 구체적인 질문입니다. 요즘 신입사원 취업 면접에서 실제로
　　　　나온 질문인데요, 지금 현금으로 천만 원을 주겠다. 이것을 오늘 내
　　　　에 다 써야 한다면 구체적으로 어디에 얼마를 쓰겠는가?

심상정 : 빚 갚아야지.(웃음) 빚 갚는 게 아니면, 전셋값 오르는데 거기
　　　　써야지. 돈이 없어 여행을 못 했으니 여행도 하고 싶고…….

임순례 : 그렇게 답하면 면접에서는 떨어져요.(웃음) 오늘 안에 바로 쓸
　　　　수 있는 구체적인 내용으로 답한다면?

심상정 : 글쎄, 그런 돈이 생기면 주변에 같이 일하는 사람들에게 나눠

주고 싶어요. 의식적인 발언 같지만, 정말 그렇게 하고 싶어요.(웃음) 왜냐면, 같이 일하는 사람들에게 항상 빚지고 있으니까, 그분들 생활이 어렵거든요.

임순례 : 천만 원을 전부?

심상정 : 천만 원도 모자라죠.(웃음)

임순례 : 결국은 어떤 욕망에 관한 질문인데, 예를 들어 백만 원 책 사고, 백만 원 여행 가고, 백만 원 어머니 용돈 드리고, 남은 칠백만 원은……

심상정 : 아, 우리 어머니 용돈 많아요.(웃음) 당장 뭐가 필요하려나. 구두도 사야 하고 퍼머도 해야 하고……. 너무 소액인가? 아, 이빨! 이를 치료해야 해요. 이를 손본 지가 오래돼서 치료해야 하는데 이건 목돈이 필요하니까.(웃음)

지금 내가 가는 길이 가장 전도양양한 길

김경실 : 심상정이란 사람은 정말 똑똑한데 당이 문제다. 사람이 아까우니 당을 바꿨으면 좋겠다는 말을 많이들 한다고 들었습니다. 그런 말에 대해서는 어떻게 생각하는지요?

심상정 : 저도 그런 얘기 많이 듣고 다니죠. 또, 대통령 하고 싶다는 사람은 많이 봤는데 대통령 되면 무엇을 하고 싶다는 사람은 못 봤다고 혀를 차는 사람들도 많이 봅니다. 저는 어렸을 때 장래희망을 쓰

라고 하면 쓸 때마다 매번 바꿔서 스무 가지쯤 썼는데, 정치인이 되겠다고 한 적은 없었어요. 생각도 없었고요. 어렸을 때부터 권력의 지를 가지고 정치인을 지향해 온 사람하고는 출발이 다른 거죠. 제가 지향하는 가치와 부합하는 방향이 제 정치 인생에서 가장 중요해요. 예를 들어 민주당이 미래지향적인 가치로 재무장할 의지를 가지고 있는 정당이라면 못 갈 이유가 없어요. 하지만 그런 기대를 하기는 어렵다고 봐요. 진보정당이 매우 미흡하고 부족한 부분이 있지만, 그러나 내가 추구해온 가치나 비전을 세워가는 정치를 하고 싶습니다. 보수냐 진보냐 그 규정보다도 국민 다수의 삶에 착근하는 정치를 해서 20대 청년들 30대, 40대 여성들에게 희망을 만들어보고 싶어요. 물론 국회의원 하다가 안 하니까 서러움이야 있지만, 개인적인 이해관계로 이 길을 벗어나 다른 선택을 한다는 것은 불행하다고 생각해요. 진보정치를 혁신하고 잘 키워서 그 헤게모니 아래 폭넓은 재편을 도모해 가야 한다고 생각합니다. 그리고 그 길이 가장 전도가 양양한 길이라고 생각하고요.(웃음)

임순례 : 군사독재권력 하에서 대학 생활을 했는데, 요즘에 태어난 젊은이라면 무엇을 했을 것 같은가요?

심상정 : 음, 요즘에 그런 생각을 좀 해봤는데……. 그런데 워낙에 일찍부터 이 길로 들어서고 몰입을 해서, 이 길이 아니면 무엇을 했을까, 이렇게까지는 생각 못 해봤어요. 어렸을 때는 하고 싶은 건 많았지만 아버지, 언니가 다 교사라서 영향을 받아 그랬는지 모르지만 교육자가 되고 싶었어요. 사범대 갈 때도 교사가 되어 교단에 서는 것, 아이들한테 선생님소리 듣는 것이 가슴 설레도록 좋았어요. 다시 태어났어도 아마 교육자가가 되려 하지 않았을까요?

기　선 : 전교조, 위원장, 해직, 국회의원…….(웃음)

임순례 : 결국 또 정치인으로 돌아오는 건가요?(웃음)

심상정 : (웃음) 아니 그냥 교사, 선생님, 특히 역사 선생님이 하고 싶었
어요.

임순례 : 대학 가서 연애와 독서와 여행을 실컷 하고 싶었다고 했는데,
그간의 행보를 보면 연애와 여행은 많이 못했을 것이고 독서는 어
떤가요?

심상정 : 독서도 마음껏 못 했죠. 요즘에 제일 아쉬운 게 독서할 시간이
너무 적다는 거예요. 정치를 제대로 하려면 정책적인 면이 아니더
라도 실제로 많은 공부가 필요합니다. 김대중 전 대통령 같은 경우
에는 오랜 시간 감옥, 유배생활이 고통스러웠겠지만 한편으로 많이
공부하고 생각도 정리하고 소신을 정립하는 시간이기도 하셨을 거
라고 생각되거든요. 그런데 요즘 정치인들은 다들 너무 바빠요. 그
러다보니 책임정치에 대해 스스로 구상하고 헤아리는 깊은 고민을
할 여유가 없지요. 그런 점에서 독서할 시간, 공부하고 생각할 수
있는 시간을 확보하는 것이 정치인에게 매우 중요한 것 같습니다.

＊　＊　＊

심상정, 그는 인터뷰 뒤의 일정으로 강연회가 예정되어 있었다. 퇴근
시간과 겹처서 강연장까지 한 시간은 족히 걸릴 텐데 인터뷰를 마치느

라 오래도록 붙잡혀 있었다. 오프닝 멘트도 없이 시작한 인터뷰, 클로징 멘트도 없이 마쳤다. 기다리고 있을 사람들을 생각하며 발걸음을 재촉하는 사람.

나는 한국 사회에 관심이 많은 편이긴 하지만 정치에는 별 관심이 없었다. 정치인에 대해서는 더더욱 그랬다. 그러다 17대 국회에서 활약한 그의 모습을 통해 한국 정치에서도 희망을 보게 되었다. 그 뒤로 심상정이라는 정치인을 주목하기 시작했다.

그는 기나긴 노동운동을 하며 '철의 여인'으로 불렸다. 국회의원 시절에는 '삼성 저격수' 또는 '한미 FTA 킬러'라는 별칭이 있을 정도로 나와 같은 대중에게는 강성의 인물로만 인식되었다.

그러나 이번 인터뷰까지 포함해 몇 차례 그를 만나보면서 나의 생각은 변화했다. 그는 '철의 여인'이 아니라 '나무의 여인'이다. 사람들에게 신선한 공기, 시원한 그늘, 아름다운 풍경을 선사하며 언제나 묵묵히 있어야 할 그 자리에 든든히 서 있는 나무.

학교 동창생을 만나 수다 떨기를 즐기고, 연속극을 보며 울고 웃고, 모처럼 갖기 힘든 휴식시간을 맞아도 맛있는 것 해달라는 아들의 청을 거절 못하는 평범한 아줌마의 모습이었다. 그런 그를 살벌한 정치 현장에 내모는 힘은 거창한 신념이 아니다. 그저 가난하고 평범한 이웃들의 아픔과 눈물을 외면하기 힘든 따뜻한 마음뿐이라는 것도 새삼 느꼈다. 그가 온몸으로 지키는 소신과 원칙은 내게도 허투루 살지 말라는 각성제가 된다.

심상정, 그가 우리 모두에게 휴식이 되는 시원한 그늘을 선사할, 아주 커다란 나무로 성장하리라 믿고 응원한다.

임순례

영화감독. 영산대학교 교수. 만든 영화로 〈세 친구〉 〈와이키키 브라더스〉 〈우리 생애 최고의 순간〉 〈날아라 펭귄〉 등이 있다.

제가 보기에도 보통 여자는
아닌 것 같아요

— 심상임 (심상정의 언니)

상정이는 어렸을 때 유난히 하얀 얼굴에 단발머리를 한 깜찍한 아이였어요. 하지만 아쉽게도 나는 어렸을 때 동생과 함께한 시간이 많지 않아요. 교육열이 대단하셨던 아버지는 장남인 오빠를 일찍부터 파주에서 서울로 유학 보내셨는데, 그 덕에 나도 5학년 때부터 서울에서 지냈거든요.

자식 사랑이 유난하셨던 부모님은 시골에서 농사지은 것들을 손수 이고지고 서울까지 오셨어요. 그때 집에서 돼지를 많이 키웠는데 두 분이 서울로 올라오실 때면 남은 두 동생은 집에서 돼지밥을 챙겨 주어야 했대요. 두 살 차이밖에 안 나는 남동생과 막내인 상정이는 돼지밥 주기를 서로 미루다가, 결국 배고픈 돼지들이 우리를 뛰쳐나오는 사태가 되어서야 허겁지겁 돼지를 우리에 몰아넣느라 애를 먹은 적이 한두 번이 아니라고 하더라고요.

우리 집은 당시에는 대개 그러했듯이 아들을 최고로 생각하는 집안이었어요. 아버지는 7남매 중 외아들이셨는데 그 때문인지 아들 사랑이 각별하셨고, 특히 두 아들을 명문학교에 보내기 위한 노력은 '맹모삼천 지교' 못지않으셨어요. 넉넉지 않은 형편에도 열과 성을 다하셨지요. 저는 모든 것이 남자, 오빠 위주로 돌아가는 데에 순종적인 편이었다면, 상정이는 매사에 오빠들에게 지지 않으려고 기를 썼던 것 같아요. 오빠에 대한 경쟁심도 있었겠지만 막내인데다 딸이어서 알아서 자기 자리를 찾지 않으면 안 되겠다 싶어서 더 그랬는지도 모르겠어요.

집중력이 뛰어난 아이

상정이가 초등학교 4학년 때 가족이 모두 서울로 이사를 했어요. 자식들 교육 때문에 내린 결단이었어요. 상정이는 서울에 올라와서도 적응을 잘했고, 공부도 서울 토박이들에게 밀리지 않고 1, 2등을 다퉜어요. 원래 총명하고 영특했던 것 같아요.

하지만 서울에 올라온 후로 집안 형편은 많이 달라졌어요. 시골에서는 여유가 있었지만 서울 생활은 힘겨웠죠. 시골에서 교직을 그만두고 서울로 오신 아버지가 자리를 잡는 것부터 여의치가 않았어요. 몇몇 사업에 손을 대셨지만 실패하셨고, 그 이후로는 어머니 아버지 두 분이 안 해본 일이 없다고 할 정도로 많은 일을 하셨어요. 무엇보다 네 아이들을 제대로 가르치는 것이 최우선의 목표였기 때문에, 형편이 어려워도 교육을 위해서라면 할 수 있는 일은 다 하셨어요. 그 덕에 두 아들은 물론이고 두 딸도 대학을 가기 위해 재수, 삼수까지 했었는데, 그러다보니 한때는 형제들 셋이 동시에 대학을 다닌 적도 있었어요. 지난번 동생이 쓴 책 『당당한 아름다움』에 "우리 형제들의 재수를 다 합치면 13수"라는 말을 썼는데, 그 내용 때문에 어머니가 화를 많이 내셨어요. 집안 망신시키는 이야기를 썼다고. 그래도 상정이는 "지금 다 잘 됐으면 된 거지. 망신은 무슨……" 하면서 그런 데 전혀 신경 쓰지 않더라고요.

집안 형편이 어려워지자 교육에 대한 투자는 더더욱 아들 위주로 돌아갔어요. 그 덕에 막내딸인 상정이는 혼자 알아서 공부를 했어요. 사실 저는 상정이가 평소에 공부하는 모습을 잘 보지 못했거든요. 남들 보기에는 별로 열심히 하지 않는 것 같은데 공부를 잘하는 아이들이 있잖아요. 상정이도 그런 아이

초등학교 봄소풍에서. 가운데 앞쪽이 꼬마 심상정.

가 아닌가 했어요. 그런데 어머니 말씀은 다르시더라구요. 짧은 시간에 집중적으로 공부하는 스타일이었대요. 집이 작아 공부방을 따로 줄 수 있는 형편이 아니니까, 형제들이 다 자는 한밤중이나 새벽에 혼자 일어나서 공부를 했는데, 불을 켤 수는 없으니까 심지어 이불 속에서 손전등을 비춰 가면서 공부를 했대요. 어머니는 원래 머리도 좋지만 그 짧은 시간에 많은 양의 공부를 해내는 걸 보면 특히 집중력이 뛰어난 것 같다고 하셨어요. 그래서 그다지 공부를 열심히 하지 않는 것 같은데도 늘 과외하고 책을 옆에 끼고 사는 아이들을 앞서는 거였지요. 아마도 수업 시간에도 집중해서 그날 배운 건 그때그때 머릿속에 넣지 않았을까 싶어요. 어쩌면 본인은 피나는 노력을 했다고 생각할지도 모르지만, 남들 보

기엔 공부에 시간을 많이 쓰는 아이는 아니었으니까요.

명지여고 다닐 때는 학교 대표로 〈여고생 퀴즈〉라는 프로에 나갔어요. 온 집안 식구가 티브이 앞에 앉아서 응원을 했죠. 그런데 상정이가 너무 긴장을 했는지 제대로 실력 발휘를 못했어요. 1등을 못해서 아쉬웠지만 그래도 어쨌든 집안에서는 화젯거리가 됐어요. 어쨌든 우리 집안에서는 처음으로 텔레비전에 나왔으니까.

제법 멋 낼 줄도 알았던 평범한 여대생

그리고 마침내 부모님, 특히 아버지의 소원을 이뤄 주는 딸이 됐지요. 서울대에 합격을 했으니까요. 상정이의 합격 소식을 들었을 때 어머니는 꿈인지 생신지 머리를 다 흔들어 봤다고 하셨어요. 그렇게 공을 들인 아들들이 못 이룬 일을 막내딸이 이뤄 줬으니 얼마나 기쁘셨겠어요. 상정이 덕에 아버지는 한을 푸신 셈이지요. 게다가 서울대는 장학제도가 좋아서 학비도 어느 정도는 해결이 되었어요. 물론 아르바이트도 많이 하고 그랬지요. 우리 형제들은 재수, 삼수를 해서 대학에 간 대신에 등록금은 자력으로 해결했어요. 장학금을 받든, 아르바이트를 하든, 대출을 받든 해서 각자 알아서 했지요. 주위에서는 형편도 어려운데 뭐하러 여자애들까지 그렇게 가르치려고 하느냐는 소리를 듣기도 했지요.

상정이는 과외 아르바이트를 했는데 가르치는 데도 소질이 있었나봐요. 지도한 아이가 좋은 학교에 합격을 해서, 아이 부모님에게 당시 명품이었던 '부로바' 시계를 선물 받았어요. 상정이는 그 시계를 어머니께 드렸는데, 어머니가 그걸 받고 아주 뿌듯해 하셨던 기억이 나요. 막내딸이 아주 많이 대견스러우셨을 거예요. 저도 굉장히 대견하게 생각했어요. 지금까지도 그 시계 브랜드를 기억할 정도로.

상정이의 대학생활은 평범하게 출발했어요. 여느 여대생들처럼 긴 갈색머리 찰랑찰랑하게 하고 다녔어요. 체구도 날씬한 편이고 피부도 뽀얗고 해서 아주 귀여웠어요. 제가 미대를 다니고 있을 때라 동생 옷에도 신경을 좀 써 줬고, 굽이 좀 있는 하이힐을 신고 다니고 했으니까 그 당시에는 제법 멋도 좀 내는 여대생이었지요. 남학생들한테도 인기가 있었던 것 같아요.

그런데 어느 때부턴가 집에 있던 쌀이나 반찬들이 자꾸 없어지는 거예

명지여고 졸업식날, 동생 상정이와 함께.

요. 상정이가 들고 나가는 거지요. 그때만 해도 서울대학생들이 가난하고 시골에서 올라온 학생들이 많았어요. 그래서 어려운 친구들을 갖다주나보다 했어요. 우리도 형편이 그리 넉넉하지 않았지만, 저희 어머니는 성격이 화통하시고 베푸는 데 인색하지 않으셨어요. 지금도 그러시고요. 그래서 상정이가 뭘 들고 나가도 별 말씀 안 하셨어요. 제 생각에는 아마도 그 무렵이 운동권에 발을 들여놓았을 때가 아닌가 싶어요.

저는 같이 대학을 다녔어도 이념적인 것에 관심 없었고, 상정이가 관심을 갖는 것도 그리 심각하게 생각하지 않았어요. 그 시절에는 서울대를 다니면 그 정도의 관심과 활동은 당연한 것이려니 생각했고, 그러다가 말겠지 했어요. 어머니는 저보다는 좀 더 깊이 알고 계셔서 걱정을 좀 하셨던 것 같아요.

대학 신입생 시절에는 곧잘 맵시 있게
입고 다녔다.

그러다가 동생이 잠깐 집을 나가
서 생활하게 된 적이 있었어요. 아마
운동에 본격적으로 발을 들여놓으면
서 그랬던 것 같아요. 간단하게 짐을
정리해서 작은 트럭에 싣고 이사를
가는데 어머니가 함께 가셨대요. 집
에서 출발하면서부터 이사하는 집에
도착할 때까지 상정이하고 엄마하고
두 모녀가 함께 울었다고 하더라고
요. 저는 그 이야기를 전해 들으면서
너무너무 맘이 아팠어요. 어머니는
어머니대로, 상정이는 상정이 대로
얼마나 가슴이 아팠겠어요. 그냥 학
교 졸업해서 직장 갖고 결혼하고 그
렇게 평범하게 살라고 하시는데 그
말씀을 뿌리치고 그 어려운 길로 들
어섰으니 저도 힘들었겠죠. 얼마나 고민이 되고 혼돈스러웠겠어요. 부
모님의 가장 큰 자랑이었는데, 갈등도 많았겠지요. 과연 이 길을 가야
하는가, 이 길에서 얻을 수 있는 건 무엇인가 하는 것도 생각하지 않았
겠어요? 참 힘들고 외로웠을 것 같아요.

똑똑한 딸과 동생을 둔 가족들의 삶

저는 졸업하고 중학교 미술 선생을 하다가 군인과 결혼을 했어요. 남
편 근무지를 따라 일 년 이 년 단위로 이사를 다녔는데, 전곡에서 살 때

였어요. 어느 날 남편 동기생이 직원 한 명과 함께 저를 찾아왔어요. 당시 보안사령부 소속이라고 하면서 수배된 동생을 찾아내라는 거예요. 그 사람들은 상정이가 대우어패럴에 위장 취업을 해서 파업을 주도했다고 하면서, 동생이 북쪽과도 연계되어 있다는 듯이 이야기를 했어요. 남편 진급에도 영향이 있을 거라고 하면서. 저는 사실 결혼 이후에는 상정이의 활동에 대해서 잘 모르고 있었어요. 집에서는 알고 있었겠지만, 사위 직업도 특수하고 하니까 말씀을 못 하셨겠죠.

그 사람들이 돌아가고 난 후에 저는 거의 실신상태가 됐어요. 무언가 머릿속과 가슴을 후벼 놓은 듯한 느낌이었어요. 그 사람들의 이야기를 액면 그대로 받아들였기 때문에 정말 남편한테 큰일이 나는 게 아닌가 싶었어요. 제 동생 일로 남편의 앞길을 막을지도 모른다고 생각하니까 미안하기도 하고 어쩔 줄을 모르겠더라고요. 그날 이후로는 늘 누군가가 우리 집을 감시하는 것 같아 불안했어요. 그런데 남편은 오히려 저를 위로하고 처제에 대해서 아무런 내색이 없었어요. 물론 남편도 육사를 갔을 때는 나름대로 포부도 있었을 텐데, 속으로는 불안했겠지요. 그렇지만 저한테는 한 번도 그런 기색을 비친 적이 없었어요. 그 점은 정말 고맙게 생각해요. 아마 남편한테는 저에 대한 사랑이 컸던 만큼 처제에 대한 믿음이 있었지 않았나 싶어요. 평소에 영특하고 소탈하고 수수한 모습을 봐왔기 때문에 인간적으로 미워할 수 없었던 것 같기도 하고요. 상정이도 형부를 자주 만나지는 못했어도 심정적으로 잘 따랐던 것 같아요.

요즘 와서 보면 남편이 다른 군인들보다는 생각이 좀 열려 있지 않았나 싶어요. 자신과 생각이 달라도 맘을 열어 놓고 있고, 처제를 굉장히 존중해 주고 인정해 줘요. 저도 지금은 예전에 그 보안부대 동기생에 대한 마음이 좀 달라졌어요. 그때는, 꼭 그렇게 위협적으로 말할 수밖에 없었나, 서운하게 생각했지만 사실 그분도 결국은 자신에게 주어진 임무에 충실했던 분이 아닌가 싶어요.

언니인 제가 이 정도니 어머니는 상정이로 인해 얼마나 힘드셨겠어요. 집 주위에 늘 경찰들이 3백 미터, 5백 미터 간격으로 서 있었어요. 일계급 특진이 붙어 있었으니까. 그런데 그분들도 경찰 이전에 인간인지라 어머니한테 와서 "우리도 이러고 싶진 않은데 직업이라 어쩔 수 없다", "똑똑한 딸을 둬서 고생하는 거다", 또 어떤 사람은 "나중에 딸이 잘되면 잘 봐달라"는 말들을 했다고도 해요.

어머니는 그 당시 버스를 타고 가다가도 상정이와 걸음걸이나 머리 스타일이 비슷한 사람만 보이면 미친 듯이 뛰어내려서 쫓아가보곤 하셨대요. 어디서 어떻게 사는지 모르니 얼마나 걱정이 됐겠어요. 그 충격으로 입이 돌아갔던 적도 있었으니까요.

심상정이 하지 않는 두 가지 이야기

그렇게 힘들던 10년 수배 생활을 끝내고 생활이 자유로워지자 동생은 노동운동에 대한 공부를 많이 하는 것 같았어요. 스터디 그룹 중에는 김문수 현 경기도지사도 있었어요. 그렇게 공부할 때 어머니가 밥도 많이 해주셨어요. 그러다가 서울대 동문하고 결혼을 했죠. 가족들은 환영했어요. 결혼을 하면 밖에 일도 줄이고 생활이 안정되지 않을까 생각했어요. 그런데 예상이 빗나갔죠. 상정이는 노동계 일로 계속 바빴고 아기도 어머니가 키워 줘야 하는 상황이 됐어요.

동생 부부는 아이를 참 자유롭게 키우는 것 같아요. 아이의 성적이나 시험에 대해 이야기하는 걸 한 번도 들어본 적이 없어요. 그냥 아이가 자신의 소질을 계발하면서 즐겁게 사는 걸 가장 좋게 생각하고 있는 것 같아요. 공부를 잘한다, 성적이 좋다, 이런 이야기는 일절 안하고 아이

아이의 공부나 성적 이야기는 일절 하지 않고, 아이가 소질을 계발하며 즐겁게 사는 일에 관심을 기울인다.

가 농구를 잘 하고, 드럼을 잘 치고, 랩을 잘 하고, 학교에서 누나들한테 인기가 많다, 이런 것을 자랑해요. 아이 성적이나 학원에 얽매이지 않는 걸 보면 동생네 부부는 보통 부모들과는 많이 다른 것 같아요. 그러고 보면 조카는 그 집 부부 아이 같지가 않아요. 동생네 부부는 생각은 깨어 있는 것 같지만 하고 다니는 걸 보면 지극히 평범한데, 아들은 확실히 신세대인 것 같아요.

　동생은 아이 성적 얘기도 안 하지만 돈 얘기도 전혀 안 해요. 생활이 여유롭지 않은 건 분명한데도 이렇다 저렇다 말이 없어요. 종종 가족들이 모여서 밥을 먹고 나면 어머니는 이것저것 싸 주시는 게 일인데, 그때 엄마가 싸 주신 것을 들고 가는 동생의 뒷모습을 보면 마음이 그렇게 짠할 수가 없어요. 누구보다 똑똑하고 좋은 학교를 나왔는데 왜 저렇게 어려운 일을 하며 힘겹게 살아야 하나 하는 생각도 들고. 그저 평범하게 남들처럼만 살았으면 하는데도 그게 안되니까요. 그래서 어머니 아버지는 틈만 나면 "너 아니면 그 일 못 하냐. 제발 여기서 그만둬라" 하는 말씀을 자주 하셨어요.

하지만 상정이는 비교 같은 걸 하지 않는 것 같아요. 오로지 자기가 하는 일의 중요성에만 초점을 맞추지, 다른 건 별로 관심을 두지 않아요. 누가 잘살고 못살고에 연연하거나 비교하는 걸 본 적이 없어요. 강한 생활력은 부모님이 물려주신 것이 아닌가 싶어요. 다들 자기 앞가림은 자기가 하고 살아야 했으니까. 그래서 형제들이 이제는 다 자기 몫을 하면서 여유 있게 사는 편이에요.

제부는 과묵하고 쓸데없는 말은 안 하는 사람이에요. 이야기할 때는 진솔하게 하고 아내를 존중해요. 웬만한 사람 같으면 아내가 그렇게 바깥일만 하면 불평도 하고 그럴 텐데 한 번도 그런 적이 없으니까. 그래서 어머니는 사위를 좋아하시지요. 안쓰러워하시기도 하고. 마누라 손에 따뜻한 밥 한번 못 얻어먹는 것 같으니까 미안해 하시지요. 요즘도 딸 걱정보다 사위 걱정, 손자 걱정이 더 많으세요. 그렇지만 정작 그 집 식구들은 굉장히 편안해 보여요. 한 번도 짜증스럽거나 힘든 기색을 비친 적이 없으니까요.

정치를 하면 가족들의 희생이 따르게 마련이지요. 남편도 그렇고 아이도 그렇고 부모도 그렇고. 하지만 약자를 대변해서 이야기하는 사람도 있어야 사회의 균형이 이루어지지 않을까 생각해요. 그래서 동생 같은 사람이 필요한 거지요. 심상정 때문에도 우리 사회가 부분적으로나마 변하는 모습을 보고 싶어요.

국회의원이 되고 달라진 것

동생이 정치권으로 간다고 할 때 부모님들은 강하게 반대하셨어요.

소탈하고 수수해서 치장에 많이 신경을 안 쓰는 심상정, 그나마 국회의원이 되어서 옷차림은 좀 달라졌다.

지금까지도 충분히 힘들었는데 정치판에 발을 담그면 얼마나 더 힘들어지겠느냐며, 특히 아버지가 걱정이 크셨어요. 그런데 그것은 자신의 의지로 하는 것이 아니라 당에서 결정하는 일이라고 하더라구요. 사실 그때까지만 해도 부모님이나 우리 형제들은 동생이 그렇게 큰 사회적 활동을 하고 있는지 잘 몰랐어요. 저도 한겨레신문에 난 기사를 보고 그동안 동생이 어떤 활동을 해왔고, 어떤 평가를 받는지를 알았어요. 사실 그 당시는 동생이 이런 일을 한다고 주변에 이야기하기도 어려웠어요.

첫 선거운동도 무척 힘들게 했어요. 옆에 아무도 없이 혼자 다니고, 차도 없어서 버스 타고, 급하면 택시 타고 다니면서 하려니 얼마나 힘들었겠어요. 또 그때는 식구들도 냉담했어요. 얼마나 더 고생을 하려고 저러나 싶어서요. 그런데 생각보다 어렵지 않게 국회의원이 된 거예요. 정말 놀랐어요.

부모님의 기쁨은 헤아릴 수가 없었죠. 그동안에 힘들고 어려웠던 것들이 한순간에 녹아 내렸죠. 아버지는 동생이 국회의원이 된 이후로 신문과 방송 뉴스를 엄청나게 보셨어요. 원래부터 뉴스를 챙겨 보시는 분이었는데 딸이 국회의원이 되고 나서는 더 신경을 많이 쓰셨어요. 소수 정당의 국회의원이 되다보니 늘 염려스러워하셨고, 여기저기서 들은 쓴 소리들을 전해주곤 하셨어요. 약이 되라고 한 소리였겠지만, 매번 그런 소리만 들어야 하는 상정이도 힘들었을 거예요.

상정이가 국회의원이 되고 나서 달라진 것은 조금 나아진 옷차림밖에 없는 것 같아요. 국회의원이 되고 나니 사람들이 보는 눈이 그 전과는 많이 다르더라구요. 상정이는 소탈하고 수수해서 치장에 신경을 안 쓰는 편이에요. 친정에도 오면 팔순이신 어머니 옷도 입어 보고 신도 신어 보고, 저 같으면 갖다 입으라고 해도 싫을 것 같은데, 스스럼없이 갖다 입어요. 그러다 보니까 가끔씩 TV 토론 같은 데 나오면 남들 보기에 상정이가 좀 초라해 보였나 봐요. 몇몇 분들이 저한테 옷차림에 신경을 좀 써 주라고 하시더라고요. 아무래도 다른 당 여성 국회의원들과 비교가 되겠지요. 그 덕에 동생이랑 할인매장 같은 데 가서 옷도 몇 벌 사고 그랬어요. 국회의원이면 때와 장소에 따라 갖춰 입고 가야 할 일들이 많잖아요. 옛날에는 어딜 가나 항상 같은 차림이었는데, 요즘은 염색도 좀 하고 파마도 해서 그런지 동생이 많이 예뻐졌다고들 해요.

하지만 수수한 것이 좋은 점도 있어요. 사람들이 다른 국회의원들보다는 심상정을 편하게 생각하고 친근감을 느끼는 것 같아요. 화려하고 근엄하게 차려 입은 국회의원들은 접근하기가 어렵잖아요. 그런데 동생에게는 스스럼없이 다가와서 악수를 청하고 응원을 해 주고 그래요. 남자분들도 힘내라고 격려해 주시는 분들이 많아요. 분명히 다른 생각을 가진 분인데도 가까이 오셔서 "좋은 일 많이 하세요" 하고 격려하고 가시고, 사인도 해달라고 하고. 편안한 이웃집 아줌마처럼 어디서 만나든 반갑게 손을 잡을 수 있는 사람, 그게 동생의 장점인 것 같아요.

TV에서 볼 때는 논리적이고 딱 부러지는 모습이지만, 실제로 보면 옆집 아줌마 느낌이다.

　시간이 없어서 자주는 못 하지만, 상정이는 바쁜 중에도 어머니한테 잠깐씩 들러서 고스톱을 같이 쳐 주기도 해요. 어머니가 재밌어 하시거든요. 그럴 때 보면 노동운동가도 국회의원도 아니고 그냥 엄마와 딸이죠. 화투가 참 신기한 점이 있어요. 우리 가족들이 모여서 가장 화기애애하게 시간을 보낼 수 있는 게 화투인 것 같아요. 군인이고 사업가고 진보신당이고 떠들다가도 일단 화투를 시작하면 끝이에요. 온 가족이 웃음소리가 끊이지를 않아요. 그래서 한번은 제가 "커튼 좀 쳐라. 이제 유명인인데, 사진 찍힐라!" 그래서 한바탕 웃었어요.

심상정을 아까워하는 사람들

아버지가 상정이 지역구 선거기간에 돌아가셨잖아요. 가족들 중 누구보다 상정이 일에 신경을 쓰신 분이 아버지셨어요. 정말 정치를 한다는 건 본인뿐 아니라 부모님들에게도 힘든 일인 것 같아요. 아버지가 병원에 입원을 하셨어도 상정이는 지역구 관리 때문에 자주 와서 뵙지도 못했어요. 아버지도 그 시간에 선거운동 하기도 바쁜데 병원에 오지 말라고 하셨고요. 쓴소리도 많이 하셨지만 늘 딸이 하는 일을 염려하셨어요. 병원에서 그렇게 위중한 상황인데도 당신 병세보다 선거 상황에 더 관심을 가지셨어요. 혼수상태에 있다 깨어나시면 선거가 어떻게 되어가는지를 가장 먼저 물어보셨어요.

부모는 참 어쩔 수가 없는 것 같아요. 사실 우리 부모님은 막내딸에 대해서는 애증이 있는 것 같아요. 부모님의 기대를 충족시켜 준 반면에 또 한편으로는 그 기대에 반하는 삶을 살았잖아요. 그래서 부모님 마음을 아프게도 많이 했고, 또 국회의원이 되어서 그 아픔을 다 상쇄시켜 주기도 했고요. 애정도 많고 안타까움도 많고 그렇겠지요.

결국 아버지는 돌아가시고 상정이는 그 선거에서 졌지요. 아버지 장례 때문에 일주일 간 유세를 못 했지만 사실 선거운동 후반으로 갈수록 분위기는 좋았어요. 시민들의 호응도 점점 커졌고요. 동생도 큰일을 치르고 난 후인데도 참 씩씩하게 잘하더라구요. 천연덕스럽다고 할까, 너무나 자연스럽다고 할까, 정말 대단하구나 하는 느낌을 받았어요. 정말 막힘이 없이 화통했어요.

그런 선거에서 졌으니 참 회한이 많이 남지요. 시간이 조금만 더 있었어도……. 저도 그 선거 때는 힘이 좀 돼주려고 나가 봤지만, 상정이는 새벽 4시에 나가서 밤 12시에 들어오곤 했다는데 얼마나 힘들었겠어요. 그런 와중에 아버지 돌아가시고 장례 치르고 다시 선거 운동하고 결국은 떨어지고……. 이런 일들이 한꺼번에 일어나니 나도 마음이 감당이 안 되는데 본인 마음은 오죽했겠어요.

얼마 후에 제가 "너 정치 안 하면 안되니? 차라리 공부를 좀 더 해서 대학교수 하면 어떻겠니?" 그랬더니, "모든 일에는 다 어려운 과정이 있는 거잖아. 그런 과정 없이 무슨 일을 하겠어"라고 하더라구요. 정치에 나선 사람이 선거에서 떨어지는 건 특별한 게 아니라는 거예요. 그래서 다시 한번 '참 대단하다'는 생각을 했어요.

사실 제 주변에서는 "인물이 너무 아깝다, 힘 있는 당에 있었으면 뭐든 할 텐데"라는 말들을 많이 해요. 우리나라 사람들은 선거 때 인물보다 당을 보고 찍잖아요. 그래서 당 때문에 다른 후보를 찍으면서도 심상정을 아까워해요. 그런 걸 보면 우리나라도 인물을 보고 뽑는 사회가 되었으면 좋겠어요. 이 사람이 진짜 나라를 위해서 일할 사람이라고 생각이 되면 당이 달라도 밀어 줬으면 좋겠어요. 당보다는 그 사람 자체에 관심을 갖고 자세히 알아보고, 능력이 있는 사람이다 싶으면 그 역량을 발휘할 수 있도록 기회를 주면 좋겠다는 생각이 들어요.

"심상정은 뭐가 되도 되겠다"

정치인 심상정은 소신이 분명하고 똑똑하고 논리적이죠. 자기에게 주어진 역할을 정말 잘 해내요. 토론이나 유세하는 걸 보면 내 동생이 맞나 싶을 정도로 당찬 모습이 있어요. 그 모습이 믿음직스럽기도 하지만 한편으로는 심상정이 따뜻하고 수수하고 감정도 풍부하다는 것을 다른 사람들이 좀 알아줬으면 좋겠어요. 매사에 논리적이고 따지기 좋아하는 사람으로만 비치는 게 안타까워요. 사실은 그림 그리는 저보다도 더 예쁜 거 좋아하고, 사소한 일에 감동
잘하고, 잘 웃고 웃음소리도 크고 그런 사
람이거든요.

하지만 역시 공적인 장소에서는 강한
카리스마와 리더십을 느끼게 하지요. 유세
장 같은 데서 보면 언니인 나도 팬이 되게
만들어요. 가족이 그런 생각을 갖기는 쉽
지 않은데, 그야말로 여자라기보다 한 사
람의 정치인이라는 걸 느껴요. 당당하고,
화통하고, 명확하고, 거기다가 유머까지 있어요. 그래서 그 말을 듣다
보면 저절로 팬이 될 수밖에 없어요. 군인인 남편 친구들도, 생각은 다
르지만 사람은 참 똑똑하다, 대단하다는 소리들을 하는 것 같더라구요.
택시를 타도 "심상정은 뭐가 되도 되겠다"고 하시는 기사 아저씨를 많
이 만나요. 그럴 때는 힘이 나지요.

『당당한 아름다움』이란 책도 썼지만, 동생은 매사에 참 당당한 사람
같아요. 지금 이렇게 이야기하는 것도, 나는 어떤 말을 해야 할지 몰라
서 어떻게 했으면 좋겠냐고 했더니, "그냥 언니가 하고 싶은 대로, 편하
게" 하면 된다고 하더라고요. 나 같으면 언니가 무슨 이야기를 할까 걱
정도 될 것 같고, 이런 얘기를 해줬으면 좋겠다고 주문도 할 법한데 그
런 게 전혀 없어요. 매사에 자신만만하고 긍정적인 거지요. 그런 면이
참 대단하게 느껴져요. 어쨌든 언니인 제가 보기에도 심상정이 보통 여
자는 아닌 것 같아요.

심상임

화가. 이 원고는 심상임 씨가 구술한 것을 정리한 것입니다.

나의 삶, 나의 꿈
― 심상정 (진보신당 전 상임공동대표)

'해피'의 추억

인연이라고 하죠. 거부할 수가 없죠.
내 생애 이처럼 아름다운 날 또 다시 올 수 있을까요―

이선희의 '인연'이라는 노래를 들으면 어린 시절의 추억 한 장면이
영화처럼 눈앞에 펼쳐진다.

학교가 끝난 후, 작달막한 단발머리 여자아이가 책보를 허리에 둘러
묶고 뛰어나온다. 초등학교 교문을 나선 아이는 먼발치에 있는 느티나
무 쪽을 흘낏 쳐다보고는 쏜살같이 내달린다. 누렁이 '해피'는 자기를
향해 달려오는 아이를 보자마자 귀가 뒤로 젖혀지도록 있는 힘껏 뛰어
간다. 숨을 헐떡이며 달려와 무릎을 꿇은 아이는 두 발로 일어서다시피

한 해피를 안고 얼굴을 맞댄다. 아이는 해피에게 학교에서 있었던 일을 이야기하고 장난도 치면서 동무처럼 함께 집으로 돌아온다.

경기도 파주 광탄의 도마산동이라는 조그만 시골이 내가 나고 자란 마을이다. 해피는 어릴 적 그 시골집에서 키우던 누렁이의 이름이다. 그때 촌에서 키우는 개의 이름은 대개 '해피' 아니면 '메리'였다. 우리 개가 해피라는 이름을 갖게 된 것은 옆집 개 이름이 '메리'였기 때문이다. 해피의 족보에 대해서는 별로 기억이 나지 않는다. 해피와 나의 인연은 여섯 살 되던 해 엄마가 이웃에서 갓 태어난 강아지를 얻어오면서 시작되었다. 동네에 내 또래가 별로 없었던 탓에 해피는 나의 단짝 친구가 되었다. 아침에 눈떠서 저녁에 잠들 때까지 해피는 나의 친구였고 때론 스승이기도 했다. 초등학교 등하고 때 해피는 하루도 빠짐없이 길동무가 되어 주었다. 아침에 등교할 때는 학교 정문까지 바래다주었고 하교 길에는 학교가 보이는 느티나무 밑에서 기다리곤 했다. 여름 저녁 어스름에 오빠랑 깡통을 들고 개구리를 잡으러 나서면 오빠가 휘두른 막대기에 맞아 기절한 개구리를 찾아내는 건 해피의 몫이었다. 시골에서는 이웃에서 장사를 지내면 동네 사람들이 그 집에서 밤을 새는 것이 관례다. 어느 날 이웃 초상집에 갔던 아버지가 새벽녘에 집에 오려고 초상집을 나설 때 난리가 났다. 아무리 찾아도 신발이 없는 것이다. 지금처럼 물자가 사방에 풍성하게 널려 있는 시절이 아니어서, 구두 한 켤레는 큰 재산이었다. 어쩔 수 없이 슬리퍼를 빌려 신고 집으로 온 아버지는 어처구니없게도 신발이 툇마루에 가지런히 놓여 있는 모습을 보았다. 밤새 기다리던 해피가 어지럽게 널려있는 여러 켤레 신발 중에서 아버지의 것을 찾아 물어다 놓은 것이다. 요일별로 학교가 끝나는 시간까지 정확하게 알아차리고 기다리는 개였으니 그쯤은 놀랄 일도 아니었다. 나는 종종 해피의 영리함과 충직함에 탄복하곤 했다. 전생에 글 읽던 선비가 해피로 환생한 건 아닐까 생각하기도 했다.

그런데 청천벽력 같은 일이 벌어졌다. 초등학교 4학년 가을 우리 집이 서울로 이사를 가게 된 것이다. 나는 해피를 데려가야 한다고 매일 엄마와 실랑이를 하며 울음을 터뜨렸다. 식구들이 자기를 버리고 떠날 참이라는 걸 알아차렸는지, 해피는 꼬리를 흔들어도 예전 같이 힘차지 않았고 눈빛은 허허로웠다. 이삿날이 점점 다가오자 해피는 광에 들어가더니 보름째 광에서 나오지 않았다. 아무것도 먹지 않고 끙끙거리는 신음소리가 길어졌다. 개가 '짖는' 것이 아니라 '우는' 소리가 얼마나 구슬픈지는 개를 키워본 사람만이 알리라. 어느 날 아무리 해도 먹지 않는 해피에게 밥을 갈아주러 광에 들어갔다가, 어슴푸레한 어둠 속에서 반짝이는 그 무엇이 해피의 눈에 고인 눈물이라는 걸 깨닫는 순간 난 그 자리에서 꼼짝할 수 없었다. 그러나 열 살 남짓의 어린아이가 가족의 힘에 맞서 할 수 있는 일은 아무 것도 없었다.

서울로 이사 온 지 두 해가 지난 어느 날, 고향에 다녀 온 아버지가 엄마에게 낮은 목소리로 하는 말이 들렸다. 해피를 잡았다고……. 눈앞이 캄캄해지고 속이 울렁거렸다. 해피와 더불어 내 숨이 끊어지는 줄 알았다. 어떻게 그럴 수가……. 나는 그로부터 여러 날 밤을 이불속에서 숨죽여 울었다. 해피의 비통한 죽음은 내가 처음으로 인간이야말로 가장 잔인하고 이기적인 동물이 아닐까 하는 생각을 품게 만든 계기였다.

해피의 죽음은 쓰디쓴 첫 이별의 아픔처럼 오랫동안 내 마음에 짙은 어둠을 드리웠다. 나는 누구에게도 말할 수 없는 크나큰 슬픔을 간직하고서 사춘기에 접어든 것이다. 그 추억의 조각은 철들고 나서도 가끔 이른 새벽에 나를 깨우곤 했다. 어린 시절 첫 정을 주었던 나의 동무. 해피와의 추억은 나에게 인연에 대한 경외심과 허무를 가르쳐 주었다

임순례 감독의 작품 '날아라 펭귄'에는 채식주의자 이주훈이라는 인물이 나온다. 회식자리에서 살점이 저며진 채 회 접시에 놓여 아직도 눈

을 두리번거리는 생선과 눈을 맞춘 그가 황망해하는 모습을 보는 순간, 기억하고 싶지 않은 한 장면이 떠올라 버렸다. 20년 전 제기동의 전노협 (민주노총 전신) 사무실 근처 한 보신탕집. 당시 전노협 지도위원은 개고기 한 점을 내게 들이밀었다. 내가 그 고기를 받아먹을 때까지 끝을 보겠다고 했다. 앞으로 간난신고(艱難辛苦)를 헤쳐가야 할 노동운동가가 그렇게 가리는 게 많고 유약하면 되겠느냐는 것이었다. 나는 그날 두 손을 꼭 쥐고 하느님께 구원을 빌었다.

상식의 차이

국회의원 되고 33년 만에 만난 초중고 동창들이 건넨 첫마디는 "야, 너 어쩜 그렇게 얌전하고 말도 없던 애가 그런 맹렬여성이 되었냐. 우리 친구들이 다 깜짝 놀랐다는 거 아냐!" 였다. 지금 심상정을 아는 사람들에게는 이런 말이 낯설게 들릴지 모른다. 그러나 동창들이 그리는 '얌전한 심상정' 의 모습이 내게는 아직도 엊그제 일처럼 선명하다.

나는 초등학교 4학년 말에 서울 은평구 대조초등학교로 전학을 왔다. 개울에서 멱 감고 산나물을 캐러 다니고 겨울에는 화로에 고구마를 구워먹던 내게 동화책을 읽고 과외 하러 다니는 서울 아이들의 문화는 그저 낯설고 두렵기만 했다. 서울 문화에 제대로 섞일 수 없었던 시골뜨기의 문화적 충격과 심리적 갈등은 열 살 무렵부터 대학에 들어갈 때까지 계속되었다.

서울내기들이 아무렇지도 않게 받아들이는 모든 것이 내게는 이상해 보였다. 심지어 교실에 걸린 달력의 그림조차 생소했던 기억이 있다. 그 그림은 가을풍경을 그린 것이었는데, 석양의 들녘을 배경으로 초로의 할머니가 논두렁에 앉아 있었다. 나는 수업시간 내내 그림에서 눈을 떼지 못했다. 저 논두렁은 어두워지기 전까지 우리가, 시골 아이들이 뛰어놀던 곳인데. 왜 저기에 아이들 대신 할머니가 앉아계시는 거지? 시골집 주변에서 그런 모습은 한 번도 본 적이 없었다. 한참 망설이다 '저 그림 좀 어색하지 않아?' 하고 던진 질문에 내 짝은 '해가 지니까 할머니가 어울리는 거잖아' 하고 시큰둥하게 대답했다. 그 대답을 받아들일 수도 없고 그렇다고 다시 물어볼 수도 없는 어정쩡한 분위기는 서울에서 보낸 초등학교 시절 내내 계속되었다.

중학교에 다니던 70년대 초반에는 통기타문화가 대단히 유행했다. 당시 아이들 세계의 주류에 편입되려면 기타를 갖고 있고 트윈폴리오나 양희은의 노래 몇 곡 정도는 칠 줄 알아야 했다. 또래 문화에 큰 영향을 받는 사춘기 시절, 나도 기타를 갖고 싶은 마음이 간절했다. 그러나 언제 말을 꺼내볼까 하고 눈치를 살피던 어느 날, 재수하던 오빠가 숨겨 두었던 기타를 아버지가 현관 밖으로 내동댕이치는 것을 보고 난 후부터는 포기해버렸다. 기타를 멋들어지게 치는 친구의 어깨너머로 양희은의 '이루어질 수 없는 사랑' 한곡을 익힌 것으로 만족해야 했다. 기타를 치는 친구들이 주인공이 되는 자리 주변에서 나는 부러운 눈으로 그들을 바라보고만 있었다.

나는 연합고사 1기다. 경기여고나 이화여고 같은 명문 고등학교를 꿈꾸다 속칭 뺑뺑이로 다른 여고에 배정받은 아이들은 처음부터 학교에 대한 애정이 없었다. 특히 명지여고는 신설학교였기 때문에 특별한 학교의 전통이 있거나 선후배간의 문화가 끈끈하게 형성되어 있지도 않았다. 대부분의 아이들은 수업이 끝나기가 무섭게 책가방 싸고 만반의 준비를 하고 있다가 담임선생님의 종료선언에 맞춰 용수철처럼 튀어나갔다. 그 아이들은 모두 학원으로 달려갔고, 홀로 집으로 향하는 나는 학교 안의 이방인이었다.

당시 우리 집은 엄마가 인현동 지하상가에서 완구점을 열어 살림을 유지할 때였다. 어쩌다 가끔 완구점을 들를 때가 있었는데, 지하상가 계단을 내려가면 복도 먼 쪽 구석에 엄마의 점포가 있었다. 햇빛도 보지 못해 파리해진 얼굴로 손님 없이 홀로 앉아있는 엄마를 보면 먼발치부터 가슴이 무겁게 내려앉곤 했다. 나는 어려운 집안 살림을 알고 있었기 때문에 학원이야기는 입 밖에도 내지 않았고 고3때 학교에서 권한 파이널 코스 외에는 과외나 학원을 다녀본 적이 없었다. 학원에 다니는 아이들이 부럽지도 않았다. 요즘 유행어처럼 '부러워하면 지는 거다' 였기도 하지만, 그 아이들의 학원세계는 아예 나와 차원이 다른 세계였으니까. 나는 그 밖에서 작으나마 나의 세계를 만들어가고 있었다.

초·중·고 모두 신설학교를 다닌데다가 도시문화와 과외열풍에서 주변인이 된 나는 학교 바깥의 세계로 나돌았다. 충암중학교 시절에는 고교야구를 쫓아다녔고 고등학교 때에는 교외 서클에 열심이었다. 충암중학교 시절에는 충암고등학교 야구부가 준준결승에만 오르면 중학생들까지 동대문운동장에 응원단으로 동원되었는데, 그때 나는 야구부 학생 기자를 자처하였다. 펜스를 넘기는 홈런의 통쾌함과 탁 트인 그린필드, 혼연일체가 된 관중석의 함성이 무엇엔가 모르게 질리고 막힌 속을 다 뚫어주는 것 같았다. 고등학교 때도 남들이 입시준비에 골몰할 때 나는 동대문운동장을 찾았고, 종로2가 태화관을 드나들며 중3 담임선생님이 연결해 준 영어회화클럽 활동에 열심이었다. '주변인' 이면서도 내면으로만 파고들고 멍들어가는 것이 아니라 나를 온전히 던질 대상이 있었다는 것, 그것이 내가 '다른' 생각을 하게 해 주는 원동력이 아니었을까.

가부장제 가정의 막내딸로서, 농촌출신으로서, 남녀공학의 대학교에서 여학생운동가로, 오랜 세월 언더그라운드의 노동운동가로서, 그리고 지금 소수 진보정당의 정치인으로서 살아온 나. 그러고 보니 지금까

고등학교 2학년 경주로 수학여행 가는 길, 대구역에 잠깐 정차했을 때 친구와 함께.

지 나는 '비주류'의 삶을 살아온 것 같다. 주류와 비주류의 상식은 논두렁에 있어야 하는 것이 할머니냐 아이들이냐 하는 사소한 문제에서부터 우리 사회를 발전시키는 것이 큰 인물 몇 명이냐 묵묵히 열심히 일하는 다수의 사람들이냐에 이르기까지 크나큰 차이가 난다. 그러나 주류와 비주류 간의 상식의 차이를 경험해 본 사람들은 안다. 위에서부터 내리누르는 주류 상식의 전복이야말로 우리 사회가 건강하게 발전하기 위해 꼭 필요하다는 것을.

교사가 되고 싶었던 꿈을 접고 노동운동으로

내가 17대 국회의원이 되자 많은 기자들은 이렇게 물었다. 얼마나 이념이 투철하면 남들이 다 빠져나간 노동운동 외길을 25년씩이나 고집

할 수 있었느냐고. 나는 속으로 피식 웃을 수밖에 없었다. 만약 내가 이념에만 의지해서 살았다면 진보정치인으로 이어진 이 길을 진작에 벗어났을 것이다. 돌이켜보면 기나긴 25년을 지탱해준 것은 이성과 이념이 아니라 열정과 연민이었다. 나는 남자친구를 쫓아다니다가 운동권이 되었고 구로공단에 '공활(공장활동)' 갔다가 너무도 열악한 여성노동자들의 생활을 보고 사무치는 연민을 감당할 수 없어 노동운동가가 되었다.

대학에 입학할 때 나는 정말로 교사가 되고 싶었다. 아버지의 뜻을 이어받는 길이고 나라의 미래를 가꾸는 길이라고 생각했기 때문이다. 그러나 시대는 나에게 교육자의 길을 허락하지 않았다. 내가 어릴 적 공책 한 장을 채울 정도로 많던 '장래희망' 목록에도 없던, 그런 것이 있는 줄도 몰랐던 '노동운동가'의 길을 가다가 마침내 정치인이 되리라고 그때 누가 예언했다면 나는 깔깔깔 웃고 말았을 것이다.

나는 운동권에 들어갈 생각 같은 것은 없었다. 지성과 낭만의 장소인 대학에서 세계를 마음껏 탐구한 다음 훌륭한 교육자가 되어야겠다는 마음이었다. 특히 멋진 연애를 해야겠다는 꿈을 가슴 가득 품고 있었고, 지긋지긋한 참고서가 아닌 소설책과 역사책을 마음대로 읽으며 철마다 여행을 다니겠다는 생각을 하고 있었다. 그러나 운명의 여신의 손길은 얄궂다. 마음에 드는 남학생을 찍어 졸졸 따라다니다 보면 그는 영락없이 운동권이었다. 몇 명은 포기했지만 진짜 놓치기 아까운 남학생이 나타나면 어쩔 수 없었다. 나는 그(혹은 그들?)의 눈에 들기 위해 열심히 시위대열을 따라다녔다. 그때만 해도 미대에 다니는 언니의 패션 센스를 본받아 하이힐에 스커트 차림으로 한껏 멋을 부리던 신입생 시절이었다. 나는 하이힐에 블라우스, 스커트 차림으로 귀걸이를 달랑거리며 학교에서 신림 사거리까지 데모대를 쫓아다녔다.

일학년이 끝나갈 즈음 학생처장이 나를 불렀다. 나는 몰랐지만, 당시

학교에서는 시위대열을 촬영해 사진을 채증한 뒤 연말에 관련 학생들을 '지도' 했던 것이다. 영문도 모르고 불려간 학생처장의 책상위엔 시위사진이 수북이 쌓여있었다. 연신 안경을 썼다 벗었다 하며 사진과 내 차림새를 번갈아 바라보던 학생처장이 고개를 갸우뚱하며 마침내 입을 열었다.

"자네 혹시 운동권 애인이라도 됐나?"

당시 운동권 여학생 차림새의 표준은 커트머리에 청바지와 운동화였는데, 거기서 십만 팔천 리는 떨어진 내 옷차림을 이해할 수 없다는 표정이었다. 결국 학생처장은 정체가 의심스러운 풋내기 운동권에게 근신이라는 관대한 처분을 내려주었다. 그러나 울고 싶은데 **뺨** 때려준 격이 되었다고나 할까, 이 사건을 계기로 나는 **빠른 속도**로 운동권에 빨려 들어갔다. 결국 내가 꿈꾸던 반짝반짝 멋진 연애를 하기는커녕, 맹렬한 운동권 학생이 되어버린 것이다.

당시 사회에 관심이 있던 학생들은 방학이 되면 농활(농촌활동)이나 공활(공장활동)에 갔다. 공활의 취지는 방학기간 동안 노동현장을 경험해보자는 것이었다. 야학에 참여하던 나는 2학년 겨울방학에 구로공단의 한 봉제 공장에 취직했다. 그곳에서 나는 노동현장의 열악함을 보고 놀랐고, 그런 처참한 현장에서도 꿈을 잃지 않고 성실하게 일하며 정직하게 살아가는 노동자들에게 또 한 번 놀랐다.

특히 열세 살에서 열여섯 살 사이의 어린 시다들이 겪는 참혹한 현실은 가슴이 시릴 정도였다. 당시에는 공장 노동력을 손쉽게 확보하기 위해 산업체 특별학급이라는 이름으로 일도 하면서 공부도 시켜주겠다는 명분을 내걸고 농촌의 어린아이들을 데려왔다. 이 아이들이 봉제공장에서 하는 일은 주로 다림질이나 프레스 같은 시다 일이었다. 오로지 공부를 할 수 있다는 꿈을 안고 올라온 시다들이 온종일 서서 실 먼지와 뜨거운 열에 시달리며 무거운 다리미와 씨름했다. 오후 4시쯤까지 일을 한 다음 야간학교에 다녀오면 저녁 8시 정도 되는데, 그러면 기숙사에 가방을 던져놓고 곧바로 현장에 나와 철야를 해야 한다. 그렇게 고단한 몸으로 프레스를 잡다가 깜빡 졸면, 옷을 밀어 넣던 손이 프레스에서 빠져나오지 못하는 수가 종종 생겼다. '아악!' 비명과 함께 고사리 같은 손이 한순간에 눌려 흐물거리는 일은 한 달에도 몇 번씩 벌어졌다. 그런 참혹한 광경을 볼 때마다 눈물이 앞을 가려 흐릿한 미싱 바늘이 내 검지 손톱을 아프게 찔러댔다. 그렇게 병원에 실려 갔던 소녀들이 얼마 후 일 그러진 손으로 다시 일감을 잡을 때, 나는 고개를 돌리고 마음속으로 다짐했다. 나는 너희와 함께 있겠다고.

전국지명수배 - 언론과의 첫 인연

구로동맹파업은 한국전쟁이후 최초의 동맹파업이었다. 80년 광주항쟁을 짓밟고 등장한 신군부정권이 만들어낸 노동말살정책에 항거한 연대투쟁이었다. 70년 '근로기준법을 지키라'는 전태일의 불꽃 이는 외침이 울려 퍼진 후 원풍모방, 동일방직, YH, 콘트롤데이타노조 등 여러 민주노조들이 성장하였지만 전두환 정권은 민주노조를 하나하나 각개격파했고, 노조활동가들은 정화조치라는 이름으로 삼청교육대에 보내졌다. 노동법을 읽는 것만으로도 빨갱이 취급을 당하고 헌법에 보장된 노동조합활동조차 '불온세력의 준동'으로 불리던 시기였다. '겨울 공화국'의 철권통치에 대우어패럴, 효성물산, 가리봉전자, 청계피복 등 노동조합과 구로공단 내의 활동가그룹들이 대대적으로 반격을 가한 사건, 그것이 바로 구로동맹파업이었다.

내가 언론과 맺은 첫 인연도 구로동맹파업이었다. 85년 6월 말경 KBS 9시 뉴스에 '구로동맹파업 배후 주모자 검거에 현상금 500만원, 일

계급 특진'을 걸었다는 내용과 함께 내 증명사진이 보도된 것이다. 구로동맹파업이 일주일쯤 진행되었을 때였다. 당시 대책본부로 쓰고 있던 전태일기념사업회 사무실에서 그 보도를 보자마자 나는 도망쳐야 한다고 직감했다. 당시 전태일기념사업회 사무국장을 맡고 있던 김문수씨(현 경기도지사)가 도와준 덕분에 닥지닥지 맞닿아 있는 한옥들의 지붕을 타고 동대문 반대편으로 뛰어내려 잠적할 수 있었다. 그로부터 93년 만삭이 된 몸으로 재판정에 나설 때까지 9년간 지명수배자로서의 삶을 살았다.

구로공단에서 활동했을 당시 지리산 등반 도중.

노동사건이 일간지 1면에 보도된 것이 한국전쟁 이후 최초의 일이라고 했다. 구로동맹파업은 그만큼 파장이 컸다. 관련 공장은 무기한 휴업에 들어갔고 1300여명 해고 및 강제사직, 44명 구속, 부상자 130여명이라는 커다란 상처를 남겼다. 구로동맹파업을 지원하기 위해서 구성된 변호사 모임이 민주변호사회의 모태가 되었고, 민주교수협의회를 비롯하여 경실련 등 여러 시민단체도 구로동맹파업을 계기로 만들어졌다. 그러나 어떤 성과로도 해고당하고 부상당하고 구속당한 노동자들의 아픔을 달랠 수는 없으리라. 나는 청운의 꿈을 빼앗기고 처절하게 현장에서 내쫓겨 고단한 삶을 이어간 노동자들에게 빚을 갚는 심정으로

25년 노동운동의 외길을 걸을 수밖에 없었다.

평촌하이츠빌라 B01호

2004년 민주노동당 비례대표 국회의원이 되었을 때의 일이다. 내가 살고 있던 5층짜리 연립주택 벽면에 '심상정 국회의원 당선을 축하합니다. 평촌하이츠빌라 주민일동' 이라는 플래카드가 세로로 크게 나붙었다. 3년째 이 연립주택의 주민으로 살면서도 위 아랫집 사람들과 어쩌다 눈인사만 나눈 사이에 그런 플래카드를 보자 쑥스럽기만 했다. 하지만 주민들은 내 당선을 축하하는 조촐한 축하자리까지 마련해 주었다.

아이가 초등학교 2학년 때였다. 그동안 돌봐주시던 친정부모께서 중국에 있는 오빠에게 가시는 바람에 아이 맡길 데를 사방으로 찾다가 결국 평촌 후배 집에 신세를 지기로 했다. 그런데 문제는 평촌에서 집을 구하는 것이었다. 우리에게 있는 것은 단돈 2천만 원. 전세가가 억대를 웃도는 아파트는 감히 엄두도 낼 수 없었다. 아파트단지 건너편에 있는 아직 재개발되지 않은 연립주택가에서 전셋집을 찾아보았으나 그것도 지상층은 5-6천만 원 정도는 있어야 했다.

발을 동동 구르던 내 처지를 안타깝게 여긴 부동산 여사장이 나에게 긴급제안을 했다. 융자를 일부 끼고 있는 반지하 집을 아예 사버리라고 권한 것이다. 반지하이지만 집안은 비교적 깔끔했다. 거기서 돈을 더 마련할 능력도 없었을 뿐더러 때마다 오르는 전세값을 맞출 대책도 없었다. 나는 '집이라지만 세 식구 밤에 잠만 자는 곳 아닌가.' 하고 스스로를 달래며 무거운 결정을 해버렸다. 그렇게 해서 결혼 십 년 만에 처음으로 장만한 내 집이 2300만 원짜리 평촌하이츠빌라 B01호였다. 뒤

늦게 소식을 들은 친정엄마는 반지하는 생전 팔리지도 않을 텐데 무슨 구멍가게 들어가 과자 사듯 집을 샀냐며 펄쩍 뛰셨다.

집을 산 뒤 아들이 다니게 된 학교는 아파트단지 안에 있었다. 전학 서류에 집주소를 쓰는 란을 보니 건영, 한양, 롯데 등 가까운 아파트 단지 이름을 나열해놓고 동그라미를 치도록 되어있었다. 할 수 없이 두 줄을 긋고 '평촌하이츠빌라 B01호'라고 주소를 써넣었는데 얼마 후 아이가 가져온 주소록을 보니 평촌하이츠빌라 1301호로 기록되어 있었다. 선생님은 반지하를 표시하는 B자를 알아보지 못한 것이다. 그곳에 사는 동안 아이는 한 번도 친구들을 집으로 데려 오지 않았다.

그래도 아이는 나름 친구들과 잘 지내고 있는 것 같았다. 매 주말마다 친구들 생일파티에 초대받았다고 나갔다. 마침내 아들의 생일이 다가오자 나는 아들에게 생일파티를 열어주겠다고 했다. 어린 마음에 반지하 사는 게 창피할 수도 있겠다 싶어 피자헛으로 친구들을 초대하자고 했으나 아들은 극구 사양했다. 그 해 아들한테서 받은 크리스마스카드는 평생 잊지 못할 것이다. '어머니 아버지 이제부터 말씀 잘 듣겠습니다. 그리고 제가 나중에 커서 좋은 집 사드리겠습니다.'

최근 경기도 교육청의 무상급식 추진과정에서 차상위계층 아이들에게만 무상급식을 확대하자는 일부 주장들을 들으면서 그 아이들이 겪을 내면의 상처를 생각하자 가슴이 쓰렸다. 아이들에게는 밥만큼이나 중요한 것이 자존심이고 친구들이다. 어느 나라, 어느 지자체라도 마땅히 건강하게 키워야 하는 아이들이 특정 정당의 당파적 양생이짓 때문에 마음속으로 눈물을 흘릴 것을 생각하면 어느 부모가 가슴 아프지 않겠는가.

주민들이 정성어린 축하연을 마련해 준 뒤 3개월 후, 우리는 전세 돈을 대출 받아 평촌하이츠빌라에서 50미터쯤 떨어진 빌라 1층으로 이사했다. 내가 반지하에 살면서 국회의원이 된 것이 그분들에게는 큰 격려가 되었을 것인데, 이사 가는 것이 이웃을 배신하는 게 아닌가 하는 죄책감이 들었다. 그때 반장댁에만 알리고 이사한 것이 못내 면구스러울 따름이었다.

지금은 국회의원 시절 대출을 받은 돈으로 전세 아파트에 살고 있다. 17년 전 신혼부부 전세자금 천삼백만 원을 대출받아 13평짜리 반지하 방에서 신혼살림을 시작한 이래 일곱 번째 이사한 집이다. 평균 2년 반마다 이사를 한 셈이다. 서울에서 살림을 시작했다가 전세값이 오르는 바람에 경기도로 밀려난 전형적인 케이스이기도 하다. 주택보급률 107%라는 대한민국에서 집도절도 없이 전월세를 전전하고 있는 이 땅의 1600만 가족 중 하나인 것이다. 오늘도 전월세값 인상 뉴스를 볼 때마다 같은 처지로 가슴 조이고 있을 수많은 가족들의 묵은 설움을 씻어 내는 희망의 정치를 하겠다고 다짐한다. 그들의 설움이 곧 나의 설움이기 때문이다.

영원한 멘토―친정엄마

나는 2남 2녀 중 막내딸이다. 대학에 들어갈 때까지 나는 부모님의 자랑거리였다. 과외 한 번 안하고도 공부도 잘했고, 장사하시느라 학교 일에 관심을 쏟기 어려운 엄마의 생활을 생각해서 학생회 임원도 맡지 않는 아이였다. 그러던 내가 엄마에게 애물단지가 되기 시작한 것은 운동권 학생이 되면서부터였다.

대학 2학년 때 나는 고시 공부한다고 거짓말을 하고 집에서 나와 구로공단에 취직했다. 한참 후 85년 구로동맹파업의 배후 주동자로 KBS 9시 뉴스에 보도가 나간 뒤, 9년 동안 수배생활이 이어지면서 오랜 세월 집에 발걸음을 하지 못했다. 경찰이 전담반을 구성해 사돈의 팔촌까지

엄마의 이야기를 들으면 나는 이 땅의 여성들이 버티어 낸 한 많은 인고의 세월에 대해 무한한 존경과 연민을 느낀다.

쫓아다니자 엄마는 놀라서 오른쪽 얼굴이 마비되기까지 했다. 수배 중 언젠가 엄마가 수배된 딸의 안녕을 빌기 위해 무거운 쌀자루를 이고 속리산 상환암에 오르셨다는 소문을 듣고 며칠 밤을 잠 못 이루고 뒤척이다 결국 잠시 뵙자는 전갈을 보냈다. 그러나 엄마에게 온 편지는 의외의 소식을 담고 있었다. "내 요즘 구속자가족협의회에 나가 팔뚝질도 하구 엊그제 신동아에서 여성 최장기 수배자 엄마라구 인터뷰도 해갔다. 엄마에겐 무소식이 희소식이다, 맘 단단히 먹고 절대 나타나지 마라." 그 편지를 받고, 나는 우리 엄마가 운동권이 되었으면 나보다 훨씬 활동을 잘했겠구나 하는 생뚱맞은 생각을 했다.

엄마는 배다른 누님 두 분, 아래로 여동생 여섯을 둔 외동아들한테 스물한 살 때 시집을 왔다. 그러니까 시누이 여섯에 우리 4남매까지 당신 손으로 열 명을 결혼시킨 셈이다. 엄마는 야채를 다듬거나 만두를 빚을 때면 가슴 깊은 곳에 차곡차곡 쌓아둔 이야기 실타래를 풀어놓곤 했다. 여자들이 너무 알면 못쓴다고 학교도 안 보내 준 아버지, 아버지 몰래 물어물어 이화여중에 찾아가니 이미 시험이 끝나버려 평생 한으로 남은 이야기, 결혼식 날 곁눈질로 처음 본 남편, 바싹 마른 얼굴이 성깔 있어 보여 두려운 마음으로 신방에 들었던 이야기, 결혼한 다음해 6.25를 맞아 방공호에서 열한 명 식구의 열병을 혼자 뒷바라지 하다 죽을 뻔한 이야기, 시아버지 돌아가신 뒤 그 많은 시누이들 시집보내고, 새벽부터 밤까지 척추가 휘도록 일복 터진 이야기를 할 때면 "오죽 힘들었으면 죽어버릴까 하는 몹쓸 생각이 든 적도 많지" 하며 눈물을 훔친다. 엄마의 이력에서 빼놓을 수 없는 것이 또 하나 있다. 반신불수가 되신 시어머니를 여든일곱에 돌아가시기까지 23년간 대소변을 받아낸 일이다. 어찌나 지극정성으로 모셨던지 동네사람들이 '효부'라고 칭송한 엄마였다.

"고모들 다 시집보내고 나니 벌써 니들 차례 된 거지. 내 지독한 시집살이, 모진 인생을 글로 쓰면 틀림없이 베스트셀러 될 거다."

아닌 게 아니라 엄마의 이야기를 듣고 있노라면, 최명희의 '혼불' 한자락을 읽고 있는 듯한 착각이 들곤 했다. 목숨보다 질긴 의무감으로 종가를 일으키는 청암부인의 모습이 눈앞에 펼쳐지기도 하고, 종가집 며느리로서 모든 것을 인내할 수밖에 없었던 효선의 운명이 오버랩되기도 했다. "참을 인(忍)자 셋이면 살인을 면할 수 있다고 하지 않든? 무슨 일이든 정성으로 하면 다 이룰 수 있는 거야" 하고 엄마가 결론삼아 말할 때면 나는 이 땅의 여성들이 버티어 낸 한 많은 인고의 세월에 대해 무한한 존경과 연민을 느꼈다.

그러나 부모는 평생 직업이라던가. 34살이 되도록 결혼도 안하고 있던 딸이 안쓰럽고 꼴보기 싫어 "결혼 안하라면 호적 파가라"고 몰아세웠던 죄로, 대책 없이 아들을 덜컥 낳아버린 딸을 위해 초등학교까지 외손자를 맡아 키워주신 엄마. 오빠 언니가 챙겨주는 용돈을 모아 내 뒷주머니에 찔러 주시던 엄마. 그래도 속 좁은 딸은 친정 문을 나설 때 "노동운동 그만치 했으면 인제 아이하고 먹고 살 궁리도 할 때가 됐지 않냐" 며 엄마가 참았던 한마디를 내뱉으면 가슴속에 밀려드는 서러움을 주체하지 못했다.

그런 엄마에게 국회의원 당선은 내 최초의 효도였다. 그때 엄마는 "가슴에 응어리가 풀리는 것 같다"고 활짝 웃었다. 그리고 그 날부터 '네 사인한 책 좀 보내라, 우리 집안 그 어른이 네 지역구에 사신다더라, 전화도 한번 드려라, 옷 한 벌 사줄테니 짬내서 들려라' 라 하시며, 고단한 비주류 정치인을 지원하기 위해 열심히 '정치' 를 하고 계시다.

그런 엄마가 작년에 아버지가 돌아가신 뒤부터는 적적한 기색이 역력하시다. 지난 4월 아버지 1주기 제사 때 아버지 영정 앞에서, 엄마가 그렇게 서글피 우시는 모습을 평생 처음 보았다. 나는 슬며시 화장실에 들어가 거울 속에서 눈물을 훔치고 있는 나를 책망했다. '너 엄마 딸 맞니? 진짜 못된 년이구나, 똑바로 안 할래!' 그렇게 다짐했건만 나는 여전히 엄마에겐 무심하고 야속한 존재이다.

지난봄에 과천에서 강연이 있어 엄마에게 잠시 들렀다. 내가 숨을 돌리고 나자 엄마는 서둘러 여러 장의 사진을 꺼내 놓았다. 도복을 입고 참선하는 모습, 완전히 물구나무를 선 모습, 두 다리를 굽혀 선 자세로 기를 모으는 모습 등 팔순노인의 몸놀림이라고는 믿기 힘든 장면들이었다. 국선도 4단 시범경기 모습이란다.

"이거 진짜 엄마가 한 거야?"

내가 입을 쩍 벌리자 당장에라도 직접 일어나 시범을 보일 태세다. 노인복지회관에서 하는 국선도 프로그램에 7년 동안 한 번도 빠짐없이 다니시면서 이룩한 성과였다.

엄마는 20년 전에 척추를 잘라내고 쇠막대로 다시 잇는 대수술을 하셨다. 척추가 휘어 하반신으로 연결되는 신경을 누르는 바람에 나중에는 걷지도 못할 지경이 되었기 때문이다. 병원에서는 수술밖에 방법이 없지만 나이가 많아 위험하다고 망설였다. 하지만 엄마는 단호히 수술을 선택했다. 장장 9시간이 넘는 대수술을 하였으니 회복기의 고통은 이루 말할 수 없었을 터이다. 퇴원할 때 담당 의사는 환갑 나이에 이렇게 정신력이 강한 분은 처음이라며 혀를 내둘렀다. 그때부터 엄마는 매일 걷고, 운동하고, 정기적으로 검진 받고, 자기 관리가 어찌나 철저하신지 지금껏 아프다고 자식들 놀라게 하거나 불러들인 적이 한 번도 없다. 그런 엄마에게 염치없는 자식들을 대표해서 언니가 한마디 한다.

"우리 엄만 참 기특해요!"

손이 커서 일복 많고 고단한 엄마, 집안의 튼튼한 버팀목이었고 병마와 싸워 이긴 엄마, 그 어떤 어려운 일이라도 다 넘어설 것 같은 강인한 엄마, 나의 영원한 멘토! 오래오래 사셔야 해요.

새로운 도전

얼마 전 예비부부 한 쌍이 결혼주례를 부탁하러 왔다. 집안의 외동딸과 외동아들인 두 사람은 결혼하면 각자의 가족은 물론이고 상대 부모까지 부양해야 한다고 했다. 이들은 연애할 때는 알지 못했던 사실을 결혼을 앞두고 새롭게 깨닫고는 크게 상심하고 있었다. 바로 자신들에게 미래가 보이지 않는다는 사실이었다.

지금 우리사회는 대학진학율이 90%에 육박하고 있다. 문제는 대학을 가면 미래가 보장되느냐는 것이다. 통계에 따르면 대학졸업자 중 30% 남짓만 정규직 취업이 가능하다. 나머지는 불안정고용 상태이거나 제대로 된 생활을 하기 어려운 일자리들이란 이야기다. 그런 일자리에 들어간 사람들은 일자리를 찾더라도 우울할 수밖에 없다. 나는 세계적으로 유례가 없는 대학진학률을 기록하면서도 고학력 아들딸들을 받아안을 사회적 준비는 턱없이 부족하다는 이 사회적 균열이 우리 사회를 매우 불행한 상황으로 몰고 갈 것이라고 본다. 이미 세계 최저수준의 출산율이 위기의 징후를 확실하게 보여주고 있다.

과거 우리의 부모세대에게는 자신들은 못 배우고 못 먹어도 열심히 일하면 자식들의 미래는 나아지리라는 희망과 믿음이 있었다. 그러나 세계 10위권의 물질적 풍요를 이루어낸 지금, 대다수 국민들은 여전히 각박한 생존 문제에 고통 받고 있고, 세계 최고의 대학진학률을 자랑하는 나라면서도 청소년의 미래는 갈수록 암울해지고 있다. 20대 여성의 자살률이 OECD 국가 중 최고라는 통계에 이르면 빨리 이 사회를 어떻게든 바꿔야만 한다는 조급증이 밀려온다.

그래서일까, 지난 1년간 진보신당 대표직을 수행하면서 참 많이 괴로웠다. 용산참사 현장에서부터 KBS나 YTN등 이명박 정권의 방송장악에 맞선 투쟁 현장, 일제고사에 대한 문제제기로 학교에서 쫓겨난 선생님들의 농성장, 기륭전자 등 비정규 노동자들이 절규하는 현장까지 하루에도 열 건 가까이 기자회견이나 집회장에 참석하는 일정들이 쉴 틈 없이 이어졌다. 그런 현장에 가면 대개는 발언할 기회가 생겼고 그때마다 열심히 이명박 정권 규탄에 목소리를 높였지만 한편으로는 무척 공허했다. 반대나 비판의 목소리를 높이는 것만으로 문제가 해결되는 것은 아니기 때문이다. 특히 용산 참사현장을 찾았을 때 일 년 가까이 장례도 못 치루고 있는 상황에서 명색이 서민정당 대표란 사람이 별다른 해법도 없이 왔다는 것이 부끄럽기만 했다. 진보정당이 민주주의 방어의 현장이나 민생현장에 함께하는 것이 중요하기는 하지만, 함께 비를 맞는 것만으로 정치의 소임을 다했다고 볼 순 없지 않은가. 과연 정치의 소명이 무엇인가, 나와 진보정당이 정치를 잘 할 수 있는 준비는 되어있

는가 수도 없이 자문해 볼 수밖에 없었다.

그런 고민 속에서 오바마의 정치철학과 비전이 담긴 책 『담대한 희망』을 보다가 어느 대목에서 깊이 공감했다. 바로 오바마가 정치를 하기로 결심하게 된 동기를 써놓은 대목이었다. 오바마는 3년간 시카고에서 흑인시민운동을 수행하면서 모든 국가의 시민운동가가 겪는 경험을 고스란히 겪었다. 빈민가에서 주거, 교육, 의료 문제 등 개선해야 될 요구들을 취합하고 주민들과 함께 시청에 쫓아갔지만 담당 국장조차 만나기 힘들었던 경험, 다른 정치세력들의 방해, 내부의 알력 등으로 어렵게 조직한 주민조직이 무너지는 시행착오 등 우리의 사회운동에서도 일어났던 사건을 그도 겪었던 것이다. 그러던 중 시카고에 해롤드 워싱턴이라는 흑인시장이 당선되자 몇 년간 온갖 고생을 해도 해결되지 않던 문제들이 시장의 결재로 바뀌어나가기 시작했다. 시장이 서명한 서류 한 장이 발휘하는 엄청난 영향력을 본 오바마는 '바로 저것이다! 저 막강한 권력을 확보해서 주민들을 위해 쓴다면 얼마나 큰 문제들을 해결할 수 있겠는가.' 하고 생각하면서 정치를 하기로 결심한 것이다.

그렇다. 정치가 더 나은 사회를 만들어 가는데 가장 효과적인 수단인 것만은 틀림없다. 정치는 권력을 다루는 분야이고 그 권력은 우리 국민들이 공동체에게 위임한 권리의 총합이기 때문이다. 공동의 가치를 실현하는 데 쓰라고 위임한 권력을 사익추구로 악용할 경우 국민들의 삶과 사회에 파괴적인 영향을 미칠 수밖에 없다. 지금 이명박 정권처럼 가뜩이나 빈부격차가 심화되어가고 있는 상황에서 그 권력을 재벌이나 부유층들을 뒷받침하는데 사용해버리니 우리 국민들의 삶이 얼마나 고단한가 말이다. 또 권력을 잘 쓰고자 하는 마음을 가진 정치세력이라 하더라도 준비와 능력이 부족하면 불행한 결과를 초래한다는 교훈은 지난 정권이 잘 보여주었다. "대통령이 되겠다는 사람은 많은데 대통령이 되어서 무엇을 하겠다고 말하는 사람은 못 보았어."라는 어떤 분의 탄식은 정치인의 책임윤리에 대해 더 깊은 성찰을 촉구하는 것이다.

한국사회는 오랜 세월동안 국익을 앞세운 국가주의와 권위주의 때문에 개인의 개성과 사회의 다양성이 짓눌려 왔다. 이제 한국사회는 경쟁과 효율만을 강조하는 기존 시스템으로는 더 이상 지탱해 나갈 수 없다. 국가와 시장은 인간다운 삶과 더불어 사는 공동체를 위한 수단일 뿐이다. 이제 사람이 주인이 되고 삶이 피어나는 사회를 열어가야 한다. 그러기 위해선 우리의 민주주의가 자유권과 참정권의 획득을 넘어 사회적 기본권을 확고히 하는 단계로 나아가야 한다. 무엇보다 부모가 어떤 사람이건, 여성이든 남성이든, 또 어느 지역 출신이든 누구나 자신의 노력에 따라 개성과 잠재력을 발휘할 수 있는 사회가 되어야 한다. 그러려면 복지는 못난 사람에게 베푸는 시혜가 아니고 인간다운 삶을 위해 누려야할 보편적 권리로서 실현되어야 한다. 우리 사회가, 진보정치가 나아가야 할 길은 자라나는 아들딸들에게 희망을 주는 정치, 보통 사람들의 행복을 만드는 정치의 길이다. 지금 상황이 아무리 막막하더라도 그 길을 향해 다시 한 걸음 내딛는 것, 그것이 내게 주어진 새로운 도전이다.

심상정

사단법인 정치바로 이사장, 사단법인 마을학교 이사장, 진보신당 전 상임공동대표, 17대 국회의원

심상정, 그 내면의 빛깔을 찾아서

— 김태형 (심리학자)

　'심상정'이라는 이름을 들으면 많은 사람들이 이렇게 반응하곤 한다.

　"아, 그 사람! 아까운 인물이지. 똑똑하잖아."

　정치인 심상정은 진보진영의 국회의원으로서 그다지 길지 않은 시간 동안 활동했을 뿐이다. 그러나 그녀는 눈부신 의정활동을 통해 국민들에게 '능력 있고 똑똑한 정치인'이라는 강한 인상을 심어 주었다. 심상정은 2004년 정치부 기자 그리고 초선의원들이 선정한 국회의원 1위, 시민단체가 선정한 최우수 국회의원이 되었고, 2006년에는 국회에서도 최우수 의원으로 뽑혔다. 그야말로 자타를 막론하고 그 능력만은 널리 인정받은 것이다.

　반면에 정치인 심상정에 대한 다른 견해들도 존재한다. 예컨대, "심상정은 어디 있냐, 사람이 안 보인다", "의정활동 말고 심상정 개인은 어떤지 모르겠다. ……도대체 이 사람은 누구냐"라는 평이 그것이다. 즉 심상정은 딱딱하고 도전적인 전형적인 운동권 투사일 뿐 인간적인 매력을 풍기는 사람으로 느껴지지는 않는다는 지적이 있는 것이다.

왜 그럴까? 정치인 심상정에게 무슨 결정적인 결함이라도 있는 것일까? 아니면 그녀의 이미지가 한쪽으로만 왜곡되어 전달될 수밖에 없었던 불우한 정치적 환경 탓일까?

사실 나 역시 정치인 심상정은 그런대로 알고 있지만 인간 심상정에 대해서는 거의 알지 못한다. 그 때문에 인간 심상정에 대한 글을 쓴다는 것은 참으로 난감한 일로 다가올 수밖에 없었다. 하지만 바로 그렇기 때문에, 인간 심상정을 올바로 소개하는 작업을 누군가는 시작해야 하겠기에 여러 어려움에도 불구하고 부득이 이 글을 쓰게 되었다.

나는 여기에서 누구나 아는 정치인 심상정이 아닌, 인간 심상정을 심리학 이론을 통해 간단히 분석할 것이다. 그러나 지면 부족도 그렇거니와 무엇보다 그녀에 대한 자료가 매우 부족하여 심층적인 심리분석은 불가능했다. 따라서 심층적인 심리분석은 뒷날의 일로 미루어 두고 여기에서는 몇 가지 주제를 통해 인간 심상정을 들여다보려 한다. 또한 개인적인 삶에 대해 얻을 수 있는 자료들이 많이 부족하여, 편집진과 상의한 끝에 이 책에 실릴 원고들까지 읽은 후 집필에 들어갔으며, 그로 인해 책의 전체적인 구성상 다소 어색하긴 하지만 부득이하게 이 책에 처음 발표되는 내용들을 분석의 근거로 사용할 수밖에 없었음도 밝혀 둔다.

아들 중심의 세상에서

심상정의 부모님은 적어도 평균 이상을 넘어서는 좋은 양육자였던

---

1) 2007년, 딴지일보 대선후보 인터뷰.

것 같다. 우선 심상정은 수많은 어려움에도 불구하고 그다지 지쳐 하거나 동요하는 기색이 없이 자기가 선택한 길을 꿋꿋이 걸어 왔다. 또한 현재까지 드러난 증거들에 의하면 그녀는 매우 도덕적이며, 치명적인 심리적 상처에서도 비교적 자유로운 듯 보인다. 물론 이러한 '강한 생의 에너지'나 '도덕성, 심리적 건강성' 등은 부모의 좋은 양육과 떼어놓고 생각할 수 없다. 따라서 심상정의 오늘은 그녀의 부모님이 선물해 준 좋은 영향들을 제외하고서는 가능하지 않았을 것임을 짐작할 수 있다.

심상정의 어머니는 그녀가 수배생활을 할 때, '버스를 타고 가다가도 걸음걸이나 머리 스타일이 비슷한 사람만 보이면 미친 듯이 뛰어내려서 쫓아가' 보고, '딸을 위해 불공을 드리러 무거운 쌀자루를 이고 속리산'에 오르기도 할 정도로 항상 막내딸에게 코드를 맞추면서 정성을 다해 사랑을 베풀었다. 게다가 심상정의 어머니는 비록 진보운동을 반대하긴 했으나 노동운동을 하는 딸을 위해 기꺼이 외손자를 맡아 키워주고, '오빠와 언니가 챙겨주는 용돈을 모아' 심상정의 뒷주머니에 찔러주기도 하면서 막내딸을 뒷받침해 주었다. 아마 이러한 부모님, 특히 어머니의 헌신과 사랑이 없었다면 심상정은 진보운동을 계속할 수 없었을 것이다.

사람들은 대개 "내가 너만 같았으면 아무 불만도 없겠다"고 말하는 실수를 자주 범한다. 예컨대 술주정뱅이 아버지를 둔 이는 건전한 생활을 하는 아버지를 가진 사람들에게도 마음의 상처가 있다고 말하면, 펄쩍 뛰며 그것을 받아들이려 하지 않는다. 그러나 사람은 항상 현재보다 더 행복한 삶, 현재보다 더 나은 마음을 추구하는 존재이므로 누구에게나 심리적 상처는 있기 마련이다. 즉 남들이 보기에는 아무 걱정 없을 것 같은 풍족한 환경에서 행복하게 자란 사람에게도 그만의 슬픔과 상처가 있을 수 있다는 것이다. 아마 심상정이 가지고 있는 마음의 상처나 아픔 역시 그런 범주에 속할 것이다.

참으로 불운한 일이지만 심상정은 당대의 대다수 여성들이 그러했듯이, 아들을 우대하는 불평등한 가정환경 속에서 자라났다. 게다가 좀 심하게 말하면 그녀는 2남 2녀 중 있으나마나한 막내딸로 태어났으니, 형제 속에서의 서열은 최악이었다고 할 수 있다.

"우리 집은 아들을 최고로 생각하는 집안이었어요."라는 언니의 증언뿐 아니라 다음과 같은 본인의 기록을 통해서도 그러한 실상을 알 수 있다.

"오빠들은 일찌감치 서울로 유학도 가고, 없는 살림에 과외도 하고 학원도 다니는 '호사'를 누렸다. 반면 언니는 초등학교 5학년 때부터 큰오빠 밥을 해주며 학교 다니는 고단한 서울생활을 했고, 재수 학원비를 벌기 위해 아르바이트를 뛰어야 했다. 이렇듯 딸들은 자신의 진로를 '자력갱생'으로 개척해야 했다."[2]

막내딸이었던 어린 심상정은 부모님이 '아들들한테 신경 쓰는 동안', '어느 틈에 컸는지도 모를 만큼 방치되었던 사람'[3]이 될 수밖에 없었다. 그렇다면 이런 환경, 즉 가부장적인 남녀차별이 있는데다가 상대적으로 부모의 관심을 적게 받을 수밖에 없었던 막내딸이라는 조건은 어린아이에게 어떤 마음을 강요할까? 일반적으로 이런 조건에서 자라난 아이들은 애정결핍이 심한 동시에 부모에게 화가 많이 나 있다. 한편으로는 부모의 사랑과 인정을 처절히 갈망하면서도 다른 한편으로는 부당한 처우에 대한 분노감정이 누적되어 부모에 대한 양가감정을 가지게 되는 것이다. 아마 어린 심상정도 이런 심리에서 완전히 자유로울 수는 없었을 것이다.

---

2) 2008년, 심상정, 『당당한 아름다움』 25쪽.
3) 2007년, 딴지일보 대선후보 인터뷰.

자아의 힘이 강한 영리한 아이

아들을 떠받드는 집안의 막내딸은 두 가지 위험한 길에 들어설 가능성이 크다. 그 하나는 부모의 사랑을 조금이라도 더 받기 위해 자진해서 아주 순종적인 여성이 되어 가는 '자발적 굴종의 길'이고, 다른 하나는 결핍된 사랑에 연연하기보다는 필사적으로 자기 권리를 찾아나가는 '반항의 길'이다. 물론 두 가지 길은 모두 다 그 끝이 그다지 좋지 않다. 왜냐하면 전자는 한평생을 당하면서 살아가는 무권리하고 비참한 인생으로, 후자는 세상을 지나치게 적대적으로 대하는, 분노에 가득 찬 파멸적 인생으로 귀결될 가능성이 높기 때문이다.

어린 심상정은 어느 길을 걸었을까? 혹시 자기만의 제3의 길을 찾을 수 있었을까? 크게 보면 어린 심상정이 선택한 길은 부모에게 반항하지 않았다는 점에서 전자에 속한다고 할 수 있다. 다만 그녀는 자아의 힘이 강하고 영리한 아이였기에 스스로의 눈높이를 낮추기보다는 오빠들과 경쟁함으로써 부모의 사랑과 인정을 쟁취하려는 변형된 길을 걸었다. 그 결과 어린 심상정은 '자기 앞가림은 똑 부러지게 하는' 부모 마음에 쏙 드는 착한 아이, '오빠들을 능가하는 자랑스러운 아이'가 되기를 원했던 것 같다. 이는 "상정이는 매사에 오빠들에게 지지 않으려고 기를 썼던 것 같아요. 오빠에 대한 경쟁심도 있었겠지만 막내인데다 딸이어서 알아서 자기 자리를 찾지 않으면 안 되겠다 싶어서 더 그랬는지도 모르겠어요"라는 언니의 증언을 통해서도 확인할 수 있다.

심상정의 아버지는 '가세가 기울어진 양반' 집안 출신답게 계층상승 욕구가 커서 아들들이 명문대에 진학함으로써 가문을 일으켜 세우기를 간절히 바랐다. 그러나 그런 아버지의 기대에 유일하게 부응했던 것은 공교롭게도 아들이 아닌 막내딸이었다. 그녀는 혼자 힘으로 서울대에 합격함으로써 아버지의 한을 풀어드렸고, 생의 전반기에는 거의 누려 보지 못했던 부모의 사랑과 인정을 뒤늦게나마 쟁취할 수 있었다. 심상 정의 서울대 합격이 가지는 의미를 언니는 다음과 같이 증언하고 있다.

"마침내 부모님, 특히 아버지의 소원을 이뤄 주는 딸이 됐지요. 서울 대에 합격을 했으니까요. 상정이의 합격소식을 들었을 때 어머니는 꿈 인지 생신지 머리를 다 흔들어 봤다고 하셨어요. 그렇게 공을 들인 아들 들이 못 이룬 일을 막내딸이 이뤄 줬으니 얼마나 기쁘셨겠어요. 상정이 덕에 아버지는 한을 푸신 셈이지요."

만약 심상정이 계속 그런 인생노선을 유지했다면 그녀는 부모의 사 랑과 인정을 계속 붙들어두기 위해 서울대를 졸업한 뒤에는 유능한 사 회인이 되어 출세가도를 향해 달려 나갔을 것이다. 그러나 청년 심상정 의 양심과 지성은 그런 인생을 허락하지 않았다. 왜냐하면 시대 상황도 상황이었지만 그것은 본질적으로 부모를 위한 삶일 뿐이지 자기 자신 을 위한 삶이 아니었기 때문이다.

내 인생은 나의 것

자식들에게 있어서 부모의 사랑을 잃지 않기 위해 산다는 것은 어느 모로 보나 불행한 일일 수밖에 없다. 본인이 아무리 그럴싸하게 합리화 를 하고, 자기 편할 대로 해석해 봐도 그것은 결국 자신이 선택한 자기 의 인생은 아니지 않은가. 그러므로 청소년기까지 기본적으로 부모의 사랑을 얻기 위한 삶을 살고 있었던 청년 심상정의 무의식에서도 이런 갈등과 자괴감이 소용돌이치고 있었을 것이다.

아마도 심상정이 일찍이 '교육자' 가 되려 했던 것은 그녀가 자신의 유년기와 청소년기를 그다지 만족스럽게 여기지 못했다는 사실과도 관련이 있을 것 같다. 인터뷰에서 그녀는 이렇게 말했다.

"교사를 했으면 아이들 기만큼은 확실히 펴게 하는 그런 선생님이 되지 않았을까 싶어요. ……선생님이었다면 아이들에게 자기가 뭘 하고 싶은지 뭘 잘할 수 있는지, 그런 것을 찾아가는 데 용기와 힘을 주고 응원했을 거예요."

아이들이 기죽지 않고 살게끔 하고 싶다는 그녀의 소망은 아들에 대해서도 일관성 있게 드러난다.

"아들에게도 자기 이유가 분명한 선택을 해야 스스로 책임질 수 있는 삶을 살 수 있다고 강조하죠."

심상정에게는 기를 펴고 살았다고는 할 수 없었던 어린 시절이 여전히 아련한 슬픔이 되어 남아 있는 듯하다.

만약 청소년기까지의 인생노선을 그대로 고수했더라면 그녀의 슬픔은 죽을 때까지도 가시지 않았을지 모른다. 하지만 참으로 다행스럽게도 그녀는 학생운동에 용감하게 투신함으로써 자신의 인생노선을 과감하게 바꿔 나가기 시작했다.

학생운동에의 헌신은 심상정 개인에게 있어서는 '부모를 위한 인생'으로부터 '나의 인생'으로 전환하는 커다란 분기점이 되었을 것이다. 그러나 그 길에는 필연적으로 아버지를 비롯한 온 가족의 강력한 반대가 뒤따랐다. 약간 보수적인 집안 분위기를 거스르고 부모님의 기대를 무참히 배신한 대가로 막내딸은 옳은 일, 정의로운 일을 하면서도 가족들로부터 지지와 격려는커녕 이중삼중의 설움까지 겪어야만 했다. 부모님, 특히 아버지는 심상정을 만날 때면 "너 아니면 그 일 못하냐. 제발 여기서 그만둬라" 하는 식으로 나무랐고, 그녀가 정치권으로 간다고 할 때에도 강하게 반대했다.

진보운동을 시작한 이후의 가족관계에 대해 심상정은 이렇게 회고했다.

"그 이후로 만나면 이제 항상 제가 일대 다수로 공격을 받고 그래서 식구들 모이는 자리는 상당히 부담스러웠습니다. ……억울했어요."[4]

가족들의 단합된 반대는 어린 시절 막내딸로서 겪어야만 했던 슬픔과 억울함을 배가시켰을 터이니, 그녀의 마음고생이 얼마나 심했을지 능히 짐작할 수 있을 것이다. 놀랍게도 어린 시절의 가족관계는 늙을 때까지도 거의 변하지 않는 경우가 많다. 예를 들면 애지중지 자라난 외동딸은 나이가 든 후에 무슨 짓을 하더라도 가족들로부터 보호를 받지만, 푸대접 속에 자라난 막내딸은 아무리 착한 일을 해도 가족들로부터 비난을 받는 식이다.

아무튼 가족들의 지지와 격려가 없는 조건에서도 심상정은 꿋꿋이 자기가 선택한 길을 걸어갔다. 그리고 그 과정은 가정에서 맞닥뜨렸던 남녀차별에 더해 남성 중심 사회의 가부장적 문화에 맞서는 외로운 싸움이었다. 왜냐하면 학생운동이나 노동운동의 주도권은 항상 남성들이 쥐고 있었고, 한국 사회의 남성 중심적 문화에서 자유롭지 못했기에 운동권 역시 상당히 가부장적이었기 때문이다. 그래서 심상정은 학생운동을 하면서 서울대 최초로 총여학생회와 여학생만의 학회를 만든 것을 필두로 내내 독재권력뿐만 아니라 성차별에도 맞서 싸워야만 했다. 이런 점을 고려할 때, 그녀가 남성들의 전유물로 여겨지던 노동운동판에서 살아남아 활동가로서의 자기 입지까지 공고히 다진 경력은 높이 평가받아야 마땅할 것이다.

---

4) 2007년, 딴지일보 대선후보 인터뷰.

해결해야 할 심리적 숙제

국회의원이 되면서 심상정에 대한 가족들의 태도는 비로소 크게 달라졌다. 이후 그녀의 아버지는 임종을 앞두고 병원에 입원을 해서도 자신의 병세보다 선거 상황에 더 관심을 보였고, "선거운동 하기도 바쁜데 병원에 오지 말라"고 할 정도로 막내딸을 지지해 주었다. 인간 심상정에게 이런 가족들과의 관계 변화는 서울대에 합격한 이후 처음으로 가족들 특히 아버지로부터 사랑과 인정을 받게 되고, 가족들에게도 큰 기쁨을 주는 중요한 계기가 되었을 것이다. 하지만 그런 사건이 중요한 계기가 될 수는 있겠지만 긴 세월 동안 갈등을 겪어 왔던 부모—자식 사이에서 심리적 수용과 화해가 그리 쉽게 이루어지지는 않는다. 즉 가족관계는 정치인 심상정의 인생역정에 따라 다시 부침을 반복할 수 있다는 것이다.

게다가 정말로 중요한 것은 심상정의 마음속 깊이 묻혀 있을지도 모르는 소망과 아픔이다. 따라서 앞에서도 지적했듯이 부모의 사랑과 인정을 원했던 어린 소녀의 간절한 무의식적 소망 그리고 딸이라는 이유만으로 차별을 당연시했던 부모에 대한 분노감정은 여전히 인간 심상정이 해결해야 할 가장 큰 심리적 숙제로 남게 되지 않을까 싶다.

심상정 본인도 잘 알고 있을 것이다. 진보운동을 하는 자식들과 그것에 반대하는 부모들 사이의 해묵은 갈등은 개인적인 차원에서는 해결하기 힘들며, 사회개혁이 성공해야만 비로소 온전히 해결된다는 사실을 그러나 진보운동을 반대하는 부모를 둔 자식들이 사랑과 인정에 대한 결핍감에서 벗어나지 못할 경우에는 지나치게 성공이나 승리에 집착할 위험이 크다는 점만은 꼭 기억해야 한다. 물론 가능한 한 반드시 이기는 진보가 되어야겠지만, 그것에 앞서 최선을 다하고 그 결과에 만족할 줄 아는 사람이라면 승리나 성공에 대한 강박에 빠질 위험으로부터 자유로울 수 있다. 또한 무의식적 분노감정이 정치적 적대자들에게 투사되는 걸 방지하려면 부모관계에 대한 심리적 재정립이 필요하다는 점도 부언하고 싶다.

가정에서는 서열상 꼴찌였던 막내딸이었고 진보운동권에서는 소수자인 여성이었으며, 한국 사회에서는 여전히 비주류 정치인인 심상정. 과연 그녀는 가족관계에서는 그다지 만족스럽게 받지 못했을 사랑과 인정을 국민들로부터는 한껏 받게 될까? 그럼으로써 삶의 전반기를 우울하게 만들었던 슬픔을 말끔히 치유하고 우뚝 설 수 있을까?

정치인 심상정이 살아남아 자기의 앞길을 올곧게 개척해 나가는 것은 여러 모로 의미 있는 일이라고 생각한다. 왜냐하면 그녀의 성공이 한국사회를 한층 더 아름답고 행복하게 만드는 데 기여할 뿐 아니라, 설움 많은 개인사를 용감하고 현명하게 이겨낸 인물의 전형을 제시함으로써 대중에게 커다란 희망의 메시지를 전달할 수 있을 테니까.

여걸 심상정 : ENTJ(장군)

심상정의 성격[5]을 짧게라도 언급하지 않을 수 없다. 대체로 딱딱하다거나 도전적이라는 세간의 평은 그녀의 성격과 상당 부분 관련이 있다.

심상정은 학창시절에 '학생기자'나 '서클 활동' 등을 하면서 주로 바깥에서 활동했고 산에 오르기를 좋아하는, 외부세계에 호기심이 왕성하고 활동적인 외향형(E)이다.

---

5) 여기에서 시도된 성격 분석은 칼 융의 심리적 유형이론을 계승·발전시킨 성격이론에 근거를 두고 있으며 MBTI와는 상당 부분 차이가 있다. 이에 대한 내용은 『성격과 심리학』『새로 쓴 심리학』을 참고하기 바란다.

또한 그녀는 매우 영리하고 지적인 직관형(N)이라서 본질을 꿰뚫는 통찰력이 있고 이론실력도 뛰어나다. 지적인 능력과 결부된 이러한 직관형(N)의 특성들 때문에 심상정은 '똑똑하다'는 평만은 빠지지 않고 듣게 되었을 것이다. 직관형(N)은 현실보다는 미래의 가능성에 주목하는 경향이 있는데, 이는 세속적인 가치에 연연하지 않고 진보사상을 과감히 받아들이게 하는 역할을 한다. 하지만 직관형(N)의 비세속성은 때때로 다음과 같은 언니의 이야기처럼 비현실성을 낳기도 한다.

"소탈하고 수수해서 치장에 신경을 안 쓰는 편이에요. 친정에도 오면 팔순이신 어머니 옷도 입어 보고 신도 신어 보고, 저 같으면 갖다 입으라고 해도 싫을 것 같은데, 스스럼없이 갖다 입어요. ……몇몇 분들이 저한테 옷차림에 신경을 좀 써 주라고 하시더라고요."

감각형(S), 특히 외향감각형(ES)은 절대로 팔순 어머니의 옷을 안 입지만 직관형(N)은 아버지가 젊은 시절에 입던 60년대 풍의 남방을 입은 채 버젓이 학교에 가기도 한다.

심상정은 사람보다는 객관 중심적인 사고를 하는 사고형(T)이다. 사고형(T)은 객관성, 논리성, 공정함, 업무처리 능력 같은 좋은 특성들을 많이 가지고 있다. 반면에 타인의 마음을 배려하는 데는 다소 서툴러 직선적으로 비판을 하는 편이라 냉정하거나 쌀쌀맞다는 평을 듣기 쉽다. 심상정이 '말투가 도전적이다', '모 정당에 모 여성인사는 따뜻하고 어머니 같은데, 너무 쌀쌀하다'는 지적을 많이 받은 것은 이런 사고형(T)의 특성과 무관하지 않을 것이다.

통찰력과 추상적인 이론화 능력을 가진 직관형(N)과 논리성과 직선성을 가진 사고형(T)이 결합된 직관사고형(NT)은 진리를 매우 좋아하고 뛰어나게 논리적이며, 기가 세고 화통하다. 심상정은 직관사고형(NT)답게 감정이나 관계보다는 논리나 내용을 더 중시하는 경향이 있다. "현재 기존 구도 …… 정파선거, 이런 것을 과감하게 컨텐츠를 가지고 흔드는 거다."[6] 라는 표현에도 그녀의 내용, 논리 중심성이 잘 드러난다.

마지막으로 심상정은 고도의 계획성과 집중력을 가진 실천형(J)이다. 그녀는 어릴 때부터 '짧은 시간에 집중적으로 공부하는 스타일'이었고, 한 가지에 집중해 깊이 몰입하곤 했다. 한 인터뷰에 따르면 심상정은 '자유롭게 이야기를 하다 보니 대화가 주제에서 벗어나 곁길로 나가기도 했는데 그때마다 반드시 원래의 주제로 되돌아와서 이야기를 마무리지었'다고 하는데, 이것 역시 실천형(J)의 전형적인 특성이다.

결론적으로 심상정의 성격은 ENTJ(장군)이다. 지적인 ENTJ는 매우 논리적인데다 이론과 언어능력이 뛰어나 토론이나 논쟁에서는 가히 최고의 실력을 발휘한다. 노무현 전 대통령의 성격도 ENTJ인데, 이런 점에서 똑같은 성격을 가지고 있는 두 정치인이 국회활동, 특히 청문회와 국정감사 등을 통해 스타급으로 발돋움했던 것은 ENTJ라는 성격 특성과 떼어놓고 생각할 수 없을 것 같다. 또한 ENTJ는 기가 매우 세고 화통해서 강력하고 시원시원한 카리스마를 가지고 있다. 아마 이쯤 얘기하면 누구나 짐작하겠지만 ENTJ는 '따뜻한 여성'이라는 이미지와는 상당히 거리가 있다. 따라서 심상정에게 "'명예 남성' 같은 이미지를 극복해야 한다는 이야기부터 한명숙 전 총리처럼 부드러운 모성적인 카리스마도 있어야 한다는 얘기까지, 그리고 여성은 인물도 중요하니 외모나 패션도 신경 써야 한다는 다양한 주문"을 하는 것은 마치 천성을 버리라는 것과도 같은 무리한 주문이 될 수 있다.

내 입장에서는 "여성 정치인들에게는 너무 많은 걸 요구한다는 생각이 들어요. 카리스마도 있어야 하고, 부드럽기도 해야 하고, 모성적 푸근함도 있어야 하고, 게다가 외모도 매력적이어야 하고"라는 심상정의 불평이 충분히 이해된다. 키가 작은 사람에게 농구에서 센터 역할을 하

6) 2007년, 딴지일보 대선후보 인터뷰.

라고 하거나 최홍만 같은 거구에게 경마장의 기수가 되라고 하는 게 무리한 일이듯이, 성격적으로 반대가 되라는 것 역시 불가능에 가까운 요구가 될 수 있으니까. 성격적 불균형을 보완하기 위한 노력은 꾸준히 있어야 하지만 그렇다고 해서 성격적으로 반대유형이 될 수는 없다.

그러므로 심상정은 자기 성격의 장점을 최대한으로 살리면서 단점을 꾸준히 보완해야지, 남들이 하는 주문에 자신을 맞추려고 애써서는 안 될 것이다. 나아가 앞으로는 사람들이 ENTJ인 심상정에게 '따뜻한 모성적인 이미지' 등의 무리한 요구는 하지 않았으면 좋겠다.

심상정만의 색깔 드러내기

심상정에게 넘어야 할 큰 산들이 없는 건 아니다. 아마 딴지일보 총수인 김어준 씨의 다음과 같은 지적이 그런 것들 중 하나일 것이다.

"심 의원은 컨텐츠 좋아요. 근데 컨텐츠만큼 아니 그 이상으로 심 의원이 사람으로서 다가오는 드라마가 있어야 하는데, 노무현도 드라마 하나로 뜬 거 아닙니까. ……과정의 드라마가 아니라 사람으로서의 드라마."

그의 지적처럼 심상정과 고 노무현 전 대통령은 똑같은 ENTJ면서도 그들에게는 중요한 차이가 있다. 비유적으로 말해 그것은 노무현은 화가 나면 명패를 집어던졌지만 심상정은 그렇지 않다는 데 있다고 할 수 있다. 노무현은 그리 세련된 사람 혹은 잘 훈련된 인텔리 출신이 아니다. 그러다보니 비록 실수를 남발했지만 그는 자신을 드러내는 데에 거침이 없었고 그 과정을 통해 그의 인간미가 대중에게 그대로 전달되었다. 반면에 심상정은, 심리학적 표현을 빌자면 매우 '억압'적으로 살아온 인물이다.

어린 시절, 심상정은 막내딸로서 부모의 사랑과 인정을 받기 위해 자신의 욕구나 감정 등을 억압했다. 그리고 이후에는 살얼음판과도 같은 비합법운동가로서의 길을 걸으면서 다시 한 번 자신의 내면을 심하게 억압했을 것이다. 과거 비합법운동에서는 단 한 번의 방심, 단 한 번의 실수가 곧바로 고문대나 감옥, 조직 파괴로 이어졌기에 운동가들은 극단적인 긴장 상태에서 살아야만 했는데 그것은 원치 않는 억압을 낳고는 했다. 또한 치열한 노선경쟁이나 정파대립이 지배했던 운동권 속에서 소수자이고 비주류인 여성으로서 살아남으려면 고도의 자기통제와 절제가 필요했을 것이다. 정치인 심상정이 아닌 인간 심상정이 잘 느껴지지 않는 것은 이런 일련의 사정들과 밀접한 관계가 있을 것 같다.

대중은 본질적으로 노선과 정책을 통해서 설득된다고 할 수 있지만, 그것을 전달하는 사람에게 매료되어야만 그의 주위에 결집함으로써 의미 있는 정치적 실체가 될 수 있다. 이를 좀 심하게 말하면 아무리 좋은 노선과 정책이라도 그것을 로봇이 선전한다면 대중을 각성시키고 조직할 수 없다는 뜻이다. 이런 점에서 정치인 심상정이 국민들에게 자기만의 독특한 인간냄새와 색깔을 선보이는 것은 그의 정치적 미래를 좌우할 중요한 변수 중의 하나로 작용할 것이다.

습성화된 긴장을 풀고 자기를 마음껏 드러내려면 '실수나 실패를 그대로 보여줘도 괜찮다'는 편안한 마음이 필요하다. 그리고 그런 마음은 부모의 사랑과 인정에 무의식적으로 더 이상 연연해하지 않게 될 때, 반드시 승리하거나 성공해야 한다는 집착에서 해방될 때 흔쾌히 가질 수 있다. 나아가 ENTJ인 심상정은 스스로를 용납하지 못하거나 심하게 옥죌 우려가 있는 직관사고형(NT) 특유의 완벽주의를 다소 유연하게 적용할 필요가 있을 것이다.

가장 중요한 자산은 심리적 당당함

지금도 여전히 바쁘게 살고 있는 정치인 심상정은 "워낙에 일찍부터 이 길로 들어서고 몰입을 해서, 이 길이 아니면 무엇을 했을까 이런 생각은 못 해봤"다고 말했다. 물론 그랬을 것이다. 하지만 이제부터라도 그녀가 억지로라도 짬을 내어 자신의 마음속을 깊이 들여다보고 따뜻하게 챙겼으면 한다. 그래서 어쩌면 오랜 세월 동안 방치되어 왔을 자신의 욕망, 감수성, 꿈 등을 다 끌어안고 보듬어 그것을 세상 사람들에게 마음껏 보여주었으면 좋겠다.

적어도 나는 그것이 충분히 가능할 거라는 기대와 희망을 가지고 있다. 출판사로부터 심상정에 대한 글을 부탁받았을 때, 나는 자료 부족을 핑계로 거절부터 하려고 했었다. 그렇지만 사실 자료부족 못지않게 나를 주저하게 만들었던 것은 다음과 같은 이유였다.

"최대한 분석을 해보고 있는 그대로 쓸 겁니다. 상대방이 듣기 좋은 말만 쓸 수는 없는데, 심상정 대표가 불편해하지 않을까요?"

그런데 놀랍게도 출판사에서는 심상정 본인이 심리학자의 분석을 몹시 궁금해 하며, 그것이 이 책에 꼭 포함되기를 원하고 있다는 말을 전해 왔다.

마음이 병든 사람은 누군가가 자기를 들여다보는 것, 특히 사적인 영역을 들여다보는 걸 매우 싫어하는 법이다. 아마 모르긴 몰라도 어용이 아닌 심리학자가 자신을 분석하겠다고 덤벼든다면 대다수 정치인들은 부척이나 싫어하지 않을까? 이런 점에서 나는 자기분석을 원하는, 즉 꺼릴 게 조금도 없다는 듯한 심상정의 태도를 자신의 심리적 건강성을 보여주는 하나의 중요한 징표로 해석했다. 나아가 그녀는 출판사의 인터뷰 요청을 받은 언니가 '어떤 말을 해야 할지 몰라서, 어떻게 했으면 좋겠냐 고 묻자 '그냥 언니가 하고 싶은 대로, 편하게 얘기하면 된다' 고 했다고 한다.

자신을 애써서 감출 필요가 없다는 것이야말로 사람에게 있어서 얼마나 큰 자산인가. 만일 인간 심상정에게 그런 자산이 있다면, 인간 심상정이 그런 삶을 살아 왔다면 이제부터라도 그것을 세상에 마음껏 드러내기 바란다. 그래서 중요한 고비를 넘고 넘어 사회개혁에 성공한 정치인으로 기록되고, 자신의 마음을 평정한 행복한 인간의 모범이 되었으면 좋겠다.

나는 여전히 '사상이나 정견은 바뀔 수 있지만 사람은 쉽게 바뀌지 않는다' 고 믿고 있다. 만일 심상정이 권력욕, 승부욕, 경쟁심, 성공욕, 명예욕 같은 잡념들과의 싸움에서 이기고 자신의 건강한 마음을 한층 갈고 닦게 된다면 그녀는 한국 사회에 꼭 필요한 정치인이 될 수 있을 것이다.

김태형

심리학자. 지은 책으로 『스키너의 심리상자 닫기』 『새로 쓴 심리학』 『베토벤 심리 상담 보고서』 『심리학자, 정조의 마음을 분석하다』 『심리학자, 노무현과 오바마를 분석하다』 등이 있다.

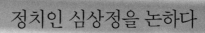
정치인 심상정을 논하다

· 정치비평
· 정책비평
· 인물비평

한국 정치사에서 심상정의 길을 찾다

— 이대근 (경향신문 논설위원)

한국 정치의 낯선 존재

"저 여자 누구야? 대단해"

"간단치 않은 사람 같아."

국회의원 심상정이 처음 등장했을 때 사람들은 적지 않은 관심과 호기심을 보였다. 사실 한국인에게 여성 노동운동가 출신 진보정당 의원은 낯선 존재이다. 물론 그동안 민주화 운동을 정치적 자산으로 삼은 정치인은 많았다. 그들도 개혁을 주창하고, 경우에 따라 과거 정치와는 다른 참신한 정치를 시도하기도 했다. 심상정과 함께 17대 국회에 진출한 386 출신 민주당 의원들도 그런 이들이다. 그러나 그들은 자신의 출신 배경이 무엇이든 자유주의적 보수정당의 의원들이었고, 그런 정당의 한계는 그들의 활동 범위와 내용을 제약할 수밖에 없었다. 그런데 심상정은 아니었다. 그가 해서는 안 될 일이 없었고, 못 할 일이 없었다. 그를 막을 수 있는 것은 아무것도 없었고, 누구도 그를 당해 낼 재간이 없었다. 사람들이 그를 주시한 것도 이같이 기성 정치인과 전혀 다른 정치 활동을 전개할 것이라는 예감, 거칠 것 없이 질주하리라는 긴장감 때문이 아니었을까.

과연 그는 때로는 들어보지 못한 새로운 가치를 말하고, 때로는 익숙한 상식에 따라 정치, 사회, 경제의 문제점들을 파헤치고, 때로는 현재의 질서와는 다른 대안의 질서를 제시했다. 그에게는 자기의 활동의 방향이 분명해 보였고, 스스로 설정한 목표에 진지했고 성실했다. 그는 관심의 대상이 될 만한 충분한 이유가 있었다.

물론 그가 국회에 등원한 뒤 부지런히 공부하고 조사하고 감시하고 고발했다는 사실만을 근거로 특별하다거나 남다르다고 할 수는 없다. 그와 같이 열심히 한 의원들이 많지 않다 해도 전혀 없는 것은 아니었다. 그런 의원은 과거에도 있었고, 17대 의원 가운데도 있었고, 앞으로도 나오게 될 것이다. 그를 기존 정치인과 다르다고 하는 것은 그런 것들 때문만은 아니다. 그는 다른 정치를 했다.

우선 그의 상대가 달랐다. 엘리트주의로 무장한 목이 뻣뻣한 재경부 관리는 물론 삼성, 김앤장과 같이 국회조차 성역으로 여겼던 권력 중의 권력이 그의 상대였다. 그는 낡은 질서와 가치의 도전자였다. 그는 가진 자가 아니라 없는 자, 부자가 아니라 가난한 자, 권력을 쥔 자가 아니라 소외된 자를 위해 일하고 발언하고 싸웠다. 모두 이전 국회에서는 논의되지도 시비하지도 않던 일들이었다. 그는 목표도 달랐다. 삶의 변화. 이를 위해 그는 기성 정치에서는 결코 다루지 않았던 의제를 말하고, 대표되지 않았던 이들을 위해 싸웠다. 경제 전문가도 아니었으면서 복잡한 금융문제에 집중하고 성과를 낸 것도 서민들의 삶을 억압하는 모순을 파헤치는 일은 자신이 아니면 할 수 없다는 생각 때문이다.

함께 싸울 사람은 없다. 이것이 심상성의 고독이고, 진보정치의 외로움이다. 모든 것을 혼자 싸워야 한다. 한국 정치에서 진보정치라는 새로운 정치를 한다는 것은 이처럼 고립감 속에서 몸부림치는 일과 같다. 그들은 소수였고 그랬기에 부자와 강자가 쌓은 재산과 권력, 그들이 숨긴 부패와 비리의 탑을 무너뜨리지는 못했다. 보수정치의 벽 때문이었다. 그러나 보수정치의 벽을 느낄 수 있게 하는 것도 진보정치이다. 진보정치가 없었다면, 보수정치의 벽이 존재한다는 사실도 알 수가 없다. 한국 정치에 문제가 있다는 것을 아는 것, 그것은 한국 정치에서 매우 중대한 발견이다. 심상정이 그 벽에 파열구를 내거나 벽을 무너뜨리지는 못했지만, 그의 용감한 도전을 통해 한국 정치가 벽 안에 갇혀 있음을 그는 온몸으로 고발했다.

새로운 정치적 진출의 경로

그의 정치적 성취는 그의 삶과 앎의 일치가 아니면 어려웠을 것이다. 삶의 밑바닥을 들여다보고 스스로 그 삶을 살아 왔던 그의 인생에는 이미 서민들의 고통과 아픔이 배어 있다. 따라서 그것을 해결하는 것은 누가 그에게 던져준 과제도 아니었고, 그가 의식적으로, 전략적으로 선택한 것도 아니다. 그렇게 살아온 그의 내면에 본래 자리 잡고 있었던 그의 일이었을 뿐이다.

군사정권 시절 누구나 시대를 고민하면 만나게 되는 이름이 있다. 전태일. 그도 전태일을 만나면서 미싱사가 되었고, 구로공단 노동자가 되어 노동자의 권리를 쟁취하기 위해 싸웠다. 해고되고 수배당하면서도 그는 25년이나 노동운동을 계속했다. 그러나 노동자의 권리 확보는 진보정치 없이 지속 가능하지 않았다. 파업과 구속, 분신사망이 이어지면서 노동조건은 부분적으로 개선될 수 있었지만, 민주화 이후에도 사회로부터의 노동배제와 소외는 변하지 않았고, 이 사회의 생산을 떠맡으면서도 정치적 힘은 하나도 행사하지 못하는 비정상 상태를 벗어날 수 없었다. 기성 정치는 기업의 최고경영자(CEO), 고위 관료, 검사, 판사 출신이 대신해 주는 정치 때문인지 모른다. 이런 정치적 대표로는 당연히 세상의 차별과 소외를 극복할 수 없다. 일상적으로 그 문제를 고민하고 실천해 온 사람에 의해 대표되는 정치가 아니면 안된다. 가난한 이가 자기의 권리를 행사하려면 그들 스스로 정치 권력을 획득해야 한다.

심상정이 학생운동에서 노동운동으로, 노동운동에서 진보적 정치 지도자로 성장하고 발전해 가는 경로는 이같이 삶과 앎의 일치를 구현하고 정치적 요구에 응답하는 것이기도 하다. 진보정치인이 어떻게 배출되어야 하는가 하는 진보정치의 충원 방식에 대한 물음에 그의 정치적 진출은 답을 준다. 그는 이미 자신이 자기가 대표해야 할 계급이다. 대표하는 자와 대표되는 자의 분리라는 한국 정치의 대표성 문제에 대해 심상정의 경력은 하나의 전형을 보여주고 있다.

진보를 대표하는 보수의 모순

그러나 그는 어느 날 갑자기 사람들의 시선에서 사라졌다. 왜 그런 일이 일어났을까. 새로운 정치에 대한 희망이 새록새록 피어나려고 할 때 왜 꽃은 그렇게 빨리 진 것일까. 이 의문을 풀자면 그의 정체성을 구성하는 중요한 요소인 진보정치가 한국에서 무엇이었는지를 살펴볼 필요가 있다.

분단과 전쟁으로 강력한 반공 냉전체제가 구축되면서 한국 정치는 보수주의가 지배했다. 정치가 사회의 다양한 이해와 욕구를 대변할 수 있기 위해서는 다양한 이익을 대표하는 정당들이 자유롭게 경쟁할 수 있어야 한다. 그러나 냉전체제는 그것을 허락하지 않았다. 극우 독재 권력이 통제하는 냉전적 보수정당, 그 독재 권력이 허용하는 범위 안에서 활동할 수밖에 없었던 자유주의적 보수정당이 여당과 야당 자리를 맡아 체제 내에서 경쟁하는 것으로 만족해야 했다. 보수들만의 정치, 반쪽 정치였다.

탈냉전의 시대가 도래했어도 마찬가지였다. 냉전적 반공주의에 기반한 정치 구조는 이미 깊고 넓게 이 사회에 뿌리를 내린 뒤였기 때문이다. 탈냉전이라는 세계사적 흐름도 그 근간을 좀처럼 흔들지 못했다. 민주화 과정을 통해 시민사회에서 변화와 개혁을 향한 열망의 싹이 자라기 시작했지만, 역시 마찬가지였다. 시간이 흐를수록 분출하는 사회적 변화 욕구는 이런 왜곡된 냉전체제에 기반한 보수 일색의 정치와 늘상 충돌했지만, 기성 정치 질서는 무너지지 않았다. 이미 정치는 사회와 분리된 채 그 사회를 반영하는 대신 억압했고, 그 때문에 정치와 사회는 필연코 충돌해야 했지만, 정치는 사회를 억누를 수 있을 만큼 충분히 강했다.

한국 정치사의 예외적 사건, 진보정당

그 왜곡을 가능케 했던 것 중 하나는 전통적으로 민주당이라는 이름을 선호해 왔던 자유주의적 보수세력과 진보세력과의 역사적 인연이다. 자유주의 보수세력은 독재와 맞서는 과정에서 자연스럽게 반독재 연합전선을 구축했고, 그 범위는 반체제 세력으로까지 확대되었다. 미약한 반체제 진보세력은 군사정권의 폭압 아래에서, 자기의 정치적 대표를 확보할 수 없는 여건에서 자유주의적 보수정당을 통해 자기의 정치적 요구를 표출해야 했다. 그 때문에 자유주의적 보수정당은 반독재

투쟁 과정을 통해 진보세력을 일정 부분 흡수하기도 하고, 대변하기도 했다. 물론 그 대가는 진보세력의 독립성과 정체성의 점진적 소멸이었다. 이런 모순은 새로운 정치적 욕구와 기성 정치와의 충돌로 나타났지만, 자유주의적 보수정당은 두 지층 사이를 완충하는 기능을 함으로써 보수 독점 체제의 유지에 결과적으로 기여했다.

물론 전쟁에 의한 분단 고착화 이후 진보정당이 전혀 없었던 것은 아니다. 1950년대 이승만 정권 때 조봉암의 진보당, 4.19혁명 이후 민주당 정권 시기 진보정당들의 부활, 군사정권 때의 통일 사회당 등이 있었다. 그러나 뿌리도 대중적 기반도 없는 지식인 중심의 정당이라는 한계를 벗어나지 못했고, 독재정권의 장식품 기능도 했다. 한국 정치사에서 진보정당은 냉전시기의 짧은 에피소드에 불과했고, 냉전의 바다 위에 뜬 작은 섬과 같았다. 거세된 진보정당의 존재는 오히려 보수 독점 체제의 견고성만을 부각시켰다.

이 같은 진보정당의 부재는 자기의 정치적 대표자를 갖지 못한 수많은 시민의 존재를 증명하는 것이기도 하다. 자기의 의사와 욕구를 조직할 정치조직이 없다는 것은, 현대 정치가 대의 정치라는 점을 고려할 때 다수의 시민권 상실 상태라는 것을 뜻한다. 그들은 정치적으로는 존재하지 않는 유령이나 다름없다. 그것은 민주주의를 위협하는 사건이 아닐 수 없다. 이런 정치 구조는 가난한 자와 소외된 자들이 부자와 기득권 세력을 위한 정치적 결정이 내려지고, 그 때문에 자신들의 삶이 위협당하는데도 속수무책으로 지켜 보아야 한다는 것을 의미한다. 그런 점에서 진보정당이 있느냐 없느냐의 문제는 진보와 보수의 균형이라는 교과서적인 차원의 관심사가 아니라, 이 사회의 다수를 구성하는 가난하고, 소외되고, 힘없는 시민들의 삶을 구출할 기회가 있느냐, 없느냐하는, 매우 실질적이고 절박한 문제가 된다.

그동안 진보정치의 부재가 어떤 한국을 만들어냈는지는 그 현실을 몇 가지 나열하는 것만으로도 명명백백하다. 재벌의 경제력 집중은 날로 심화되고, 시장의 강자는 자기 힘을 무한 증식하는데 약자는 끝없이 추락하고, 한 번 낙오는 영원한 사회적 퇴출로 이어지고, 사회적 양극화는 심화되고 소수자는 배제되고, 사회 전반에 복지에 대한 무관심이 만연해도 바로 잡을 수 없는 상태가 지속된다. 이 문제를 바로 자기의 최우선 과제라고 받아들이는 정치세력이 없다면, 이 현실을 바꾸는 일은 불가능하다.

민주당은 당연히 그런 것을 자기 당의 의제로 받아들이지 않는다. 자유주의적 보수정당이 서민들의 삶과 행복을 책임질 의사도 능력도 없다는 것은 두 번의 집권이 이미 증명해 보인 바 있다. 그러나 남에 의탁해서는 살아가는 것은 불안하고 남의 힘은 믿을 만한 것이 못된다. 스스로 권력을 쥐지 않으면 안 된다. 한국 현대 정치사는 자기 정치세력을 갖지 않고는, 스스로 자신을 대표하지 않고는 자신의 권리를 보장받을 수 없다는 엄정한 현실을 보여주었다. 아무리 다수라 해도, 그들의 요구가 강렬하고 지지가 충천하다 해도 정당으로 조직되지 않으면 모래알과 같다. 그런 의미에서 민주노동당은 한국 정치사에서 예외적인 정치세력이었다.

낡은 정치를 깨는 진보정치 행진의 선두에 서다

민주노동당은 분단과 전쟁이 낳은 한국 사회의 모순을 토대로 하고, 노동자, 농민, 서민의 대중기반을 가졌다는 점에서 과거의 진보정당과는 달랐다. 심상정을 한국 정치사에 명멸했던 수많은 정치인의 하나라고 해서는 안 되는 이유가 바로 여기에 있다. 오랜 보수 독점의 한국 정치 질서를 깨고 한국 정치사에 있어 본 적이 없는, 가난한 자의 정치 사령부 진보정당이 한국 정치를 정상화하는 역사적 행진의 선두에 그가 있기 때문이다. 그래서 그는 한국 정치사의 특별한 존재라고 불려야 마땅하다. 그가 민주노동당의 비례대표 1번이었다는 상징성은 그 의미를 살려 주기는 하지만 그가 특별한 것은 그 때문이 아니라, 한국 정치도 달라져야 한다는 시대의 요구가 그의 등장으로 실현될 지도 모른다는 희망을 품게 했다는 데에 있다.

또 심상정은 한국 사회에 진보정치의 맛을 선보였다. 한국인에게 진보정치는 참고서에나 있는 비현실적이고 추상적인 존재였다. 한국 정치사에서 실재하지 않은 상상 속의 존재였다. 그래서 온갖 왜곡이 가능했을 것이고, 그런 정당은 없어도 괜찮다는 생각이 들게 만들 수도 있었을 것이다. 그 결과 진보신당은 매우 이상하고 유별난 집단, 뭔가 과격하고 까다로운 세력 정도로 인식하게 되었을 것이다. 그러나 심상정에 의해 그런 추상으로서의 진보정당, 괴물로서의 진보정당의 이미지는 산산조각 났다. 사실은 진보정치가 전혀 낯선 것이 아니라 바로 그들의 옆에 있었던 것, 바로 시민들이 숨 쉬고 자고 먹고 생활해 왔던 것과 하나도 다르지 않다는 점을 심상정을 통해 알 수 있게 되었기 때문이다.

진보정당은 색깔론에 덧씌워진 무시무시한 이데올로기가 아니라, 바로 삶의 문제에 천착하는 시민들의 이웃들과 다름없음을 심상정이 알려 주었다는 것, 이것이 심상정이 진보정치인으로서 한국 정치사에서 기억될 만한 인물이라 할 수 있는 이유이다. 진보정당이라는 낯선 얼굴을 세상에 내밀고, 그것이 끔찍한 괴물이 아니라, 바로 당신들의 옆에 있어야 할 친구임을 인식시키고, 그 인식에 값하느라 죽어라 일한 심상정을 한국 정치는 기억하지 않을 수 없을 것이다. 정치라는 것은 서민들과는 상관없고, 다만 서민의 이름을 빌어서 쓰다가 내 버릴 뿐이라는 비관적 생각이 틀릴 수 있음을 보여 준 이도 진보정치인 심상정이다.

낡은 진보를 버릴 줄 아는 진보 정치인

그러나 단지 진보정당이 있다는 것만으로는 충분하지 않다. 과거에도 진보정당은 있었지만, 보수정치의 장식 이상의 기능을 하지 못했다. 삶은 장식품이 아니라 의미 있는 정치적 힘을 요구한다. 그런데 불행하게도 민주노동당은 장식품이 아니었는데도 점점 그 활기를 잃어 갔다. 심상정 혼자 열심히 뛴다고 진보정치가 성장하고, 한국 정치가 달라지는 것은 아니라는 사실이 점차 분명해졌다.

진보정당이 온전하게 서 있지 않으면 심상정도 의미가 없다. 이것이 심상정이 새로 당면한 도전이었다. 민주노동당은 원내에 진출한 지 얼마 되지 않아 세상의 관심과 기대에 부응하지 못하고 있다는 점이 드러나기 시작했다. 당은 추락했고, 그 사실조차 당이 바닥으로 내려앉을 때가 되어서야 깨달을 만큼 감각도 느렸다. 비정규직, 88만원 세대, 사회 양극화의 심화, 교육 · 주거 · 일자리 불안 등 해결을 기다리는 과제들은 쌓여 갔지만, 당은 외면했고, 대안도 없었고, 어쩔 줄을 몰랐다. 대안적 정치세력이 되리라는 기대는 서서히 무너져 갔고, 끝내 실패하고 말았다. 당의 노선, 정책, 조직, 지도체제가 모두 낡은 결과였다. 그러나 누구도 손을 보지 못했다. 서민의 삶의 문제에 천착해도 부족할 시간에 북한, 주한미군, 국가보안법 등 냉전시대의 의제에 매달렸고, 특정 정파의 이념을 위한 도구로 당과 시민들을 동원했다. 당내 패권주의는 환경 변화에 대한 민감성, 유연성을 빼앗아 갔고 사회 적응력을 침식해 갔다.

어느새 진보정당은 늙어 가고 있었다. 한국 정치를 바꾸기 전에 진보정당을 바꾸지 않으면 안되는 상황이었다. 심상정은 이 엄중한 현실을 무시하지 않았다. 다수의 서민을 위한 노선과 조직이 아닌데도 진보정당의 이름만 유지하는 것은 의미가 없었다. 서민의 이익을 대변하는 진보정당 본래의 모습으로 바꿔 놓아야 했다.

　그러나 한국 정치사의 새로운 역사를 썼다는 민주노동당은 금세 늙고 병들어 갔고, 더 이상 나아갈 수 없는 위기에 처했다. 당을 바꿔야 했다. 그는 당의 혁신에 주력했다. 그에게 당도 바꾸지 못하면서 세상을 바꾼다는 말은 허장성세에 불과했다.

당 혁신에의 도전과 좌절

　그는 대통령 후보 선출을 위한 당내 경선에 나서면서도 당의 혁신을 최우선으로 내세웠다. 그는 2007년 3월 경선 출마 선언에서 "이번 경선에서 저의 최대 화두는 민주노동당 그 자체입니다. 민주노동당의 혁신이야말로 이번 대선의 최고 경쟁력이 될 것입니다"라고 밝혔다. 그가 이같이 당의 혁신을 새로운 임무로 정의한 것은 시민들이 당에 바라는 것이 대선 승리가 아닌 당의 변화라고 믿었기 때문이다. 가난한 사람을 위한 민주주의, 서민 밥 먹여 주는 정치를 할 준비가 되어 있는가, 이것이 문제라고 그는 판단했다. 낡은 한국 정치 구조를 깨기에 앞서 낡은 진보정당을 먼저 깨야 했다. 그것이 21세기 진보의 길, 민주주의의 본질에 다가가는 것이었다. 시대적 요구에 반응하면서 끊임없이 앞으로 나아가는 것, 어쩌면 이것이 그의 운명이었는지 모른다.

　그는 진보정당이 어떻게 시대에 적응하면서 시대의 진로를 개척해 나가야 할지 먼저 고민하고 먼저 행동해 온 진보정치의 조타수였다. 이것이 한국 정치인 가운데, 진보정치인 가운데 그가 특별한 존재가 된 이유이다. 그가 단지 한순간의 스타처럼 반짝이는 정치인이었다면, 한국 정치사에서 그를 기억할 까닭은 별로 없었을 것이다.

　그러나 불행하게도 그의 당 혁신 노력은 좌절되었다. 혁신하지 못한

당은 당의 미래, 그의 미래에 복수했다. 그의 당내 경선 패배는 대선 참패를 낳았고, 대선 참패는 분당을 낳았으며, 분당은 그의 총선 패배를 낳았다. 그도 진보정당의 몰락을 막을 수 없었고, 진보정당이 몰락하는 한 그의 정치적 힘도 약화될 수밖에 없었다. 이것이 어느 날 갑자기 그가 정치의 전면에서 사라진 배경이다.

그가 정치 무대의 전면에서 퇴장한 것이 심상정 개인의 문제만은 아니었다. 그의 패배는 진보정당의 실패와 동반된 것이었기 때문이다. 올바른 진보정당 없이 혼자서 진보정치를 하는 것은 불가능했다. 그래서 심상정에게는 제대로 된 진보정당이 필요했다. 심상정은 그것을 알고 있었다. 당의 노선, 정책, 조직이 시민들이 먹고 사는 문제를 해결하도록 맞추어져 있지 않으면 진보정치, 진보정당, 진보정치인은 길을 잃을 것이며 그로 인해 그들이 대표하고자 하는 소외되고, 가난한 자의 삶을 구출하는 일도 불가능해질 것이다.

먹고 사는 문제가 진보정치의 본질이다. 그것을 할 수 없게 되었다면, 정치의 미래를 걸어야 한다. 그는 그것을 알고 있었고, 그대로 실행했다. 이것이 정치 지도자로서 그의 정치적 능력이다.

정치 지도자로서의 심상정

그가 단순히 한국에 예외적인 진보정치인이라는 점 하나만으로 독특한 정치적 위상을 갖고 있는 것은 아니다. 진보정치가 오늘날 한국에서, 어떤 위치에서 무엇을 해야 하는지 알고 실천할 줄 아는 드문 정치인이라는 것만으로도 심상정의 정치적 존재는 부각되지만, 그것이 심상정의 전부는 아니다. 그는 정치 지도자로서 결단할 줄 안다. 중요한 순간에 머뭇거리지 않는다. 당의 방향을 바로 잡아야겠다고 판단했을 때 그는 당내 경선에 바로 뛰어들었다. 그리고 경선에서 무엇이 쟁점이 되어야 하고 무엇을 요구해야 하는지도 분명했다. 그것은 진보정당을 진보정당답게 바꾸는 것이었다.

그러나 그는 패배했고, 그 여파로 당도 대선에서 완패했으며, 지도부는 사퇴하고 당의 진로는 한 치 앞을 볼 수 없는 순간을 맞았다. 당 혁신의 과제가 그에게 맡겨졌다. 당비대위위원장으로서 당의 운명을 개척하는 일을 피하지 않았다. 자신의 선택에 진보정치의 미래가 달려 있다는 것을 알고 있는 그는 당의 근본적 혁신이라는 과감한 카드를 꺼냈다. 그것이 진보정당이 다시 신뢰를 회복하는 마지막 기회라고 생각했고, 그 기회를 놓쳐서는 안 된다고 생각했다. 그러나 당내 패권 일소, 친북 해당행위 청산은 거부되었다. 그는 민주노동당이 다시 태어날 수 있다는 확신이 들시 않았다. 민주노동당으로 미래 진보정치를 할 엄두가 나지 않았다. 민주노동당 밖의 길도 보이지 않았다.

그럼에도 그는 낯선 길로 과감히 뛰어들었다. 그는 길이 막히면 돌파했다. 민주노동당을 떠나 진보신당 창당을 주도했다. 새로운 진보정치를 위해 다시 출발점에 섰다. 그는 진보정치의 과제가 무엇인지 잘 알고 있을 뿐만 아니라, 끊임없이 시대적 요구에 반응하고 변화하면서 낡은 틀을 깨고 도전하는 과감성, 문제를 직시하고 자기 앞의 과제를 정확히 찾아내고 현안을 풀어 가는 재능과 식견이 있다. 정치 지도자가 그런 덕목을 갖는 것은 쉬운 일이 아니며, 그런 정치 지도자의 등장 역시 흔한 일은 아니다. 그런 점에서 그는 한국 정치사가 주목해 볼 가치가 있는 정치인이다.

그가 한국 정치사의 한 장을 쓰고 있다는 것은 과장법이 아니다. 그는 한국 정치가 오랜 동안 잊고 있던 다른 정치, 대안 정치, 진보정치의 가치를 발견해 냈다. 그는 한국 정치에 없던 의제들을 내놓았다. 정치로부터의 소외라는 한국 정치의 고질병도 정치는 삶이라는 그의 화두에 의해 흔들리고 있다.

심상정, 그의 이름 석자는 그 자체로 한국 정치에 대한 도전이다.

이대근

경향신문 정치·국제 에디터. 지은 책으로 『북한 군부는 왜 쿠데타를 하지 않나』 『와이키키 브라더스를 위하여』가 있다.

시대의 요구, 그리고 심상정

― 정태인 (사단법인 정치바로 연구소장)

이 시대가 필요로 하는 정치인

나는 원래 정치에 전혀 관심이 없었고, 사실은 지금도 별로 없다. 아니 관심이 있다 하더라도 정치적 능력이 전혀 없기에 지레 포기했다고 해도 좋다. 하지만 마치 대학교 때 데모를 하지 않으면 나쁜 놈이라는 생각 때문에 맨 뒷줄에라도 항상 끼었듯 정치를 늘 생각하고, 또한 뭔가 해야 한다는 의무감은 가지고 있다. 오로지 공부를 통해서 현실에 개입하겠다고 마음 먹었던 10년 전에 비춰 본다면, 소심하고 게으른 자로서는 대단한 변화라고 할 수 있다. 물론 어떤 자리를 통해서 뭘 하겠다는 건 그 시에는 상상에서조차 이르지 못했지만 이젠 경제정책을 설계한다 하더라도 그 정책을 어떻게 정치적으로 관철시킬 것인가까지 자못 심각하게 고민하게 되었다.

이나마의 관심도 오로지 고 노무현 전 대통령으로부터 비롯됐다. 상당히 오랜 기간, 가까운 거리에서 지켜보고 또 말을 나눈 정치인도 노무현 전 대통령이 처음이고 지금도 그를 포함해 세 사람 정도에 불과하다. 나머지 두 사람은 대학 동기인 유시민 전 장관과 심상정 전 의원이다. 따라서 내가 지금 정치와 정치인에 관해 얘기한다 해도 세 사람이라는 극히 적은 표본의 비교 속에서 나오는 소리일 뿐이다.

다만 사적 유물론 전공으로 대학원 생활을 시작했으면서도, 또 사회구성체 논쟁이라는 이론의 갑론을박 속에서도 일찌감치 현실 경제와 정책이 중요하다고 생각했다는 사실, 그래서 이미 1990년대 초부터 각 정당의 정책 입안에 관여했고 더구나 2년 남짓 청와대에서 정책을 만들어 봤다는 경험이 이 글쓰기를 감행하는 미약한 이유일 것이다. 즉 현재 한국의 현실에 필요한 정책이 무엇이고 어떠한 사회세력이 그것을 실천할 수 있는지에 관한 판단이라는 협소한 틀 내에서 어떤 정치인이 필요한지 추론하는 것에 불과하다.

3중의 위기와 정치

그렇다면 현재 우리는 어디에 서 있는가?

"현재의 위기는 약 10년마다 오는 산업순환 상의 위기에, 시장만능론이라는 30년짜리 지배 이데올로기의 위기, 그리고 100년에 한 번쯤 오는 패권국가의 위기가 겹쳐진 것이다."[1]

말하자면 '3중의 위기'인 셈인데, 1929년 즈음의 대공황기가 이에 해당하는 유일한 역사적 사건이었을 만큼(물론 패권국가 위기의 위치에서 상당한 차이가 나지만) 우리는 지금 좀처럼 체험하기 힘든 역사의

1) 정태인, 경향신문, 2008년 12월 3일자, 경제칼럼.

고비에 서 있다. 폴라니가 1930년대를 규정했던 '대전환'을 또 맞았는데 이런 시기에 정치인의 역할은 막중하다. 모름지기 정치인이라면 프랭클린 루즈벨트가 그랬듯이 시대의 요구를 정치적 언어로 대중에게 제시하고(뉴딜), 그들과 함께 위기를 불러온 기존 세력을 제압하여 새로운 사회균형을 만들어 내야 한다.

루즈벨트가 처음 당선될 때 그가 내건 공약은 재정균형 등, 전통적인 경제학의 처방이었고 그의 가장 큰 업적으로 일컬어지는 노동 관련 개혁에도 사실 그는 한없이 미적거렸다. 무엇보다도 그는 백만장자였고 엘리트였다. 다만 그의 주위에는 진보적(progressive) 지식인들의 강력한 이론적 배경이 있었고 또한 GE 회장처럼 시장 만능의 기존 질서를 바꿀 수 있다는 산업자본가의 지원도 있었다. 그러나 더 중요한 것은 그로 인해 노동조합의 폭발적 증가가 있었고 또한 그들의 요구에 따라 자신의 정책을 변화시켜 나갈 수 있었다는 사실(와그너법)이다. 그가 '케인즈 이전의 케인즈 정책'을 사용할 수 있었던 것은 주변의 자원을 제대로 이용해서 사회의 변화에 적극적으로 대응할 수 있었기 때문이다. 그것이 이른바 뉴딜동맹이다. 그는 실로 '계급의 배신자'가 됨으로써 시대를 거스르지 않을 수 있었다. 이런 문제 전체를 지금 생각해야 하는 정치인은 오바마 미국 대통령 정도일 터이다. 그러나 그는 현재의 금융 위기 처리에서 보듯 지난 30년의 지배 세력, 즉 월가의 금융자본에 반쯤 포획되어 있는 상태이다.

그렇다면 세계 10위권의 경제력으로 장차 2대 강국이 될 미국과 중국 사이에 끼어 있는 한국, 그것도 분단이라는 치명적 약점을 가지고 있는 한국의 정치인은 어찌 해야 할까? 주지하다시피 이명박 대통령은 오히려 과거로 회귀하고 있다. 명청 교체기의 인조나 선조처럼 과거의 제국에 더욱 의존하면서 토건이라는 과거의 성장정책을 추구하는 한편, 현재의 위기를 불러온 금융자유화에 박차를 가하고 있다. 유일한 장점이랄 수 있는 개발시대 CEO의 추진력이 시대를 거슬러 올라가는 데 쓰이고 있으니 이 시대 정치인으로서는 최악이다.

노무현과 유시민

노무현 전 대통령은 어땠을까? 그는 "구시대의 막내" 역할을 할 수밖에 없는 자신의 처지를 한탄한 바 있다. "권력은 이미 시장으로 넘어갔"고 조중동이라는 언론 지형 속에서 대통령이 할 수 있는 일이 별로 없으니 "대통령 못 해먹겠다"는 반어법을 구사할 정도로 갑갑해 했다. 여기서 '구시대'란 산업화에 뒤이은 민주화시대를 의미했고 '시장으로 넘어간 권력'이란 신자유주의, 그것도 재벌 위주의 한국형 신자유주의를 의미했다. 양극화의 심각성을 인식하고 복지를 늘리는 데 애를 썼지만 정작 증세는 실행하지 못했다. 결정적으로 그는 한미 FTA를 전격적으로 추진함으로써 신자유주의라는, 더 긴 싸이클의 '구시대'를 전격적으로 수용했다. 신자유주의의 몰락기에 오히려 신자유주의에 투항하고 만 것이다.

그에게는 역동적인 대중의 지지가 있었다. 그를 대통령으로 만들고 또 탄핵 때 구해 낸 것도 촛불을 들고 광장으로 나섰던 대중이었다. 아마 이런 마음의 지지를 받는 정치인은 여간해서는 다시 있기 어려울 것이다. 그러나 그는 시장 만능의 미국식 경제 시스템을 도입하면 교육, 의료 등 서비스 산업이 성장해서 대중의 요구를 충족시킬 수 있으리라는 환상에 빠졌다. 그의 진정한 실패는 '깨어 있는 시민'이 없는 데서 비롯된 것이 아니라 이미 '깨어 있는 시민'의 뜻을 거스른 데 있다. 그 후유증은 너무나 크다. 그의 유고(遺稿)를 봐도 비정규직과 양극화 문제에 관해서는 안타까워하면서도 이 문제를 극단으로 악화시킬 것이

불을 보듯 뻔한 한미 FTA와 서비스 민영화 정책에 관해서는 언급하지 않는다. '깨어 있는 시민'에게 여전히 눈을 감고 역사의 현장을 보지 말라고 하는 것이 아닐까?

역사가 세계금융위기를 통해 진실을 폭력적으로 밝힌 지금도 한국의 정치는 여전히 환상에 빠져 있다. 정치가가 시대를 예지하는 능력을 반드시 가져야 하는 것은 아니겠지만, 아니 김대중 전 대통령의 말대로 정치가는 반 발자국만 대중에 앞서 가야 하는 것인지도 모르겠지만, 이미 전개되고 있는 시대의 큰 흐름을 외면한 채 대중을 수백 발자국 뒤로 끌고 가서는 안된다. 그것은 곧 과거 지배 세력과의 단절, 새로운 사회체제의 모색을 포기하는 것이고, 그런 무능한 정치는 더 큰 위기를 불러오기 마련이다. 아무 내용 없는 중도와 실용이 이런 시대에는 훨씬 더 위험하다.

노무현 정부의 공과에 대한 책임으로부터 유시민 전 장관이 자유로울 길은 없다. 그러나 그 부담은 노 전 대통령에 비해 훨씬 가벼울 수밖에 없으며 어쩌면 그 짐을 덜어 주기 위해 노 전 대통령은 그렇게 스스로 목숨을 끊었는지도 모른다. 한국에서 가장 명민한 정치가 중 하나임에 틀림없는 유시민이 이 점에 관해서 침묵의 완고함을 보이는 것은 도저히 이해할 수 없다. 최소한의 반성도 없으니 한미 FTA를 철회하거나 재논의할 생각이 없을 것이고 영리법인화 등 의료 민영화에 관해서도 요지부동일 듯하다. '진보개혁'의 아이콘이었던 대중적 정치가들이 이런 태도를 보이는 한 이들을 믿는 시민들은 의식의 분열을 계속할 수밖에 없다. 이명박 대통령의 쇠고기 수입은 목숨 걸 만큼 반대하지만 정작 그 물꼬를 튼 노 전 대통령에 대해서는 입을 닫는 식이다. 현재 급진전되고 있는 의료 민영화에 관해서도 마찬가지이다. 결국 선량한 시민들이 노무현이나 유시민이 틀렸을 리 없다고 믿는 수준의 우중(愚衆)으로 곤두박질치고 있다.

진보가 대안인 이유

대중의 삶의 질을 높이는 데 국정 운영 경험은 매우 중요하다. 진보 정당이 여전히 대중의 지지를 받지 못하는 데는 자신들의 삶을 이상적 실험에 맡길 수 없다는 불안함도 분명 큰 몫을 차지할 것이다. 유시민이 진보정당에 대해서 "국민을 위한 정치보다는 자기 자신의 신념을 위한 정치를 한다는 느낌이 강하다"고 한 것도 이 점을 정확히 노린 것이다. 입으로는 옳은 말을 하지만 현실의 제약 때문에 실제 정권을 잡으면 그리 할 수 없으며 또한 그런 미숙함 때문에 정권을 잡아서도 안 된다는 것이다.

고백하건대 이런 지적을 들을 만한 측면이 없는 것은 아니다. 신자유주의와 마찬가지로 시대착오적인 과거 운동의 지침에 사로잡혀 현실과 유리된 사람들이 분명 진보정당 내에 존재한다. 예컨대 북한의 정치·사회체제를 신비화한다든가 민중의 힘으로 정권만 잡으면 국가가 모든 것을 다 할 수 있다고 믿는 모험주의적 성향이 그러하다. 현실을 몇 개의 용어로 단순화하고(예컨대, 미제의 음모나 신자유주의) 그 대안을 이미 지상에 존재하지 않는, 그리고 앞으로 존재할 수도 없는 국가사회주의로 환원할 수는 없다. 운동권에서 전승된 계보 싸움이 소통을 가로막기도 하고 선거라는 형식이 민주주의의 많은 내용을 대체해 버리는 것도 바로 고쳐야 할 점이다(물론 그런 소통이나 민주주의가 아예 존재하지 않는 보수정당과 비교할 일은 아니다).

그러나 현실에 대한 정확한 분석이라든가, 실현 가능한 정책이라는 기준으로 본다면 현재 진보정당이 한나라당이나 민주당보다 훨씬 낫다고 단언할 수 있다. 내 청와대 경험은 좌절의 연속이었다. 한국은 '재벌—재경부(현재의 기획재정부)—조중동' 삼각동맹이라는 촘촘한 지배망에 갇혀 있으며 이들의 이해에 반하는 정책은 바위를 치는 계란이 되고 말았다. 예컨대 '2만불론'이 그랬고 부동산 정책이 그랬다. 2만불론은 삼성―재경부(권오규)의 성장 논리에 청와대 386이 투항함으로써 정책목표라는 상징에서 패배한 사건이었고, 부동산 정책의 경우는 끝없이 정책기조가 흔들리고 침식당해서 결국 현실에서 참담한 실패를 맛본 경우이다.

종합부동산세 등 부동산 정책은 청와대 내에서 한 차례 반대에 부딪히고 정부 부처(재경부와 건교부)로 가면 내용이 반쯤 날아가고 민주당과의 정책조율에서 또 한 번, 그리고 한나라당과의 타협으로 간신히 명맥만 유지했다. 부동산 가격이 급등해서 대통령의 불호령이 내리면 부동산 수요 억제정책이 강화되었다가 숨 돌릴 만하면 재경부와 건교부 합작으로 공급정책이 등장해서 투기에 불을 붙이는 일이 반복되었다. 급기야 대통령이 '아파트값 원가 공개'와 관련해서 한마디 함으로써 참여정부의 부동산 정책은 완전히 막을 내렸다.

물론 우리가 참여정부에서 백화제방식으로 펼쳐진 각종 대책을 미리 숙지하고 완벽한 종합판을 가지고 들어갔다면 이렇게 당하지는 않았을 것이다. 그런 면에서 조중동의 표현대로 우리는 아마추어였는지도 모른다. 그러나 대통령이 흔들리지 않았다면 현재의 부동산 거품은 존재하지 않았을 것이고 앞으로 닥쳐올 제2의 위기도 견딜 만한 것일지도 모른다. 이런 면은 양극화 대책을 세울 때도 되풀이되었다.

가장 중요한 것은 정당의 정책기조이다. 시대와 세계의 흐름 속에서 대중의 삶을 최대한 향상시키는 방향으로 기조가 잡혀 있고 또한 내용이 풍부하다면 더욱 좋을 것이다. 이 점에서 진보정당과 보수정당은 비교할 바가 아니다. 민주당을 포함한 보수정당들은 여전히 서울 집값이 떨어질까 봐 전전긍긍한다. 지금은 '세종시 원안 결사 수호'의 모양새를 취하고 있지만, 민주당(당시 열린우리당) 수도권 의원들은 대통령의 수도 이전 정책과 국가균형정책에 대해서 수도권 집값이 떨어지지 않도록 대안을 내놓으라고 을러 댔다.

다음으로는 대통령의 의지이다. 대통령이 되면 온갖 고급 정보를 다 접할 수 있다. 특히 내용도 정교하고 모양도 세련된 재경부의 보고서는 압권이다. 삼성 등 대기업과 이미 조율을 거쳤으니 조중동이 반대할 리도 없다. 제아무리 전문가라도 한 쪽의 정보만 계속 접하면 서서히 그들의 목소리에 귀를 기울일 수밖에 없다(오바마의 금융정책을 보면 사정이 훨씬 나아 보이는 미국도 이 점에선 마찬가지인 듯하다). 반대쪽 목소리에 귀를 열고 양쪽의 의견을 공평하게 들을 수 있도록 실제의 통로를 확보하지 않은 채 막연하게 "양쪽을 토론시키고 내가 그때 그때 판단한다"는 생각을 해선 절대로 안 된다. 그런 의미에서 정당과 언론의 역할은 실로 막중하다.

심상정의 힘

심상정은 척박한 노동운동의 환경 속에서 커 왔다. 뼛속까지 뿌리 박혔을 노동자 의식은 매우 귀중한 그의 자산이다. 무엇보다도 지금 사회의 가장 밑바닥에 있는 실업자와 비정규직의 삶을, 그보다 더 비참했던 80년대에 겪었다는 사실이 중요하다. 80년대 섬유 노동자들에게 필요했던 것을 지금 실현하려면 어떻게 해야 하는가를 매일 되새길 것이다.

물론 이런 경험을 절대화해서는 안된다. 빈농의 아들임을 강조하는 이명박 대통령과 백만장자였던 루즈벨트가 생생하게 대조되지 않는가? 관성이 된 과거의 이념은 맞서 싸우고 필요하면 과거의 노선을 과감하게 수정할 수도 있어야 한다. 그가 '진보의 재구성' 과 새로운 '노동정치' 를 들고 나온 것은 기존 노동운동의 틀 내에 머물지 않으려는 의지를 보인 것이다. 무엇보다도 민주노총과 한국노총 다 합쳐서 10%에 머물고 있는 노동조합 조직률을 획기적으로 증대시키지 않고서는 북유럽과 같은 노동 주도의 복지국가나, 일각에서 강조하는 사회적 타협이란 불가능할 것이다. 이 지점은 앞으로 심상정의 가능성 여부를 판단할 때 매우 중요하다.

더 중요한 것은 시대의 흐름을 읽는 것, 아니 어쩌면 느끼는 것이다. 나는 이것이 대통령이 갖춰야 할 가장 중요한 덕목이라고 생각한다. 우리 시대의 가장 명민한 정치가들이 '세계의 대세,' 또는 '미국이 하는 일이니까' 라는 망상과 사대주의에 휩싸여 아직도 한미 FTA와 의료 민영화, 교육 시장화에 찬성하는 것을 보면 이것이 얼마나 중요한지 실감할 수 있을 것이다. 물론 앞으로도 상당 기간 시장 만능의 망상이 지속될 수 있을 만큼 '구시대' 의 관성이 작용하겠지만 양극화(사실상 전층적 하강)로 신음하는 대중에게 더 많은 시장이 앞날을 보장할 것이란 감언이설은 이제 더 이상 통하지 않을 것이다. 단지 시장독재사회의 주류에게 "No라고 말하는 것" 이 어려울 뿐이다. 시대의 흐름을 내면화해서 현실 정치의 언어로 정확히 표현하는 정치인은 극히 드물다.

심상정은 사실상 한미 FTA 국회 특별위원회를 이끌어 간 기둥이었다. 전직 청와대 비서관으로서 한미 FTA 반대에 앞장선 탓에 나는 3년에 걸쳐 국회의 각종 청문회와 공청회, 그리고 언론 주최 토론회에서 숱한 국회의원을 만났지만 한미 FTA의 본질과 핵심 쟁점을 꿰뚫고 있는 의원은 극히 드물었다. 심상정은 백미요, 군계일학이었다. 다른 무엇보다도 이 전무후무한 희대의 정책이 일반 서민에게 어떤 결과를 낳을 것인지에 대해 절박한 심정으로, 무미건조하고 난해하기 이를 데 없는 한미 FTA 문서를 그만큼 꼼꼼하게 파헤친 정치인은 없을 것이다.

왜 심상정인가

다음으로 정책 능력이다. 심상정은 이미 17대 최우수 국회의원이 됨으로써 그 능력을 입증했다. 혹자는 보좌관 그룹이 훌륭했기 때문이라고 폄하할지 모르겠지만 그런 보좌관을 모으고 그들의 의견을 조율해서 의정활동에서 실천하는 능력이야말로 정치인이 갖춰야 할 또 하나의 중요한 덕목이다.

신문 정치면을 별로 보지 않는 내 기억에도 그는 17대 국회에서 꽤 많은 '건수'를 올렸다. 2004년 심상정은 재경부가 민간까지 동원해서 역외선물시장에 개입해 환율을 방어하다가 거액의 외환보유고를 날린 일을 잡아 냈다. 적정 환율의 유지는 정책의 영역임에 틀림없지만 파생상품시장에 외환보유고를 투입한 것은 불법이었고 사전 보고는 물론 사후 보고도 제대로 이뤄지지 않았다.

그때 외국으로 쫓겨나서 참여정부 내내 복귀하지 못하다가 엉뚱하게도 이명박 정부의 출범과 함께 기획재정부 차관으로 화려하게 복귀한 이가 최중경 당시 국제금융국장이었다. 그는 최강라인(최중경─강만수)이라는 이름으로 불리면서 오직 수출을 위해 2008년 환율방어를 하다가 외환시장의 대혼란을 야기했고 결국 강만수 장관 대신 옷을 벗었다. 돌이켜보면 2004년 사건 때 심상정의 지적대로 제대로 정책 시스템을 갖췄다면 다시 겪지 않아도 됐을 역사의 비극이었다.

심상정은 역사교육과를 졸업했고 줄곧 노동운동에 투신했다. 그런데도 역외 파생상품시장과 같이 경제 전문가라도 파악하기 힘든 영역에서 '수출만이 살길'이라고 생각하는 경제 관료들의 고질적 문제를 찾아냈다는 건 그의 정책 능력이 얼마나 뛰어난지 단적으로 보여준다.

삼성과의 대결 또한 사력을 다한 것이었다. 물론 김상조 교수와 같은 탁월한 전문가들이 조언을 했다지만 이들은 국회 재경위의 여러 국회의원들에게 문제점을 똑같이 설명했다. 그런데도 왜 유독 심상정만 눈에 띄는 성과를 낸 것일까? 우선 눈이 어지러울 만큼 복잡한 순환출자의 고리를 파악하고 편법 상속을 위한 복잡한 거래를 이해할 수 있어야 하고, 나아가 검찰마저 지배하는 삼성에 맞서서 한 발자국도 물러나지 않겠다는 결기가 있어야 했다. 나는 삼성 이건희 회장을 증인으로 신청했다가 중과부적으로 결국 철회하며 흘린 심상정의 눈물을 아직도 기억한다.

한국 사회에서 '삼성—재경부—조중동' 3각동맹의 힘은 단순한 사실을 밝히는 것마저 전 인생을 걸어야 한다. 대통령이 되어서라도 대중에게 진실을 알려서 그 힘으로 재벌을 규제하는 방법밖에 도리가 없다. 이미 우리 사회는 재벌들에게 자원을 몰아 줘서 성장하는 시대는 지났으며 그들의 지배력이 커지는 만큼 더욱 더 부작용이 심해질 것이다. 한국 사회에서 재벌이 마땅히 맡아야 할 제 역할과, 그에 합당한 소유지배구조를 설계하고 또 실행할 배짱과 능력을 동시에 갖춘 정치인을 어디서 찾을 것인가?

그가 요즘 핀란드식 교육 정책에 온 힘을 다 쏟아 붓는 것 역시 시대와 우리 사회의 요구에 정확히 부응하는 것이다. 그저 목표만 정확히 짚은 것인지, 아니면 현실에서 실천할 수 있어서 대중의 환호를 자아내는 정책으로 발전시킬 수 있을지는 길지 않은 시간 내에 검증될 것이다. 끝없는 암기식의 획일화 교육에 찌든 아이들을 위해서, 쓸데없는 사교육에 없는 돈을 억지로 짜내는 부모들을 위해서, 또 사회의 장기적인 생산성을 위해서도 현재의 교육체제는 근본적으로 개혁되어야 한다.

심상정의 경쟁력

심상정이 여성이라는 사실은 과거엔 족쇄였겠지만 우리 시대에는 타고난 축복이다. 물론 생물학적으로 여성이라고 해서 젠더의 평등을 이해하고 실천하는 것은 아니다. 여성이 거의 절반을 차지하는 유럽에 비하면 터무니없이 부족하지만 우리나라에도 이미 이름이 알려진 여성 정치인은 꽤 많다. 그러나 고유의 여성문제라는 좁은 시야를 넘어서 경제나 사회 영역에까지 젠더의 관점이 관통하는 정책을 만들고 실행할 사람, 더구나 나라 전체를 끌고 나갈 리더십까지 갖춘 여성 정치인은 얼마나 있을까? 우리 시대와 사회의 발전에 여성의 역할이 결정적이라는 것은 두말할 나위가 없다. 세계 최고 수준의 여성 학력을 자랑하는 동시에 세계 최저 수준의 성평등지수가 모든 것을 말해 주고 있다. 앞으로 우리의 미래를 심각하게 위협할 세계 최저의 출산율은 경쟁교육과 함께 성 불평등의 직접적 폐해이다. 단순히 여성이라는 태생의 이점만 가지고 있을 뿐인지, 아니면 여성이 자신의 능력을 한껏 펼치도록 구체적 정책을 벼려 낼지, 이것도 그리 길지 않은 시간 내에 판명날 것이다.

자연과 문화에 대한 감수성 역시 절박한 시대의 가치이다. 녹색을 토목공사로 만들어 낸 '아름다운 풍경' 쯤으로 생각하고 문화를 분칠로 생각하는 이명박이나 오세훈 서울 시장이 있기에 더욱 그러하다. 녹색은 곧 생명이며 문화는 삶의 향기이다. 사람의 살림은 생명의 약동과 다양한 문화로 가득 차 있어야 한다. 지구 온난화 등 생태의 위기와 곧 닥칠 에너지 위기는 우리의 생명이 어디에 깃들어야 하는지 지시해 준다. 이 시대의 정치 지도자라면 가장 용감한 생태주의자여야 한다.

'지속 가능한 사회.' 누구나 입에 달고 다녀서 식상함마저 주는 이어구를 현실의 정책으로 실천할 수 있는 지도자가 필요하다. 지속 가능성은 이미 나라의 경계를 벗어난 개념이다. 전 지구적으로 가장 절박한 문제에 대한 구체적인 대답을 과감하게 제기하고 동의를 얻어 낼 수 있는 정치인은 어디에 있을까? 글로벌 불균형의 경제나 당장 북핵 위기의 함정에 빠져 있는 외교 면에서도 동아시아 지역의 리더를 필요로 한다. 한국의 진보가 가장 취약한 부분이 바로 여기다. 다행히 진보는 태생부터 국제주의이며 이들 주제에 대해서도 일찍부터 국제적인 해법을 모색해 왔다. 심상정이 이에 대한 보편적 답을 한국 대중에게 얼마나 쉽게 전달하고 동의를 얻을 수 있을 것인지가 장차 동아시아의 리더가 되기 위한 예비 시험이 될 것이다.

이 모든 시대의 필요에 비춰 봤을 때, 심상정보다 더 나은 정치인을 나는 알지 못한다.

정태인

사단법인 정치바로 연구소장, 경제평론가, 전 성공회대학교 NGO대학원 겸임교수, 전 청와대 국민참여 비서관. 함께 지은 책으로 『거꾸로, 희망이다』 『오바마 시대, 변화하는 미국과 한반도』 『자존심』 등이 있다.

편가름의 틀을 깨야 국민을 아우른다

— 윤여준 (한국지방발전연구원 이사장)

심상정 전 대표는 매우 상반되는 이미지를 갖고 있는 정치인이다.

대중에게 알려진 모습은 항상 자신만만하고 긍정적이며, 똑 부러지는 논리로 소신이 분명하고, 자신에게 주어진 역할을 다하는 강단 있는 정치인이다. 대학생 때부터 운동권의 맹장이었을 뿐 아니라 특히 남성 중심의 가부장제적 문화에 맞서 남녀공학인 서울대에서 처음으로 총여학생회를 조직하고 여성만의 학회를 만들었고, 농활 아닌 공활(工活)을 거쳐 '위장취업'을 하기 위해 미싱사 자격 시험에 합격했을 때에는 "전태일 동지, 저도 이제 미싱사가 됐어요"라고 했다던가. 9년이라는 최장기 수배자로서 체포에 1계급 특진 대상이 되는 영예(?)를 얻은 바도 있으며, 전노협(전국노동조합협의회) 쟁의국장으로서 격렬한 투쟁을 기획하고 지휘하면서 '인민무력부장'이라는 별칭을 얻었다니, 이러한 평판은 근거 없는 이야기는 아닌 것 같다.

반면에 가까이에서 접해 본 사람들은 이와는 사뭇 다른 이야기를 하고 있다. 따뜻하고 감정 풍부하며 수수한 '편안한 이웃집 아줌마' 같은 모습이라는 것이다. 대학 진학 시에는 '연애 한번 실컷 해 보는 것'이 소원이라고 했다던가……. 신입생 시절에는 흔히 주위에서 접할 수 있는, 여행과 독서를 꿈꾸는 평범한 여학생으로 긴 머리에 말쑥한 치마 옷차림, 거기에 7센티 이상 하이힐만 고집했다고 한다. 지금도 멜로 드라마를 좋아하고, 힘든 환경 가운데서도 대견하게 자라 주고 있는 아들에 대해 은근슬쩍 자랑을 빠트리지 않는 것을 보면 이 땅의 '불출' 엄마임에 틀림없기도 하다.

이렇게 강인한 전사의 면모와 더불어 여린 소녀의 감수성이 절묘하게 동거하고 있는 모습에 대해 혹자는 '싸우는 소녀'라고 표현했다. 하지만 나는 이러한 상반되는 이미지가 진정성을 매개로 하여 하나의 살아있는 인간 심상정 안에서 통합되어 구현되고 있다는 점에 주목하고자 한다.

'당당한 아름다움'은 어디서 유래하는가

무엇보다 우리가 주시해야 할 것은 25년 간 현장 노동운동가로서, 그것도 가부장적 문화 속에서 외길을 걸어온 '철의 여인'의 치열한 삶의 궤적이다. '가난하고 억눌린 사람들이 정당하게 대접받는 세상'을 만들고 인권의 시각지대에 노동기본권을 돌려주기 위해 노동운동에 투신, 구로 공단 취업과 비합법적 노조 조직 활동, 그리고 6.25 이후 최초의 정치적 연대파업이라는 구로동맹파업 주도, 민주화 이후 노조 활동 등에 대해서는 익히 알려져 있다.

내가 특히 주목하고자 하는 것은 민노당 비례대표로 17대 국회에 진출한 사실로서, 이는 우리나라 진보진영에서는 매우 희귀한 사례라 할 수 있다. 사실 민주화 이후 그리고 공산권 몰락 이후 많은 사람들이 '전향'을 하거나 혹은 특정 정치인들의 추종세력으로 흡수되어 기존 정치권에 충원되었다. 그러나 심상정은 4반세기 동안 오로지 노동운동에 종사해 오는 가운데 민주노총을 건설하고 그를 토대로 민주노동당을 창당하였으며, 진보정당의 제도 정치권 진출이라는 역사적 국면을 통해 처음으로 국회의원이 된 사람이다. 이는 서구에서는 진보 좌파 정치인의 '정통 코스'라 할 수 있겠지만 한국에서는 그런 경우가 드물 만큼 예외적인 경우에 해당된다.

그는 국회의원으로서도 '성실하고 유능한 정치인'이라는 평판을 받았다. 무엇보다 우리나라에서는 흔치 않은 '공부하는 정치인'이요, 문제의식과 의정활동 등 여러 면에서 각종 단체로부터 최우수상을 받기도 하였다. 노동운동가로서의 경력을 감안하더라도 재정경제위원회에서 비전문가인 초선 의원이 최우수 의원으로 선정되는 우리 국회의 현실이 씁쓸하기는 하지만, 그가 기울인 노력과 성실성에 대한 객관적 평가라는 점은 인정받아 마땅하다.

흔히 선거를 앞두고 내는 관행과 반대로 선거 패배 이후 당당하게(?) 출간한 자서전의 제목이기도 한 심상정의 이러한 '당당한 아름다움'의 비결은 어디에서 유래하는 것일까? 그 끝없는 열정은 어디에서 나오는 것일까?

그것은 무엇보다도 초심을 잃지 않고 원칙을 지키면서 대의를 따르고 있기 때문이라고 생각된다. 물질적 풍요와는 거리가 먼 삶의 방식과 자신이 내세우는 원칙에 입각한 자식 교육은 누구나 할 수 있는 일은 아닐 것이다. 또한 당 개혁 과정에서 보여주었듯이, 당의 한계를 극복하고 미래를 개척하기 위해서 자신의 정치생명마저 위태롭게 할 수 있는 대안을 추구하는 살신성인의 자세는 함부로 흉내 내기 어려운 일이라고 하겠다. 그러기에 네거티브가 아니면서도 강력한 힘이 담겨 있는 그의 화술은 인신공격 차원이 아니라 본질적인 지적이라는 평가를 받으며 신뢰의 러더십을 발휘하고 있지 않은가 생각된다.

일찍이 레이몽 아롱은 프랑스 좌파 진보 지식인들의 위선적인 삶의 방식을 통렬하게 비판하는 가운데 유일하게 진정성을 인정할 수 있는 사람은 시몬느 베이유 한 사람뿐이라고 말한 바 있거니와, 심상정이야 말로 오늘날 한국 진보진영에서는 쉽게 찾아보기 어려운, 자신의 말과 행동 그리고 생활이 일치하는 지도자라고 말한다면 지나친 평가일까?

이념이 아니라 시대적 과제에 부응한 정책들

정치인을 평가하는 데는 여러 차원이 있을 수 있겠지만, 무엇보다 결과가 가장 중요하다. 정치는 현실이고 집단의 운명을 결정짓는 것인 만큼 동기의 순수성도 중요하지만 결국 현실적 결과로 책임을 묻지 않을 수 없기 때문이다. '책임윤리'가 정치의 핵심이라는 이야기이다. 그런 점에서 정치인 심상정에 대해서도 먼저 지금까지의 정치적 행위들은 구체적으로 무엇이었으며 어떠한 결과를 가져왔는가가 가장 중요한 평가 기준이 되어야 한다고 생각한다. 그 스스로도 정치는 "보수냐, 진보냐의 문제보다는 질이 중요하다"고 지적하면서 관념과 주장을 넘어 서민들의 생활 속으로 깊이 들어가는 '생활정치'를 주창했다는 점에 주목할 필요가 있다고 하겠다.

먼저 국회의원으로서의 활동을 살펴보자. 우선 눈의 띄는 것은 국회외원들의 '기득권 타파' 노력을 들 수 있다. 당시까지 있었던 의원 전용 엘리베이터 폐지, 철도 무임승차제 폐지 그리고 국회의원들의 특별 활동비에 대한 영수증 제출 의무화 등이 그것이다. 여기에서 유의해야 할 점은 '우리 사회에서 가장 낙후되고 퇴행적 공간이 바로 국회'라는 생각이 옳은지 그른지는 중요한 평가기준이나 대상은 아니라는 점이다. 중요한 것은 이러한 관행들이 부적절하고 시대정신에 어긋나는 것이라면, 이를 현실적으로 개선할 것을 주장하고 관철시키는 일이라는 점이다. 이러한 관행 철폐 노력은 특정한 이념적 시각의 전유물은 아니며 적어도 이 시대 정치인으로서는 당연히 수긍할 수 있고 또 해야만 할 일일 것이다.

심 의원의 재경위 활동을 살펴보면 진보정당의 서민경제 프로그램을 구체화하기 위해 노력하였다는 자평을 수긍할 수도 있을 것이다. 그러나 그러한 노력들은 대부분 특정한 정파적, 이념적 분파의 시각이라기보다는 상식을 토대로 한 것들이었으며, 어떤 분파적 입장에서든 해야만 할 활동이었다고 볼 수 있을 것이다. 파생상품 시장을 통한 외환 개입이 초래한 손실을 밝혀낸 일은, 동기가 어떠한 것이든 정부의 잘못을 밝혀 낸 것이라는 점에서 입법부 본연의 일을 훌륭히 해낸 것이 아닐 수 없다.

재벌에 대해서도 마찬가지라고 하겠다. 변칙증여와 편법상속, 탈세, 불공정 거래, 불법정치자금 제공, 노동탄압, 비민주적 지배구조 등의 의혹에 대해서는 충분히 문제 제기를 할 수 있으며 이에 대한 시정책을 내놓는 것 또한 국회의원의 의무이기도 할 것이다. 그것은 심상정이라는 특정 의원이 특정 재벌에 대해 부정적인 견해와 시각을 갖고 있다는 이야기와는 또 다른 차원에서 평가되어야 한다고 생각한다.

구체적인 결실을 보지 못했거나 혹은 다른 정파에게 선수를 빼앗긴 정책들도 적지 않았다. 노무현 정부의 대부업 육성법에 대항해서 발의한 '이자제한법'은 결국 그 주요 내용이 이명박 정부의 마이크로 크레딧 즉, 미소금융정책으로 수용되었다고 하겠다. 아파트 반값 정책 역시 심 의원이 제일 먼저 제시한 정책이지만 결국 한나라당에 의해 변형 수용된 것이라고 할 수 있다. 이러한 정책들이 포퓰리스트적인 발상이라는 비판에서 완전히 자유로울 수 있는 것은 아닐지 모르지만, 정파와 관계없이 수용되었다는 점에서 볼 때 결국 시대적 과제에 부응한 것이었으며 나름대로 보편성을 갖춘 해답이 아니었나 생각된다.

'지역유통산업 균형발전을 위한 특별법'을 발의하는 등 대형마트 확산 저지 및 카드 수수료 인하를 위해서도 노력을 기울였지만, 이 역시 진보진영의 전유물은 아니라고 생각한다. 적지 않은 보수진영 인사들 가운데서도 비슷한 문제의식과 유사한 해법을 갖고 있는 것도 사실이다. 역사적으로 복지정책을 제일 먼저 본격적으로 추진한 인물도 바로 보수정치의 화신이라고 할 비스마르크였지 않은가.

'생활정치'가 이룬 성과

여성문제에 있어서도 그렇다. 심 의원은 '성인지 예산'을 도입하여 모든 정부 지출에 성차별을 배제하는 체계를 갖출 수 있도록 하였다. 남녀 화장실의 규모를 기계적으로 같이 하는 것이 불합리하다는 것에 대해서는 우리 모두 일상생활 속에서 느끼고 인정하고 있는 사실이다. 또한 자신과 대척점에 서 있다고 할 수 있는 박근혜 의원을 성적으로 비하한 '패러디 사건'과 관련해서도, 정파를 초월하여 여성의원의 입장에서 공동 대처하자는 주장을 내놓기도 하였다.

교육 현안에 대해서도 같은 사례를 발견할 수 있다. 진보진영 인사들은 국회의원 출마시 대부분 이에 대해 대안을 내놓지 않는데 반해 그녀는 정공법을 써서 '공교육 강화방안'을 제시하였다. 이른바 핀란드식 교육방식으로 개혁하자는 것인데, 그 이념적 지향점과 방법론에 대해서는 이론이 있을 수 있다. 그러나 구체적으로 주장한 내용을 보면, 커리큘럼 및 교재 선택권 부여, 행정업무 해방 등으로, 이러한 내용들은 정파적, 이념적 분파를 넘어서 대부분 동의할 수 있는 개혁과제에 해당된다고 볼 수 있을 것이다.

그 스스로 이 모든 정책의 특징을 가리켜서 '생활 속의 진보'라고 하였지만, 사실은 대부분은 이념과는 무관한 혹은 여러 이념들의 공약수인 '생활정치'라고 해도 무방할 것이다. 즉 그가 제시한 대부분의 정책들은 좌우를 불문하고 우리 사회가 기본적으로 추구해야 할 과제들을 담고 있으며, 사회가 유지되기 위해 필요로 하는 최소한의 공공재 확보 내지는 공동체의 회복을 위한 것들이라고 하겠다.

정당활동도 이 범주를 크게 벗어나지는 않는다고 할 수 있다. 그가 제출한 당 혁신안만 하더라도 예비내각제도(shadow cabinet) 도입, 당 지방조직의 지역공동센터화, 당원이 참여하는 '정책당대회', 공부하는 진보정당과 이를 위한 진보정치대학 설립 그리고 정파 혁신을 위한 컨텐츠에 기반한 의견 그룹으로의 개조 등을 핵심 내용으로 하고 있다. 여기에서 진보라는 타이틀만 빼면 보수정당의 개혁안과 하나도 다를 것이 없다고 하겠다.

대선 패배 이후 민노당의 비상대책위원장을 맡아서는 '성역 없는 과감한 혁신'을 주장한 것도 대표적인 사례로 꼽을 수 있을 것이다. 민주노총의 비정규직에 대한 편향적 태도 그리고 당의 친북성향에 대해서 과감하게 이견을 제시하면서, 문호개방과 생활 속의 진보를 주장한 것이다. 특히 전당대회에서 '일심회'에 대한 징계를 추진하면서 "국가보안법에 연루되면 어떠한 일탈 행위도 용서되어야 하느냐"는 문제를 제기한 바 있다. 이는 우리나라 진보진영으로서는 금기를 건드린 경우로, 심상정만이 할 수 있는 정치라고 감히 말하지 않을 수 없다.

나는 우리 정당이 좌우 이전에 기본적인 '질'의 문제를 안고 있다는 그의 지적에 전적으로 공감하는 사람으로서, 이러한 문제를 솔직하게 그리고 정면으로 제기하는 용기에 경의와 찬사의 박수를 보내고 싶다.

편가름을 넘어서 대중을 위한 정치로

그러나 이 시대 정치인으로서 피해 갈 수 없는 것이 바로 이념 문제라고 하지 않을 수 없다. 사실 이념이란 정치인에게 있어서 그가 지향하는 가치의 표현이요 추구하는 목표이며, 그가 제시하는 정책들의 패키지이자 배열(arrangement)이기 때문이다. 또한 국민의 입장에서는 이념문제란 어떤 가치와 비전 그리고 어떠한 패키지의 정책 세트를 가진 세력에게 대한민국의 미래를 맡길 것인가의 문제이기 때문이다.

먼저 심상정은 스스로 '변혁'을 추구하는 진보정치인으로 자처하고 있다. 진보란 단편적인 변화가 아니라 근원적으로 바꾸어 보자는 취지라는 점을 스스로 확실히 한 바도 있다. 그렇다면 그 자신이 근원적으로 바꾸어 보려는 방향은 어떤 것인가? 이에 대해서는 '부자를 위한 민주주의'가 아니라 서민들에게 밥을 먹여 주는 정치, 즉 '가난한 사람을 위한 민주주의'라고 대답하고 있다. 나아가 '민중이 자기의 삶을 자치적으로 결정할 권리를 갖는다'는 의미에서 참된 민주주의를 실천하자고 주장하고 있다. 그리고 이를 위해 가장 중요한 것을 '공정한 경쟁'으로 보고 있다. 출발선이 다른 조건에서 시작되는 경쟁이란 불공정 경쟁에 다름 아니기 때문이다. 그런 점에서 공정한 경쟁의 토대를 마련하기 위한 복지는 '시혜'가 아니라 '보편적 권리'이며, 그중에서도 핵심은 교육이라고 보고 있는 것이다. 나아가 이러한 공정한 경쟁을 위한 조건을 마련하기 위해서는 소득의 분배와 재분배, 나아가 '자산 재분배'까지 필요하다고 주장하고 있다.

이러한 이념 혹은 지향점을 거칠게 요약하자면, 모두가 자신의 부분적이고 파편화된 이익만을 추구하는 사회를 넘어서 이웃과 더불어 협력하며 살아 가기 위해 사회의 공공성을 강화하고 나아가 '더불어 사는 공동체'를 추구하자는 것이라고 할 수 있을 것이다.

심상정의 삶이 '약자에 대한 본능적 관심과 애정'을 바탕으로 '낮은 곳을 향한 끝없는 연민과 인간해방을 향한 불굴의 투지' 즉, '전태일 정신'으로 일관되었다는 것은 많은 사람들이 인정할 수 있을 것이다. 그러나 문제는 기본적인 시각이 여전히 '편가름'이라는 기준을 넘어서지 못하고 있다는 점이다. 중요한 것은 정치가 갖고 있는 파당성이나 우적(友敵)관계를 부인하자는 것이 아니라, 정치가 이에 함몰되어서는 안 된다는 점이다. 칼 슈미트(Carl Schmitt)도 정치적인 것(The political)의 개념이 우적관계라고 했지, 정치(politics) 자체의 개념을 그렇게 규정한 것은 아니라는 점을 지적하고 싶다.

'약자를 대변해서 이야기하는 사람이 있어야 사회의 균형이 이루어지지 않을까' 하는 생각은 충분히 인정될 수 있지만, 그것이 공공성의 확보나 공동체의 회복을 위한 필요조건은 될지언정 충분조건은 아닐 것이다. '거대한 소수 전략'이나 '부자에게 세금을, 서민에게 복지를' 같은 구호를 통해 삶의 공동체를 위한 보편성이 확보되기는 어렵다. 프롤레타리아트는 '보편계급'이며 민중은 '보편계층'이므로 이들의 이익을 중심으로 정치를 펼치면 공공성과 보편성은 자연히 달성될 수 있다는 사고는 이미 역사의 유물이 된 지 오래다. 오늘날 그러한 시각을 갖고서는 서민 대중들의 지지와 신뢰마저 얻기 어려우며, 미래 대안세력이 되기는 더더욱 불가능할 것이다.

자기를 극복하고 자신의 틀을 깨라

심상정이 반대나 비판운동을 넘어 대안적 실천을 제시하고 있는 점은 높이 평가될 수 있을 것이다. 다만 지금 세계 전역에서 맹위를 떨치고 있는 신자유주의적 '세계화 논리'와 이에 입각한 자유무역, 규제철폐, 민영화 정책들에 대한 비판만으로는 부족하며, '신자유주의'라는 이념 및 정책과 구분되는 '세계화 현상' 자체의 위력과 본질에 대한 깊은 이해와 천착이 필요할 것이다. 미국의 패권에 대항하여 동북아 지역 공동체를 구상하자는 취지에는 충분히 공감할 수 있겠으나, 현실성과 경제적 타당성에서 충분한 대안이 될 수 있는지 보다 심도 있는 숙고가 요청된다고 하겠다. 나름대로 '먹고사는 문제' 그리고 '지속 가능한 복지'를 위해 고심하고 있는 것으로 알고 있다. 하지만 풀뿌리 지역 경제를 살리고 그 위에 공공 네트워크를 구축하며 이를 토대로 시장경제를 조정한다는 세 박자 경제구상만으로 세계화 현상에 효과적으로 대응할 수 있을지에 대해서는 보다 깊은 천착이 필요하지 않을까?

교육문제를 놓고 고민하면서 5년 임기로 변화하는 틀 안에서는 교육혁명을 이야기하기 어려우며 초당적 합의가 중요하다고 그 스스로 결론을 내렸듯이, 핵심은 바로 이러한 합의를 가능케 해줄 수 있는 장기적, 보편적 관점을 어떻게 그리고 어느 지점에서 확보하느냐이다. 이는 진보진영만의 숙제가 아니라 이 시대 한국에서 사는 모든 사람들이 풀어야 할 최대의 과제라고 하겠다.

그런 점에서 나는 정치인 심상정이 커다란 성공을 거두기를 기원한다. 그 성패는 한 진보정치인만의 것이 아니기 때문이다. 그것은 이 나라 진보진영 전체의 성패, 나아가 대한민국의 성패로 연결될 수 있기 때문이다.

앞으로 그에게 중요한 것은 과감히 자신의 틀을 깨고 자기를 극복하는 일이다. 아직도 70년대와 80년대의 시대적 틀에 매달린다면 '사람은 똑똑한데 당이 잘못됐다'라든가, '진국인데 물건이 아니다'라는 비판을 극복하기 어려울 것이다.

최근 심상정은 사단법인 '정치바로'를 통해 활동을 재개한 바 있다. 나는 지금부터 정치인 심상정이 우리 정치가 바로 서고 대한민국이 도약할 수 있는 길을 찾아내는 데 혼신의 힘을 기울여 주기를 희망한다. 그에게 지금 필요한 것은 더 많은 자기 성찰과 자기 회의 그리고 '거대한 절망'과 '위대한 부정'이 아닐까 생각한다. 이를 통해 보다 높은 차원의 공공성과 보편성을 갖춘 이념적 토대를 마련하고 원대한 비전과 통찰력을 가진 큰 정치인으로 거듭 태어나기를 소망해 본다.

윤여준

한국지방발전연구원 이사장, 전 환경부 장관, 한나라당 16대 국회의원, 전 여의도연구소 소장.

시골의사가 심상정에게

— 박경철 (의사 · 경제평론가)

　필자는 이 글에 앞서 '심상정'이라는 정치인에 대해 완전한 이해가 부족하다는 사실과 함께 필자가 일반적 의미에서 심 전 대표에 대한 '정치적 지지자'는 아니라는 점을 먼저 밝혀 둔다.

　때문에 필자에게 경제를 주제로 '심상정' 전 대표를 조명해 달라는 원고 청탁이 왔을 때 난색을 표할 수밖에 없었다. 이런 류의 글은 해당 정치인이 가진 정강과 정책, 그리고 철학과 사상을 완전히 이해하지 않고서는 쓸 수가 없는 것이기 때문이다. 한 사람의 비중 있는(혹은 의미 있는) 정치인에 대한 평전류의 글은 당사자나 그에 준하는 공감, 혹은 교감을 가진 사람들의 몫인 때문이다. 하지만 이내 생각을 고쳐먹었다, 원고 청탁의 요지가 정치인 심상정에 대한 평전이 아닌 제3자적 시각에서 바라는 경제정책, 혹은 아쉬운 점들을 가감 없이 말해도 좋다는 것이었기 때문이다. 그래서 필자는 동시대를 고민하는 한 사람의 유권자로서 심상정 전 대표에게 전하고 싶은 말 들을 정리해서 이 글을 완성하리라 마음을 먹게 되었다.

하지만 쉬운 일은 아니었다. 먼저 정치인 심상정의 이력이 간단치가 않았고, 대선 후보 경선까지 거치며 내놓은 적지 않은 공약들과 소견들을 파악하는 것도 쉽지 않은 일이었기 때문이다. 그래서 필자는 우선 그간 언론을 통해 밝혀온 심 전 대표의 발언들을 스크랩해서 읽어 보고, 그 다음에는 심 전 대표의 사무실에 자료를 요청해서 숙독하며 이 글을 쓸 준비를 했다.

막상 지면에 옮기는 일은 쉽게 진척 되지 않았다. 이유는 우선 심 전 대표의 공약과 정강정책을 문서나 자료만으로 모두 파악하고, 그 배경을 이해한다는 것 자체가 무모한 욕심이었던 탓이고, 특히 경제정책에 있어서는 자료를 바탕으로 직접 질문을 던지며 인터뷰를 하지 않고서는 자칫 몰이해의 오류를 범하거나 진정성에 대한 훼손의 우려가 있었기 때문이다.

그렇지만 심 전 대표에게 따로 인터뷰를 요청하지는 않았다. 이미 오래전부터 잘 알던 사람이 아니라면 짧은 인터뷰는 오히려 불필요한 편견을 가질 수 있어, 오히려 일반 독자들의 눈높이에서 중립적이고 객관적 시선을 유지하는 것이 나을 것이라 여겼기 때문이다. 그래서 이 꼭지는 필자의 부족한 인식 범위 안에서 논점을 정리할 수밖에 없었는데, 그 부족한 점은 이 글을 옮기는 이 순간에도 계속되고 있는 것 같다.

어쨌건 이런저런 고려 끝에 필자는 이 꼭지를 '심상정 평전' 류가 아닌, 심상정 전 대표에게 쓰는 편지의 형식을 취하기로 했다. 그것은 그를 평가하거나 정책을 재단하는 것이 아닌 한사람의 유권자로서, 혹은 약간 교만하게 말하자면 '경제'에 약간의 관심이 있는 사람으로서 정치인 심상정에게 바라는 점, 아쉬운 점들을 전달하는 형식이 훨씬 좋은 태도일 것이라고 판단해서였다.

시골의사 박경철이 심상정 전 대표님께

안녕하십니까? 이 편지는 제가 심상정 전 대표님(이하 호칭은 통일) 께 우표를 붙여서 보내는 편지가 아니라 독자들, 혹은 지지자들(어쩌면 반대자들도 포함되겠군요)이 모두 공유하는 글이니만큼 관행적인 예의나 인사들은 모두 생략하고 바로 본론을 말씀 드려야 할 것 같습니다.

먼저 심 전 대표님께서는 '진보'를 표방함으로써 한국 사회에서 쉽지 않은 정치적 선택을 하신 것 같습니다. 제1야당인 민주당마저(구성원들의 다양한 스펙트럼에도 불구하고), '진보'라는 용어에 대해서는 거의 알레르기 반응을 보이고 있는 상황에서, '진보'라는 두 글자를 당명에 턱하니 붙이고 그 정당의 대표까지 맡는다는 것은 스스로 형극의 길을 선택한 것이라고 보여집니다. 심 전 대표님과 진보신당이 '진보'의 개념을 정면에 내세운 것은 곧 '보수'와 정면으로 대립하는 명확한 선을 긋고 출발한다는 점에서 지향점을 명확히 하기는 쉽겠으나, 그만큼 보수담론이 우세한 한국 사회에서 소수 정치집단으로 자리매김하는 한계이기도 한 것 같습니다. 물론 그 점이 심 전 대표님께 기대를 거는 사람들에게 역설적 희망이기도 하겠지요.

사람들이 말하기를 지식인은 '비판적 분석 능력'을 가져야 하고 그 비판적 분석에 의한 판단을 기준으로 '실천하는 사람'이어야 한다고 합니다. 하지만 우리는 많은 리더들이 비판적 분석의 능력을 가지지 못했거나, 혹은 가졌다 하더라도 판단과 행동을 달리하는 경우를 자주 보아왔습니다. 하지만 심 전 대표님께서는 이 부분에 대해서는 최소한 한국의 지식인, 좁게는 정치인 중에서 뚜렷한 신뢰를 주는 사람임은 부인하기 어려울 것 같습니다. 생각과 말과 행위가 일치한다는 것은 한국적 정치지형에서 적지 않은 강점입니다. 하지만 반면 바로 그점이 '아이히만의 후예'[1]들이 들끓는 한국 정치에서 심 전 대표님의 가능성이자 경계의 대상이 되고 있다는 사실을 인정하지 않을 수 없을 것 같습니다.

우리는 흔히 진보와 보수의 차이를 경제정책에서부터 가르게 됩니다. 진보는 큰 정부, 보수는 작은 정부를 지향하고, 같은 맥락에서 진보는 세금을 많이 거두고 보수는 세금을 적게 거두는 것도 나름의 특성이라 여깁니다. 그 점에서 심 전 대표님의 정체성은 대중에게 명료하게 읽힙니다. 이를테면 최소 1/3 이상의 재정을 확충하고 그를 위해 '부유세'와 '사회복지세'를 도입하는 문제, 좀 더 포괄적으로는 '직접세의 강화' 등의 정책들이 그렇습니다. 반면 이 점은 심 전 대표님을 '결과평등론'자로 몰아갈 수 있는 중대한 포인트가 되는 것 같습니다. 보수적 입장에서 본다면 개인의 성과를 세금을 통해 분배하겠다는 논의는 자극적이고 거친 논쟁을 유발할 수 있는 좋은 소재가 됩니다. '사회주의'라는 용어의 이면에 깔린 매카시즘을 고려하지 않더라도, 미국식 제도를 이식해서 그것을 '최고 선'으로 받아들여온 대중들에게 심 전 대표님의 유러피안적 해법은 불편한 주장이기 때문입니다.

하지만 잘 들여다보면 심 전 대표님의 철학은 '결과평등'보다는 '기회평등'에 있는 것 같습니다. 그 점에서 '결과평등'에 방점을 찍어 온 민주노동당의 정강정책들과는 일정 부분 차이가 있지만, 일반적으로는 대동소이하다고 여길 것입니다. 이를테면 '부유세'라는 이름이 가지는 강제성, 혹은 폭력성(대상의 관점에서)이 그 본질을 희석하거나 가리는 요인으로 작용하고 있기 때문일 것입니다.

이 부분은 단순한 '용어 선택'의 문제를 넘어 '역사 인식'의 문제라고 생각합니다. 과거 우리나라가 '추격 성장기'에 있을 때, 선두를 따라

---

1) 나치 학살자 아이히만의 죄악을 무능성으로 규정한 사회학자 한나 아렌트의 『예루살렘의 아이히만』 참조.

잡기 위해 질주해야 했던 고단한 시기가 있었습니다. 그때는 모두가 파이를 키워 배고픔을 해결해야 했던 시기일 것입니다. 그 과정에서 누군가가 넘어져도 짓밟고 넘어가고, 빨간불이 켜져도 못 본 척 지나가고, 또 '우리가 남이가', '알면서 왜 그래' 라는 말로 적당히 덮고 넘어가며 무수한 희생양을 만들었던 시기입니다.

하지만 문제는 그 시기에 대한 평가입니다. 지금 적지 않은 사람들이 '과연 그 시대에 지금 현재 수준의 윤리와 규범을 적용한다는 것이 가능했을까? 라는 질문을 하는 데 동의하고 있습니다. 그때는 적당히 신호를 무시하고 달리는 것이 불가피했다는 논리에 많은 사람들이 고개를 끄떡이고 있는 점 말입니다. 이 부분에서 갈등이 적지 않습니다. '추격 성장기' 에 리더십을 발휘했던 사람들이 여전히 같은 방식을 고집하고 있는 데 반해, 심 전 대표님처럼 새로운 시대의 새로운 리더십을 주장하는 분들은 그 시기를 '죄악의 시대' 로 단호하게 평가하고 있기 때문입니다. 도무지 절충과 이해의 접점이 보이지 않습니다.

저는 그것이 우리 사회의 분열의 본질이 아닐까 생각합니다. 심 전 대표님처럼 새 시대를 말하는 사람들이 쉽게 다가가지 못하는 이유는 과거의 역사를 통째로 부정하면서, 그 시대의 특수성으로 인정할 수 있는 부분조차 일거에 외면하는 것도 한 원인으로 생각되기 때문입니다. 대중은 그 점을 불편해 하는 것 같습니다. 그 시기를 살았던 대중들이 자신이 (선두에 섰건 후미에 섰건) 같이 뛰면서 이룩한 성과물을 두고, 감내할 만한 성과라고 여기고 있음에도, 대중의 그 마음을 이해하기보다는 진보진영이 혹시 그것을 '대중의 무지' 로 인식하기 때문은 아닐까요? 그 점에서 심 전 대표님의 입장은 대단히 중요해 보입니다.

동의하지만 지지하기 어려운 이유

물론 심 전 대표님께서 생각하는 '기회평등'의 사회는 지금 이 순간 우리에게 절실한 과제입니다. 이를테면 '사회 서비스 부분의 일자리 확충'이나, '비정규직의 정규직화', '기초연금 확대를 위한 중상위 계층 누진세 강화'를 비롯해, '사회복지세'를 도입하고 부유층이 사회적 책임을 다하도록 '부유세'를 신설하는 문제와 '종부세 강화', '투기 불로소득자 과세' 등은 과거 우리가 외면하고 누락했던 부분에 대한 복원입니다. 하지만 그것이 동의를 얻기 위해서는 과거의 방식에 대한 일단락과 평가를 바탕으로 제시되어야 하는 것은 아닌지 질문하고 싶어집니다.

제 생각에 심 전 대표님의 공약에서 가장 인상적인 부분은 '소득 재분배'를 넘어 '자산 재분배'로 가야 한다는 점인 것 같습니다. 그중에서 특히 '부동산과 금융 등 핵심자산'과 '일자리 자산', '복지자산 영역'에 대한 재분배는 표현은 과격하지만, 의미있는 제안으로 생각됩니다. 과거 추격 성장기에는 비록 공정성의 결여가 있었다 하더라도 개인의 성실과 근면이 중요한 덕목이 될 수 있었지만, 결과가 고착된 지금의 한국 사회는 기회가 사라지는 부분이 가장 뼈 아픈 약점이라고 할 수 있기 때문입니다. 심 전 대표님께서 말씀하시는 부의 양극화가 교육기회의 양극화로 연결되고, 그것이 다시 사회 경제적 양극화로 이어진다는 지적 역시 우리 사회의 가장 취약한 고리로 여겨집니다.

내부의 모순이 응축되면 사회는 안정성을 잃게 됩니다. 그 점에서 심 전 대표님이 생각하는 자산 재분배는 '우리 사회가 받아들일 수 있는 범주'라면 반드시 필요한, 그리고 중요한 핵심과제라고 생각됩니다. 특히 그 과정에서 제시된 '공공 택지 국유화'와 '임대주택 확대'는 지금 당장 실시해도 시스템상의 무리가 없을 '탁견'이라 여겨집니다. 소유자의 토지를 몰수하는 공산당식 개혁이 아니라, 공영개발 부분에 대한 국유화를 통해 택지를 안정적으로 공급하고, 이 부분은 '영구 국채'를 발행해서 재정에 부담을 주지 않으면서 임대주택과 저소득층의 주거안정을 꾀하자는 생각은 현실적이면서도 절실한 대안인 것 같습니다. 하지만 1가구 1주택의 구현을 위해 다주택 소유자의 비주거용 주택을 강제 매각해서 250만 호를 확보한다는 안 같은 부분은 동의가 쉽지 않을 것 같습니다.

솔직히 말씀드리자면 그것은 기본적으로 우리나라의 특성을 무시한 낭만적 제안이라고 여겨집니다. 이를테면 우리나라는 자원이 없는 나라입니다. 비록 그것이 기득권층의 논리라고 하더라도 그것은 분명한 사실입니다. 결국 무역 의존도가 80%가 넘는 수준의 불균형을 해소하기 위해서 사회적 일자리의 확충으로 접근하는 것이 국민소득 2만 달러 시대의 필연적 당위이지만, 그렇다고 해서 우리나라의 기반이 기업을 위주로 한 무역에서 벗어나는 것은 불가능한 것이 우리의 숙명이기도 합니다. 우리가 사회적 일자리나 내수만으로 생존하기 위해서는 국토가 지금보다 서너 배는 넓어야 할 것이고, 인구도 1천만 이하거나 1억 5천만은 넘어야 한다는 것은 주지의 사실이기도 합니다. 따라서 이 과정에서 시장경제에 대한 비중을 크게 낮추기 어려운 것이 현실 아니겠습니까?

때문에 다주택 소유자의 세 부담을 늘려 불로소득을 일정 부분 환수하는 것은 '합리적 정의'라고 할 수 있겠으나, 초과 부동산에 대한 강제 매사을 시행하는 것은 기본적으로 사유재산에 대한 개인의 권리를 침탈하는 결과를 낳을 수 있습니다. 그리고 이것은 결국 시장경제에 대한 의존성이 큰 우리나라의 현실을 도외시한 것으로 여겨질 수 있다는 생각이 듭니다. 심 전 대표님의 문제의식과 해결에 대한 탁견에 동의하면서도 방법론을 모두 지지하기 어려운 대중의 딜레마가 바로 이런 부분이 아닐까 싶습니다.

과격한 언어에 담긴 따뜻한 내용

물론 그 뜻을 이해하지 못하는 것은 아닙니다. 현실에 대한 치열한 고민과 지속 가능한 사회 안정성을 담보하고자 하는 심 전 대표님의 충정이 강고한 기득권의 힘을 돌파하기 위한 선언적 의미로 나타난 것이라고 생각할 수는 있겠으나, 3자적 시각에서 객관적인 눈으로 본다면 아쉬운 점이 아니라고 할 수 없습니다. 물론 자산 재분배라는 획기적 발상에 대한 평가는 논외로 하고 드리는 말입니다. 사실 자산 재분배라는 말은 다분히 과격한 언어로 들릴 수 있습니다. 하지만 내용을 들여다보면 따뜻한 온기가 느껴집니다. 한국 사회의 최대 문제를 단순히 소득격차로만 인식하고 그 소득에 대한 논쟁에 주력하고 있는 지점에서, 자산격차가 만들어 내는 초과소득에 대한 고민을 등한히 해 온 것을 돌아보게 만드는 시각입니다. 더욱이 그 실천 방안으로 신규 조성택지의 국유화, 공공 임대주택의 확보는 필연적이라는 견해에 고개가 끄떡여집니다.

또 금융자산의 재분배를 위해 서민금융을 구축하고 국책 리딩뱅크를 설립하자는 안에도 전적으로 찬동할 수 있을 것 같습니다. 하지만 그 비용에 관한 문제에 고민이 생깁니다. 잘 아시다시피 서민금융을 국책 리딩뱅크로 해결하는 것은 유럽식 사회주의에서도 쉽지 않은 일입니다. 진짜 돈이 필요한 사람은 돈을 쉽게 빌릴 수 없고, 돈을 빌릴 필요가 없는 사람은 빌리기 쉬우며, 돈이 많은 사람은 이자를 적게 내고, 돈이 없는 사람은 이자를 많이 내는 '은행가의 딜레마'에 초점을 맞춘 것은 지극히 자연스러운 일로 보입니다. 하지만 문제는 이 경우 그에 대한 비용을 감당할 수 있는가의 문제로 연결됩니다.

심 전 대표님께서 말씀하신 대로 서민은 소득구조상 지속적으로 적자를 감당할 수밖에 없는 계층입니다. 이 서민 계층이 누적되는 적자를 차입으로 메우는 상황에서 단지 서민의 저리차입만을 쉽게하는 것으로 문제의 해결이 가능할지는 의문입니다. 즉 서민금융은 차입의 용이성이 문제가 아니라, 결과적으로 차입금을 종잣돈으로 자립이 가능하게 하는 구조여야 하기 때문입니다. 즉 이 부분은 단순히 은행의 문제가 아니라, 엄청난 사회적 자원의 투입과 영세 자영업의 회생안이 같이 검토되어야 하는 문제인 것 같습니다. 저개발국의 서민금융은 길거리 노점으로 회생할 가능성이 있다 하더라도 이 시점의 한국 사회에서 서민금융은 당면 문제에 대한 순연에 불과할 수 있기 때문입니다.

이 점에서 분명 심 전 대표님의 깊은 숙고가 있으시리라 여겨집니다. 하지만 대중이 이에 대한 자세한 이해를 얻을 수 있는 수단이 별로 없습니다. 따로 인터뷰를 했었다면 이 부분에 대한 복안과 더 본질적인 대안에 대한 해답을 들을 수 있었을 것이라 생각되지만, 아쉽게도 유권자들은 이 이상의 이야기를 더 이상 들을 수 없습니다.

아울러 재벌 대기업의 순환출자구조를 끊는 문제는 심 전 대표에게 많은 사람들이 기대하게 만드는 또 다른 중요한 지점입니다. 재벌 대기업들의 상속과정에서의 부도덕성과 사회적 자본의 독점 문제는 누군가가 큰 저항을 각오하고 해내야만 할 일일 것입니다. 과거에는 먹고 살기 위해 눈감아 왔지만, 선도 성장기에 들어선 우리나라가 항구적인 발전을 위해 실천해야 할 중대 과제는 바로 이 부분인 것 같습니다. 특히 자본이 경영을 지배하는 것이 당연시되어 있는 우리 질서는 서구 자본주의적 시각으로 보더라도 후진적인 구조이며, 왕후장상의 씨는 따로 있다는 논리가 아니고서는 도저히 납득할 수도 없는 일입니다. 특히 재벌들이 소수의 지분으로 전횡을 일삼는 구조는 과거 추격 성장기의 필요악이었다 하더라도 지금은 반드시 개혁이 필요한 부분입니다. 심 전 대표에게 거는 기대 중에 실로 무거운 부분입니다.

투기 불로소득의 문제도 같은 맥락입니다. 특히 외국자본에 대한 과세공평성은 지나치게 개방되어 외생변수에 의해 나라의 존망이 휘둘리는 우리 경제의 취약성 때문에라도 극복되어야 할 것입니다. 추격 성장기에는 외자를 유치하기 위해 특혜를 베풀어야 했다면, 과연 지금의 우리에게도 그것이 그렇게 절박한 문제인가를 고민해야 하는 지점인 것 같습니다.

또 비정규직의 정규직화와 같은 일자리 재분배는 모두가 고민하고 있습니다. 하지만 대안이 피상적이라는 생각은 심 전 대표님의 견해를 접하고서도 지울 수 없습니다. 단지 세제 혜택을 주거나, 고용안정세를 도입하는 것은 기업의 투자 축소 빌미를 제공할 수 있다는 반론에 답하기 어려울 것 같습니다. 그보다는 차라리 연결소득과 유보금에 대한 국내 투자의 의무를 지우거나 혜택을 줌으로서 일자리의 기회를 늘리는 것이, 장기적으로 정답이 아닐까 싶은 일각의 주장도 고려해야 한다는 생각도 듭니다. 하지만 이 역시 심층 인터뷰가 필요하고 그 다음에야 평가 할수 있는 사안이라 여겨집니다.

기업이나 부유층의 공감대도 필요하다

결국 이 모든 부분은 사회적 자산 즉 복지자산의 확대와 관련이 있고 그 점에서 '직접세 확대'라는 포괄적 판단은 공감을 이끌 수 있다고 생각됩니다. 물론 대중의 피상적 지지는 산발적이고 기득권층의 집요한 반대는 훨씬 큰 벽이 될 수 있지만, 이 부분에 대해서는 단순한 동의가 아닌 사회적 공감을 유도하는 적극적 대처가 필요해 보입니다.

그간 우리는 파이를 키운다는 명목 아래 대중의 희생을 발판으로 기업, 특히 소수 수출 대기업에 많은 특혜를 베풀어 왔고 그것을 '지고의 선'으로 여겨 왔습니다. 하지만 그 결과 대기업은 점차 다국적 기업화하고 이익을 저울질하며 국내투자보다 해외에서 수익을 좇는 현상이 심화되고 있습니다. 이런 부분을 기업의 사회적 책임을 강화하는 수단으로 이용해도 좋겠다는 생각입니다.

물론 당근이 필요한 일입니다. 부유층의 경우도 기업과 마찬가지입니다. 부자의 부가 빈자의 생계를 책임진다는 발상은 이제 시대착오적입니다. 부는 점점 블랙홀처럼 더 많은 부와 기회를 획득하고 서민 대중의 주머니는 점점 얇아지고 있습니다. 이 부분은 점진적인 직접세 강화의 필요성을 절감케 합니다. 하지만 아쉬운 점은 점진적인 접근과 그에 필적할 만한 당근입니다. 기업이나 부유층의 사회적 책임을 유도하고 분열과 대립보다는 공감대를 이끌어 내는 수단이 더 절실한 것 같습니다.

그러나 이보다 더 우선 순위에 있는 것은 교육이라고 생각됩니다. 우리 사회가 기득권층의 이기주의에 휘둘리고 있음을 증거하는 가장 심각하고 절실한 문제가 교육입니다. 많은 사람들이 과거의 높은 교육수준이 현재의 성장을 이끌었다고 말합니다. 그런 논리대로라면 이제 우리나라의 미래는 소수 엘리트의 자녀들이 수혜를 독점하는 과정에 있다고 해도 과언이 아닙니다. 심 전 대표님의 교육 관련안은 무상교육의 확대, 대학 등록금 인하, 학급 축소, 교사 확대, 장애인 등 소외자 교육 확대 등입니다. 전체적으로 공교육 강화라는 본질을 따르고 있습니다. 하지만 이 부분은 기존 정치인들의 안과 비교해서 재원 투입을 많이 하는 것 외에는 크게 달라 보이지 않습니다. 즉 보편적 평등의 관점에서 교육에 접근하는 것으로 보입니다. 하지만 교육은 단순히 수평적 균등을 말하는 것은 아닐 것입니다.

학생들이 제시된 교육단계를 충실하게 수학하였을 때 같은 기회를 줄 수 있는 방안에 대한 고민이 필요하지만, 자본주의 사회에서 사교육의 비중은 어떤 방식으로건 줄일 수 없을 것입니다. 결국 논점은 비용을 투입한다고 해서 얻어지는 것이 아니라 노력에 의해 얻어지는 성과에 주력해야 한다는 의미입니다. 그것을 위해서는 특정 대학의 패권을 파타하고, 그 패권을 바탕으로 유지되는 사회구조에 대한 고민이 선행되어야 할 것 같습니다. 아울러 중·고등학교부터 시작되는 교육패권에 대한 심도 깊은 고민이 필요합니다. 물론 여기서는 경제와 교육을 연계할 때로 국한되어 있어 그렇게 비칠 수 있다고 생각됩니다. 하지만 재원을 투입해서 해야 할 우선 순위가 어디에 있는가에 대한 고민도 더 많이 필요할 것 같습니다.

무수히 발견할 수 있었던 희망과 대안

옮기다 보니 결국 '심상정'이라는 한 정치인의 무게가 크게 와 닿습니다. 지지하는 사람이건 아니건, 그것이 전부 실현 가능한 정책이건 선언적 구호이건, 우리 사회의 다양성과 건강성의 관점에서 누군가는 끊임없이 제기되어야 할 문제들을 두루 아우르고 있는 것 같습니다. 그간 어느 정치인의 공약에서도 이 정도의 성찰은 쉽게 발견하지 못했습니다. 그렇기에 더욱 이렇게 짧은 글로 다룰 수 없는 것이라는 생각을 하게 됩니다. 사실 심상정의 경제정책이란 테마의 한 꼭지가 아닌 한 권의 책으로도 모두 다룰 수 없을 것이라 여겨집니다. 그러니 이 편지도 결국 주마간산으로 심 전 대표님의 경제관을 일별하는 것으로 마무리되고 말았습니다. 하지만 심 전 대표님의 공약과 정책을 읽고 고민하면서 그 안에서 희망과 대안을 무수히 발견할 수 있었다는 점에서 한편 감사하다는 생각이 듭니다.

세상의 모든 견해는 진리일 수 없을 것입니다. 심 전 대표님의 생각 역시 그럴 것입니다. 가장 근접한 대안이 될 수는 있어도 모든 것이 진리는 아니라는 전제가 필요한 것입니다.

그래서 심 전 대표님께 유권자의 한 사람으로서 부탁드리고 싶습니다. 지금 외로운 소수 입장에서 주장할 수 있는 견해와, 실현 가능한 지점은 다를 것이라는 점입니다. 저는 심 전 대표님이 지금처럼 외로운 섬처럼 싸우는 지점에서는 이 안들이 상당한 의미를 가질 수 있으나, 만약심 전 대표님께 대중의 호응과 지지가 배가되는 시기가 온다면 좀 더 완화되고 부드러운 정책으로 가다듬을 소지가 있다고 생각합니다.

그렇지만 지금 심상정의 철학은 누군가는 제시해야 할 당위이자 필연이라는 점에서 정치인 심상정의 소신에 대해서는 경의를 표하고 싶습니다.

심 전 대표님의 건승을 빌면서 이만 줄입니다.

박경철

외과의사, 경제평론가, 주식투자 전문가. 지은 책으로 『시골의사의 아름다운 동행』 『시골의사의 부자경제학』 『시골의사의 주식투자란 무엇인가』 등이 있다.

교육정책은 모든 정책의 척도다

— 이범 (교육평론가)

2008년 총선의 경험

2008년 4월 9일 총선을 열흘 남짓 남겨 둔 어느 날, 나는 고양시 덕양 갑에 출마한 심상정 후보가 공교육 특구화를 통해 관내 공립 초 · 중 · 고교를 핀란드형 자율학교로 전환하겠다는 공약을 내놓았다는 뉴스를 접했다. 나는 심상정과 일면식도 없었지만, 그 다음 날 바로 선거 사무실로 찾아가서 지지 선언과 함께 선거에 적극적인 도움을 줄 뜻을 밝혔다. 솔직히 말하면 당시 나는 '내가 심상정 후보를 도와 당선시킬 수 있다'는 기대를 가지고 있었다. 스타 강사 출신의 교육평론가로서의 인지도를 십분 활용하여, 평소처럼 강연을 열어 학부모들을 일이백 명씩 모아놓고 심상정 후보에 대한 지지를 호소하면 불리한 전세를 금세 역전시키는 것이 가능하다고 생각했던 것이다.

그런데 막상 선거전에 뛰어들고 나니, 내 의도대로 움직일 수가 없는 상황이었다. 무엇보다 선거법이 매우 엄격해서, 유권자를 모아 놓고 하는 대중적인 행사는 실질적으로 전면 불허되어 있었고, 만약 비공식적으로 그런 자리를 만들어 놓고 지지를 호소하기라도 하면 바로 선거법에 저촉되는 상황이었다. 유세차량을 활용한 지지 연설 정도만 가능했던 것이다. 그때부터 유세차량을 타고 돌아다녔다. 아무도 내다보지 않은 아파트 동네에서 허공을 향해 심상정에 대한 지지를 호소하며 돌아다니다 보면 공허함이 절로 밀려오곤 했지만, 투표가 끝날 때까지 하루도 거르지 않고 출근하여 선거를 도왔다.

악재가 지뢰밭처럼 도처에 널려 있는 선거전이었다. 민주노동당 탈당과 진보신당 창당으로 인해 후보가 지역구에서 활동을 시작한 시기가 매우 늦어진 데다가, 여기가 예전 유시민 의원의 선거구였다는 점도 악재였다. 유시민 의원이 지역구 관리를 상당히 소홀히 한 터라, TV에 많이 나오고 중앙정치판에서 명망을 가진 정치인에 대한 지역 주민들의 거부감이 상당하였던 것이다. 게다가 공식 선거운동 기간 중에 심상정 후보의 아버지가 돌아가셔서 부친상을 치르느라 3일 간의 공백이 발생한 것, 민주당 후보가 돌연 단일화를 제안해 왔다가 며칠 후 스스로 우물우물 철회해 버린 것 등도 악재였다.

초반에는 단순지지율 격차가 10% 정도였고 무응답층을 고려한 예상 지지율 격차는 15% 가량이었다. 하지만 공격적인 교육공약이 심상정 후보의 부드러운 카리스마, 영화배우 문소리 씨, 농구선수 박찬숙 씨, 영화감독 임순례 씨 등을 비롯한 지지자와 자원봉사자들의 헌신적인 노력과 어우러지면서 아파트 밀집 지역에서는 지지율을 대부분 역전시켰다. 특히 '우리 아이들 대부분이 다니게 될 초·중·고교를 전면적으로 개혁하자'는 공약에 대하여 주민들의 호응이 높았다.

그러나 최종 투표 결과는 5%대의 득표율 차이로 낙선이었다. 도농복합 선거구의 특성상 외곽 지역에서 한나라당에 대한 몰표가 쏟아졌던 것이다. 다들 "선거기간이 일주일만 길었으면 역전시켰을 것"이라고 아쉬워했다.

특목고 공약에 대한 대응

'핀란드형 공립 자율학교 특구'라는 공약은 일단 특목고 유치라는 한나라당 후보의 공약에 대한 대응으로서 모색된 것이었다. 18대 총선에서 한나라당이 압승을 거둘 수 있었던 이유로 여러 가지를 꼽지만 '뉴타운'과 '특목고' 공약의 바람이 큰 영향을 미쳤다는 것이 중론이다. 그런데 야당에서는 뉴타운이든 특목고든 이에 대항하는 공약이 제대로 없었다. 고용문제를 제외한 가장 중요한 민생문제라면 아마도 '주택'과 '교육'을 꼽을 수 있을 터인데, 지역의 주거 여건과 교육 여건을 어떻게 개선할 것인지에 대하여 야당 후보들은 대체로 묵묵부답이었다. 심지어 야당 후보가 특목고 공약으로 맞불을 놓는 사례도 있었다.

내가 보기에는 특목고가 지역구 공약이 된다는 것 자체가 매우 어처구니없는 일이다. 선거기간 동안 심상정 후보 지원 활동을 하면서도 상당 시간을 '특목고가 유치되면 집값이 오르고 교육 여건이 좋아진다'는 통념을 반박하는 데 할애해야 했다. 근거는 두가지였다. 첫째로 대원외고나 서울과학고 주변의 집값이 높은게 아니라 특목고 전문학원이 밀집된 대치동의 집값이 높다는 점, 둘째로 특목고가 유치되어 명문이 될수록 정작 인근 지역 학생들은 그 학교에 들어가기 점점 힘들어진다는 점이다.

사실 우리나라에서 특목고란 '특수 목적'에 충실한 학교라기보다 여러 과목을 두루 잘하는 학생을 뽑아서 대입 명문고로 자리매김하는 경향이 강하다. 따라서 특목고의 핵심은 바로 학생선발권을 가지고 있다는 점이고, 학교는 이 선발권을 활용하여 대입에서 높은 성적을 거둘 만한 학생을 입도선매하는 것이다. 따라서 이 학교가 점점 더 유명해지고 명문학교가 될수록, 먼 거리에서 지원한 학생들이 학교에 입학하게 되고 인접 지역 학생들은 이 학교에 들어가기가 점점 더 어려워진다. 그리고 그 학교에 들어가기 위한 사교육비를 더 많이 써야 한다.

즉 특목고가 들어서면 '우리 동네에 명문학교가 있다' 는 자부심(?)이 좀 생길지는 몰라도, 그 지역의 교육 여건이 좋아지는 것과는 거의 아무런 상관이 없는 것이다. 나 같은 입시전문가가 보기엔 너무나 뻔한 이 같은 사실이, 한국 사회 특유의 교육과 부동산이 얽힌 욕망의 색안경을 통과하면서 주민들에게 강렬한 착시효과를 일으키는 것이다.

공교육 개혁 공약이 진보정치에서 가지는 의미

그런데 '핀란드형 공립자율학교 특구' 라는 공약은 단순히 한나라당의 공약에 대한 대응으로서의 의미만을 가진 것이 아니며, 그보다 훨씬 중요하고 심오한 의미를 가지고 있다. 이것은 진보진영의 이론적 환원주의가 해체되기 시작하고 진보정치가 그 영역을 본격적으로 확장하기 시작했음을 보여주는 매우 중요한 지표이기 때문이다.

교육에 대한 진보적 담론의 주된 생산지이자 저수지였던 전교조의 담론을 분석해 보면, 2000년 경을 전후로 중요한 변화가 눈에 띈다. 그 이전에는 이른바 '참교육' 을 모토로 인간적인 사제관계, 민주적인 학교, 주입식 교육에서 탈피한 체험·탐구·의사소통 중심의 교육 등이 중요하게 부각되었다. 그런데 2000년대 초반부터는 한국 교육을 망쳐놓은 주범으로 대학 서열화와 학벌주의가 전면에 부각되기 시작한다. 물론 그 이전에도 이에 대한 비판론이 존재해 왔지만, 2000년 경부터는 대학 서열화와 학벌주의에 대한 비판론이 '참교육' 담론을 압도하기 시작한다. 그리고 입시지옥이나 사교육이나 공교육 황폐화 등이 모두 이로부터 비롯된 것이라고 지목되기 시작한다.

물론 이 말은 맞는 말이다. 나는 한국 교육의 첫번째 문제로 대학 서열화와 학벌주의로 인한 심각한 수준의 '선발경쟁'을 꼽는다. 한국은 대학 간의 서열 격차가 매우 심하고, 여기에 더하여 서열상 보다 상위 대학에 진학했을 때 얻게 되는 학벌권력이 매우 강하다. 이로 인해 선발경쟁의 강도가 극심한 수준으로 나타난다. 선발경쟁의 특징은 엄밀하게 '점수경쟁'이 아니라 '등수경쟁'이라는 데 있다. 단순히 점수를 높여야 하는 게 아니라 남을 제쳐야 하는 것이다. 점수가 90점에서 95점으로 높아졌다 할지라도 서울대 정원이 100명인데 그 사이 101등 이하로 떨어졌다면 큰일이 아닐 수 없다. 남이 어느 정도 수준으로 준비하는지 알 수 없으므로, 그야말로 '무한경쟁'을 하는 수밖에.

하지만 한국 교육에는 선발경쟁의 문제로 환원되지 않는 또다른 문제가 존재한다. 교육관료가 승진제도와 교육과정을 지배함으로써 나타나는 '학교 관료화'가 그것이다. 학교의 주인이 관료라는 데에서 나타나는 문제는 한편으로 '획일적 교육'이고, 또 다른 한편으로는 '무책임 교육'이다.

물론 '선발경쟁'이 '학교 관료화'보다 지배적인 문제인 것은 사실이다. 제아무리 관료화된 학교를 개혁하기 위해 승진제도와 교육과정을 개혁한다 할지라도, 결국 대입경쟁에서 유리한 입지를 차지하려다 보면 학교교육이 왜곡되고 사교육이 지속될 것이기 때문이다. 하지만 '학교 관료화'의 문제가 '선발경쟁'의 문제로 환원되지 않는다는 것 또한 사실이다. 가상실험을 해 보자. 내일 만약 갑자기 우리나라 모든 대학들이 프랑스나 독일 식으로 평준화되기라도 하면, 학교가 관료적 지배로부터 해방되어 다양하고 창의적이며 책무를 다하는 교육을 진행할 것인가? 승진제도와 교육과정이 지금처럼 되어 있는 한, 이것은 매우 순진한 기대가 아닐 수 없다.

학교 관료화의 문제를 선발경쟁의 문제로 환원시키는 것은 위험하다. 우리나라의 주요한 교육문제들이 모두 선발경쟁(대학 서열화와 학벌주의로 인한)으로 인해 벌어진 것이라고 이해할 경우, 학교에서 벌어지는 무책임하고 획일적인 교육을 개선하기 위한 실천은 모두 하찮은 일로 부차화되어 버린다. 특히 '학교 관료화'의 문제를 정면으로 대응하다 보면 이를 극복하기 위한 교사들의 창의적인 실천이 매우 중요해지는 반면, '선발경쟁'의 문제로 환원시키게 되면 교사들의 성찰과 자발적인 개혁은 전혀 불필요하거나 적어도 별로 중요하지 않은 일로 치부되고 만다.

결국 교원노조 지도부의 입장에서는 교육문제를 '선발경쟁'으로 환원시키는 것이 편하다. 교원들의 기득권을 위협하거나 자발적 실천을 요구할 이유가 별로 없기 때문이다. 결국 진보진영에서 대학 서열화와 학벌주의에 대한 비판론을 부각한 것은 그 자체로서 당연히 타당한 일이었지만, 전교조가 진보적 교육담론을 사실상 지배하고 있는 상황에서 교원노조 및 교원사회의 타성화를 방조하고 이와 기능적으로 결합하는 문제점을 낳았던 것이다.

여태까지 대선이나 총선의 교육공약은 항상 교육예산을 늘리고 교육여건을 개선하자는 것이거나, 아니면 특목고나 자사고 공약처럼 '특별한' 학교를 만들자는 공약이었다. 대부분의 아이들이 다니게 되는 일반학교를 어떤 모델로 개혁해보자는 공약을 본 적이 있는가? 여태까지 어떠한 정치인도 초·중·고등학교 체제를 근본적으로 개혁해 보자는 공약을 제시해본 적이 없었다. 이러한 상황에서 진보진영이 낳은 최고의 스타 정치인 중 한 명인 심상정 의원이 초·중·고교 개혁을 공약으로 내걸고 나왔다는 것은, 다분히 수렴적·폐쇄적이었던 진보진영의 교육

담론을 확산적·개방적인 방향으로 전환하는 데 물꼬를 틀 수 있는 일 대 사건이었다.

바람직한 미래 교육의 지표

총선 선거운동을 도우면서 나는 나름대로 바람직한 미래 교육의 지표를 세 가지로 정리할 수 있었다.

첫번째는 책임교육이다. 적어도 의무교육 기간에는 누구나 최소한도의 학업성취도에 도달할 수 있도록 학교에서 책임지는 체제가 필요하다. 학력이나 학업성취도 이야기를 하면 '일제고사 점수 얘기냐'고 되물을지 모르겠지만, 사실 학업성취도에 대한 보장이 가장 잘 되어 있는 나라는 핀란드나 스웨덴 같은 북유럽 국가들이다. 이 나라들에서는 '영어로 몇 문장 이상을 이용하여 몇 분 이상 자기소개를 할 수 있느냐' 와 같은 구체적인 지표를 개발하여 학생들의 최저학력을 관리하는 것이 제도화되어 있다. 이를 위해 일제고사 점수로 누가 부진아인지를 낙인 찍는 대신, 정규 수업에서 최대한 재미있으면서도 효율적인 방식으로 배울 수 있도록 함과 아울러 일상적으로 방과 후 보완교육을 진행하여 최저 수준의 학업성취도에 도달하지 못할 우려가 있는 학생들을 철저히 책임지는 교육이 이뤄진다. 이러한 책임이 방기된다면 가장 피해를 보게 되는 것은 저소득층 맞벌이(또는 결손가정) 아이들인 바, 학교의 책무성과 연관된 문제는 학교에서 수행되어야 하는 최소한의 복지적 기능이 무상급식만이 아님을 보여주고 있다.

두번째는 맞춤교육이다. 핀란드의 경우 중학교 연령대에 전 수업시간의 20% 정도가 선택과목으로 구성되며, 고등학교는 아예 학점제로 운영되어 45학점의 필수과목과 30학점의 선택과목을 이수하면 졸업하게 되어 있다. 그래서 고등학교를 2년 반만에 졸업하는 학생이 있는가 하면 4년 간 다니는 학생들도 많다. 이러한 유연한 교육체제를 통해 자연스럽게 자신의 소질과 적성을 발견하고 발전시킬 수 있는 기회를 가지게 되는 것이다.

세번째는 창의적 교육이다. 우리나라 교육의 지표는 '빨리 정답 찾기'라고 볼 수 있고, 이를 위한 학생들이 하는 표준적인 공부방법은 바로 객관식·단답식 문제집 풀기이다. 하지만 이제는 주입식 수업과 객관식·단답식 평가에서 벗어날 때가 되었다. 탐구와 체험과 의사소통에 기반한 교육을 진행하지 않으면 안된다. 이것은 민주적 시민으로서의 소양을 기르기 위해서 필요할 뿐만 아니라, 우리나라가 당면한 지식기반경제에 적응하기 위해서 필요한 것이기도 하다. 이를 위해 교육과정과 수업모델, 평가방식 등에 전면적인 개혁이 필요하다.

심상정에게 기대한다

진보진영은 전통적으로 다양다종한 사회문제들을 계급문제로 환원하고 사회적 활동력을 노동운동으로 환원하는 경향을 가지고 있다. 최근의 진보적 교육담론은 교육문제를 대학 서열화와 학벌주의의 문제로 환원시키는 경향을 보였다. 그러나 이러한 환원주의는 이 세상에 대한 올바른 이해가 아닐 뿐만 아니라, 진보정치 세력이 정당을 만들고 의회 공간으로 진출한 정치적 국면과도 맞지 않는다. 진보정치를 '생활정치'로 확산시키기 위해서는 삶의 곳곳에서 부딪히는 문제들에서 시작하는 긴 에스컬레이터가 필요하다.

심상정은 '교육'에서 에스컬레이터를 만들어 갈 것을 제기하였다. 이를 필두로 진보정치 세력의 주도로 더 많은 에스컬레이터가 만들어질 것을 기대한다. 진보정치의 성패는 한편으로는 한국 경제를 어떻게 이끌고 갈 것인지에 대한 정교하고 설득력 있는 청사진을 제시할 수 있느냐에, 다른 한편으로는 교육 · 주거 · 의료 · 환경 등 다양한 생활정치의 영역에서 얼마나 길고 다양한 에스컬레이터를 만들어내느냐에 따라서 좌우될 것이다.

이범
교육평론가, 대입강사(과학탐구&논술), 마을학교 이사. 전 메가스터디 이사 겸 강사. 지은 책으로 『이범의 교육특강』『수호천사 이야기』『과학논술』외 다수가 있다.

심상정을 위한 스타일 제안

— 김은형 (한겨레신문 기자)

'자기 포장'은 정치인의 숙명

대한민국 최초의 여성 대통령이 등장하는 영화 〈굿모닝 프레지던트〉(장진 감독)의 한 장면. 뉴스에 등장한 현직 여성 대통령을 보던 나이 지긋한 전직 대통령이 한마디한다. "정치한다는 여자들은 왜 저렇게 하나같이 머리는 잔뜩 부풀려. 저 뻘건 옷은 또 뭐야?' 작가의 의도를 과잉 해석했는지도 모르겠지만 그 대사 한 줄에 대한민국 여성 정치인의 '애로사항'이 녹아 있다는 생각이 들었다.

부풀린 머리와 빨간 옷을 동시에 핀잔 주는 건 모순 같다. 부풀린 헤어 스타일은 가장 보수적이고 전형적으로 인상에 권위와 품위를 부여한다. 고 육영수 여사의 올림머리와 함께 역대 영부인들이 가장 자주 보여줬던 헤어 스타일이기도 하다. 반면 빨강색 옷은 꽤나 도발적이다. 대체로 정치인들은 검은 색이나 회색 같은 무채색 계열의 옷을 즐겨 입는다. 헤어 스타일은 지루해서 핀잔, 옷차림은 튀어서 핀잔이라니 당사자는 어떤 장단에 맞춰야 한단 말인가. 결국 여성 정치인의 차림새나 외적 이미지는 어떻게 해도 도마에 오르기 좋은 이야기거리라는 말이다.

물론 정치인의 이미지, 특히 여성 정치인의 외모에 대해 왈가불가하는 건 우리나라만의 일은 아니다. 실용주의로만 똘똘 뭉친 것 같은 독일의 벽돌처럼 딱딱해 보이는 앙겔라 메르켈 총리조차 오랫동안 주변 사람들의 권고에도 불구하고 '스타일링을 통한 성취'를 거부해 오다가 결국 최고의 헤어 스타일리스트에게 도움을 받아 머리 염색도 하면서 세련된 지도자 이미지로 거듭났다. 미디어의 시대에 '자기 포장'은 연예인뿐 아니라 정치인의 숙명인 셈이다.

시선이 닿지 않으면 이야기도 들리지 않는다

이렇게 시작은 했지만 '심상정을 위한 스타일 제안'이라는 주제로 글을 쓰려니 별로 할 말이 떠오르지 않는다.

우선은 한 개인의 패션 스타일링의 엔지(NG) 여부를 정확히 집어낼 수 있는 건 전문 스타일리스트나 패션평론가의 몫이므로 평범한 30대 직장 여성인 필자가 잘난 척해 봤자, 그 자체가 엔지(NG)로 끝날 수밖에 없을 것이다.

두번째는 여성 정치인, 특히 보수적인 한국 사회에서 여성 정치인의 스타일링을 언급하는 게 큰 의미가 있을까 싶어서이다.

최근에는 "패션은 권력이다" 식의 명제를 선언하며 여성 정치인의 외모에 대해서 분석한 기사나 논문 등이 간간이 눈에 띈다. 몇 년 전 '아르마니를 입은 좌파'라는 약간의 비아냥 섞인 별명으로 불렸던 미국의 첫 여성하원의장 낸시 펠로시를 비롯해, 영부인에서 정치인으로 자리를 바꾸며 패션 스타일까지 드라마틱하게 변모한 힐러리, 사르코지 정부 출범 직후 법무부장관 시절 아빠의 신분을 밝히지 않은 아이를 임신한 만삭의 체형을 적나라하게 드러내는 미니 원피스와 굽 높은 롱부츠 차림으로 경쾌하게 출근하던 라시다 다티 같은 인물들의 스타일 분석은 정치에 무관심한 사람들의 시선도 쉽게 잡아끈다. 나만 해도 라시다 다티의 패션 논란이 없었더라면 프랑스 법무부 장관 이름 따위를 기억할 리 없다.

하지만 그 무대가 한국으로 넘어오면 같은 기사도 너무 지루해진다. 한나라당 대통령 후보 경선 시절, 오랫동안 어머니를 흉내 내 올림머리를 하다가 활동적으로 보이기 위해 단발로 변신했던 박근혜 대표가 다시 그 '결혼은 안 했지만 나도 정숙한 사모님' 스타일로 돌아선 과정은 보수적인 한국 사회의 시선을 보여주는 한 예일 것이다. 언제나 꼬투리를 잡을 태세인 유권자들의 시선을 의식해서인지 정치적 성향이 어떻건 간에 스타일의 스펙트럼은 거기서 거기다. 강금실 전 법무장관이 그나마 화려한 스카프를 두르거나 눈에 띄는 악세서리 등을 착용해 시선을 모았지만 다른 정치인이나 고위 공직자들이 따라 배우지 않은 걸 보면 그다지 긍정적인 효과가 없었던 것으로 평들을 하는 것 같다.

세번째, 심상정 전 의원의 모습을 떠올릴 때, 선명하게 떠오르는 어떤 이미지가 없다는 점 때문이다. 의원 시절 소수정당 소속이라 카메라 노출 빈도가 적을 수 밖에 없었다는 불리함이 있지만, 공직 활동 기간으로 따지면 심 전 의원보다 짧았던 강금실 전 장관보다도 각인된 이미지가 약하다. 내가 정치에 너무 무관심해서 특별히 그런가 싶어 주변에 물어 봤더니 돌아온 대답도 크게 다르지는 않았다.

그건 단지 아름답거나 그렇지 않다거나, 옷을 잘 입는다거나 못 입는다거나의 문제는 아닌 것 같다. 이 글을 준비한다고 이러저러한 심 전 의원의 이미지 자료들을 다 뒤져 보니 나 같은 보통의—하지만 촌티 정도는 구별할 수 있는 안목이라고 자부하련다—눈높이에서 봤을 때 깔때기에 걸릴 만한 차림새도 별로 없다. 메르켈 총리처럼 금욕적인 단발 스타일에 딱 '수수하다'는 표현이 들어맞는 차림이지만 특별히 흠잡을 데가 보이지는 않는다. 다만, 그런 스타일은 수년 동안 졸업앨범마다 담겨 있었지만 누구도 알아보지 못했던 〈여고괴담〉의 주인공처럼 좀처럼 기억되지 않는다.

그러다가 자서전 『당당한 아름다움』에 실린 대학시절의 사진 몇 컷을 봤다. 신선했다. 짧은 커트머리 여학생들 속에서 낭창낭창 찰랑거리는 어깨 길이 단발의 대학생 심상정의 모습이 단연 눈에 띄었다. 심 전 의원이 회고하기를, 대학에 들어가면 '연애, 독서, 여행'을 실컷 해 보고 싶었던 그녀의 레이더 망에 들어간 남학생들이 하필 운동권이었고 덕분에 학생운동에 발을 들여놓지 않을 수 없었다고 한다.

"그때만 해도 나는 미대에 다니는 언니의 영향을 받아 잔뜩 멋을 부리고 다녔다. 치렁치렁한 생머리에 7센티미터 이상의 하이힐을 신고 스커트 차림을 하고 다녔다. 그런 차림으로 학교 도서관에서 신림사거리까지 시위 대열을 따라 내달렸던 것이다."

그런 그녀의 '얼치기 운동권 학생' 모습은 시위 대열을 촬영한 사진에서 단연 눈에 띄었을 테고, 이 사진을 본 학생처장은 "운동권 애인 됐냐"며 징계 수위를 낮추었다고 한다. 아, 그때 사진이 정말 보고 싶어졌다. 개념화하자면 금욕과 절제 말고는 다른 단어가 떠오르지 않는 심상정의 이미지와 정면 배치될 듯한 그 모습은 세련된 힐과 명품 백으로 무장한 채 촛불시위에 참가하던 여성 직장인들보다 더 파격적이었을 듯하다.

그 이후 급속도로 운동권이 되어가면서 "차림새도 어느 틈엔가 운동권 표준 패션으로 바뀌었다"고 고백한다. "긴머리를 하고 시위 대열을 따라다니다 보니 너무 더웠고, 스커트 차림으로는 아스팔트 바닥에 퍼

질러 앉기에 몹시 불편했다. 하이힐을 신은 채 짧지 않은 거리를 뛰어다니고 나면 며칠 동안이나 발이 부어올랐던 것이다." 그런 외적인 변신이 25년 간의 운동가 시절 동안 틀이 잡혔을 테고, 대중 정치인으로 변모하면서 조금 더 부드러워지고 다듬어진 모습이 지금의 심상정의 이미지를 만든 것일 게다.

옛날의 에피소드를 꺼내는 건 지금 와서 다시 여성성을 획득하라거나 좀 더 패셔너블해지기를 요구하기 위해서가 아니다. 힐을 신고 뛰던 그 시절 그녀를 눈여겨 본 사람은 비단 학생처장 뿐이 아니었을 것 같다. 누군가는 한심하다고 생각했을 수도 있겠지만 어쨌든 여학생 가운데 단연 눈에 띄는 모습은 어떤 식으로든 주목받았을 것이고 그만큼 그녀의 모습을 기억하는 사람도 많았을 것이다.

교수나 운동가로 살아 가는 것과 대중 정치인으로 살아 가는 것은 분명히 다르다. 비록 나쁜 기사일지라도 신문에 이름 한자락 걸치는 걸 중요시하는 정치인들의 성향은 조롱의 대상이 되기도 하지만 어쩔 수 없는 노릇이기도 하다. 민주노동당 또는 진보신당의 정책이 나빠서 밀리고 주목받지 못했는가 말이다. 인물에 시선이 가지 않으면 그의 이야기가 들리지 않는 건 당연한 이치다.

심 전 의원이 2007년 민주노동당 대선후보 경선에 출마했을 때 딴지일보와 했던 인터뷰가 심상정 개인 인터뷰로서는 가장 재밌었던 기사 중 하나로 기억된다. 여기서 심 전 의원은, 유시민 전 의원이 2003년 의원 선서를 하는 날 티셔츠 차림으로 본회의장 단상에 올라갔다가 의원들의 항의를 받고 내려왔던 사건을 짧게 비판했다. 그전에 멀쩡히 양복 입고 다니던 사람이 뒤어 보려는 제스처가 아니었겠냐는 말이었다. 속내는 동감하지만 그렇게만 볼 것은 아니다. 설사 얄팍한 쇼였다 한들 신문 1면이라는 그 살벌한 뉴스 경쟁의 장을 '날로' 먹었다면 그 역시 비상한 전략이 아니겠는가. 게다가 많은 공격을 받기는 했지만 이런 기회에 보수적인 의원들의 보수척도를 확 까발려서 젊은 사람들에게는 '어휴 저 별 수 없는……' 이라는 반응을 이끌어냈으니 여러 모로 성공적인 정치인 데뷔 무대였던 셈이다. 그리고 그런 모습을 보면서 '뭐야, 유치해, 속 보이게'라고 평가하는 코멘트는 구경꾼의 몫이지 한 운동장에서 싸워야 하는 경쟁자의 것은 아니다.

제대로 발산되지 못하고 있는 매력

다시 앞으로 돌아가자면 나는 심상정 전 의원에게 새로운 패션 스타일링을 제안하기 위해서 이 글을 쓰는 건 아니다. 다만 (비주얼을 포함한) 이미지라는 것이, 설사 그것이 상당 부분은 조작된 허상이라 해도 대중 정치인에게 얼마나 중요한 것인지를 좀 더 깊이 생각하고 전략적으로 활용하길 바란다는 말을 하기 위해서다.

앞에 인용한 자서전 『당당한 아름다움』과 다시 한번 찬찬히 읽어 본 딴지일보 인터뷰는 심상정의 이미지라는 측면에서 흥미로운 텍스트다. 우선 『당당한 아름다움』을 읽고 깜짝 놀랐다. '아니, 이렇게 재미없다니!' 죄송한 말씀이지만 고종석이 그의 칼럼에서 "편집이 세련되긴 했으나, 정치인들이 흔히 내는 그만그만한 책"이라고 짧게 한 줄 쓴 것에 정말이지 십분 공감하지 않을 수 없었다. 특별한 정치인 심상정을 기대하고 평범한 독자가 읽기에는 앞에 인용했던 어린 시절 부분 정도를 빼면 하염없이 지루했다. 물론 그의 글은 정직했을 것이다. 하지만 뛰어난 의정활동의 자화자찬에 지지자들에 대한 고마움이 주를 이루는 이야기 구성은 진보적인 그녀의 세계관과 달리 몹시 보수적이었다. 거짓말과 과장이 없거나, 적다 뿐이지 그 스타일은 여느 기성 정치인들과 전혀 다른 점을 찾아볼 수 없었다는 말이다. 그래서 책을 덮은 뒤 나는 왜 심 전 의원이 이 책을 냈을까, 궁금해졌다. 지지자들의 성원에 보답하기 위해서? 그게 아니라면 그 효용을 도통 알 수 없을 만한 책이었다.

반면 딴지일보 인터뷰를 보면서는 배꼽을 잡기도 했고 고개를 끄덕이기도 했다. 아마도 틀에 얽매이지 않고 자기 스타일이 뚜렷한 인터뷰어(김어준)의 영향이 컸을 것이다. 아무튼 대책 없이 분방한 인터뷰어 탓에(혹은 덕에) 목까지 꼭꼭 잠갔던 단추를 두세 개쯤 푼 심상정은 굉장히 즐겁고 유쾌한 사람이었다. 선진적 정치인의 필수덕목이라고 내가 늘 주장하는 유머 감각도 넘쳤다. 특히 당시 민주노동당 내부적인 문제를 묻는 껄끄러운 질문 등에도 핵심을 피하지 않으면서도 유연하게 대처하는 모습이 인상적이었다.

그렇게 장문의 인터뷰 끝에, 김어준이 '싸우는 소녀'라고 결론 내린 그녀의 초상화를 다 읽고 나서 다시 궁금해졌다. 이렇게 매력적인데, 왜 그렇게 안 매력적으로 보이는 거야? 물론 안 매력적이라는 건 형편없다는 말이 아니라 매력이 제대로 발산되지 못한다는 의미다.

인터뷰 중간에 FTA 관련 질의를 끝내고 김어준이 소감을 한줄 적었다. '설득력 있다. 근데 설명이 너무, 길다. 항상 이게 문제다.' 앞부분에는 운동가로서 산전수전을 겪고 국회에 들어가기까지의 개인사를 쭉 들은 다음 이렇게 썼다. '민노당 사람들은 이런 류의 개인 히스토리를 마케팅하는 데 서툴다. 남우세스러워하고 유세 떤다 여긴다. 개인 히스토리를 세련되게 어필하는 자체가 매우 중요한 정치력인데 말이다.'

이 두 개의 코멘트는 심상정의 이미지 메이킹에서 매우 중요한 지점을 짚는다. 대중들의 구미를 끌 수 있는 재료들―그것이 개인적 히스토리서나, 성책석 대안이거나―은 적지 않게 보유하고 있지만 그것을 맛있고 보기 좋게 조리하는 실력이 떨어진다. 시선을 사로잡는 글쓰기와 편집 노하우를 정리한 『유혹하는 에디터』(고경태 지음)의 한 장에서 저자는 심 전 의원이 오랫동안 일하기도 했던 금속노조 선전학교에서 강의를 했던 경험을 써놓았다. 노보의 제목들과 기사 문장에 대한 분석을 하면서 그는 "(2008년 현재) 1980년대 운동권에서 쓰이던 성명서투 문장이 전혀 변함 없이 반복된다"고 지적했다. '강력히 촉구한다' '투쟁을 지속적으로 전개한다' '끝까지 투쟁해서 반드시 승리한다' 등등의 구호와 문장이 무한반복되고 있다는 것이다. 작금의 상황이 본질적으로 80년대와 다르지 않다고 반박한다면, 할 말 없다. 다만 상황은 바뀐 게 없더라도 '적'들의 선전선동 기술(이미지 메이킹)은 날로 세련되고 교묘해지는데 여기서 백날 진심만을 목놓아 외쳐 봤자 무슨 짓을 해도 영원히 같은 편일 극소수 말고는 누가 인내심 있게 그들의 진심을 들어주겠는가 말이다. 하물며 촛불시위 현장에서조차 '이명박 정권 타도하자' 보다 '물대포 안전하면 청와대 비데로 써' 같은 구호를 더 좋아하는 젊은 세대에게는 더더욱 접속이 어려울 터이다.

예측 가능한 것은 주목 받지 못한다

지난해 봄 노무현 전 대통령의 급서 이후 인터넷에서 떠도는 영상물들을 보면서 그가 이미지 메이킹에 정말 뛰어난 대통령이었다는 사실을 새삼 깨달았다. 생전 사진들과 동영상들을 보노라면 어느새 나오는 눈물과 일말의 죄책감마저 피할 도리가 없었다. 당연하게도 정말 뛰어난 이미지 메이킹이란 정치인이 단순히 시장에 가서 떡볶이집 주인과 사진을 찍는 게 아니다. 그가 말하고자 하는 바와 일상적 태도와 정치적 전략이 함께 조화를 이뤘을 때 제대로 된 이미지 메이킹이 된다. 노무현 전 대통령은 이런 점에서 역대 어느 대통령보다 이미지 메이킹에 성공했고 이것은 계파도 없던 그를 대한민국 현대사 사상 가장 극적인 정치 드라마의 주인공으로 등극시킨 힘이기도 하다.

운동권 알레르기나 '진보' 콤플렉스에 갇힌 일부 사람들을 제외한다면, 심상정이라는 이름을 아는 사람들에게 심 전 의원은 어떤 정치인보다 특별한 거부감 없이 신뢰를 주는 인물이 아닐까 한다. 다만 나를 포함한 그 사람들 중 대부분이 '좋은 이야기겠지'라고 넘겨 짚으며 그의 이야기에 별로 귀를 기울이지 않는다는 게 문제다. 그리고 이런 부류의 상당수는 선거 때 또 '엉뚱한' 번호를 찍는다. 유권자의 마음이 아니라 표를 얻지 못한다면 대중 정치인으로는 뜻을 펼칠 수 없다.

그래서 나는 심상정이 '남우세스러워지는 것'에 대한 민망함이나 부끄러움을 없앨 수 있기를 기대한다. 현실을 개탄하기 전에 이미 말이 넘치는 세상에서 '낚시질' 없이 듣는 이들을 모으는 것은 사실상 불가능하다. 좋은 글도 편집 없이 논문처럼 길어지면 지루하게 마련이고, 정책적 일관성과 언제나 예측 가능한 모습, 말, 태도는 다른 문제다. 언젠가 유튜브의 어느 동영상에서 동료들이 심 전 의원에게 노래를 시키자 '소양강 처녀'를 부르는 모습을 보고 아쉬워했던 적이 있다. 이런, 너무 예측 가능하잖아. 아무리 훌륭한 이야기, 좋은 일이라도 늘 거기서 그렇게 하고 있을 것만 같은 것에는 아무도 주목하지 않는다.

한 가지 덧붙이자면 유머 감각을 키우시라는 조언을 하고 싶다. 심전 의원이 스스로 '강력한 경쟁자'라고 인정한 동료 노회찬 전 의원을 티브이나 다른 매체에서 보면 마음이 편해진다. 개인적으로 일면식도 없을 뿐더러 사실상 전혀 모르기로는 심상정이나 노회찬이나 매한가지인데 노회찬을 한 번 더 쳐다본다면 그것은 순전히 그의 넉살 좋은 유머 감각 때문이다. 유머 감각은 또한 노무현 대통령이 대중에게 바짝 다가가는 데 가장 큰 기여를 한 대화의 기술이기도 했다.

냉정하고 딱딱한 이미지로 말하자면 그녀에 비해 심 전 의원은 청순한 소녀 아이돌의 이미지라 말해도 별로 과장이 아닐 듯한 매들린 올브라이트 미국 전 국무장관은 회고록에서 취임 직후 한 언론인 만찬에서

했던 연설 추억담을 기록했다. 『워싱턴 포스트』가 '올브라이트 대사가 무표정하게 던지는 농담은 청중을 자지러지게 만들었다'고 촌평한 이 연설은 그녀의 살벌한 이미지를 바꿔 놓은 것으로 평가받았다. 그리고 그녀는 이렇게 고백했다. "나는 정치가로서 진지하게 받아들여지려면 먼저 그 자신이 재미난 사람이 되어야 한다는 역설을 비로소 깨달았다." 올브라이트가 이 연설문을 쓰기 위해 코미디 작가까지 동원했듯이, 힐러리가 전 세계 어디를 가든 메이크업 아티스트를 동반하듯이 적절한 이미지 메이킹을 위한 전담 조언자를 두는 것도 나쁘지 않다고 생각한다.

한 발짝만 더 오버스런 훈수를 두자면 그 조언자는 심 전 의원이 지금까지 가깝게 지내온 사람들의 울타리 밖에서 찾았으면 좋겠다. 익숙하던 것에서 벗어나 새로움에 도전을 해 보는 건 지금 심 전 의원이 그리는 정치적 개혁 못지않게 흥미진진한 모험이 될 테니까 말이다. 유권자로서 그 과정을 지켜보는 것은 꽤나 흥미롭고 즐거울 것이다. 물론 선택은 심상정 전 의원의 몫이다. 다만 그 모든 것이 남우세스럽다고만 생각한다면, 대중과의 소통 수단이 그만큼 좀 더 복잡하고 까다로워질 것은 틀림없다.

김은형

한겨레신문 기자, 한겨레 매거진 ESC 팀장.

심상정과 걷다

의원도 대표도 아닌 당신,
어떻게 지내십니까?

— 김현진 (에세이스트)

2009년 10월 22일 목요일
07:45 a.m. 안산 상록수역

춥다. 날씨가 싸늘해서 몸이 덜덜 떨린다. 주변이 싸늘하거나 말거나 재보궐 선거가 앞으로 일주일, 안산 상록수역 앞은 뜨겁다. 선거 유세 차량들이 빼곡하다. 역 입구에 낯익은 두 사람이 보인다. 훤칠한 키의 임종인 후보가 시민들에게 인사하고, 권영길 의원이 옆에 서서 함께 악수하며 출근이나 등교하는 사람들에게 유세를 하는 중이다.

주머니에 손을 찌르고 추워서 몸을 움츠리는데 저만치 앞에 그 사람이 온다. 가슴이 뛴다. 소나무 같은 녹색 상의, 연한 밀짚 빛깔의 바지를 입었다. 체구가 크거나 큼지막한 이목구비를 가진 것도 아니지만 어쨌든 언뜻 끌리는 기분, '앗, 저 사람이구나!' 하는 식의 그런 기분. 기륭 전자 후원주점에서 〈안아주세요!〉라는 피켓을 들고 있을 때, 그 사람이 활짝 웃으며 다가와 와락 껴안은 적이 있다. 생각지도 못한 씩씩한 팔

힘으로 확 끌어 안겨서 기분 좋게 놀랐던 기억이 난다. 그때와 변함없는 미소로 사람들에게 인사하는 그 사람. 거리에서, 식당에서, 곳곳에서 그를 마주치는 사람들마다 하나같이 조그맣게 외치는 그 소리, 나도 모르게 똑같이 중얼거린다.

'앗, 심상정이다!'

오늘은 무소속으로 출마한 임종인 후보 진영의 선대본부장이다. 어깨부터 허리까지 걸쳐 두른 노란 띠에는 후보의 이름이 초록색으로 새겨져 있다. 푸른 나뭇잎 빛깔의 재킷과 맞춘 듯이 어울린다.

"맞춘 건 아니고, 저번에 조승수 의원 당선됐을 때 입었던 옷이라 혹시 도움이 될까 싶어서요.(웃음) 그런 거 아니더라도 녹색이 가진 의미를 좋아해서."

심상정은 옷핀으로 어깨띠를 고정하자마자 줄을 서서 통학버스를 기다리는 대학생들에게 활기차게 다가간다. 날씨처럼 차가운 사람들의 표정도 상관없이 일단 경쾌한 목소리로 인사한다.

"안녕하세요? 대학생 여러분, 요즘 많이 힘드시죠? 어렵게 공부해서 대학 들어갔는데 등록금도 너무 비싸고 취직도 잘 안 되고 어떻게 돌아가는 건지 너무 답답하시죠? 청년 실업, 등록금 문제, 이런 거 해결할 수 있는 후보가 바로 임종인 후봅니다. 대학생 여러분, 이번 재보궐 선거 절대 그냥 넘기지 마시고 믿을 수 있는 후보가 정치를 바꿀 수 있도록 꼭 투표권 행사하셔서 기회를 주세요. 임종인 후보입니다, 잊지 마세요."

이어폰을 꽂은 학생은 뚱하니 쳐다보고, 어떤 여학생은 반갑게 인사한다. 텔레비전만 켰다 하면 나오는 거대 정당의 정치인이 아니니 귓속말로 '누구야?' 하고 묻는 학생도 있지만, 그가 누구인지 알건 모르건 한순간에 바뀌는 공기의 흐름만은 느꼈을 것이다. 확 끌려드는 기분, 그

느낌을 어떤 사람은 매혹이라 부르고 어떤 사람은 매력이라 부르고 어떤 사람은 아우라라고 부른다. 무엇이 됐든 심상정에게 그것이 있다.

유세 차량 위에 올라가 마이크를 넘겨받는다. 연설할 때의 목소리는 한 톤 낮으면서 어딘가 박력이 넘친다. 남성적인 박력이 아니라 멋있는 선배 언니, 혹은 누나 같다. 공부도 잘하고 운동도 잘하고 팔방미인이라 멋있는 선배가 아니고, 일단 무엇이든 열심히 하는 선배 같다. 운동신경이 그냥 그렇더라도 체육시간에 공을 열심히 쫓아가는 사람, 노래나 춤을 엄청 잘하진 못해도 자기 차례가 돌아오면 빼지 않고 덤벼 보는, 그래서 결국 선생님들도 신뢰하고 선후배나 친구들도 다 좋아하게 되는 그런 사람. 그런 선배가 세월이 흘러 그 모습 그대로 반듯하게 어른이 된 것 같다.

"출근하는 안산 시민 여러분, 바쁘신 중에 잠시 실례하겠습니다. 저는 17대 국회의원을 지낸 심상정입니다."

지나가는 사람이 보든 안 보든, 유세는 한 사람 한 사람과 눈을 맞추면서 계속된다.

"우리 아이들, 대학까지 졸업해 놓고 직장도 못 들어가서 노는 청년 실업 문제 반드시 해결해야 합니다!"

비싼 돈 들여 대학 졸업해 놓고 노는 처지라 움찔한다.

들으려고 모인 것이 아니라 지나가는 사람들의 관심을 끌어야 하는 유세 연설은 소모하는 에너지가 여느 때보다 몇 갑절은 더 필요할 것 같다. 유세 차량에서 내려오는 그에게 힘들지 않느냐고 물었다.

"아침이라 오히려 좀 약하게 했는데요?"

괜히 물었다. 선거구 중심부로 이동해 한 차례 더 연설을 해야 한다.

08:40 a.m. 안산시 스타프라자 앞
안산 시내를 통과하는 버스와 승용차들은 죄다 지나갈 것처럼 넓은

8차선 도로의 교차로 한 켠에 트럭을 세운다. 거리에 울리는 목소리는 아까보다 한층 힘차다. 유세를 마친 후 권영길 의원에게 마이크를 넘기지만 한시도 그냥 보내지 않는다. 이문세의 〈붉은 노을〉을 개사한 노래에 맞춰 선거운동원들 옆에 서서 율동을 따라 한다. 연신 활짝 웃는다. 지나가는 차에 손을 흔들고, 허리를 굽혀 인사하기도 한다.

아침에 도착했을 때부터 소모한 칼로리만 해도 벌써 3,000칼로리는 될 것같이 바쁘고 분주하다. 일찍 나오느라 아침도 먹지 못했을 텐데 이렇게 열량을 소모했으니 채워야 한다. 선거사무소에 들어가기 전에 얼른 아침을 먹기로 한다.

"난 그저 밥심으로 살아요."

상가 안에 있는 죽집에 들어서자 텔레비전 화면을 물끄러미 보고 있던 주인이 반갑게 맞는다. 텔레비전에서만 보다가 이렇게 실제로 보니까 반갑다고, 남편이 팬이라며 웃는다. 처음 온 집인데, 심상정은 마치 어제도 여기 들러 식사를 한 것처럼 심상하게 주인과 대화를 나눈다.

밥심으로 산다는 사람치고 많은 양은 아니지만 보는 사람도 흥겹도록 열심히 먹는 식성이다. 특히 좋아하는 음식이 무엇인지 궁금하다.

"북어국을 좋아해요. 뜨뜻하게 한 그릇 먹고 나면 기운이 두둑해지는 그런 거. 요리하는 것도 좋아해요. 게찜도 맛있게 만들고. 시간이 좀 있으면 집에서 맛있는 거 해 먹고 그럴 텐데 도저히 시간이 안 나니까……."

강준만 교수의 책에서 국회의원이 재선에서 낙선하면 오던 전화가 뚝 끊겨 서글퍼진다던데 심상정한테는 어림도 없는 이야기다. 잠깐 아침 먹는 중에도 전화벨과 문자수신음이 우리는 당신을 원한다고 끊임없이 삑삑거린다. 어른들 말마따나 허기에 점만 찍자마자 얼른 일어나야 했다.

10:00 a.m. 임종인 후보 선거사무소

선거사무소로 들어간 심상정은 선거운동원 한 사람 한 사람의 손을 잡고 인사한다. 권영길 의원이 먼저 와서 앉아 있다. 이번 재보궐 선거의 쟁점인 야권 후보 단일화 진행이 오리무중인 것 같다. 권영길 의원과 의논하던 심상정은 어디론가 전화를 걸어 통화하고, 보좌관들과 논의하고 또 전화를 건다. 통화 내용은 심각하지만 활기는 여전하다. 아마 이것이 그 '밥심'의 위력인지도 모른다. 잠깐 숨 좀 돌리나 싶었는데, 휴대폰의 종료 버튼을 누르자마자 다시 일어나서 나가야 한다.

10:30 a.m. 선거사무소 앞 교차로

심상정의 대중 연설의 비결은 역시 오랜 현장 경험에서 쌓인 내공 덕택일까. 세 차례나 같은 유세를 듣고 있지만 지루하지 않다.

"안녕하십니까? 저는 17대 국회의원을 지낸 심상정입니다. 임종인 후보는 17대 국회에서 저와 국회의원 생활을 같이 했습니다. 제가 직접 보았기 때문에, 국회의원으로서 능력 있고 일 잘하는 사람이니 찍어 달라고 여러분께 자신 있게 말씀드릴 수 있습니다."

정치하는 사람은 선거철에만 입에 꿀 바른 소리 한다는 건 어린애도 아는 상식인데, 심상정이 재미있는 점은 듣고 있다 보면 정말 그런가보

다, 하고 고개를 끄덕이게 된다는 것이다. 필요 없는 물건마저 떠안게 만드는 사기꾼의 화려한 말솜씨 기술 같은 게 아니라, 사실만 가지고 조목조목 이야기를 풀어가니 자연히 그럴 수밖에 없다.

지나가던 택시가 갑자기 멈춰 서더니 기사가 "반갑습니다!" 환하게 웃으며 차창 밖으로 손을 내밀어 악수를 청한다. 정말 반갑고 기뻐하는 모습이 마치 전부터 알던 사람을 만난 것 같다. 사람들이 심상정을 보고 반가워하는 모습은 좀 다르다. 박근혜는 세상 근심을 혼자 다 짊어진 것 같고, 나경원은 너무 잘나서 부담스러운 엄마 친구 딸 같고, 전여옥은 자칫 거슬리게 말했다간 무슨 시비 걸릴지 모르겠다 싶어 죄다 거리감이 있지만, 심상정은 잘났으되 거리감이 없는 독특한 캐릭터다. 아저씨들이 반가워하는 모습도 마치 우리 학교나 우리 고향 출신의 참 똑똑하고 바른 선배나 후배, 동창, 혹은 친구 동생이나 친구 누나를 볼 때 같은 자랑스러운 친근함이다. 그런 아저씨 하나가 비타민 음료 한 박스를 살짝 건네주었다. 심상정은 활짝 웃으며 손을 흔든다.

"음료수 잘 먹고 힘내겠습니다!"

이번에는 이동 유세를 할 차례다. 심상정과 선거운동원을 태운 유세 차량이 다시 움직이기 시작한다. 이동 유세니 차량도 느리게 가겠지 싶어서 어정어정 뛰어서 쫓아가는데 그 어설픈 꼴을 보고는 대번에 나를 향해 외친다.

"차 타고 와요, 차 타고! 뛰어서 못 따라와!"

아, 그걸 마이크에 대고 외치다니……

중심가를 한 바퀴 돈 유세 차량이 어느 번화한 교차로 한쪽에 멈춰 선다. 그곳에서 심상정은 임종인 후보, 권영길 의원과 함께 오늘 마지막 유세를 한다. 아침 나절에만 네 차례 유세다.

11:30 a.m. 서울로 이동

오전 선거운동 일정을 마치고 서울 서교동의 연구소(두 달 뒤인 12월 15일에 개소식을 가진 사단법인 '정치바로' 사무실이다)로 이동하기로 한다. 선거운동 기간 동안 특별히 지원된 승용차에 올라탄다. 심상정은 국회의원 시절에도 소형차를 타고 다녔지만, 의원직을 그만둔 뒤로는 대부분 대중교통을 이용한다. 한시도 그냥 보내지 않으니 출퇴근 시간에도 휴대폰으로 트위터를 관리한다든가 하지 않을까 싶었는데 답이 참 의외이면서도 '심상정 스타일'이다.

"특별히 따로 하는 건 없어요. 어디에 있든, 그 시간 그 공간에서 할 수 있는 것들을 온전히 누리는 게 좋아요. 그래서 지하철이나 버스 타고 가는 동안에도 곁에 앉은 사람들하고 이야기 나눠요. 그것도 거기서만 할 수 있으니까. 그렇게 무작위로 다양한 사람들 만나서 이야기 들을 수 있는 기회가 또 어디 있어요. 혹시 택시를 타더라도 뒷좌석 말고 꼭 조수석에 타서 기사분들하고 이야기하죠."

바로 지금, 여기에서 할 수 있는 것을 하겠다는 것이 그 '심상정 스타일'이다. 서울로 이동하는 지금, 여기 승용차 안에서, 심상정은 일단 좀

자야 한다. 요즘엔 매일 새벽에 귀가하고 있다고 하더니 살짝 눈을 감았다가 몇 초 만에 스르르 잠드는데, 자동차가 이리저리 흔들려도 끄덕 않는다. 쪽잠이라도 밀도가 무척 높다. 하지만 서교동에 들어서자 눈을 비비거나 졸음을 떨치거나 하는 모양새도 없이 언제 잤냐는 듯 벌떡 일어나는 모습이 신기하기 짝이 없다.

오후에는 사무실에서 헌법 세미나가 예정되어 있다.

"의원하면서 법을 참 모른다는 생각이 많이 들었어요. 정치를 하려면 헌법에 대해서도 많이 알아야 하는데, 그래서 당장 공부해야겠다 싶어서 모여서 공부하는 거죠."

서강대 법학전문대학원 임지봉 교수가 강의하니 선생도 학생도 모두 일류인 셈이다. 세미나까지 시간이 있어서 밥심을 보충하러 갔다.

12:30 p.m. 서교동 연구소 앞

사무실 맞은편 가까운 식당으로 가는 잠깐 사이에도 지나가던 사람들과 인사를 나눈다. 식당에 들어가 자리를 잡자 옆자리에 앉은 아가씨들이 젓가락질을 하다 말고 들뜬 목소리로 '안녕하세요' 하고 인사한다. 친구가 인사하니까 얼결에 같이 인사한 다른 아가씨가 '아, 텔레비전에서 봤는데, 봤는데……' 머리를 싸매는 걸 바라보는 심상정의 눈에 장난스러운 미소가 스친다.

"홍대 쪽에 연구소가 있으니까 참 좋은 것 같아요. 젊은 사람들 기운을 받으니까, 같이 젊어지는 것 같고. 음, 이거 맛있다. 양도 참 많이 주네. 얼른 먹어봐요. 아주 맛있네."

학창시절의 믿음직한 선배를 보는 것 같은 신뢰감은 심상정을 보는 사람들이 공통적으로 갖는 느낌인 듯하다. 비결은 '뻥카' 치지 않는 것이 아닐까? 민노당 시절 당내 대선 후보 경선에 나선 세 후보를 언급한 어느 기사에서 권영길은 대표성, 노회찬은 대중성, 심상정은 정확성으로 정의했다.

"꼭 팩트만 이야기하려고 노력해요. 의원 시절에도 몇 번이나 사실 근거를 확인한 다음에 이야기했고. 기자들이 정보를 달라고 많이 그랬어요. 확인 안 하고 바로 기사로 써도 된다는 거죠. 그런 게 신뢰를 쌓을 수 있었던 방법이었던 것 같아요."

점심 메뉴로 저렴하게 파는 낙지쌈밥을 깨끗이 비우고 밖으로 나왔는데 시간이 조금 남았다.

"커피 마실까요? 이 동네는 좋은 카페가 많아서 아무 데나 들어가도 될 거예요. 커피 참 좋아하는데 종류는 잘 모르고 무조건 블랙으로. 그냥 아메리카노 좋아해요."

마침 한산하고 비싸지 않은 카페가 눈에 띄었다. 무조건 블랙, 아메리카노를 주문한다. 커피가 나오자 눈을 감고 향을 맡은 다음 한 모금 마시는데 표정이 커피 광고에 나오는 사람보다 더 행복하다.

요즘 심상정이 남다른 사명감을 갖고 이야기하는 것은 교육이다. 정치인 심상정이기 이전에 엄마 심상정, 학부모 심상정이니까 자기 일이기도 한 것이다. 대안학교에 다니는 아들이 입시 문제를 고민할 때가 되었지만, 여느 엄마들이 들으면 기절할 소리를 턱턱 한다.

"아들이 무슨 과를 가야 할지 어떻게 해야 할지 묻는데, 네 인생이니 네가 옳다고 생각하는 대로 하라고 얘기해줬어요. 자기 인생은 자신이 주체가 되어 헤쳐 나가야죠."

하지만 여느 엄마 못지않게 눈동자가 반짝반짝 빛날 때도 있다.

"근데 아들이 학교에서 래퍼예요. 가사도 쓰고 노래도 하고. 내가 워낙 바쁘니까 얘가 뭘 하는지 잘 모르다가 학교에서 행사할 때 공연하는 걸 봤는데 정말 멋있더라고요. 내가 거의 매일 집에 늦게 들어가는데 어느 날 좀 일찍 들어간 적이 있었어요. 근데 아이 방에서 엄청나게 시끄러운 음악 소리가 들리는 거야. 너무 시끄러워. 도저히 이해가 안 가는 시끄러운 음악을 쾅쾅 틀어놓으니까 이런 생각이 다 들었어요. 아, 내가 바빠서 참 다행이다.(웃음) 집에 만날 있으면서 그걸 봤으면 시끄럽다고 뭐하는 거냐고 하면서, 아이가 하고 싶은 걸 못 하게 말렸을지도 모르는데 바빠서 못 본 게 참 다행이죠. 내가 하고 싶은 것을 하겠다, 내가 옳다고 생각하는 대로 하겠다, 내가 믿는 대로 하겠다, 이런 거. 나도 그런 마인드로 여기까지 왔는데 아이에게도 자신의 길은 자신이 찾고 결정하도록 해야죠."

입시를 앞둔 자식이 있다면 새벽부터 잠들 때까지 그림자처럼 수발을 들지 않으면 엄마들이 스스로 죄인처럼 느끼는 우리 사회에서 참 보기 드문 엄마다. 남들처럼 수발을 들지 않아서가 아니라 '믿어 주는 엄마'기 때문이다. 믿어 주는 엄마는 힘이 세다. 그 힘은 남들이 가지 않는 길을 선택하여 몸에 저절로 익힌 신뢰의 힘이다. 자기 자신을 믿기 때문에 자연스럽게 자식을 믿을 수 있다. 신뢰받는 것에 익숙한 아이는 그래서 특별해진다.

"내가 이렇게 해야겠다, 스스로 결정한 대로 행했기 때문에 아이에게도 아이의 길이 있다고 믿어요. 노동운동을 할 때도 룰이 꽉 짜인 기존 운동권에 낄 수 없던 비주류였기 때문에 오히려 더 활발한 활동을 할 수 있었어요. 구로동맹파업 같은 경우도 주류 운동권 이념의 틀에 맞춘 규칙? 질서? 그런 걸 몰랐기 때문에 스스로 결정하고 만들어 나갔다고 할까?

당시 대우어패럴에는 굳은 결심을 하고 들어간 거라 투쟁에만 집중했지만, 거기에 앞서 다니던 남성전기 때는 일은 힘들어도 재미있는 일도 참 많았어요. 점심시간에 레크리에이션도 하고 그랬거든요. 그때 점심 빨리 먹고 놀려고 후닥닥 뛰어가다가 미끄러져서 발목을 크게 다쳤는데 일하느라 치료할 시간이 있나, 치료도 제대로 못해서 아직까지 불편한데 어디 가서 호소할 수도 없고.(웃음) 대우어패럴 시절 같이 공장에 있던 친구들도 너무 좋았던 게, 사람들이 일체의 가식이 없어요. 전혀 없어. 작년에 나 출판기념회 할 때도 그 친구들이 행사장 한가운데 앉아 있었는데, 그걸 보니까 얼마나 반갑고 따뜻하던지. 아주 든든하고 좋았죠."

미소를 머금고 활달하게 이야기하는 심상정은 여전히 담대하지만, 아들 이야기를 할 때는 간혹 눈빛이 애잔해지기도 한다. 남성 투사는 단단한 철의 노동자이기만 하면 되지만 여성은 철의 노동자이면서 철의 엄마, 철의 주부 역할까지 요구받기 십상이다. 심상정도 그런 굴레를 거뜬히 뛰어넘은 것은 아니다.

"여자로 안 태어났으면 좋겠다, 그런 정도까지는 아닌데……. 그래도 머리털 나고 나서부터 그 문제랑 계속 싸우고 있다고 봐야죠. 남자라면 전혀 문제가 안 될 것들이 여자에게는 문제가 되는 경우가 너무 많아요. 남자면 그냥 그 이야기의 내용이나 안건만 보는데, 여자는 똑같은 이야기를 해도 말투나 태도, 이런 사소한 것까지 신경 쓰는 분위기가 아직도 있어요. 외모도 엄청 따지는 건 물론이고요."

요즘 홑꺼풀의 갸름한 눈이 인기인데, 커피를 마시는 옆얼굴을 자세히 보니 아가씨 때는 그런 모습이었겠다 싶다. 심상정 지인들의 말에 따르면 젊었을 때는 피부도 새하얗고 가냘픈 모습이었다는데 사실이라면 나름 김연아 스타일이었는지도 모른다. 그러고 보니 오전에 안산에서도 그렇고 거리에서도 아저씨들이 유독 애정에 가득 차 인사를 했다.

"아저씨들이야 원래 좋아들 하시죠.(웃음) 밤에 TV 토론 프로를 주로 아저씨들이 보니까 그런 거겠죠. 젊었을 때는 인기 좀 있었어요.(웃음)"

총선 때 적극적으로 아내의 선거운동에 나서서 화제가 되었던 부군은 새하얗고 가냘픈 운동권 퀸카를 붙잡을 만한 매력이 충천했을까?

"원래 과묵한 남자를 좋아했거든요. 말 없고, 진득하고, 그런 면이 좋았죠. 근데, 살아보니까(웃음) 말이 너무 없어! 손도 잘 안 잡으려고 하고, 데이트 할 때도 마냥 걷기만 하고.(웃음) 결혼식 할 때도 손을 빼려고 하더라니까! 국회의원 되니까 〈아침마당〉 이런 프로에서 의원들 부부동반으로 출연하라고 섭외가 들어온 적이 있어요. 그게 광고효과가 크거든요. 근데, 안 하시겠다고 해서, 어쩔 수 있나 좀 아깝긴 했지만 그냥 포기했죠.(웃음) 주변에 연애하는 아가씨들한테 조언할 때도 너를 잘 받쳐 주고 지지하고 응원해 줄 수 있는 사람이랑 결혼해라, 이런 이야기를 꼭 해줘요. 그렇게 보면 난 정말 결혼 잘한 것 같아.(웃음)"

장난스럽게 까르르 웃는 얼굴이 소녀 같다. 부럽다 싶은 마음이 들다가 역시 심상정이기 때문에, 기꺼이 받쳐 주고 지지하고 응원할 마음이 생긴 것일지도 모른다는 생각도 살짝 든다.

오늘 처음으로 그나마 의자에 앉아 좀 쉬었다. 이제 공부하러 갈 시간이다.

01:30 p.m. 서교동 사무실

헌법 세미나는 확실히 길다. 좀 전에 커피를 마셨는데도 저절로 눈이 감긴다. 한문이 잔뜩 섞인 프린트를 받아 들고 ㅁ자로 앉아 수업을 시작한다. 수업을 받는 심상정의 눈빛은 좀 전의 카페에서와 또 다르다. 한 마디도 놓치지 않을 듯한 날카로운 눈빛이다. 이 눈빛을 어디서 봤는지 기억난다. 토론회나 국정감사에 섰을 때의 바로 그 눈빛이었다. 분위기에 눌려 찌부러질 것 같아 슬며시 바깥에 나갔다가 세미나가 끝난 후 돌아오기로 한다.

04:20 p.m. 서교동 사무실

심상정은 컴퓨터를 켜고 인터넷에 접속한다. 연두색이 주를 이룬 심상정의 집무실은 잡다한 장식 없이 단출한 게 깔끔하고 예쁘다.

"그렇게 깔끔을 떠는 성격은 아니에요. 그냥 내 앞에 있는 건 치우는 정도? 원래는 정태인 선생하고 같이 쓰려고 했는데 자료를 늘어놓고 너무 어지러서 갈라섰죠.(웃음)"

야트막한 책장에는 팔레스타인 분쟁에 관한 책 등 국제 문제나 국내외 경제 문제를 다루는 책들이 빼곡하게 꽂혀 있다. 관심을 가져야겠다 결심하고 애써 찾아 읽어야 읽어지는 그런 책들이다. 가방 안에도 책이 한 권 있다. 도요시타 나라히코의 『일본의 전후 문화는 어떻게 만들어졌는가 : 히로히토와 맥아더』다.

"책을 많이 읽고 싶은데 도저히 시간이 안 나요. 책을 더 읽어야 하는데……."

모니터 화면에는 심상정의 트위터가 떠 있다.

"트위터도 자주 하진 못해요. 방금 '에세이스트 김현진 씨가 동행 취재를 하고 있습니다'라고 올렸어요."

저 별로 좋은 소리 못 듣고 다니는데, 악플 달리는 거 아니냐고 하자 눈을 동그랗게 뜬다.

"좀 달리면 어때? 들어야 할 말 이상으로 공격적인 악플은 그걸 단 사람 책임이에요."

이게 바로 팩트만 말해서 사람을 납득시키는 '심상정 스타일' 이다.

원래 예정되어 있던 다른 일정을 다 작파하고 갑자기 가야 할 곳이 생겼다. 슬픈 일이다. 용산참사 해결을 위해 단식기도 중이던 문규현 신부님이 쓰러지셨다는 소식이다. 마음은 급하지만 너무 바빠서 며칠 머리 감을 시간도 없었던 심상정은 가는 곳이 병원이다 보니 얼른 머리를 감고 가자면서 서두른다.

"이 동네에서 제일 싼 미용실 찾아냈어요. 거기 들러서 얼른 머리만 감고 가야겠어요."

친절한 언니들이 오랜만이시라며 반가워한다. 급하니까 머리만 얼른 감고 갈게요, 하고 샴푸는 바로 끝냈는데 거울 앞에서 시간이 자꾸

지체된다. 두 사람이나 붙어서 브러시와 드라이기로 한참 정성을 들여 주는데 뿌리치고 나올 수도 없고, 신경 안 써 주서도 된다고 손사래를 치는데 미소 띤 얼굴빛이 살짝 초조해진다. 벽에 붙은 가격표를 보니 홍대 앞답지 않게 꽤 저렴하다. 그중에서도 제일 싼 머리 감는 값만 냈는데도 언니들의 정성 덕에 머리 스타일이 꽤나 '엘레강스' 해졌다. 하지만 여의도 성모병원으로 가는 택시 안에서 룸미러에 비친 심상정의 표정은 좀 곤란해 보인다. 드라이로 살린 볼륨을 꾹꾹 손으로 열심히 눌러 없애 보려고 한다.

"뭔가 인위적인 느낌은 싫어요. 친절하게 해 주시는데 막 뿌리칠 수도 없고. 단골 소리 들을 만큼 자주 가진 않았는데 홍대 쪽 미용실들이 너무 비싸서 내가 열심히 발품을 팔아서 찾아냈죠. 메이크업 받고 치장하고 그런 건 좀 별로예요. 그래서 지금까지 다 직접 했어요."

살짝 곁눈질로 봐도 피부 자체가 참 곱다.

05:15 p.m. 여의도 성모병원

택시가 여의도 성모병원에 들어선다. 병원으로 향하는 내내 휴대폰이 쉴 틈 없이 연달아 울렸다. 재보선 야권 후보 단일화 협상 때문에 오늘은 계속 대기 상태로 있어야 할 것 같다.

보호자 대기실에 문정현 신부님과 명진 스님, 박정기 선생님을 비롯한 민가협 식구분들, 수녀님들이 어두운 얼굴로 앉아 계시다가 심상정이 들어서자 누구라고 먼저 할 것 없이 손을 잡는다. 문규현 신부님은 아직 의식이 돌아오지 않고 있었다. 중환자실 앞에서 좀 기다려 보던 심상정은 다시 대기실로 내려온다.

뇌사 위험이 있다는 이야기에 심상정은 깊은 한숨을 쉬고, 명진 스님은 언제까지 종교인들이 이렇게 밥을 굶어야 하느냐며 씁쓸하게 웃는다. 2009년을 내내 아스팔트 위에서 보낸 탓에 얼굴이 새카맣게 탄

문정현 신부님은 왜 국회의원들이 용산참사를 끝까지 물고 늘어지지 않느냐며 분통을 터뜨린다. 그것을 끝까지 물고 늘어지면 현 정부의 친서민정책이 얼마나 허황된 것인지 밝혀낼 길인데, 하고 문정현 신부님이 한숨을 쉬자 심상정은 고개를 끄덕인다. 몇 사람이 문득 선거 잘 되고 있냐고 묻는다. 심상정은 많이 어렵지만 꼭 해내야지요, 하고 시원하게 대답한다. 민가협 어머님들이 씩씩하게 일하라고 손을 꼭 잡는다. 자리를 지키다가 마냥 기다려도 문병이 어려울 것 같아 다시 사무실 쪽으로 돌아가기로 한다.

사무실로 향하는 택시 안에서도 계속 휴대폰이 울린다. 여기저기 전화를 걸고 문자에 대답하는데, 보험이나 방문 판매의 여왕도 심상정보다는 덜 분주할 것 같다.

"집에서 맛있는 거 해 먹고, 텔레비전 켜 놓고 드라마 보면서 뒹구는 게 평생 소원이라고 늘 이야기는 하는데, 막상 그렇게 살면 내가 또 못 견딜지도 모르죠.(웃음)"

06:30 p.m. 서교동 사무실 앞

지금 밥을 먹어 두지 않으면 끼니 때를 놓칠 것이다. 저녁에 또 세미나가 있다. 이번에는 경제 공부다. '금융세계화와 한국경제의 진로'라는 주제로 국회예산정책처의 조영철 박사의 강의와 토론이 예정되어 있다. 낮에도 어려운 헌법 공부했는데 저녁에도 또 공부라니 어지간히 공부 좋아하는 사람이다.

"공부를 좋아하긴, 아니에요. 어떻게든 책을 읽어야 되는데 시간이 안 되니까 책도 못 읽고 그래서, 기회 있을 때 참여해야 어떻게든 배울 수 있죠. 원래는 다른 일정이 있었는데 병원 다녀오느라 그 일정은 갈 수 없고, 남은 시간이 생겼으니 잘 됐어요. 오늘 세미나 주제도 관심 있는 분야라 질문할 것도 많고."

공부 안 좋아하는지는 모르겠지만, 공부 열심히 하는 건 분명하다.

백반집에서 청국장으로 간단히 식사를 마친다. 다른 테이블에서 식사하던 아저씨들이 반갑게 인사하고 친근하게 세상 사는 이야기를 한다. 마침 그중 한 사람은 덕양구에 살고 있다. 저번 선거 때 너무 아까웠습니다, 하자 심상정은 그럼 다음에 꼭 좀 도와주세요, 하면서 활짝 웃는다. 악수를 하던 아저씨는 얼굴이 살짝 발그레해진다. 그럴 수밖에, 누가 저 시원시원한 웃음에 저항할 수 있겠는가.

07:10 p.m. 서교동 사무실

이른 아침부터 계속 이어지는 일정과 이동, 저녁식사 후의 식곤증까지 겹쳐 세미나 졸음을 참느라 힘들어 한다. 이건 내 이야기다. 심상정 이야기가 아니다.

어지간한 사람이라면 지칠 만도 한데 강의에 이어 토론시간에도 심상정의 눈빛은 여전히 반짝거리고 있다. 한국에서 자영업자가 차지하는 비율이라든가 그 특수성, 고용보험과의 관계와 노동조합의 쟁점 등에 대한 질문을 연달아 쏟아내면서도 성에 차지 않는 대답은 끝까지 캐묻는다. 시간이 길어지자 정태인 교수가 웃으며 중단시켜서 겨우 세미나를 마친다. 심상정은 속 시원하다는 얼굴은 아니다. 그렇지만 벌써 열한 시가 넘었다.

11:10 p.m. 서교동 사무실

같이 공부하던 사람들은 세미나에서 다룬 주제에 대해 더 이야기를 할 겸 뒤풀이 겸 맥주나 한잔 하고 헤어지기로 하는데, 심상정의 휴대폰은 계속 울린다.

"자, 오늘은 그만 퇴근하도록 해요."

일정 시작부터 끝까지 취재해야 하는데 아직 일 안 끝난 거 아니냐고

물었다.

"오늘 언제 끝날지 몰라요. 그래도 공식 일정은 여기서 끝났으니까.(웃음)"

한참 울린 휴대폰을 받는다.

"응, 나야. 아까 이야기했던 일 말인데…….."

뭔가 의논하는 소리가 들린다. 아침과 전혀 다르지 않은 활기찬 목소리다. 곁에 붙어서 따라다니는 것만으로도 이쪽은 진이 빠지건만 저 사람 어딘가에 자동으로 충전해서 쓸 수 있는 USB 잭이라든가 태양열 충전지 같은 게 달려 있는 건 아닌가, 하는 실없는 의심이 들 정도다. 공식 일정은 끝나도 심상정의 하루는 언제 끝날지 모른다. 아마 내일도, 모레도 그럴 것이다. 심상정은 지금까지 매일을 그렇게 달려왔으니까.

초승달이 환하다.

* * *

10.28 재보궐 선거에서 임종인 후보는 패배했다. 문규현 신부님은 이틀 후 겨우 의식을 차렸고, 몸을 일으킬 수 있게 되자 다시 용산으로 향했다. 심상정은, 여전히 몹시 바쁘다.

한결같은 노동운동 25년과 9년간의 전설적인 수배 생활을 거친 투사, 금속노조에서 단련된 '철의 노동자', 정확하고 소신 있는 발언으로 유명한 정치인. 간접적으로 전해 들었던 심상정의 모습은 일종의 우상이었던 건지도 모른다. 하루 종일 따라다니면서 어깨너머로 심상정을 보니 이 사람이 그동안 어떻게 싸웠는지 아주 어렴풋이 알 것 같았다.

바로 지금, 바로 여기.

'지금'과 '여기'를 빼고 그를 이야기할 수는 없다. 그렇게 오늘 싸움을 오늘 싸우는 사람, 어디에 있든 그 순간을 불타듯 충실히 사는 사람. 그 순간순간 속에 냇가에서 뛰어다니면서 열심히 개구리를 잡던 꼬마 소녀도 있고 기타를 퉁기던 조용한 여중생과 야구에 흠뻑 빠져 목청 높여 고교야구를 응원하던 여고생도 있다. 하이힐에서 운동화로 갈아 신고 시위 현장을 달리던 하얗고 예쁜 여대생은 미싱을 다루는 철의 노동자가 되지만, 그 '철의 노동자'는 디스코에 맞춰 잘 놀기도 하고, 얼른 밥 먹어치우고 휴식시간에 좀 더 놀려고 뛰어가다 다친 발목 때문에 오늘까지 골치를 앓는다. 시위를 하던 때나 미싱을 다룰 때나 밥 먹으러 뛰어갈 때나 공장 관광버스 안에서 노래 부를 때나 그 모습들이 다 오늘 본 모습과 다르지 않을 것이다. 밥 먹을 때 열심히 먹고, 쪽잠 잘 시간 있으면 열심히 자고, 공부할 때 열심히 공부하고, 연애할 때 열심히 연애하고, 수배당하면 열심히 도망 다닌다.

새벽에도 벌떡 일어나 연행된 동지에게 발 벗고 달려가고 버스나 지하철에서 옆사람의 이야기에 푹 빠져드는 심상정을 투사라고 부를 때,

그것은 싸움터에 나가서 칼로 상대를 위협하는 사람을 말하는 것이 아니다. 지금 내가 살아가는 이 순간 딴짓하지 않고 부지런히 싸우고 또 싸우는 사람, 그렇게 쉼 없이 오늘도 싸우는 사람. 지나가는 사람과 스치는 일 하나하나에 일일이 경쾌하게 웃고 울고 싸우는 이 용감한 언니를, 이 씩씩한 디바를, 이 부드러우면서 강한 파이터를 어찌 사랑하지 않을 수 있을까. 그의 이 바쁜 하루를 어떻게 응원하지 않을 수 있을까.

김현진

에세이스트. 지은 책으로 『누구의 연인도 되지 마라』 『그래도 언니는 간다』 『당신의 스무 살을 사랑하라』 『불량소녀백서』 『네 멋대로 해라』 외 다수 있다.

기선, 심상정을 만나다

순도100% 사심카툰

허 기선

#1. 첫인상

주위반응1. 열광적 지지

주위반응 2.
막연한 선망

주위반응 3. 두려움 & 경계

주위반응4. 지지하진 않지만 인정은 함.

뭐. 손석히 정치인으로서 좀 훌륭긴 하지. 테크니션이랄까.. 선수랄까.

국내에 그런 사람이 몇 없기는 해.. 그렇다고 지지하는건 아니고.

실제 심상정대표는 어떤 사람일까?

아이돌 심상정? OR 심다르크?

똑똑 합니다♥

헛소리 쥐 집어치우 시죠

두근 두근

꺄♥ 왜리 두근거려!

늦어서 죄송합니다~

#2. 심상정 로봇의 혹

심상정대표의 만화를
그리기 위해
책과 동영상을 찾아보고
주위 사람들의 의견도 들어봤다

대체로 심상정대표는...

1. 똑똑하고 말잘한다.

2. 현명하다.

3. 카리스마 넘친다.

4. 강하지만 여성스럽다.

5. 그러면서 권위적이지 않다.

6. 정확하다.

7. 리더십과 조직력이 뛰어나다.

8. 믿음직하다.

9. 완전 뛰어나다.

10. 최고다. 선수다.

11. 대통령 해야된다

  등등....

그래서 내린 결론.

철의 여인이라는
별명도 있고 ...

#3. 선생님의 꿈

중학생때,
컨닝을 하다가
선생님과
눈이 마주친적이 있다

선생님은 아무말 없이
나를 노려보셨다.
화가 많이 나신것
같았다.

당시 나는 공부 잘하는
모범생이라, 컨닝한게 들키면
끝장이였다.

눈 앞이 캄캄하고
식은땀이 흘렀다.

시험시간이 끝날때까지,
선생님은 나를 쳐다보시기만
하더니 그냥 나가셨다.
날 혼낼 생각이 없으신것
같아서 정말 안심했다.
그런데 선생님은 교실을
나가면서 혼잣말을 하셨다.

아는대로만 쓰면
되는 건데.. 왜 없는걸
훔치려고 할까?

난 너무 부끄러워서
울었다.

왜 친구와
경쟁을 해야하죠?
경쟁은 남하고 하는것이
아니라 자기자신과
해야되는 거죠.
상대편과를 없애는게
가장 서글퍼요.

아이들이
자기가 하고있는 일
에 집중하는 게 아니라
남이 얼마나 잘하느냐
못하느냐에만 관심을
갖는데.. 이런 감정을
일상적으로 겪다보니
자연스러운 일로
여기는 거죠

이런게 자유로운 삶을
방해하는 요인이라는 점을
알아야되요.

자유로운 삶...

심상정대표는 원래
선생님이 되고 싶으셨다고 했다.

정치를 안 하셨다면,
심상정대표는 분명히
아주 멋진 선생님이 되셨을거라고
생각한다.

#4. 국회의원과 나

몇년전,
약속시간이 다되어 급히 걷는데
누군가가 길을 막았다

그렇게 실랑이를 하고있자,
몇분뒤에 검은 세단이 두대 지나갔다.

덕분에 난
약속에 늦었다.

너무 억울해서 수소문해보니,
그건 유명한 국회의원의 차량이었다.

젠장...
타이어 펑크나
나라!!

그날이후,
나에게 있어
국회의원의
이미지는

검은 세단의
뒷모습이었다.

그런데..

심상정에 대한 단상

단 호

#5. 프로페셔널

심대표가 강연을 한다기에
들으러 갔다.

강연주제는...

두 둥...
한국의 교육혁명을
제안하다
교.. 교육정책

나로 말할 것 같으면
저녁 계획도 커녕
결혼계획도 오원한
답없은 노처녀인데다

학기종업한지도
어언 십수년이나 지났다
그런 나에게
교육정책이 왠 말이냐며..

강의실에 도착하자마자
바로 강연을 시작하신
심상정대표.

2시간 내내
쉬는 시간도 없이
계속 선 채로
열강 모드.

그런데,
이 무슨 조화인지

졸리기는
커녕
두눈이
말똥말똥...

머리가 맑아지고
가슴이 뛴다

교육문제는 남일이 아니라 **내 인생**의 문제이며
우리나라의 교육현실은 나에게
지나가버린 과거가 아니라
당장 내 삶을 이루고 있는 근간이며
앞으로 살아갈 날들에도 영향을 끼칠
현실의 문제라는 것,

이건 당신 하나의 **개인적인** 문제가 아니라
우리 **모두**의 문제이다.
자네가 처한 **현실**에 관심을 기울이는게
바로 **정치**다.

·· 라고

나에게
말하는 것
같았다.

무지몽매한 내가
이렇게 정신이 번쩍 들다니...

질문 하나만
더 받을게요

프로다... 이 사람은 프로페셔널이야.
이런 사람이 바로 정치인이구나.

살다보면 가끔씩,
옆에 있는 것만으로도
에너지가 충전되는 듯한
느낌을 주는 사람이 있다.

매 순간을 흡수할 듯이
리얼을 다하는 사람에게서
에너지가 뿜어져 나온다.

. . . .
반했다 ♥♥

그건 소모적인 집중과는
차원이 다른 것이었다.

프로페셔널
정치인이라는건
이런 사람을
말하는 거구나,

라는 생각이
다시 들었다.

강연 내용이 좋았다는 건
말할 것도 없고...

그러고 보니,
친구들 중에 자식 교육문제로
고민하는 애들이 몇명 있었는데.

다음엔
같이 들려
와야지.

기선

만화작가. 『게임방 손님과 어머니』 『품위생활백과』 『플리즈, 플리즈 미』 『오늘의 커피』
외 다수의 작품이 있다. 2009 대한민국 만화대상에서 문화부장관상을 받았다.

금배지 여러분, 공부 좀 하시죠

― 오지혜 (배우, 방송인)

많이들 아는 사실이지만 그녀는 국회의원으로서 상복이 장난 아니게 많았다. 평생 범생이로 살아온 사람이니 그녀를 아는 사람이라면 놀랄 일도 아니겠지만 말이다. 중복되는 걸 피하고서라도 상 받은 걸 나열해 본다면 의정활동 우수의원, 입법정책개발 최우수의원, 거짓말 안 하는 의원, 국정감사 우수의원, 국회도서관 이용 우수상 등등이다. 한마디로 '제대로' 하는 국회의원이었던 것이다. 우리나라에 석유만큼 귀한 것이 괜찮은 남자라는 말이 있는데, 거기다 하나 더 보태야 할 게 이 '제대로 하는 국회의원'이 아닌가 싶다. 그러니 그녀는 우리나라에서 석유만큼 귀하디귀한 존재인 것이다.

이 많은 수상 내역들 中 가장 내 맘에 드는 건 국회도서관을 제일 많이 이용한 국회의원에게 주는 상을 받았다는 내용이다. 다른 건 다 어찌 보면 주관적 해석이 가능한 것들이지만 이 상은 기록이 남는 일이므로 그야말로 '팩트' 그 자체만을 가지고 주는 상이기 때문이다. 청문회 따위를 할 때 질의의 대상이 되는 인물이 어느 부처이든 간에 막힘없이 구체적인 질문을 하고 정확한 자료들과 문제점을 들이밀어 꼼짝 못하게 할 수 있었던 건 그녀의 진정성만으로는 불가능했다. 너무도 당연한 것이지만 실제로 그렇게 하는 국회의원이 거의 없다보니 신선한 충격이지 싶은 그녀의 행동, 바로 '공부'가 그녀를 그렇게 만든 것이다. 그러니 이 상은 다른 모든 상들의 추진력이 된 셈이다.

문제가 되는 사안을 공부하고 고민하여 대안을 내놓은 국회의원. 물론 이런 국회의원이 심상정 하나뿐이었단 말은 아니지만 어쨌든 이 당연하고도 당연한 것이 화제가 되는 우리 사회는 아직 성인이 됐다고 하기엔 미비한, 덜 자란 사회임이 틀림없다.

어떤 '천기누설'

이와 관련된 에피소드가 생각난다. 그녀가 국회의원이던 7년 전, 난 오랜만에 대학로에서 연극을 공연할 때였다. 그녀는 미리 연락도 안 하고 보좌진 한 명과 내 공연을 보러 왔었다. 공연이 끝나고 맥주 한잔하자는 그녀의 제의에 흔쾌히 응하고 공연장 근처의 아주 낡고 작고 조용한 맥주집에 간 적이 있다. 공연장이나 영화시사회장에는 가끔 정치인들이 오는 경우가 있다. 개인적으로 정말 영화나 연극을 보러 오는 정치인은 거의 없었던 건 물론이다. (노무현 전 대통령이 그렇게 했다고 이야기는 들었지만 내가 관여한 작업에는 불행히도 그런 멋있는 정치인이 없었다.) 그리고 그럴 때마다 어김없이 출연진들은 제작자의 부탁에 의해 정치인들이 생색 내기 위해 베푸는 식사자리에 억지로 가야 했고 그들과 사진을 찍어야 했다. 난 한 번도 그런 자리에 가지 않았다. 그런데 심상정, 그녀의 방문은 정치인이 내 공연에 왔다기보다는 마치 학교

선배가 찾아준 것처럼 순수한 관객의 입장이라는 게 느껴졌다. 그만큼 유명하거나 화려한 정치인이 아니었으니까 그랬을 거라고? 모르시는 말씀. '듣보잡'인 정치인일수록 자기를 나타내려고 극장처럼 사람 많은 곳에 오면 민망할 정도로 설치고 나대는 법이다.

공연에 대한 이야기도 하고 아줌마들끼리 아이에 대한 이야기도 하는 평범한 수다를 나누던 중 노동운동가로서는 베테랑이었지만 정치인으로서는 신인이었던 그녀의 국회입성기도 들었다. 그중에 기억에 남는 이야기는 이렇다.

국회의원이 생각보다 할 일이 많아서 긴장이 되더라. 게다가 무슨 회의들이 그리 많은지 회의라면 잔뼈가 굵은 자신도 놀랄 지경이었다. 그래서 그 많은 회의를 준비하고 일정을 소화하느라 도서관에서 살다시피하며 공부를 하고, 국회 안을 온갖 산더미 같은 자료를 들고 다녀야했다. 데모하느라 못한 대학공부를 어른 돼서 이제야 하는구나 싶을 정도였단다. 그런데 어느 날, 한 선배 국회의원이(어느 당인지는 상상에 맡긴다) 밥을 먹자고 하기에 자료 찾고 공부해야 해서 어렵겠다고 했더니 그 의원 왈, "아이구, 심 의원. 그런 건 보좌진 시켜야지. 그걸 여태 직접하셨나? 우린 그런 거 안 해도 돼요. 우린 보좌진들이 공부해 온 자료들의 결과만 보면 돼. 순진하기는……" 하면서 클클클 웃더란다. 그 얘길 내게 하면서, 그래서 대정부 질문들이 그렇게 허술할 수밖에 없었구나 생각하니 허탈하더라고 한다.

자신의 성실함을 자랑하고 다른 의원을 깎아내리려고 한 말이 아니었음은 당연하다. 정말 스무 살 새내기처럼 순진한 표정이었던 그녀의 얼굴을 봤기 때문이다. 그녀는 정말 놀랐던 거다. '아니, 그럼 여태 직접 공부를 안 했다는 거야? 그럴 수가……'였던 것이다. 그리고 국민의 고충을 들여다보고 국민의 입이 되어 주어야 하는 국회의원들의 업무태만의 현주소를, 말하자면 자기 동네 업자들의 한심한 영업실태를 국민인 내게 천기누설한 거였다.

내가 이렇게, 정치인으로서 그녀의 수많은 장점들을 다 생략하고 공부 성실히 하는 것만 장황하게 이야기 하는 이유는 이렇다. 금배지를 달고서도, 아니, 달았기 때문에 더더욱 국민들의 삶에 대해 구체적으로 파악하려고 애쓰고, 전문가들의 비리를 파헤치기 위해 전문가만큼 알아야 한다고 믿고 그렇게 행동하는 그녀의 범생이스러운 국회의원질(?)의 본질은 바로 겸손함에서 나오기 때문이라는 걸 믿기 때문이다. 사람은 근본이 교만한 존재인지라 나이를 먹을수록, 많이 배울수록, 특히나 높은 자리에 오를수록 남에게 무언가를 새롭게 배우는 일은 절대로 하지 않게 되는 법이다. 자기가 젊은 시절 공부 좀 한 것만을 가지고 남에게 강요하고 그것만 옳다고 고집을 피우면 피웠지, 당최 '공부' 라는 건 하질 않게 되는 것이다. 공부를, 특히 지금 자기가 사는 세상과 자기와 관계를 맺고 살고 있는 동시대 사람들에 대한 공부를 게을리하는 순간, 소위 우리가 말하는 '꼴통 꼰대' 가 되기 시작하는 것이다. 수많은 높으신 분들을 우리가 존경은커녕 그들이 하는 말을 귀담아 들으려고조차 하지 않는 이유는 그들이 더 이상 공부를 하지 않기 때문이다.

그런 이유로 나는 그녀가 그렇게 '높으신 분' 이 되고도 끊임없이 공부를 게을리하지 않는 것, 이것 하나만으로도 국민의 한 사람으로서 세금 낼 기분이 나는 것이고, 그녀가 다른 정치인들처럼 나대고 설치지 않아도, 악수 한 번 더하려고 기를 쓰고 돌아다니지 않아도 저절로 그녀를 존경하는 정치인이라고 말할 수 있는 것이다.

민주노동당의 당원이었던 나는 그녀가 노회찬 전 의원과 함께 민주노동당을 나왔을 때 따라 나왔다. 안 그래도 그 전부터 통일에 대한 생각이나 북한에 대한 생각이 당과는 차이가 있음을 알고 좀 불편했던 터였기 때문이다. 힘을 합쳐도 될까말까한 상황에서 분당을 결심한다는 것은 나 같은 날라리 당원이 아닌 진짜배기 당원들로선 생살을 째는 아품이었을 것이다. 총대를 메고 마음고생을 심하게 하고 있는 그녀를 보면서 평범한 당원의 한 사람으로서 나 또한 맘이 많이 안 좋았다. 그러던 중 한 영화 시사회에서 그녀가 가족과 함께 왔기에 반갑게 인사를 나누었다. 많이 초췌해 보였지만 "저도 심 선생님 따라 나가려고요"라는 내 말에 씩씩하게 "예, 이 심상정이를 믿고 따라오십시오"라면서 환하게 웃는 그녀를 보고 안심을 했던 기억이 난다.

'따라' 나왔다고는 하지만 그렇다고 진보신당에 가입을 하지는 않았다. 물론 진보신당을 지지하긴 하지만 입당을 하지는 않기로 했다. 난 정말 국민의 한 사람으로서 당원이 된 거였는데, 주위 사람들에게 내 의도와 생각은 별로 중요한 게 아니었다. 그들에게는 어떻게 보이는가만이 중요하다는 사실을 간과했던 것 같다. 친한 친구마저도 나에게 정치를 하려는 거냐고 묻는 순간 아, 우리나란 아직 멀었구나, 배우가 정당 활동을 하는 것이 자연스러운 일이 되길 바라는 건 아직 무리구나 싶었기 때문이다. 그렇기 때문에 사실, 이런 글을 쓰는 것도 개인적으론 부담이 되는 게 솔직한 심정이다.

어떤 '행복한 상상'

그럼에도 불구하고 원고 청탁을 수락한 이유는 지난 총선 때 도와달라는 그녀의 부탁을 들어주지 못한 것이 내내 마음의 짐처럼 남아 있었기 때문이다. 그 '짐'이 개인적인 미안함이 아님을 분명히 밝힌다. 난 그녀와 친한 사이가 아니다. 실은 이런 글을 쓸 정도의 친분도 없다. 그러니 개인적으로 미안할 일은 전혀 없다. 다만 내가 원하는 세상, 우리 아이가 학벌 신경 쓰지 않고 자유롭게 진리를 추구할 수 있는 세상, 고칠 수 있는 병인데 돈이 없어 죽는 아이가 없는 세상, 열심히 일을 하면

일한 만큼은 돈을 벌 수 있는 세상을 위해 내 작은 달란트를 바치는 건 영광이라고 말했는데, 그런 세상이 오는 데 꼭 필요한 사람인 그녀가 다시 국회로 들어가는 일을 돕지 못한 것이 문화지식인으로서 미안했을 뿐이다.

최근에 그녀를 본 건 김규항 씨가 대표로 있는 어린이 잡지『고래가 그랬어』의 후원회에서였다. 그 넓은 호프집이 발 디딜 틈도 없이 사람들로 꽉 차 있었고, 답답하고 우울한 시절에 우리끼리라도 즐겁자고 작정을 하고 온 사람인 양 축제 분위기였다. 그런 자리라면 으레 유명인들의 축사가 있기 마련이지만 그런 권위적인 분위기를 끔찍이 싫어하는 김규항 씨 덕에 다행히도 지루한 축사 시간은 없었다. 그래도 국회에 들어가 있는 현직 국회의원은 아니니까 심상정 씨 정도는 인사를 시킬 줄 알았는데 끝내 그녀의 이름은 호명되지 않았다. 되레 나 같은 딴따라는 앞에 나가 후원약정서에 사인하라고 독촉하는 일명 '앵벌이'를 하느라 왔다갔다했지만, 수많은 인파 속에 조용히 그러나 즐겁게 맥주를 마시고 있는 그녀를 보면서 나는 왠지 쓸쓸함을 느꼈다.

우린 눈이 마주치자 누가 먼저랄 것도 없이 합석을 하고 근황을 주고받았다. 건강을 물으면서 "선생님, 건강하셔야 해요. 이 싸움 오래 갈 거 같으니까 일단 살아남아 보자고요"라는 나의 농담에 "생각보다 오래 갈 것 같아요"라며 대답하는 그녀의 얼굴은 그녀답지 않게 지쳐 보였다. '씩씩'과 '당당'이 트레이드마크인 그녀가 그런 모습을 보이다니. 이 정부가 사람 지치게 하는 데에는 정말 재주가 있는 거 같았다.

하지만 난 그녀가 다시 힘을 내고 있을 거라고 믿는다. 울면 지는 거다. 그 자리에는 정치인으로 온 것이 아니라 시민의 한 사람으로서 온 것이기에 오히려 인간적으로 솔직한 모습을 보이는 그녀가 내 눈엔 더 섹시해 보였다. 앞서 나온 그녀의 책 제목처럼 그녀가 당당한 아름다움을 가질 수 있는 건, 그녀의 그러한 진솔함이 언제 어디서에도 힘을 잃지 않기 때문이라고 믿는다.

참, 그 책에 아들 우균이가 초등학교 때 그녀에게 쓴 카드 이야기가 생각난다. 아들이 나중에 자기가 어른이 돼서 좋은 집을 사 드리겠으니 그때까지 살아계시라고 썼던데, 그 감동적인 장면을 보기 위해서라도 나도 뉴스 볼 때마다 열 받지 말고 꾹 참으면서 오래 살아야겠다. 나는 예전에 야물딱지게 대정부 질문을 하는 그녀의 모습을 보면서 그녀가 대통령이 되는 상상을 한 적이 있다. 대통령이 된 그녀가 어느 날, 선글라스에 모자를 눌러 쓰고 보좌관 한 명만 데리고 내 공연을 보러 와서 공연 끝나고 골목 호프집에서 맥주 한잔을 하며, 정치 이야기는 쏙 빼고 남편들 흉이나 연극 이야기만 하다가 헤어지는 상상을 해 봤다. 행복한 상상이었다.

난 그녀가 성공하는 정치인이 되리라고 믿는다. 지금까지 한 것처럼, 끝까지 겸손한 자세로 세상 공부와 사람 공부를 한다면 사람들은 그런 정치인의 말을 귀 기울여 듣게 될 테니까.

오지혜

배우, 방송인. 〈와이키키 브라더스〉 〈초록물고기〉 〈8월의 크리스마스〉 〈잘자요 엄마〉 외 다수의 작품에 출현했다.

"너, 심상정하고 연애하지?"

— 이광호 (레디앙미디어 대표)

　　지금으로부터 20여 년 전, 30대 초반이었던 나는 한 여인과 사랑에
빠져 있었다. 연애는 비밀리에 진도가 나가는 중이었다. 나는 당시 한
주간신문사 노조위원장을 하면서 서노협(서울지역노동조합협의회), 전
노협의 전신이던 전국회의(지역업종별 노동조합 전국회의)에 발을 걸
치고 있었다. 연애가 비밀이었던 것은 상대가 서노협에서 일을 하고 있
던 이였기 때문이다. 하지만 꼬리가 길면 잡히는 법. 우리의 몰래 데이
트 현장이 A선배에게 발각됐다. 감사한 건 그 목격자가 자신의 목격담
을 두루 발설하고 다닌 흔적이 없었다는 점이다.

　　보안 유지에 대한 안도감이 혹시 모를 '소문'에 대한 걱정을 사라지
게 할 만큼 시간이 흐른 무렵, 어느 날 B선배가 나에게 다가와 빙그레
웃으면서 넌지시 말을 걸어왔다. 마치 '모든 걸 다 알고 있다'는 표정을
지으면서 그가 하는 말. "요즘 연애하지?" '어이쿠, 드디어 걸렸구나'
생각하면서 가슴이 철렁 내려앉은 나를 향해 그 선배의 말이 이어졌다.

"누군지 맞혀 볼까?" 시침을 뗄 것인가, 이실직고할 것인가, 우물쭈물하고 있던 내게 B선배가 던진 한 마디는 나를 정말 놀라게 만들었다. "심상정이지?" 심상정은 당시 전국회의 일을 했다.

순간, 빛의 속도로 몇 가지 생각이 머리를 스쳐 지나갔다. 오케이, B선배는 '사건의 전모'를 모르고 있는 게 틀림없다, 일단 다행이다, A선배는 참을 수 없어 '연애 소식'까지는 전달했지만, 내 옆에 있던 여인의 신상에 대한 구체적 정보는 '함구'했구나! (고맙기도 하지!) 그리고 약간의 여유를 찾은 후에는 'B선배는 내가 심상정이 좋아할 스타일이 아니라는 걸 전혀 모르는구나' 등등의 생각들이 휙휙 지나갔다.

심상정은 나처럼 비교적 술을 좋아하고, 그로 인해 간간이 불성실한 태도를 보이고, 술이 깨고 나면 후회할 짓도 종종 저지르는 인간을 잘 '쳐주지' 않는다. 그러니 좋아할 리도 없다. 연애 대상 리스트에 오를 일은 더욱 없다. 그런 나에게 B선배의 '둔감한 넘겨짚기'는 고맙고도 재미있는 추억으로 기억되고 있다. (하지만 내게도 장점이 아주 없는 것은 아니어서, 그때 그 연인과 지금까지 잘 살고 있다, 고 나는 믿고 있다.)

심상정에 대한 '단상'을 재미있게 써 달라는 출판사의 기획의도에 깊이 고민을 하지 않고 수락한 것부터가 나의 큰 실수였다. 그의 인간적인 면모, 체취, 이러저러한 개인적 에피소드 등에 대한 맛깔스런 글을 통해 그의 진면목을 보여주는 글을 편집자는 기대하고 있을 터, 사실 이것보다 더 어려운 과제는 없다. 심상정에 관한 한 특히 그렇다. 만약에 그의 금속노조 시절의 활약이나, 국회의원 시절의 눈부신 성취, 또는 그가 쏟아낸 각종 정책 등에 대해서 언급하라면 할 말이 많다. 왜냐하면 그 방면에 그가 남긴 흔적들은 '문서와 책자'로 돼서 넘쳐흐르기 때문이다. 하지만 많은 공인들이 그렇긴 하겠지만, 그는 '사적인 생활'을 영위하는 시간 자체가 매우 제한돼 있을 뿐 아니라 예컨대, 가족들끼리 모여 가볍게 식사를 하는 지극히 '사적' 인 자리에서도 오가는 대화는 거의 대부분이 공적인 것들이다. (그의 집과 우리 집은 오랜 동안 비교적 가까운 거리에 있어서, 가끔 두 집 가족들이 모여 식사를 하고는 했다.) 간혹 예외가 있다면, 2010년에 고등학교 2학년이 되는 그의 외아들, 이우균에 대해 이야기할 때다. 하지만 이런 종류의 이야기도 상당 부분은 이내 공교육, 사교육의 문제점, 정책적 대안, 뭐 이런 '재미없는' 이야기로 모아진다. 그러니 이 글이 이미 20여 년 전에 발생한 아주 사적인 일(당사자는 아직도 모르고 있다)을 들먹이며 시작할 수밖에 없었던 필자의 고민을 독자들께서 이해해 주시면 대단히 고맙겠다.

'단상' 은 전모가 아닐진대, 몇 가지 에피소드를 통해 그의 '전모' 를 미루어 짐작할 수 있을 만한 내 기억의 편린들을 독자들과 공유하고자 한다.

"심상정을 사랑할 거 같아"

'숙명의 라이벌.'

표현은 진부하기 그지없지만, 이 구절만큼 심상정과 노회찬 사이를 잘 표현해 주는 것도 없다는 생각이다. 지금이야 진보신당을 받치는 두 기둥이자, 서로에게 힘이 돼 주는 리더들이다. 물론 그럼에도 여전히 라이벌이다. 한때 구 민주노동당 시절 이들은 당내 대선 후보 선출 경쟁에서 치열하게 맞붙었다. 최종 승자는 권영길 후보가 됐지만, 경쟁은 이 두 정치인 사이에서도 뜨겁게 전개됐다. 당시 민주노동당의 이른바 '평등파' 쪽의 젊고 똘똘한 친구들은 둘 사이에 한 명을 선택하거나, 둘 중 한 명의 캠프에 들어갔다. 적까지는 아니더라도, 강력한 경쟁 상대가 된 것이다.

당내 대선 후보 레이스가 본격화되기 직전, 어느 술자리. 노회찬을 지지하고, 참모로서 그를 도와주고 있던 30대 한 젊은 친구가 내던지듯 말했다. "난, 이제 앞으로 심상정과 다시는 얘기를 하지 말아야 할 것 같아요." 합석했던 사람들은 '뭐가 그리 또 맘에 안 들어서 그래?' 하는 표정을 지으면서, 그의 입에서 튀어나올 다음 말을 듣기 위해 경청의 태세를 갖췄다. "왜 그러는데?"

그가 대답했다. "자꾸 얘기를 더 하면 사랑할 거 같아서요." 허걱! 그는 아직 안 취했다. 심상정보다 10살도 넘게 더 어린 그 친구는 심상정이 가지고 있는 '치명적 매력' 가운데 하나를 발견한 것이었다. 적장(賊將)을 사랑하게 된 젊은 참모. 물론 이는 정색을 하고 말한 것은 아니었다. 농담에 가까운 말이었다. 필자는 당시 그 얘기를 듣고 이 젊은 친구가 심상정의 어떤 점을 보고 그랬는지, 어렵지 않게 짐작할 수 있을 것 같았다. 필자가 보기에 심상정이 가지지 못한 것 가운데 대표적인 게 두 가지인데, 하나가 겁이고 다른 하나는 빈틈이다. 이 두 가지는 연관된 것이기도 하다.

2004년 초보 국회의원 시절, 재경위에 소속된 그는 거대 정당의 기라성 같은 정책통, 경제통들과 TV토론에서 맞서는 경우가 종종 있었다. 김상조 교수가 "하나를 가르쳐 주면 열을 아는 기특한 제자"라고 농담 같은 얘기를 했을 때, 그것이 농담이 아니라는 걸 알 만한 사람들은 다 안다. 그 즈음 TV를 통해 토론회를 함께 보던 초보 의원의 초보 보좌관이 혼자 중얼거리는 소리가 들렸다. "저 아줌마, 정말 겁이 없어, 겁이⋯⋯."

겁 없는 그는 복잡한 세상, 서미술 같은 이해관계 망을 유리알처럼 투명하게 속내를 드러내게 하는 빈틈없는 솜씨를 가졌다. 그의 솜씨는 때론 놀랍고 어떨 때는 충분히 매력적이다. 심상정이 국회의원 시절 "단순한 산수로 풀 수 있는 문제가 삼성재벌이 관련되기만 하면 복잡한 고차연립방정식이 된다"고 말했을 때, 그는 삼성의 이해관계를 보호하기 위해 마련된 숱한 은폐용 보자기들을 하나씩 벗겨내 다시 투명한 유리알처럼 보여주겠다는 말을 한 것이다. 물론 그 유리구슬 안에는 삼성 재벌 이해관계의 단순수식이 들어 있을 것이다. 이것이 무서웠던 삼성 쪽에서 그에게 이건희 회장을 만나게 해 주겠다는 '은밀한 제안'을 해 왔으나, 보기 좋게 거절당했다.

노무현 정권 시기 한미 FTA 논쟁으로 온 나라가 뜨거웠을 때, 그의 TV 토론을 지켜본 사람들의 상당수—그 가운데에는 나이가 지긋한 어르신들도 적지 않았다—는 그의 팬이 됐다. 한미 FTA 내용에 대한 빈틈 없는 이해, '당신은 지금 누구 편에 서 있느냐'는 질문을 내장한 토론 전술, 어려운 표현으로 점철된 협정 내용의 이면에 감추어진 이해관계를 어렵지 않은 표현으로 이야기하면서 한 겹 한 겹 벗겨 주는 모습을 보고 사람들은 그에게 신뢰를 보냈다. 영화배우 문소리가 어느 자리에서 "저의 아버님과 정치적 견해가 같아 본 적이 한 번도 없어 매번 다투지만, 유일하게 저와 아버님이 합의에 이를 수 있는 것은 심상정 의원의 실력을 인정하고 또 좋아한다는 것입니다"라고 말한 것도 같은 맥락이다. 아마 모르긴 몰라도, 그 젊은 후배는 심상정의 그런 모습에 넘어가서, 그만 '사랑'이라는 단어를 불쑥 내뱉은 건 아니었을까?

나한테 왜 전화를 했는지 아직도 미스터리

2004년 심상정이 국회의원 당선자 시절, 내게 전화를 걸었다. 그런 일 자주 없다. 전화 용건은 주로 다른 사람의 전화번호를 묻는 것이었는데, 그때도 어김없이 전화번호를 묻는 통화였다. 나와 함께 짧지 않은 시간 일을 하다, 거제도에 사는 맘에 드는 남자를 만나 결혼을 한 후, 거기서 살던 후배의 전화번호를 물었다. '난데없는' 전화를 받은 그 후배는 얼마 지나지 않아 짐을 싸고 서울로 이사 왔다. 그는 4년 동안 심상정 의원의 보좌관 생활을 했다. 내가 알기로는 훌륭하게 그 일을 수행했다는 평가를 주변에서 받고 있다. 최근에 그 후배에게 한번 물어봤다. "그때 심상정이 왜 너한테 전화를 한 거냐?" "글쎄, 나도 그게 미스터리예요. 그 전에 개인적으로 잘 알고 있던 것도 아니고, 뭔 얘기를 나눠 본 적도 없는데. 정말 왜 전화를 했지?" 5년 전 일을 지금 생각해 봐도 선뜻 이해가 안 간다는 듯한 표정을 지으며 한 말이다.

글의 앞부분에서 B선배의 '둔감' 함을 언급했지만, 심상정의 사람 보는 눈은 날카롭고 정확하다. 그가 초보 의원 시절부터 주요 언론사들의 점수 매기기에서 1위를 차지하는 기염을 토한 배경에는 그의 막강 보좌진들이 있었다. 그들 중 다수는 그가 의원이 되기 전에 같이 일한 적도 없으며, 위에서 말한 나의 후배처럼 심지어는 잘 알지도 못하는 사이였다. 한 번 물면 놓지 않는 맹수의 날카로운 이빨처럼 그의 사람에 대한 욕심은 대단하다. 그의 탁월한 선구안은 과거 또는 우연의 산물인 학연, 지연, 혈연 등이 아니라, 철저하게 현재의 '실력' 을 중심에 두었기 때문에 가능한 것이었다.

사람에 대한 그의 욕심은 일에 대한 욕심으로 자연스레 이어진다. 순서로 말하자면 일에 대한 욕심이 먼저일 것 같다. 그의 욕심이 같이 일하는 사람들에게 피곤함을 주는 것은 어쩔 수 없는 일이다. 지독한 일벌레인 그는 무슨 일이든 완벽하게 하지 않으면 안 되는 성격이다. 같이 일하는 사람들은 얼마나 피곤하겠나.

의원 시절 그는 보좌관들이 공들여 준비한 보고서를 한 번에 통과시킨 적이 한 번도 없는 것으로 '악명' 이 높다. 이런 식이다. 정기국회 국정감사 하루 전날, 이르지 않은 저녁을 먹고 시작된 점검회의가 끝나는 시각은 거의 밤 12시. 통상적으로 회의는 "질의서 전체를 다시 쓰라"는 주문으로 마무리된다. 다음 날 아침 일찍(보통 8시 30분)에 수정된 최종 국감질의서를 검토하기로 하고 퇴근하면서 그가 남겨 놓는 한 마디. "다들 일찍 들어가서 좀 쉬어." (정말, 얄미움의 지존이다.) 물론 그날 보좌관들은 전부 밤을 새웠다.

월급쟁이라면 할 만한 일들이 못됐다. 저임에 장시간의 노동에도 불구하고 그들이 팀워크를 이뤄 성과를 낼 수 있었던 것은, 누구도 심상정을 위해서 일하지 않았기 때문이다. 그들이 공유한 가치를 위해서 일했기 때문이다. 심상정이 그 가치를 대변해 주는 범위 안에서 그들은 결과적으로 심상정을 위해서 일한 것이다. 소위 말해서 '동지' 적 관계라는 말이다. 하지만 그처럼 바쁜 의정활동이었지만, 여성 보좌관들이 출산휴가를 가는 데 눈치를 주는 사람들이 없는 곳이 또 그곳이기도 했다.

어머니 심상정

나는 10년 전쯤 심상정이 쓴 칼럼을 기억하고 있다. 기억 속의 그 칼럼은 그의 아들이 첫돌이 될 때까지 일어서기 위해 얼마나 분투하고 있는지에 대한 글이었다. 일종의 충격으로 다가왔던, 인터넷에도 없는 그 글을 우여곡절 끝에 찾아냈다.

"한 살배기 어린애에게 가장 중요한 일은 걸음마와 말 배우기이다. 잠자는 시간을 빼고는 부딪치고 엎어지면서도 온 공간을 헤집고 다닌다. 반복된 시행착오를 거쳐 결국 두 발로 땅을 딛고 당당히 걸어 다닐 때까지 절대 포기하는 일이 없다."[1]

당시 초등학생 학부모였던 내가 이 대목을 읽고 놀랐던 것은, 아이들

---

1) 주간 『진보정치』, 2001월 1월 12일.

이 커 가면서 뒤집고, 앉고, 끝내 일어서는 과정을 아이의 시각에서, 그 어린 생명의 끊임없는 일종의 투쟁 과정이라는 사실을 전혀 생각해 보지 못했기 때문이다. 그냥 시간이 지나면 자연스레 오는 어떤 과정이나 단계로만 봤지, 치열함으로 쟁취하는 '직립' 이라는 인식이 내겐 없었다. 직립 인간 탄생까지의 장엄한 역사가 아이들의 1년과 오버랩되면서 고압전기에 감전된 것처럼 전율을 경험했다. 운동으로 단련된 그가 세상과 인생을 바라보는 한 자락을 엿보았다.

딱딱한 그의 말투를 부드럽게 바꾸는 유일한 남자. 그가 어머니가 될 때다. 그가 국회의원에 당선됐을 때, 초등학생이던 우균이는 학교에 가서도 "우리 엄마 국회의원 됐다" 는 이야기를 아무에게도 하지 않았다. 오히려 친구들이 다가와서 "너네 엄마 국회의원 됐다며?" 라고 얘기해서 선생님이 알았을 정도다. 오랜 노동운동과 정신없이 바쁜 의원활동으로 덜 친해진 아이를 대하는 그의 태도가 애틋한 것은 어찌 보면 당연한 일이다.

노동운동을 할 때도, 국회의원 시절에도 그는 아이의 소풍 김밥은 반드시 직접 싸 준다. 밤 12시가 넘어서 집에 들어가더라도 새벽에 일어나 김밥을 싸 주고 국회로 출근한다. 모처럼 시간이 나면 아이와 같이 산에도 가고, 영화를 보러 가기도 하지만, 아, 이제 아이는 사춘기. 부모와 함께 있는 것보다 더 좋은 것들을 발견하는 나이가 되고 말았다.

박찬욱과 봉준호?

그는 술을 거의 안 하는 편이다. 나와 가까워질 일은 없다. 어쩌다가 기분 좋을 땐 맥주 한 잔 정도? 하지만 술을 안 마시면서도 새벽까지 술자리에 남아 있는 걸 즐긴다. 술 맛 못지않게, 인간 관찰도 그 나름대로 재미가 있을 것 같긴 하다. 국회의원 시절 그의 보좌관들은 의원하고 술도 한잔 하면서 좀 풀어진 상태에서 불만도 얘기하고 인간적인(!) 대화를 즐기고 싶었지만 너무나 말짱한 의원을 앞에 두고는 절대 그렇게 못했다.

그의 특기는 맨정신에 노래방 가기다. 자주야 아니지만 술자리가 1, 2차가 지나면 노래방에 가기 마련인데 술 한 잔 안 마신 상태에서 술 마신 사람들보다 더 잘 놀아 사람을 놀라게 한다. 그는 임희숙 노래를 좋아한다. 사실 내 스타일은 아니다.

몇 가지 단상을 통해 그의 전모를 미루어 짐작할 수 있도록 하겠다는 필자의 다짐은 애초부터 '미션 임파서블'이다. 전모는 그렇게 쉽게 드러나는 것이 아니며, 또 밝음이 있으면 어둠도 반드시 포함되는 법. 그에 대한 비판적, 부정적 평가가 포함되지 않는 글로 그의 전모를 드러낼 수는 없는 것이다. 누군들 안 그렇겠나. 하지만 그를 지지하든, 반대하든 대부분 사람들이 동의하는 대목이 있다. 그가 많은 사람들의 기대와 희망을 대신 또는 함께 짊어지고 '진보'해 나가야 하는 시대적 소임을 지닌, 실력 있는 정치적 리더라는 사실이다.

마지막, 이 짧은 단상을 읽은 독자들을 위한 퀴즈 한 토막. 정독하면 정답이 나올지 모른다. 심상정은 진보신당을 지지하는 두 명의 유명 영화감독 박찬욱과 봉준호 중 누구의 영화를 더 좋아할까?

이광호

언론인. 인터넷신문 레디앙 편집국장. 레디앙미디어 대표.

'이상한 모자'의 심상정 읽기

— 김민하 (진보신당 경기도당 전 정책국장)

많은 사람들에게 '심상정'은 '똑똑한 민주노동당 국회의원'으로 기억된다. 그도 그럴 것이 심상정은 2004년에 국회로 가서 많은 활약을 하고 일 잘하는 국회의원으로 상도 받았다. 사람들은 주로 TV를 통해 국회의원의 활약을 보기 때문에 '그 여자 참 똑똑하고 일 잘하는구나!' 하는 생각을 자연스레 하게 되는 것이다.

하지만 보통 사람들에게는 또 그 이상의 정보가 없는 것이 무엇인지 모를 답답함의 원인이 되기도 한다. 심지어 '일은 잘하는 것 같지만 간첩일지도 모른다'라는 생각을 하는 할아버지가 있을 수도 있지 않겠나?

이 글은 나의 경험에 근거해서 심상정이 도대체 지금까지 어디서 뭐하던 어떤 사람인지를 밝혀 사람들의 궁금증을 해소하려는 목적으로 쓴 글이다. 부디 독자 여러분은 이 글을 정독하여 대번에 심상정의 그 무시무시한 정체를 정확히 파악하시고 이후 일어날 모든 상황을 예상하여 늘 대비하시길 바란다.

심상정에 대한 기억

나는 심상정이란 이름 세 글자를 2002년에야 처음 들었다. 그때 난 초보 운동권으로 매일매일 인터넷 서핑을 하면서 부족한 운동권 지식을 보충하고 있었다. 당시 진보 성향의 인사들을 인터뷰한 기사 등을 찾아보고 있었는데, 과거 전노협의 '인민무력부장' 이라 불렸던 여걸 심상정의 인터뷰를 흥미롭게 살펴보게 되었다.

당시 심상정은 지금과 달리 고전적인 형태의 앞머리 없는 단발머리를 하고 있었다. 2000년의 인터뷰이니 당시 나이가 마흔둘이다. 화장도 안 했다. 내용을 읽어보니 사진만큼 흥미로웠다. 그때는 그저 '참 치열하고 열심히 노동운동을 한 사람이구나!' 라고만 생각했다. 그리고 그냥 잊어버렸다.

그녀의 이름을 다시 떠올리게 된 것은 2004년 초에 민주노동당 비례대표를 선출하는 선거 때문이었다. 나는 처음으로 당내 선거를 경험하게 되어 뭐가 뭔지 잘 몰랐다. 주위에서 알려주기로 이 선거에서 중요한 것은 여러 이름들 중에 남성과 여성을 각각 2명씩 찍으면 된다는 것이었다. 이 조언을 해 준 사람은 나에게 한 마디를 추가로 귀띔했다.

"다른 건 몰라도 심상정은 한 표 찍어 줘라."

그 사람이 특별히 '심상정 선거운동원' 이어서 그런 말을 했다고 생각하지는 않는다. 그렇다기보다는 당시 운동권입네 하는 사람들이 심상정에게 가지는 일종의 신뢰라는 것이 있었던 것이다. 그렇다고 시키는 대로 고분고분 찍기는 또 뭐해서 심상정에 대한 여러 자료를 찾아보는 데에 많은 시간을 쏟은 기억이 난다.

심상정이 국회의원이 되고 나서는 뉴스에 그녀가 등장하는 것이 매우 신기하게 생각되었던 기억이 난다. 당시에는 당내에서 정파 갈등도 심해졌고 운동권 초보인 나도 서서히 운동권 내의 여러 갈등에 대해 점점 눈을 떠 가는 중이었다. 그래서 당시 나에게 있어서 심상정이란 사람은 '국회에서 무엇무엇을 했던 정치인' 보다는 '우리 편 국회의원' 이라는 인식이 더 강했던 것 같다. 그 정도 외에는 별로 생각해 보질 않았던 것이다. '우리 편 국회의원' 이 TV에 나오는 것이니 어쨌든 더욱 신기했던 것이다.

민주노동당 시절의 심상정에 대한 마지막 기억은 소위 '분당 사태' 를 촉발한 2008년 2월 3일 대의원대회다. 당시 심상정은 '비상대책위원장' 으로 당 혁신안을 내놓은 바 있다. 이 혁신안의 내용 중 세간에서 '일심회 사건' 으로 불렸던 국가보안법 사건의 당사자를 제명하자는 내용에 대해 정파들 사이의 격심한 반발이 있었다. 결국 표결이 시작되었고 심상정 비대위의 당 혁신안을 거부하는 대의원들이 표찰을 번쩍 들었다. 대의원대회장은 마법처럼 올라오는 주황색 표찰의 물결과 함께 그들의 커다란 함성 소리로 가득 찼다.

당 혁신안이 부결되자마자 심상정은 굳은 표정으로 단상에서 내려왔다. 2주일 동안 혼신의 힘을 다해 당 혁신안을 만든 비대위원들이 그의 뒤를 따랐다. 나는 퇴장하는 심상정의 뒷모습을 보며 '지금 무슨 생각을 하고 있을까? 어젯밤에 잠들기 전에는 무슨 생각을 했을까?' 라는 실없는 물음을 던져 보았다. 그리고 내 뒤쪽에선 한 충직한 당원이 '이제 당은 끝났다' 며 목을 놓아 울었다.

최근에 나는 진보신당 경기도당에서 정책국장으로 일을 했다. 심상정은 경기도 당원이므로 나도 종종 이야기를 나눌 기회가 있었다. 짧은 시간이나마 이야기를 나눠 보니 심상정은 참으로 인간적이고 따뜻한 미소를 지어 보이다가도 어느새 냉정한 정치적 판단을 이야기하는 사람이었다. 나는 그녀의 정치적 경력을 떠올리면서 그녀의 그런 행동양식도 나름 납득할 만한 일이라고 생각하게 되었다.

노동운동가로서의 심상정

심상정은 80년대 구로동맹파업을 통해 노동운동가로 성장하게 된 사람이다. 학교를 다니며 운동권물이 든 심상정은 노동자들을 조직하기 위해 현장으로 들어갔고 구로동맹파업을 주도했으며, 이후에는 당시 '서울노동운동연합'이라는 노동운동 조직을 만들었다.

여기에는 당시만 해도 노동운동을 하고 있었던 김문수, 유시민과 같은 사람들도 함께 활동하고 있었는데 어느 날 조직의 멤버들이 전부 잡혀가는 사건이 벌어졌다. 심상정 혼자 간신히 도망치는 데 성공했고 김문수를 비롯한 사람들은 갖은 고문을 당하며 고생을 했다고 한다.

하여간 구로동맹파업 이전부터 경찰의 '내부 수배' 상태에 있던 심상정은 93년까지 약 10년 간 수배 상태였다. 그 10년 동안 얼마나 엄청난 고생을 했을지 상상만 해도 끔찍하다. 그 와중에 심상정이 돋보이는 것은 단 한 번도 '빵'에 들어가지 않았다는 점이다. 역시 훌륭한 사람은 '도바리'도 잘 치는 것이지만 심상정은 그냥 '빵복'이 없었다고 이야기한다. 심지어 『신동아』에서는 '최장기 수배자'로 심상정을 소개하기까지 했다.

1987년의 노동자 대투쟁을 거치고 1990년에는 '전국노동조합협의회'가 건설된다. 노동운동가 심상정은 쟁의국장을 맡았다. 얼마나 무시무시했는지 '인민무력부장'이라는 별명을 얻었다. 그리고 1993년엔 재판을 받고 집행유예를 선고받는다. 길고 긴 수배생활에 종지부가 찍힌 것이다.

이후 민주노총이 생겼을 때에는 그 아래에 금속연맹이라는, 당시에 아주 싸움을 잘하는 노조들이 모여 있는 조직에서 사무차장으로 일했다. 이후 대기업 노조들이 합류하지 않은 소산별 금속노조에서 사무처장을 했다. 여기까지가 노동운동가로서 심상정의 경력이다.

민주노총 창립 이후로 오면 민주노총 내부에 3개의 정파가 생기는데 그게 그 이름도 유명한 '국민파', '중앙파', '현장파' 다. 이들 주장의 차이는 이제 꽤 알려져서 민주노총에서 민감한 문제를 다룰 때마다 신문에서 도표로 만들어서 써 주기도 한다.

우선 국민파는 국민과 함께하는 노동운동을 하자고 해서 국민파라는 이름이 붙었다. 노동운동을 국민과 함께한다니 듣기엔 매우 좋은 일로 생각되겠지만, 운동권 내부에서는 파업을 할 때 다소 소극적으로 싸움에 임한다거나 '교섭도 전술이다'라며 몸을 사린다거나 하는 비판을 많이 받았다.

현장파는 현장에서 싸움을 많이 해야 한다고 해서 현장파라는 이름을 사용했다. 이들은 비타협적인 물리적 투쟁을 중요시하였고 되도록 많이 때려 부숴야 노동자들이 일깨워진다는 주장을 했다. 당연히 운동권 내부에서는 '너희들은 싸움을 너무 과격하게 해서 다른 사람들로부터 고립된다'는 비판을 많이 받았다.

중앙파는 이 두 정파 사이에 서 있던 세력이었는데, 노동운동가 심상정이 바로 이 중앙파로 분류되었다. 중앙파에는 3명의 지도자가 있고 그들의 이름은 단병호, 문성현, 심상정이어서 현장 조합원들은 줄여서 '단·문·심'이라고 부르기도 했다. (심상정은 운동권의 보통 사람은 상상하기도 힘든 거물이었던 것이다! 심상정은 그 시절 얘기를 하면 "아 거 왜, 단·문·심 하던 때 말이야……." 라면서 말하기를 좀 쑥스러워 하는 것 같기도 하다.) 중앙파는 산별노조 건설과 노동자정치세력화를 주장하면서 온건한 전술을 써야 할 때에는 국민파의 주장을 존중해 주고, 강하게 싸워야 할 때에는 현장파의 주장을 존중해 주는 것으로 민주노총이 진행하는 투쟁의 완급을 조절했다.

그러다보니 중앙파 사람들은 늘 양쪽에서 비난을 받는 입장이 되는 것이었다. 한쪽에서는 너무 과격한 투쟁만 계속한다고 비난하고 또 한 쪽에서는 싸움을 꺼린다고 비난받는다. 그러나 언제나 가장 많은 종류의 욕을 먹는 사람이 가장 훌륭한 사람일 가능성이 높은 것이다.

앞서 언급한 서노련에서 노선 문제를 놓고 사람들이 논쟁을 할 때에도 심상정은 양쪽의 사람들 중 어느 편도 들지 않고 오히려 '이런 노선 문제로 싸우는 것은 관념적'이라면서, '대중들에 대한 책임을 지는 것이 더욱 중요하다'고 말해 '경험주의자'라는 비판을 받기도 하였다고 한다. 그녀는 그런 측면에서는 꽤 일관된 방식을 가져왔던 것 같다. '원칙은 지키되 현실에서 발을 떼지 않는다', 이것이야말로 노동운동가로서의 심상정을 가장 잘 드러내어 이야기할 수 있는 말이 아닐까 싶다.

정치인으로서의 심상정

정치인으로서의 심상정은 아직 정리된 무언가가 나오지 않아 한 다리 건너고 두 다리 건너 들은 얘기를 풀어보는 수밖에 없을 것 같다.

정치인들을 보면 연설을 할 때에 즉흥적으로 이야기를 풀어 나가는 사람이 있고 연설문을 외워 와서 또박또박 말하는 사람이 있다. 고 노무현 전 대통령의 연설이 전자에 해당되는 대표적인 사례라면 심상정의 연설은 후자에 해당된다.

심상정 의원실에서 잠시 연설문을 작성했던 사람에게 들어본 바로, 심상정은 연설문을 써서 주면 거의 토씨 하나 틀리지 않고 외우는 스타일이라고 한다. 그 사람 얘기가, 자기가 가끔 보면 막 감탄을 한다는 것이다. '아니 어떻게 사람이 이걸 이렇게 다 외우지?

사실 심상정은 그만큼 치밀한 데가 있는 사람인 것이다. 여러 사례들을 들어보면 심상정은 자기가 무슨 일을 할 때에 앞뒤가 맞는 치밀한 준비에 많은 노력을 기울인다는 것을 알 수 있다.

소위 '심상정 비대위'를 할 때에도 그랬다. 당시에 진행된 과정과 그 결과물이었던 소위 '당 혁신안'을 보면 '지금 무엇을 해야 하는지', '그것을 위한 근거로는 무엇을 보여줘야 하는지', '핵심적으로 관철해야 할 것은 무엇인지' 등이 일목요연하게 정해져 있다는 것을 알 수 있었다.

그런데 이러한 그녀의 치밀함은 기존에 자기가 공부했던 이론이나 어떤 교조적인 믿음에서 비롯되는 것이 아니다.

다시 '심상정 비대위'의 예를 들어보자. 심상정이 아닌 다른 사람이 '비상대책위원장'을 맡았으면 어땠을까? 소위 '좌파'를 자칭하는 운동권들은 일단 말 꺼내면 '노선' 이야기부터 했을 것이다. '너희는 이런 노선이고, 그것이 당을 좀먹고, 그래서 너희는 안 돼!'

당내 '이론가'의 입장이라면 그렇게 말을 할 수도 있겠지만 과연 조직의 모든 책임을 지는 '비상대책위원장'이 그렇게 이야기를 하면 당 혁신이 가능했을까? 가능성조차 없었을 것이다. 전통적인 운동권이라면 문제가 생겼을 때에 노선투쟁을 하는 것이 매우 당연한 상식으로 여겨지기 마련이다.

하지만 심상정은 비상대책위원회가 정확한 사실들에 근거해서 주장을 하고 '어떤 사건들이 당의 지지율을 떨어뜨렸고 위기를 초래했으므로 이를 회복하고 국민들에게 당 혁신의 의지를 보여주기 위해서는 어떤 조치들이 뒤따라야 한다'라는 수미일관한 논리를 만들어 내기를 비상대책위원들에게 요구했던 것이다.

이런 사례를 보면 정치인 심상정은 '과도한 이념적 강박에 얽매이지 않는 사람'이라는 것을 알 수 있다. 이것은 '운동가'가 아닌 '정치인'

으로서 굉장히 필요할 수 있는 덕목이기도 하다.

그런데 그렇다고 정치인 심상정이 진보적 주장을 공격적으로 이야기하지 않고 모든 것을 여론과 선거공학에 치중하는 사람인가 하면, 그런 것은 또 아니다.

고양시에서 진보신당 후보로 국회의원 선거를 나갔을 때 일이다. 당시 정치인 심상정의 선거구에서는 동네에 특목고를 유치하는 문제가 뜨거운 감자였던 모양이다. 동네에 사는 사람들이야 특목고가 들어오면 집값도 오르고 여러 좋은 효과가 있을 것이라 생각하여 열렬히 환영하는 분위기였고 선거에 출마한 후보들도 제각기 앞을 다투어 특목고를 반드시 유치하겠다는 공약을 내걸었다.

분명한 것은 특목고를 유치하는 것이 진보적인 정책은 아니라는 것이다. 모두가 익히 알다시피 현재 한국 교육 체계에서의 특목고는 본래의 의미를 상실하고 대학 입시에 뛰어난 성과를 낼 수 있는 학교로만 사고될 뿐이며, 대학 입시에 있어서 끝없는 경쟁을 조장하는 주범 중 하나로 기능한다. 당연히 이런 것은 진보신당이 주장할 수 없는 것이다.

하지만 대놓고 "우리는 특목고를 반대한다"고 말하면 표가 떨어질 게 뻔한 일이다. 선거는 좋은 결과를 얻으러 나간 것인데 당선이 안 되려고 노력하는 것은 참 바보 같지 않은가? 그렇다면 도대체 어떻게 해야 한단 말인가?

심상정의 참모들은 '아무 말도 하지 말자'는 의견을 제출했다고 한다. 특목고 이슈는 좀 피해 가자는 것이다. 다른 것으로 승부를 보자는 것이다. 사실 선거공학의 입장에서 보면 우리로서는 이것이 최선일 수 있다.

하지만 심상정의 생각은 달랐다. 심상정은 이렇게 말했다고 한다.

"한국사회에서 진보가 조직도 없고 돈도 없는데 정책으로 차별화해서 승부하지 않으면 도대체 무엇을 가지고 싸워요?"

그리고 그녀는 매우 당당하게 '교육 문제를 가지고 정면으로 붙겠다'라고 말했다고 한다. 내가 선거 참모였다면 기겁을 하여 속이 새카맣게 타 들어갔을 것이다. 기껏 피해야 된다고 얘기했는데 오히려 정면으로 밀어붙여야 한다니…….

심상정의 '핀란드 공교육 모델' 이야기는 이렇게 해서 탄생한 것이다. 실제로 심상정은 핀란드 공교육 모델을 주장한 교육 공약을 선거에서 자신의 주요 공약 중 하나로 정하고 홍보했다. 나는 고양시 사람이 아니라서 그 공약이 지역 주민들에게 어떻게 어필했는지 모른다. 다만 심상정이 선전할 수 있었던 것은 순전히 그 공약 때문이었다는 이야기를 들었다.

이런 측면에서 보면 또 정치인 심상정은 '주장해야 할 것은 반드시 주장하고야 마는 사람'이라는 점을 알 수 있다.

외줄타기의 정치인

지금까지의 이야기를 종합해 보면 그렇다. 심상정은 원칙을 최대한 지키면서 현실에서 발을 놓지 않으려는 운동가적 기질을 가지고 있고, 또한 이념적 강박에 과도하게 얽매이지 않으면서 주장해야 할 것은 반드시 주장하고야 마는 정치인의 소양을 갖추고 있다. 이는 어떻게 보면 서로 반대되는 가치 사이에서 외줄타기의 묘를 발휘하는 사람으로 생각될 수 있는 것이다.

사실 오늘날 정치에 손을 대고 있는 진보주의자들에게는 이런 점이 확실히 필요하지 않나 하는 생각이 든다. 시대는 우리에게 많은 것을 요구한다. 더 이상 하고 싶은 것만 하고 듣고 싶은 것만 들을 수는 없는 세상이 되었다. 적어도 정치인으로서 자기 전망을 가지는 사람에게는 자신의 정체성을 잃지 않으면서 대중들과 끊임없이 소통하고 호흡할 수 있는 소양을 갖추어야 하는 시대에 우리는 살고 있는 것이다.

사실, 심상정이 가지고 있는 이 '외줄타기'의 미덕은 시대를 막론하고 과거 역사에 남았던 정치인들도 모두 가지고 있었던 것이다. 그래서 나는 심상정도 역사에 남을 정치인이 될 것이라 생각한다. 그리고 그것이 우리 모두에게 좋은 결과가 되기를 나는 바란다.

김민하

진보신당 경기도당 전 정책국장. 〈이상한 모자〉라는 아이디로 당원게시판을 비롯해 많은 글을 썼다. 지은 책으로 『레닌을 사랑한 오타쿠』가 있다.

어느 고슈 카비아가 심상정 의원님께 보내는 편지

— 심우찬 (패션 칼럼니스트)

이 편지를 쓰기 시작하면서, 먼저 당신을 어떻게 불러야 할지 무척 고민했습니다. 청송 심(沈) 씨, 돌림자를 살피며 항렬을 따져 보니 당신은 내게 할머니뻘이 되시겠지만 청송 심 씨만의 심상정이 아닌 대한민국 국민의 심상정이므로 이 호칭은 적절치 않다는 생각이 들었습니다. 흔히들 그렇듯이 나이 차이를 고려하여 당신을 '누나' 라 부르는 것도, 만나 뵌 적도 없는데, 유관순 열사로 여기는 거 같아 어쩐지 오버한다는 느낌이 듭니다. 그렇다고 요즘 아무나 의례적으로 부르는 '선생님' 이라는 칭호도 진부하게 느껴집니다. '동지' 라고 부르기에는 너무나 다른 세상에 살고 있고, '여사님' 이라 부르기에는 왠지 '김기사! 청담동' 을 외치며 독일 차를 타시는 분들과 당신의 그림이 도무지 매치가 되지 않아 생경합니다.

고민 끝에, 저는 당신을 그저 '의원님' 이라고 부르기로 합니다. 이유는 간단합니다. 국회의원이었던 심상정을 너무나 좋아했기 때문입니다. 2004년 당신이 민노당의 비례대표 1번으로 국회에 입성했을 때, 당신을 잘 알지 못했으면서도 저는 한국 정치에서도 마침내 희망이 보이는구나 생각했습니다. 민중과 노동자를 위한 일을 하면 무조건 빨갱이 딱지를 붙이던 시대에서 드디어 소수의 목소리도 소중히 여기는 진정한 민주주의로 거듭날 수 있으리라는 희망이었습니다.

물론 당신이 지금은 '현역 국회의원' 이 아니라는 사실은 잘 알고 있습니다. 2008년 당신이 덕양구에서 간발의 차로 낙마했을 때, 특기인 트리플플립 점프에 넘어진 김연아 선수를 보는 것보다 더 참담한 심정이 들었습니다. 그만큼 저는 국회의원 심상정을 사랑하고 있었습니다. 그래서 언제든 다시 선거에 출마할 당신을 응원하는 심정으로 심상정 의원이라고 부르고 싶습니다. 당신이야말로 네거티브한 의미만 잔뜩 품고 있는 그 금빛 배지의 진정한 의미를 가장 잘 아는 의원이었다고 확신하기 때문입니다.

캐비어를 즐기는 좌파

친애하는 심상정 의원님.

이렇게 민중이니 노동자의 권익이니 허울 좋은 이야기를 하고 있지만, 사실 저는 서민 물가가 10퍼센트 올라가는 것보다 하이힐의 높이가 15센티에서 17센티로 높아진 것에 더욱 호들갑을 떨어야 하는 일을 하고 있습니다. 소주나 막걸리보다는 보르도 와인이나 샴페인을 더 좋아하고 기아로 죽어 가는 북한 어린이들보다는 지난달 사지 못한 루이 뷔통(Louis Vuitton) 가방 때문에 잠을 이룰 수 없는 속물이기도 합니다. 모든 것이 복잡한 강북보다는 강남이 마음 편하고 커피 한 잔을 마셔도 청담동의 카페에 가야 안락함을 느낍니다.

광랜 스피드로 업데이트되는 내 나라의 상황도 20년 넘게 외국에서 살아서 잘 모르는 것투성입니다. 어릴 때의 주입식 반공교육 때문에 민주화라든가, 노동자, 파업 같은 단어만 들어도 빨갱이가 아닐까 무서운 의심이 들기도 하는 것을 보면, 가끔 정신 연령도 제가 우리나라를 떠나던 1987년에서 멈추어 버린 게 아닐까 의구심이 들 때도 있습니다.

대학 때는 물론 집회에 나서는 학생들의 정신에는 공감하였으나 앞에 서서 구호를 외치기보다는 열심히 프랑스어를 공부하여 지겨운 최루 가스의 나라와 캠퍼스를 벗어나고픈 마음뿐인, 너무나 이기적인 청춘이었던 것도 사실입니다. 마음은 있으면서도 많은 분들이 우리 모두를 위해, 대한민국을 위해 일어나 거리에 설 때, 저는 그저 사는 게 바쁘고 귀찮아서 텔레비전 앞에서만 혀를 차는 소극적인 지지자였습니다. 자본주의의 특혜를 누구보다도 사랑하는 제가 줄곧 우리나라에서만 살았더라면 단언컨대, 미심쩍은 구석이 있더라도 경제를 위해서라는 미명 아래 거대 정당의 손을 들어 주는 국민의 한 명이 되었을 겁니다.

제가 프랑스에서 살고 있음을 감사하는 커다란 이유 중 하나는 여기서 진보의 힘을 볼 수 있었다는 것입니다. 프랑스에는 '우리의 빵을 훔쳐 가는 외국인을 몰아내자' 며 히틀러식 선동 정치를 하는 파시스트 정당인 국민전선(Front National)이 있습니다. 반면에 이러한 선동 정치에 맞서 사회에서 억압이나 핍박을 받는 사람들이 있을 때마다 '우리는 모두 외국인의 후손' 이라는 피켓을 들고 거리로 나서는 프랑스의 양심과 이에 박수를 보내는 시민들이 있습니다. 저는 이러한 시민들의 모습에서 진보의 의미를 되새겨 볼 수 있었습니다.

마음만 진보에 가 있고 생활은 자본주의의 온갖 혜택을 누리는 저 같은 사람을 여기서는 '고슈 카비아' (Gauche caviar, 캐비어 좌파)라 부릅니다. 처음에는 이 호칭이 모욕적으로 들렸습니다만, 백화점의 쇼윈도 앞에만 서면 매번 무너지는 제 자신을 볼 때마다 스스로도 인정할 수밖에 없게 되었습니다. 물론 당신에게 보내는 이 편지가 그에 대한·면죄부가 되지 않을 것은 각오하는 바입니다.

시몬느 베이유 vs 심상정

그런 제가 당신을 사랑하게 되었답니다. 왜냐고요? 당신의 모습에서 제가 좋아하는 프랑스의 철학자 시몬느 베이유(Simone Weil)의 모습을 보았기 때문입니다. 제가 처음 시몬느 베이유에 관한 책을 읽었던 것은 대학 1학년 때였습니다. 당신이 대학을 다닐 때보다는 덜하겠지만, 그래도 언제나 캠퍼스에 자욱했던 최루가스를 기억하는 우리 세대에게 그녀는 우리가 추구해야 할 이상을 제시해 준 특별한 인물이었습니다. 그녀는 프랑스의 지성을 대표하는 지식인으로 손꼽혔지만 무엇보다 행동하는 양심이었다는 점에서 당시의 우리들에게 막대한 영향을 준 철학자였습니다. 물론 이렇게 '우리' 라는 복수형으로 쓰고 있지만 고백하건데 저에게 있어서 그녀는 그저 이상형으로만 존재했고, 요즘과 마찬가지로 과거에도 루이 뷔통 가방과 동 페리뇽(Dom Perrignon) 샴페인 앞에서 저항하지 못하던 제 자신의 모순을 깨닫게 해 주는 척도였을 뿐이었습니다.

그런데 10년도 훨씬 지난 어느 날, 정말 우연한 기회에 파리에서 그녀를 다시 읽게 되었습니다. 그것도 프랑스어로 말입니다. 번역된 책의 어색함 없이 그녀의 숨결을 그대로 느낄 수 있는 프랑스어로 된 책을 읽고, 저는 난생 처음으로 이 언어를 배워 두길 정말 잘했다는 생각이 들 정도였습니다.

시몬느 베이유는 당시, 여성으로서는 입학도 힘들다는 고등사범학교를 졸업하고 철학교사로서 사회에 첫발을 내딛습니다. (그녀도 당신처럼 교사가 되려 했습니다.) 그러다 부임했던 도시의 노동자들의 처참한 실상을 알게 되어 노동자 연대와 파업에 깊이 관여하기 시작합니다. 하지만 그녀는 노동운동에서 어떠한 종류의 이념에 매몰되는 것을 경계했습니다. 노동운동의 궁극적인 목적은 어떤 이념의 잣대로 좌지우지되는 것이 아닌, 바로 노동자의 편에 서는 것이라고 굳게 믿었기 때문입니다. (이념도 정당도 결국 서민을 위해 존재해야 한다는 당신의 주장이 떠오르는 대목입니다.) 그녀는 사회주의자였지만 스탈린의 학정에 시달리는 소련의 상황에는 분노를 금치 않았습니다.

그리고 교육을 통해 노동자들의 각성을 이끌어 내는 일이 노동자들이 지식인이나 부르주아 계급에게 이용당하고 착취당하는 일을 막는 길이라는 신념으로 노동자를 위한 강연에 나서게 됩니다. 심지어 그녀는 25세가 되던 해, 잘나가던 교사직을 그만두고는 알스트롬이나 르노 자동차에서 여공으로 일을 했습니다. 지식으로만 알던 노동자의 고통과 절망을 직접 체험하기 위한 과정이었으나 오히려 그녀는 이를 통해, 자신의 정신적인 오만함을 절감합니다. (이 대목에서 저는 당신의 구로공단에서의 체험이 무척 궁금해집니다.) 그녀는 『노동일기』속에 노동자들의 작업량, 노동시간과 임금, 그리고 그에 따른 심리적·정신적 박탈감을 상세히 기록하고 있습니다.

"일을 하다 보면 몸은 축 늘어지고 머리는 사고를 잃게 된다. 가슴에는 서글픔과 분노, 무력감, 그리고 굴욕감이 쌓인다. 더욱이 유일한 희망은 내일도 이렇게나마 일할 수 있기를 바라는 것이다."

실제로 절망과 체념에 빠져 사는 노동자들은 그녀의 생각처럼 봉기하고 투쟁하는 것이 아니라 오히려 더욱 복종하게 된다는 것을 깨달은 것입니다. 하지만 시몬느 베이유의 눈에 비친 공장 환경의 참담한 현실은 당신이 겪은 구로공단의 환경과 파업 농성, 폭력적 진압에 비하면 경미한 것이었는지도 모릅니다. 적어도 프랑스의 노동자들은 열악한 환경에서 고통을 받았지만 몽둥이를 휘두르는 경찰은 없었을 테니까요. 이때의 노동자 체험이 시몬느 베이유로 하여금 사회에서 지식인의 역할은 불의에 대항하는 '행동하는 양심' 이 되어야 한다라는 신념을 갖게 해 줍니다.

친애하는 심상정 의원님, 서슬 퍼런 군부독재 시절부터 9년이나 수배 생활을 해야 했던 당신이 그녀를 제일 부러워했을지 모를 대목입니다. 당신은 이 신념을 떳떳이 펼칠 기회조차도 몰수당한 채, 청춘의 가장 아름다운 날들을 은둔의 시간으로 보내야 했으니까요. 이 체험을 통해 비로소 시몬느 베이유는 과거의 자신을 비롯한 말뿐인 지식인의 위선에 관해 이렇게 비판합니다.

"누구나 자신의 신념과 생활 태도 사이에 어떤 차이가 있어서는 안 된다. 가장 참을 수 없는 것은 그 차이가 아니라 결국 현실과 타협해 버린다는 것이다."

바로 이 말이 심상정 의원님, 당신의 삶을 가장 적절히 표현해 주는 것은 아닐까 생각합니다. 우리는 그동안 격동적인 정권 교체의 과정에서 현실과 타협하고 위선과 불의를 수긍하는 정치가들을 수없이 보았습니다. 한때는 당신과 같은 이상과 신념을 가지고 싸우던 동지들마저 자신의 의식과 이념의 노선을 한순간에 뒤엎는 모습을 의원님도 옆에서 똑똑히 지켜보지 않으셨습니까? 그런데도 당신은 줄곧 그 신념과 이상을 버리지 않고 인고의 시간을 견디어 왔습니다.

사실 우리나라처럼 눈만 조금 질끈 감으면 자본주의의 최첨단을 걷는 혜택을 받을 수 있는 나라가 지구상에 또 어디 있겠습니까? 당신은 같은 또래의 여성들이 당시 유행하던 바디 컨셔스(어깨와 허리가 꽉 끼는 타이트한 스타일)의 원피스를 입고 압구정동을 헤매고 있을 때에도, 당신과 같이 학교를 다니던 교우들이 잘나가는 직업으로 아파트 평수를 늘려 갈 때도 여전히 노동운동의 현장, 그 한복판에 있었습니다. 현실과 적당히 타협하여 행복한 가정을 꾸리며 진실 누나가 그랬던 것처럼 '여자라서 행복하다' 고 외칠 만한 시기에도 당신은 여전히 전국을 돌며 노동운동에 앞장섰습니다.

시몬느 베이유의 행동은 유태인이면서도 특이하게 가톨릭교도가 되어 버린 그녀의 종교적 신념과 일치합니다. 철학가로서 그녀가 해답을 찾던 모든 초자연적인 문제와 마음의 평화를 그녀는 바로 신 앞에서 찾을 수 있었습니다. 그것은 그녀가 연구하고 고민하던 학문이나 지식으로는 설명하기 힘든 마음의 평화였고 절대적인 진리였다고 합니다. 여기서 제가 정말 궁금한 것은, 친애하는 심상정 의원님, 도대체 당신의 타협을 모르고 변하지 않는 그 신념은 과연 어디에서 온 것일까 하는 것입니다. 당신도 시몬느 베이유처럼 종교의 힘으로 그 세월을 버텨 낼 수 있었던 것인가요? 도대체 무엇이 당신을 불의와 부조리에 맞서 물러서지 않게 하는 힘을 주었던 것인가요? 알고 싶습니다.

나는 당신에게 표를 던진다

친애하는 심상정 의원님, 시몬느 베이유의 마지막이 어땠는지 아십니까? 그녀는 프랑스에 남겨진 사람들의 처참한 생활에 대한 걱정으로, 그들의 고통을 함께할 수 없는 자신의 처지를 비관하여 최소한의 음식조차 거부하며 굶어 죽었답니다. 믿기 힘든 사실입니다.

친애하는 심상정 의원님, 그런 면에서 저는 당신이 행복한 사람이라고 생각합니다. 당신에게는 싸워야 할 목표가 있고 당신을 지지하는 사람들이 있기 때문입니다. 저는 당신이 지금까지 그래왔던 것처럼 서민의 편에 설 것을 믿고 기득권층의 권력에 대한 균형과 견제의 힘을 만들어 낼 것을 믿습니다. 또 그 일을 누구보다 행복해 하면서 잘 해낼 것을 믿습니다.

친애하는 심상정 의원님, 우리는 잘사는 것에만 너무 집착한 나머지 멋있게 사는 것을 놓치는 시대에 살고 있다고 생각합니다. 성공과 물질만이 절대 가치가 되는 시대이고 개발과 발전이라는 이름으로 앞만 보고 나아가는 시대이기 때문에 남의 아픔과 상처를 헤아리지 못하는 과오를 저지르고 있습니다. (누구보다 제 자신이 그렇습니다. 그래서 더욱 당신 앞에서 한없이 작아지는 제 자신을 발견하게 됩니다.) 지금 우리 사회에 필요한 것은 위선과 불의에 흔들리지 않는 당신과 같은 정치가의 경험과 비전입니다.

친애하는 심상정 의원님, 제가 당신의 선거구 주민이라면 저는 당연히 당신에게 투표할 것입니다. 그리고 당신이 대선에 출마한다 해도 저는 꼭 당신에게 투표할 것입니다. 알고 있습니다. 안타깝게도 지금의 대한민국에서는 당신은 결코 대통령이 될 수 없을 것입니다. 다른 정치가들이 사리사욕에 따라 밥 먹듯이 하는 야합과 정치적 타협은 당신에게는 너무나 먼 이야기입니다. 분명 당신은 권력과는 거리가 먼 사람들, 노동자, 농민, 서민 그리고 사회의 소수자 편에서 열심히 일하는 정치가가 될 것이기에, 이 나라를 좌지우지한다고 믿는 사람들, 기득권층의 마음에 들지 않을 것은 뻔한 사실입니다. 이미지 정치로 왜곡된 대한민국의 정치판에서 당신과 같은 신념을 가진 분이 당선되기까지 맞닥뜨리고 거쳐야 할 난관은 끝이 없을 것입니다. 아마 강산이 몇 번 바뀐다면 그런 기대를 할 수 있겠지요. (진심으로 그런 날이 오기를 갈구합니다.)

친애하는 심상정 의원님, 그것을 잘 알고 있음에도 저는 저의 한 표를 당신에게 드릴 것입니다. 한 사람의 자연인으로서 저의 목소리는 미약하고 소수의 소리로 묻히겠지만, 그것이 모여 당신의 목소리를 통해 하나가 되어 세상에 던져질 때 우리는 조금 더 좋은 세상을 기대할 수 있을 것입니다. 우리에게는 당신 같은 정치가가 필요합니다.

언젠가 꼭 당신을 직접 만나 뵙고 응원할 수 있는 날을 기다립니다.
부디 건강하시고 행복하세요, 친애하는 나의 심상정 의원님!

2009년 12월 24일,
파리에서 어느 고슈 카비아가

심우찬

패션 칼럼리스트. 파리와 서울을 오가며 『보그』 『엘르』 등에 패션 관련 칼럼을 쓴다. 김희선 사진집, 송혜교 사진집, 셀린느 송혜교백 기획 등 다방면에서 활동하고 있다. 저서로는 『파리여자 서울여자』 『청담동 여자들』 『프랑스여자처럼』 등이 있다.

어디 가서 심상정 좀 아는 척 매뉴얼

— 김용석 (딴지일보 편집장)

본격적으로 들어가기에 앞서 굳이 본 매뉴얼을 읽을 필요가 있는 이들의 유형을 나누자면 대략 다음과 같다.

첫째, 사람은 모름지기 진보적이어야만 한다는 강박관념 때문에, 혹은 좌파 지식인적 간지에 눈이 멀어 자타공인 진보좌파 정치인의 대명사격으로 여겨지는 심상정을 묻지 마 지지했던 이들.

둘째, 첫째 이유와는 정반대로 자신은 보수적이기 때문에, 혹은 우파 기득권의 틈바구니에 주둥이라도 한번 담궈 보고자 자타공인 빨갱이 운동가의 대모격으로 여겨지는 심상정을 닥치고 비판했던 이들.

셋째, 왜 한미 FTA 얘기만 나오면 사람들이 입에 게거품을 물며 흥분하는지, 그리고 삼성이 망하면 대한민국도 망할지 모르는데 왜 사람들은 회장님에게 감히 손가락질을 해 대는 건지 잘 모르겠다는 이들.

넷째, 고 노무현 전 대통령의 정적은 한나라당이 아니라 사실 민주노동당과 진보신당을 비롯한 진보정당이라고 굳게 믿는 이들.

그 밖에 어디 가서 심상정 좀 아는 척 하면 시사교양적으로든, 이성 상대에 대한 작업멘트 활성화용으로든 뭔가 효용가치가 있을 것이라 생각하는 이들을 위해 본 매뉴얼은 기획, 제작되었다.

들어가며

누구나 가끔씩은 '척'을 해야 할 때가 있다.

철퍼덕 엎어졌지만 비웃음을 살까봐 아파도 아프지 않은 척을 해야 하기도 하고, 남들이 무시할까 두려워 없으면서도 있는 척을 해야 하기도 하며, 읽지 않았다는 사실은 곧 자신의 무식을 시인하는 일인 것만 같아 듣도 보도 못한 책을 읽은 척해야 할 때도 있다. '

때로는 잘 모르는 사람을 아는 척해야 할 때도 있다.

나는 잘 모르겠는데 누군가 먼저 아는 척하며 다가오는 경우, 다만 이 사람이 내게 보험을 팔거나 도를 가르쳐 주려는 사람이 아니길 바랄 뿐인 심정으로 어색하게 아는 척을 해야 하는 경우도 있고, 연예인 얘기로 꽃을 피우고 있는 자리에서는 대화의 주도권을 조금이나마 쥐기 위해 없던 스캔들도 즉석에서 만들어 내면서까지 누군가에 대해 아는 척을 해야 할 때가 있기도 하며, 혹은 내 사돈의 팔촌과 바람이 날 뻔했던 사람이 바로 그 유명한 아무개다 식으로 자신의 주변에 이렇게나 유명한 사람들이 많기 때문에 나도 곧 유명해질 것이 틀림없을 것이라는 허세를 부리는 데에도 누군가에 대한 아는 척은 나름 유용하다 할 것이다.

또한 사신의 가지관과 세계관을 간접적으로 표출하기 위해 누군가를 아는 척하는 경우도 간혹 있다.

자신은 제국주의를 반대하며, 모든 종류의 폭력과 권위에 반대하는 사람임을 표명하고자 마하트마 간디에 대해 심하게 아는 척하는 경우가 그러하고, 그 대척점으로 자신은 제국주의건 뭐건 알 바 아니며 수단과 방법을 가리지 않고 어떻게든 부를 축적, 세습하고 싶어 미치겠다는 속내를 밝히고자 할 때, 삼성 이건희 회장쯤의 세습 재벌에 대하여 아는 척을 넘어 그의 족보까지 줄줄이 외다 바치는 경우 역시 그러하다. 그 밖에 나폴레옹, 마오쩌둥, 김구, 박정희 등의 특히 역사적 인물에 대하여 아는 척하는 경우도 대체로 이에 해당된다 할 것이다.

아마도 어디 가서 심상정을 좀 아는 척하는 경우도 마찬가지일 것이다. 그녀와 개인적으로 금전관계가 있다거나, 혹은 30여 년 전 그녀에게 첫사랑의 연정을 품었다거나 하는 특수한 경우가 아니라면, 남들 앞에서 정치인 심상정을 아는 척한다는 것은 십중팔구 그녀를 지지하거나 혹은 비판함으로써 이곳 대한민국을, 나아가서는 나 자신을 둘러싸고 있는 삼라만상에 대해 자신이 어떤 방식으로 이해하고 있는지 드러내는 정신적 커밍아웃이 될 가능성이 높다는 얘기 되겠다.

바로 여기에 본 매뉴얼의 취지가 있다 할 것이다. 비록 오래전부터 심상정을 지지는 해 왔지만 남들 앞에서 그 이유를 말하라고 한다면 갑자기 입에 한가득 꿀이 고이며 의사소통에 불편을 겪는 이들에게, 그 반대로 진보 정치인 심상정을 전부터 비판은 해 왔지만 역시 마찬가지로 그 구체적 이유에 대해서는 자기 스스로도 잘 알지 못했던 이들에게, 본 매뉴얼은 그녀의 삶과 자신의 가치 판단이 얼마나 일치하고 있는가를 확인할 수 있는 속성 가이드이자, 일종의 심상정 데자뷰 현상을 도모하는 정치적 분신사바라 해도 무방할 것이다.

본격 아는 척 매뉴얼

물론 그녀의 25년 노동운동 스토리만으로도 도스토옙스키나 카잔차

키스의 전집 못지않은 분량을 뽑아낼 만한 질곡의 세월이 사무쳐 있다 할 수 있을 것이다. 하지만 본 매뉴얼은 어디 가서 그녀를 좀 아는 척만 할 수 있게 함으로써 시사적 교양 없음과 정치적 소양 없음이 들통 나지 않게 하는 데 최적화되어 있으므로 구구절절한 인생 스토리는 과감하게 생략했다. 다만, 꼭 알아 두어야 할 초간단 족집게적 아는 척 필수 요소에는 다음과 같은 것들이 있다.

1. 심상정과 가정환경

어쩌면 그녀 자신이 지지리 가난한 집안에서 태어나 괄약근이 찢어지는 고통을 감수했던 당사자이기 때문에 무슨 한이라도 맺혀 수십 년 노동운동을 지속할 수 있었으며, '가난한 사람을 위한 민주주의'라고 하는 단순명쾌한 구호(심상정이 민노당에서 대선후보 경선에 출마할 당시 내세웠던 구호이다)도 만들었던 것 아니겠냐며 쉽게 속단할 수도 있을 것이다.

하지만 꼭 그렇지는 않다. 그녀가 다녔던 초등학교인 도마산 초등학

교의 경우 그녀의 집안에서 부지를 제공해 세워진 학교이기도 하거니와 아버지는 오랜 시간 교편을 잡아 온, 당시로서는 엘리트라 말할 수 있는 신분의 가정에서 태어났다. 물론 파주에서 서울로 전답을 팔아 이사를 한 후에는 사업 실패로 집안이 기울어지며 부모님이 해 보지 않은 일이 없을 정도로 고생을 했다고는 하나, 명문대학에 진학시키기 위해 4남매를 도합 13수까지 시킬 수 있었다는 사실은 그녀의 집안이 소위 '팔뚝질의 대모'를 탄생시킬 수밖에 없었던 그런 최적(?)의 환경은 아니었음을 반중한다 할 것이다.

고로 어디 가서 심상정을 아는 척해야만 하는 자리에서 마치 지독한 가난이 마르크스를 탄생시켰거나, 혹은 정반대로 지나친 여유가 엥겔스를 만든 것 아니겠냐는 식의 안일한 짐작은 금물이다. 그녀는 모두가 가난했던 당시 대한민국의 상황에 비추어 봤을 때 나름 유복한 시골에서 태어나 철들 무렵 상경하여 그럭저럭 도시 서민의 삶을 영위하면서 알아서 잘 큰 보통사람이라 할 수 있다.

참고로, 현재는 경제적으로 오히려 악화된 상황이 아닐까 싶다. 그녀가 전직 국회의원이며 나름 일개 정당의 대표를 역임했음에도 불구하고 반지하를 전전하다 국회의원이 되고서야 대출을 받아 아파트 전세를 얻어 살고 있다는 점을 고려해 본다면 더욱 그러하다. 국회의원이나 유명인 정도 되면 당연히 번듯한 아파트 한 채 마련해서 살고 있어야 하는 게 아닌가 싶은 일반인의 상식에 치명적인 하이킥을 날리는 사실이라 할 것이다. 따라서 그녀를 지지하려는 자리에서는 이를 근거로 심상정의 정치철학에는 남다른 진정성이 있다며 열변을 토할 수도 있을 것이고, 혹여 비판하는 자리라면 그녀의 비속물적 청렴함이 이명박을 대통령으로 만드는 속물적 대중들에게 오히려 부담이 된다며 시니컬한 진단을 내릴 수도 있을 것이다.

2. 심상정과 서울대학교

이는 매우 예민한 아는 척 항목이라 하겠다.

애써 아는 척할 경우 그녀의 다른 수많은 장점과 인생역정에는 관심을 두지 않은 채 학벌에만 주목하는 대기업 인사과장적 마인드의 소유자로 의심을 살 수도 있고, 그렇다고 그녀의 학벌에 대해 침묵할 경우에는 앞서 언급한 것처럼 심상정이 가난한 빈민 출신이기 때문에 외길 노동운동을 걸어온 것 아니냐는 오해와 마찬가지로, 기득권이 될 수도 있었던 학벌과는 전혀 무관한 학력의 소유자일 것이라는 주위의 왜곡된 짐작을 방기할 수도 있기 때문이다.

이때 필요한 것이 바로 그녀의 출신 학교와 더불어 그녀가 전공한 학과에 대한 아는 척이라 하겠다.

그녀는 서울대학교 역사교육학과 출신으로, 이는 단순 서울대학교가 삶의 목표였던 것이 아니라 아이들을 가르치는 교사가 되고자 했던 어려서부터의 소박한 꿈이 반영된 결과임과 동시에, 18대 총선에서 덕양 주민들을 대상으로 내세웠던 '핀란드형 교육특구 조성'이라는 혁신적 공약 역시 급조한 사탕발림이 아니라 그녀의 학부 전공에서부터 비롯된 전문영역임을 방증하는 예가 될 수 있기 때문이다.

물론, 이쯤에서 한때 재벌 강사로 불리던 교육평론가 이범과 관련된 에피소드를 추가하는 것은 심상정의 교육철학을 아는 척하는 데 있어 추천할 만한 옵션이라 할 수 있다.

스타강사 이범과 심상정이 조우하게 된 계기는 국회의원과의 교분을 위해 이범이 적극 나섰기 때문도 아니고, 심상정의 정치적 수완 때문도 아니다. 18대 총선에서 심상정 후보가 내건 핀란드형 공교육 자율 학교를 만들겠다는 공약에 잔뜩 감동을 섭취한 이범이 스스로 찾아와 일면식도 없던 그녀의 선거를 돕겠다고 나섰기 때문이다.

그가 왜 심상정에게 제 발로 찾아가 소위 '돈 안 되는 일'을 하겠다고 자청했는지 한 언론사와 인터뷰했던 내용을 살펴보자.

총선 10여 일 전, 나는 경기도 고양시 덕양갑 선거구에 출마한 심상정 후보가 공교육 특구화를 통해 관내 공립 중·고등학교를 핀란드형 자율학교로 전환하겠다는 공약을 내놓은 것을 알게 되었다. 나는 심상정 후보와 일면식도 없었지만 바로 다음 날 선거본부에 찾아가 지지를 선언하고, 이후 매일 그곳으로 출근하며 대중 유세와 개별적인 설득 작업을 벌였다.

현재 교육 개혁의 리더십을 기대할 수 있는 곳은 실질적으로 정치권뿐이다. 그런데 한나라당의 개혁 방향은 고교평준화 원칙을 파괴한다는 점에서 대부분의 선진국과 정반대이며, 사교육비를 더욱 늘린다는 치명적인 문제를 안고 있다. 통합민주당의 정책은 교육예산 증액을 통한 '교육여건 개선'을 강조할 뿐(물론 이것도 시급한 과제이긴 하지만), 학교에서 교사와 학생이 만나는 방식 자체를 바꿔 보겠다는 발상은 없다. 내가 아는 한, 역대 총선이나 지자체 선거를 통틀어 현존하는 학교를 근본적으로 리모델링해 보자는 공약은 이번이 처음이었다.

(중략)

　　언론 보도를 통해 접한 독자도 있겠지만, 나는 심상정 후보가 당선되면 지역 고교에서 방과후 학교 강사로 일하고, 공교육 특구화가 실현되면 아예 교사로서 새로운 모델을 만드는 데 동참하겠다고 약속했다. 암울한 교육현실 속에서 이 공약에 희망을 걸고 '말뚝을 박을' 작정이었던 것이다.

(한겨레 2008. 4. 20)

　　메가스터디의 창립 멤버이자 연봉 18억의 스타 강사. 2003년을 마지막으로 연봉 18억을 포기한 채 무료 인터넷 강의에 올인해 화제가 되기도 했던 교육평론가 이범이 심상정과 인연을 맺게 된 것은 어찌 보면 이질적이지만 또 어찌 보면 당연한 귀결이라 할 수도 있을 것이다.

3. 심상정과 구로동맹파업

　　2007년 대구에서 심상정은 민주노동당원들을 대상으로 다음과 같은 발언을 한 적이 있었다.

　　"박근혜가 청와대 영부인 행세할 때 심상정은 구로동맹파업을 벌였습니다!"

　박근혜가 박정희의 딸이라는 상징성과 마찬가지로 심상정에게는 '구로동맹파업'이 그녀의 정체성을 대변하는 특별한 그 무엇이라는 얘기라 할 것이다.

　사실, 구로동맹파업을 온전히 심상정의 전유물인 것처럼 아는 척을 하는 데에는 무리가 있다. 설령 그녀가 당 사건의 배후자로 지목되어 대략 10년의 세월을 경찰에 쫓기며 온갖 고초를 겪었다 하더라도 구로동맹파업은 어느 탁월한 한 개인의 지도로 노동자들이 각성했기 때문에 일어난 결과라기보다는 당시 바로 턱밑까지 차오른 기업의 살인적 노동환경과, 마찬가지로 살인적인 정부의 노동운동 탄압의 틈바구니에서 파업에 참여했던 모두가 목숨을 걸었던 덕에 탄생한 공동 작품이라 할 수 있기 때문이다.

　다만, 현 경기도지사인 한나라당의 김문수가 그렇듯 많은 이들이 세월이 흐르면서 출세주의로 변절하기도 하고, 생계를 위해 어쩔 수 없이 노동운동을 포기하는 와중에도 심상정을 비롯한 극소수만이 현재까지도 변함없이 억압받는 자들의 권리를 위해 노력하고 있다는 점은 반드시 기억해야 할 사항이라 하겠다.

　참고로 구로동맹파업을 들먹이며 심상정은 아는 척했는데, 정작 구로동맹파업은 뭔지 잘 몰라 다 된 밥에 스스로 재를 뿌리는 참사가 발생할 수 있겠다 싶어 이 페이지에서 간단한 소개를 하고 넘어가고자 한다.

　소위 '공돌이', '공순이' 라고 하는 노동자에 대한 비하적 은어가 탄생한 진원지가 바로 구로공단이라 할 수 있는데 이는 1970년대에 본격적으로 형성된 구로수출산업공업단지의 준말이기도 하다. 누군가에게 피해를 주는 것도 아니고 온종일 일하며 그야말로 선진한국의 기틀을 다진 산업역군들에게 왜 공돌이, 공순이라는 속칭이 붙었던 것일까. 이유는 간단하다. 아무리 옳은 일을 힘들게 참고 하더라도 그들에게 정당한 몫이 분배되지 않는 한, 그것은 미래가 없는 노예의 삶에 불과하거나, 이용만 당하는 바보의 삶에 불과하기 때문이다.

　전태일의 죽음 이후, 그 노예와 바보의 삶을 벗어나고자 대우어패럴의 노동자들이 민주노조를 결성하고 평화적으로 단체협약을 마무리한 상황에서 난데없는 전두환 정부의 공안 탄압이 가해지면서 구로동맹파업은 발화되었다. 85년 6월, 대우어패럴 노조 집행부의 김준용 위원장과 강명자 사무장, 추재숙 여성부장이 경찰에 연행된 후 대우어패럴이 파업을 시작하고, 뒤이어 효성물산, 가리봉전자, 선일섬유가 파업에 동참했으며 남성전기, 세진전자, 롬코리아가 지지 농성으로 거들었다. 삼성제약은 중식 거부로 동맹의 뜻을 지원했으며 부흥사 역시 파업에 동참하고 많은 학생들과 재야단체의 지지가 이어지면서, 구로동맹파업은 단순 임금협상을 위한 파업이 아닌 노동환경개선과 정부의 노동자 탄압에 맞선 한국전쟁 이후 최초의 '정치파업'으로 평가되고 있다. 하지만 당시의 결과는 참담했다. 일주일 만에 막을 내린 동맹파업은 44명 구속, 1,300여 명 강제 사직 해고, 부상자 130여 명이라는 가공할 국가적 보복을 당했던 것이다.

심상정은 당시 동맹파업이 시작되기 전에 세번째 직장이었던 대우어패럴에서 이미 '위장취업'의 혐의로 해고된 상태였지만 노조 간부들과 비밀리에 만나 동맹파업을 주도해 나갔다.

그녀의 자서전에 수록되어 있는 당시 대우어패럴에서의 참담했던 생활에 대한 소회 한 대목을 살펴보도록 하자.

대우어패럴의 한여름 현장은 한마디로 살인적이었다. 선적일을 맞추느라고 여름에 겨울 모피 코트를 만드는데 먼지 때문에 선풍기도 틀지 못하게 했다. 미싱 모터와 다리미, 프레스 열로 45도가 넘는 현장에서 섬유 분진과 땀이 뒤범벅이 되어 온몸이 찐빵처럼 부풀어 올라도 공업용 얼음에 오렌지 가루를 섞은 주스 한 잔이면 만사 즐거운 순진무구한 표정들. 그 노동의 대가가 당시 미싱사는 일당 1,150원, 시다는 540원이었다.

또 노동자들은 가정 형편 때문에 못다 이룬 배움의 꿈을 산업체부설 특별학급에서 키워 가고 있었다. 오로지 공부를 할 수 있다는 꿈을 안고 올라온 열서너 살 어린 시다들이 온종일 서서 여리디 여린 팔목으로 무거운 다리미와 씨름을 했다. 학교에 다니며 한창 부모님께 어리광을 부릴 나이에 서둘러 교복을 벗고 현장에 나와 철야를 했다. 그러다가 잠깐 졸음에 프레스를 빠져나오지 못한 그 고사리 같은 손이 눌린 오징어처럼 흐물거렸다. 그런 참혹한 광경이 벌어질 때면 혼미해진 미싱 바늘이 내 엄지손톱을 밟고 지나가곤 했다.

(『당당한 아름다움』 p.38~39)

　결국 그녀는 구로동맹파업을 계기로 '1계급 특진과 5백만 원 현상금' 이 걸린 유명인(?)이 되어 처음 대중들에게 알려지기 시작했으며, 이후 서노련 결성, 전노협을 거쳐 민주노총 창립, 금속산별노조 건설에 이르기까지 여성 노동운동가로서의 강철과도 같았던 25년의 대장정을 걸어오게 된 것이다.

4. 심상정과 17대 국회

　이제 비교적 최근의 아는 척 항목이 시작된다 하겠다.

　그녀는 2004년 민주노동당의 비례대표 후보로 출마하여 17대 국회의원으로 당선되었다. 앞서 살펴보았던 대로 구로동맹파업을 시작으로 금속노조 사무총장에 이르기까지 노동계에서는 이미 위명을 날렸던 그녀였기 때문에 비례대표 1번이라는 배정 자체가 심상정에 대한 민주노동당 내의 신뢰도를 의미한다 할 것이다. 하지만 노동계가 어찌 돌아가는가와 상관없이 생업에만 매진했던 다른 국민들의 경우 그녀가 비례대표 1번으로 당선되었던 과정 때문에 오히려 심상정을 알 수 있는 기회가 적었고, 혹은 한술 더 떠서 비례대표 1번이 의미하는 구태 정치의 관습적 의미 때문에 꽁으로 국회의원이 된 사람처럼 인식하는 경우가 많았던 것이 사실이다.

바로 이때 아는 척해야 할 것이 17대 국회에서 그녀가 성취했던 의정활동 내역이라 하겠다. 대개 꽁으로 국회의원이 된 사람은 역시 꽁으로 의원질을 하며 당 간부들과 다음 공천 거래에만 매진하는 것이 일반적인 만큼 17대 국회에서의 화려했던 의정활동 내역은 곧 심상정이 왜 비례대표 1번이 될 수밖에 없었는가를 역으로 증명하기 때문이다.

먼저, 좀 낯간지러워 보이긴 하지만 17대 국회 의정활동과 관련해 그녀가 공식 수상하였던 각종의 시상내역을 한번 살펴보도록 하자.

- 한국사회과학데이터센터, 국감의원 총평가 재경위 1위 (문화일보, 2004.10.25)
- 여야 통틀어 가장 모범 '국정감사 최고 스타' (한겨레 2004.10.18)
- 국정감사 NGO 모니터단, 2004, 2005, 2006년 3년 연속 국정감사 우수의원
- 여야 의원이 뽑은 2004년 최고 국회의원 (경향신문 2004.12.20)
- 정치부기자가 뽑은 2004년 한국정치인 성적표 1위 (일요신문 2004.12.26)
- 초선의원이 뽑은 2004 베스트 의원 1위 (시사저널 2004.12.30)
- 신라대학교 국제관계학과, 거짓말 안하는 정치인 BEST5 (2005.4.1)
- 국회도서관 이용 우수상 (국회의장 2006.2.20)
- 국회의원 의정활동 평가 우수의원 (경향신문 2005.5.26)
- 바른사회 · 밝은정치시민연합, '새천년 밝은 정치인' 상 수상 (2006.10.2)
- 국회 선정, 2006년 입법 · 정책개발 최우수의원 (2006.12.21)
- 네티즌이 뽑은 '폴컴' 베스트 정치인, 2006년 연간 종합 1위 (2007.3.22)

— 정치부 기자가 뽑은 백봉신사상, 의정활동 분야 1위 (2007.12.7)

주목해야 할 것은 무슨 진보성향의 시민단체나 언론사에서만 그녀를 추켜세운 것이 아니라, 같은 국회의원들마저도 여야를 막론하고 17대 최고의 의정활동 의원으로 심상정을 선정했다는 점이라 하겠다.

대체 무슨 일들을 얼마나 열심히 했기에 이런 파쇼적(?)인 수상내역을 차지하게 된 것일까.

비교적 사소한 성과들은 생략하고 딱 세 개의 굵직한 활약상만 아는 척 해보라고 한다면 다음과 같은 것들을 꼽을 수 있다.

첫째는 2004년 국정감사에서 이헌재 당시 경제부총리에게 굴욕을 선사한 사건이라 하겠다. 심상정은 17대 국회 재경위에 소속되어 '모피아' 즉, 금융 조폭 패밀리라 할 수 있는 재무부 출신 인사들을 상대로 초기에는 전문 지식이 부족하여 애를 먹었다. 하지만 특유의 오기와 근성으로 짧은 기간 동안 놀라운 학습능력을 과시하며 2004년 국정감사에서 대박을 터뜨리게 되었으니 그것이 바로 소위 '이헌재의 굴욕'이라 불리는 사건인 것이나.

이명박 정부에서 더욱 심화되긴 했지만 이전 노무현 정부에서도 마찬가지로 대기업 중심의 환율정책이 시행되고 있던 터, 그녀는 수출 대기업을 위한 인위적인 환율방어의 문제점을 파악하던 중 재경부가 별 생각 없이 제출한 자료를 통해 정부가 파생상품 시장을 통한 외환 개입으로 1조 8천억 원대의 대규모 손실을 초래했음을 밝혀냈던 것이다.

당시 사건을 보도했던 인터넷 신문의 보도 내용을 살펴보도록 하자.

〈심상정, '백전노장' 이헌재 굴복시키다! 재경부의 파생상품 투자 손실 1조 8천억 적발, 이헌재 '백기항복'〉

이헌재 경제부총리 겸 재정경제부장관이 환율방어를 위해 파생금융상품에 투자해 거액의 손실을 입은 사실을 공식 시인했다. 이 같은 사실은 심상정 민주노동당 의원의 날카로운 국정감사에 따른 결과다. 금융계에서는 "국회의원 초년병인 심 의원이 백전노장인 이헌재 부총리를 초토화시켰다"며 "재경위 의원들 가운데 단연 군계일학"이라고 놀라워하는 분위기다.

(중략)

심 의원은 국정감사에 앞서 재경부에 대해 올 1~8월의 외평기금 이자지급액과 외평기금 발행잔액을 요구했다. 외평기금이란 환율 안정을 위해 외국환평형기금채권(외평채)을 발행해 조성되는 기금을 가리킨다. 재경부는 별다른 생각없이 자료를 제출했다. 그러나 재경부 입장에서 보면 '재난의 시작'이었다. 심 의원은 두 자료 사이에 숨겨진 '비밀의 열쇠'를 찾아냈다. 외평기금은 올 들어 30%도 안 늘어났는데, 이자 지급액은 이미 작년 지급액의 두 배나 급증한 '괴이한 미스테리'를 찾아낸 것이다.

(중략)

심 의원은 바로 이 1조 8천억 원이 정부가 환율방어를 위해 핫머니들의 투기판인 파생금융상품 시장에 겁없이 뛰어들어 발생한 손실이라는 사실을 간파, 재경부를 몰아침으로써 마침내 이헌재 부총리

로부터 백기항복을 받아내기에 이르른 것이다.

이 부총리의 백기항복을 지켜본 정부계 금융기관의 고위관계자는 "재경위원들 가운데 단연 심상정 의원이 군계일학"이라며 "평생 노동운동만 해와 경제는 문외한일 것으로 여겨져 온 심 의원이 이처럼 날카롭게 허점을 치고 올 줄은 아무도 예상 못 했었다"고 격찬했다.

(프레시안 2004. 10. 12.)

둘째는 소위 '삼성 저격수'로 불리며 삼성 총수를 넘어 대한민국 총수로 군림하는 이건희 회장을 상대로 재임 중 홀로 맞짱을 뜬 사건이라 하겠다.

삼성의 변칙증여와 편법상속, 탈세, 원하청 불공정거래, 불법 정치자금 제공, 노동 탄압 등을 이유로 그녀는 3년 동안 삼성 이건희 회장을 증인으로 채택하여 국정감사에 세우고자 했던 것이다. 물론 그 결과는 이미 다들 알다시피 그녀의 참패였다. 2004년 국감에서는 해외 체류를 이유로 이 회장은 출석하지 않았고, 2005년에는 다른 국회의원들이 알아서 기며 그의 출국 사실이 확인된 후에야 증인 채택안을 의결했으며, 2006년에는 증인 채택안 자체가 국회에서 부결되었던 것이다.

이 과정에서 삼성 쪽에서는 심상정에게 괜히 국감장에 불러서 얘기하려 하지 말고 직접 이건희 회장과 만나서 독대를 할 수 있는 기회를 주겠다고 제안한 바도 있었다고 하니 이쯤에서 "그때 심상정이 독대를 했다면 이 회장이 과연 얼마를 제시했을까? 나 같으면 널름 받았을 텐데, 이히히." 정도의 너스레를 떨어 주는 것도 비록 비굴하기는 할지언정 심상정의 디테일한 부분까지 자연스럽게 아는 척을 할 수 있는 괜찮은 방법이라 할 것이다.

많은 국민들은 삼성이 망하면 대한민국도 망한다는 식의 생각을 갖고 있다. 그녀가 17대 국회에서 줄기차게 이 회장을 국감증인으로 세우려 했던 노력이 좌절되었음에도 누구 하나 놀라는 사람도 없고, 김용철 변호사의 메가톤급 양심선언이 있었음에도 불구하고 감옥에 가기는커녕 떡하니 가장 존경받는 기업인으로 추앙받고 있는 현실이 이를 증명한다 할 것이다.

하지만 여기에는 한 가지 잘못된 전제가 있는 듯하다. 심상정이 그토록 이건희 회장 일가의 비리를 물고 늘어지는 것은 무슨 삼성그룹을 부도 내서 수출산업을 좌초시키려는 것이 아니다. 이건희 회장이 지은 죄에 대하여 법 조문에 의거 정당한 죄값을 치르도록 하려는 것일 뿐이다. 즉, 이건희 회장이 구속된다면 망하는 건 이건희 개인이지 삼성 그 자체는 될 수 없다는 얘기이다. 알다시피 삼성은 이 회장 일가가 혼자 일궈 낸 것이 아니라 수십만 국민들의 눈물과 피땀이 어우러져 지금까지 성장한 회사이기 때문이다. 하지만 국민들은 여전히 이 회장을 처벌하면 삼성이 망하고, 삼성이 망하면 대한민국이 거덜날지도 모른다는 생각을 갖고 있다. 국민들 스스로의 공은 인정하려 들지 않고, 남의 공만 인정하려는 매우 보기 드문 이 가공할 겸손함이 대체 어디서 나온 것인지는 필자도 알 수 없다. 평소에는 정반대이면서 말이다.

이에 대해 심상정은 한 언론사의 좌담회에서 이렇게 얘기한 바 있다.

"대한민국 영향력 1위, 신뢰도 1위, 대학생 선호도 1위의 삼성. 삼

성의 성공이 곧 국민의 성공이라는 착시현상이 있다. 누구나 삼성은 초일류기업이라고 칭송하고 누구나 삼성의 일원이 되고 싶어 한다. 정부 관료들은 삼성의 경영기업을 벤치마킹하느라 줄 선다. 그게 현실이다. 삼성그룹과 이건희 일가는 속으로는 범죄를 저질렀다고 생각할 거다. 불법 정치자금 살포, 세금 안 내기, 노조탄압, 중소기업 착취, 이게 다 불법이다. 그러나 대한민국을 먹여살리는 삼성의 그 정도 티끌은 마땅히 눈감아 줘야 한다는 인식이 깔려 있는 거다."

(오마이뉴스 2008. 4. 23)

마지막은 노무현 정부 시절 한미 FTA와 관련하여 개방 반대의 축을 논리적으로 구축한 활약이라 하겠다. 사실 이 부분은 워낙 논쟁이 첨예한 부분인 데다가, 한미 FTA를 통해 구체적 경제지표가 나오지 않은 상황이기 때문에 공인지 과인지를 단언하기는 힘든 부분이라 할 수 있다. 게다가 2009년 5월 노무현 전 대통령의 서거가 있은 후, 고인에 대한 국민적 추모가 물결치면서 과거 노무현은 모든 것이 옳았고, 노무현을 공격하던 반대사는 모두 틀렸다는 식의 극단적 분위기에 눌려 한미 FTA에 관한 심상정 아는 척은 생각지 못한 화를 불러일으킬 위험이 있다는 것도 잊지 말아야 할 부분이라 하겠다.

먼저, 그녀가 노무현 정부 시절 대통령을 '종교적 낙관론자' 라는 비아냥까지 써가며 강하게 비판(2006년 8월 25일, 국회특위와 청와대의 간담회에서)했던 이유를 간략히 정리하자면 다음과 같다.

첫째는 FTA 수혜 대상에 문제가 있다는 비판이다. FTA가 아무에게도 이득을 주지 않는 것은 아니고 오직 경쟁력 있는 대기업만이 수혜를 입을 것이고 그 반대급부로는 서민 경제의 파탄이 초래될 것이라는 게 요지이다.

둘째는 FTA 체결 근거에 대한 비판이다. 과거 노 대통령이 대외 의존도가 70%에 달하는 우리나라로서는 FTA가 필수불가결하다는 논리에 대해 정면으로 반박한 내용이라 하겠다. 대외의존도가 70% 이상인 건 결코 자랑이 아닐 뿐만 아니라, 외적 변수에 의해서 우리 경제가 불안정해질 수 있기 때문에 오히려 대외의존도를 끌어내리고 내수경제의 비중을 높이는 정책 기조로 가야 한다는 것. 즉 대외의존도가 높기 때문에 FTA를 강행한다는 것은 근본 문제는 생각지 않은 채 발등의 불만 끄고 보려는 졸속 처방에 불과하다는 비판이라 할 수 있다.

셋째는 FTA 순서에 대한 비판이다. 그녀의 '세 박자 경제론'의 한 틀이기도 하며, 앞서 제기한 두 개의 문제에 대한 대안을 제시한 내용으로 경제위기의 요인인 거시경제의 변동성을 줄이고, 내수경제를 활성화하기 위해서라도 동아시아 차원의 경제공동체를 먼저 건설해야 한다는 주장이다. 즉, FTA를 하려면 동아시아 FTA를 먼저 한 후 동아시아 경제 블록이 공동으로 미국과 판을 벌려야 한다는 얘기 되겠다.

정답이 무엇인지는 필자 역시 알 수 없다. 하지만 이 정도 근거로 어디 가서 한미 FTA를 반대한다고 하면 적어도 좌파진영의 근거 없는 발목잡기라는 식의 근거 없는 비난을 받을 일은 없을 것임에 분명하다 할 것이다.

참고로, 참여정부 시절 진보진영이 열린우리당으로 대변되는 민주개혁세력에게 오히려 한나라당보다 더 각을 세울 수밖에 없었던 상황에

대해 심상정이 했던 명언이 있어 수록하고자 한다.

"열린우리당과 한나라당 사이에는 샛강이 흐르고, 열린우리당과
민주노동당 사이에는 큰 강물이 흐르고 있습니다."
(노무현 대통령의 대연정 제안에 대한 민주노동당의 논평에서)

5. 심상정과 18대 총선 낙선

이제 심상정에 대한 아는 척의 마지막 항목이자 가장 민망한 부분이
라 할 것이다.

심상정은 앞서 나열한 대로 대한민국 노동자들의 권리를 위해 25년
을 그야말로 목숨을 걸고 싸웠으며, 국회의원이 되어서는 누구보다 뛰
어난 의정활동을 해 왔지만 18대 총선에서 근소한 차로 낙선하고 말았
다. 그녀가 낙선한 이유에 대해 아는 척하기 위해서는 다음과 같은 정황
이해가 필요하다 하겠다.

첫째, 심상정의 낙선에는 민주노동당 내 자주파와 평등파의 정파적,
혹은 족보적 갈등에 의한 분당사태가 있었다는 것을 꼽을 수 있다. 자주
파와 평등파의 갈등, 또는 NL계열과 PD계열 간의 내홍에 의한 민주노
동당에서 진보신당으로의 분당 이유에 대해 설명하는 것은 사실상 불

가능해 보인다. 이미 진보계열에 몸을 담고 있는 사람이라면 지겹고 민망해서 이 의제에 대해 더 이상 논하고 싶어 하지 않기 때문이기도 하고, 이런 내부 논쟁에 연관되지 않은 일반인들은 아예 잘 모르거나, 또한 알고 싶어 하지도 않아 보이기 때문이다.

어쨌든 이 정파적, 혹은 족보적 갈등이 분당사태의 근본적 원인이기는 하므로 대략적인 이해는 필요할 것이다. 자주파의 경우 이름에서도 충분히 그 뉘앙스를 느낄 수 있듯 대한민국의 현 상황은 미 제국주의에 의한 식민 상태이기 때문에 이 상황을 최우선으로 극복해야 한다고 주장하고, 평등파 역시 그 이름에서 대략은 짐작을 할 수 있듯 민중민주주의에 의해 예정된 절차를 밟아 마지막 한방으로 마르크스적 사회주의 세상을 건설해야 한다고 주장한다. 무슨 얘기인지 잘 모르겠다면 일단은 넘어가자. 둘 사이의 차이점만 얘기하는 데도 몇 권의 책은 충분히 나올 수 있는 분량이기 때문이다.

사실, 진보진영 내에서 갈리는 정파들의 최종 사회적 지향점에는 별 차이가 없다고 할 수 있다. 모두가 행복한 세상을 만들고 싶어 한다는 점에서. 다만 무엇을 먼저 바꿔야 하느냐는 전략적 관점에서 그 차이가 존재한다 말할 수 있는 것이다. 즉, 누구나 행복한 세상을 만들고 싶다는 목적은 같지만 그 전략의 차이로 벌써부터 누군가는 불행해지고 있다는 얘기 되겠다.

아마도 이쯤에서 앞서 심상정이 열린우리당과 한나라당 사이에는 샛강이 흐르고, 열린우리당과 민주노동당 사이에는 큰 강물이 흐르고 있다던 논평을 받아, 그럼 민주노동당과 진보신당 사이에는 대체 얼마만한 물길이 가로 막혀 있는 것일까 정도의 자조 섞인 탄식의 멘트 정도를 날려 주는 것이 아는 척 묻어가는 적절한 대사라 할 것이다.

둘째, 심상정의 낙선은 당시 18대 총선의 투표율과 무관하지 않다는 것도 매우 중요한 아는 척 요소라 할 수 있다. 투표가 끝난 후 개표가 완

료되기도 전에 그녀는 낙선을 예감했었다고 한다. 왜냐면 투표율이 52%는 넘어야 당선이 가능한데 5시 30분의 최종 투표율은 45%에 불과했기 때문이라고 한다. 이는 참 아이러니한 문제라 아니할 수 없을 것이다. 민의가 반영되면 반영될수록 당선 가능성이 높은 후보임에도 불구하고 민의가 반영되는 것을 스스로 포기하는 민의 때문에 결국 낙선을 했다는 얘기가 되기 때문이다. 이것이 간접민주주의의 구조적 한계 때문인지, 유권자의 투표 의지까지 말살시켜 버릴 정도로 정치판이 기획적으로 혐오감을 부추겼기 때문인지, 그도 아니면 투표장까지 가는 행위가 사막 횡단이라도 하는 순례자의 그것처럼 유권자에게 육체적, 정신적 고통을 유발하기 때문인지 필자는 알지 못한다.

다만 분명한 것은, 17대 국회의원 임기에서 가장 우수한 법안을 내놓고, 가장 성실하게 의정활동을 했다며 국민적 지지를 받았던 심상정은 18대 총선에서 바로 그 국민들에 의해 낙선을 했다는 사실이라 하겠다.

마치며

카뮈는 그의 저서 페스트에서 '세계의 악은 거의가 무지에서 오는 것이며, 또 선의도 총명한 지혜 없이는 악의와 마찬가지로 많은 피해를 입히는 수가 있는 법이다'라고 언급한 바 있다.

이는 굳이 먼 곳에서 예를 찾을 필요도 없는 얘기라 할 것이다. 여전히 김대중은 빨갱이라며 현충원에서 이장시켜야 한답시고 부관참시의 퍼포먼스를 행하는 이들을 평가하는 데는 '악하다'는 평가보다는 '무지하다'라고 하는 평가가 적절하다. 또한 진보신당이 다른 어떤 정당보다 국민 다수를 위한 콘텐츠를 개발해 왔으며, 심상정이 국내 다른 어떤 정치인보다 설득력 있는 비전으로 성실하게 의정활동을 해 왔다는 사실은 알지 못한 채 대한민국 정치가 발전하기를 바라는 선의는 악의와 마찬가지로 잘못된 결과를 낳을 수도 있다.

심상정을 아는 척이라도 해야 하는 이유가 바로 여기에 있다 할 것이다. 세상의 진보는 최대한 많은 것을 알려는 이들에 의해 이루어질 것이 분명하기 때문이다.

김용석

「딴지일보」편집장. '너부리'라는 필명으로 정치, 사회, 문화, 엽기 관련의 글쓰기를 해왔으며, '남로당(남녀불꽃노동당)'이라고 하는 초유의 성인 정당을 창당하기도 했다. 지은 책으로『명작을 읽지 않은 이들을 위한 읽은 척 매뉴얼』이 있다.

나의 아름다운 동지 심상정

— 편집부

심상정에 대해 이야기할 때 빼놓을 수 없는 것이 노동운동 활동가로서 보낸 25년과 구로동맹파업이다. 이때의 활동에 대해 심상정이 대우어패럴에서 근무했던 시절, 함께했던 세 명의 동지들의 이야기를 정리했다. 이에 앞서, 1985년 구로동맹파업의 배경과 투쟁 과정, 의의 등을 역사학연구소 유경순 연구원의 글을 발췌하여 소개한다. 이 밖의 구로동맹파업 관련 자료로는 다음과 같은 것들이 있다.

· 구로동맹파업 관련 자료

『선봉에 서서』 서울노동운동연합회, 돌베개, 1986.

『아름다운 연대』 유경순 씀, 메이데이, 2007.

『같은 시대, 다른 이야기』 유경순 엮음, 메이데이, 2007.

〈인터넷으로 만나는 구로동맹파업〉 www.kuro85.org

들불처럼 타오른 아름다운 연대, 1985년 구로동맹파업

1985년 구로동맹파업은 6월 22일 '대우어패럴 노조 간부 3인의 구속 사건'을 계기로 6월 24일부터 6월 29일까지 6일 동안 전개된 투쟁이다. 5개 노조의 동맹파업과 5개 노조의 지지연대 투쟁, 그리고 노동운동단체와 사회운동단체의 지지연대로 확대된 구로동맹파업은 한국전쟁 이후 '최초의 정치적 동맹파업'이었다.

80년대 전반기 노동운동과 구로지역 민주노조운동

12 · 12 군사 쿠데타로 등장한 신군부정권은 '70년대 민주노조'를 강제 해산시키고, 노동법을 개악해 제3자 개입금지 조항으로 노동자의 단결을 가로막으며 '임금 가이드 라인 정책'으로 저임금을 강요했다. 또한 노조결성 금지, 산업별 노조의 활동 유보를 골자로 한 '노동조합활동지침'을 내리고 '노동조합정화지침'을 통해 민주노조의 간부들을 삼청교육대로 끌고 가 순화교육을 시켰다.

1980년대 전반기 노동운동은 신군부정권의 노동운동 탄압에 굴하지 않고, 비공개 활동을 통해 새로운 흐름을 만들어 갔다. 70년대 민주노조 출신의 선진 노동자들이 정권의 감시를 피해 사업장 안팎의 모임을 추진했으며, 학생 운동가들이 집단적으로 서울과 수도권의 공업단지를 중심으로 현장에 취업하거나 지역 소그룹 활동을 했다.

1983년 말 정권의 부분적 자유화 조치로 유화국면이 조성되자, 3년 동안 눌려 지냈던 노동자들은 임금인상과 근로조건개선 투쟁을 벌이고 노동조합을 결성하기 시작했다. 구로지역에서도 노조 결성 움직임이 본격화됐고 1984년 6~7월 가리봉전자, 대우어패럴, 선일섬유, 효성물산에 민주노조가 결성됐다.

이 시기 민주노조운동의 특징은 다양한 연대활동을 시도했다는 점이다. 동일 지역이라는 공간적 특성과 여성노동자 중심, 봉제나 전자라는 업종의 유사성이라는 조건은 연대활동에 유리하게 작용했다. 또 1985년 임금인상 투쟁을 통해 정부의 임금동결 정책을 무너뜨린 것은 개별 노조를 뛰어넘어 노동자 연대를 강화할 수 있는 중요한 계기가 됐다.

노동운동 탄압과 동맹파업

신군부정권은 점차 활발해지는 노동운동과 학생운동이 정권 유지를 위한 정치 일정(1986년 아시안게임, 1987년 대통령 선거 등)을 안정적으로 추진하는 데 장애가 될 것이라는 판단 속에, 유화적 통제방식을 거두고 민주노조를 비롯한 민중운동 전반에 걸쳐 본격적인 탄압을 강화했다. 1985년 대우자동차 투쟁과 5월 미문화원 점거농성 투쟁을 기점으로 정부는 활동가들을 '위장취업자', '불순세력' 으로 몰아가면서 폭력적으로 탄압했다.

민주노조운동이 가장 활발하던 구로지역은 정권의 주요 통제대상으로 정권은 민주노조들을 개별적으로 무력화시키려는 방식을 택했다. 그 탄압의 시작은 1985년 대우어패럴 임금인상투쟁 과정에서 파업을 주도한 노조 간부에 대한 회사 측의 고소 · 고발 건을 이용한 것이었다.

구로동맹파업 일지

6월 22일. 대우어패럴 김용준 노조위원장, 강명자 사무장, 추재숙 여성부장 등 노조 집행부 3인이 출근길에 구속되었다. 조합원들은 회사 측에 고발 취소를 요구했으나 무시당하자 오후 5시까지 농성을 했다. 이날 안양에서 한국노총이 지원하는 '조합간부 합동교육' 에 효성물산, 선일섬유, 가리봉전자, 지역 해고자 등 약 200명의 노동자들이 참석하고 있었다. 노조 간부 구속사건을 전해 들은 참가자들은 대책을 논의하고 연대투쟁을 결의했다.

6월 23일. 대우어패럴 노조는 임시대의원대회를 개최하여 24일 파업을 하기로 결정했다. 이어 대우어패럴, 청계피복, 효성물산, 선일섬유, 가리봉전자 등의 노조 간부들이 청계피복노조 사무실에 모여 6월 24일에 동맹파업을 벌이기로 결정하고 연대투쟁위원회를 구성했다.

6월 24일. 오전 8시부터 대우어패럴 조합원 285명이 회사 측의 저지를 뚫고 파업 농성에 돌입했다. 농성장에서는 〈노예로 살 것인가! 싸워 이길 것인가!〉라는 선언문을 통해 정권과 여러 악법이 기업주의 편에 서서 노동자들을 억압하는 사실을 폭로했다. 오후 2시에는 가리봉전자, 선일섬유, 효성물산노조가 '임시총회'를 거쳐 동맹파업을 결정하고 농성을 시작했다. 〈노조탄압저지 결사투쟁선언〉이라는 공동투쟁 선언문이 낭독되고 배포됐다. 이 선언문에는 대우어패럴 노조 탄압이 곧 자신들의 노조 탄압으로 이어질 것이므로 동맹파업을 통해 이에 저항해야 함을 제기했다. 동맹파업 첫날 4개 노조 조합원 1,300여 명이 파업에 참여했다. 첫날부터 대우어패럴 사측은 파업현장의 전기와 물, 식사 공급을 끊었다.

6월 25일. 구로 3공단에 있는 남성전기, 세진전자, 롬코리아의 노조원 약 570명이 작업시간 이후 동맹파업을 지지하는 농성투쟁을 벌였다. 청계피복노조 등은 구로공단 일대에 〈구로지역 20만 노동자여! 다 함께 일어나 싸우자!〉라는 연대투쟁 지지 유인물을 광범위하게 뿌리고, 부흥사에서는 민주노조원 명의로 〈단결만이 살길이다〉라는 선언문을 발표했다.

6월 26일. 사측의 현장차단 하에 부상자와 실신자가 속출하자 효성물산 노조가 공장에서의 동맹파업 농성을 해산하고 신민당사에서 농성을 시작했다. 가리봉 5거리와 공단입구에서 노동운동탄압저지투쟁위원회와 청계피복노조 등을 중심으로 수백 명의 노동자와 학생들이 참여한 가두시위가 벌어졌다.

6월 27일. 사측의 단수와 식사 차단, 술 취한 관리자들의 성희롱과 폭력, 노동부의 협박과 회유 속에 부상자와 실신자가 속출하자 가리봉전자와 선일섬유 노조가 동맹파업 농성을 해산했다. 효성물산과 청계피복 노동자들이 노동부 중부지방사무소에서 노동부장관 면담을 요구하며 농성투쟁을 시도했으나 경찰의 폭력진압으로 해산했다. 성수동의 삼성제약 노조가 다음 날까지 이틀간 동맹파업을 지지하는 연대투쟁을 벌였다.

6월 28일. 부흥사 조합원도 노동운동 탄압에 항의하며 동맹파업을 시작했다. 부흥사의 파업은 회사 측 폭력단에 의해 당일 저녁에 해산됐으나, 동맹파업 참여투표 부결 등 쉽게 움직이지 않던 노조를 노동자들이 설득하여 동맹파업 참여를 결정했다는 점에서 의미가 크다.

6월 29일. 대우어패럴 농성장에 대학생 18명이 식량과 의약품을 갖고 들어갔다. 회사 측은 이를 빌미로 삼아 폭력단 500여 명을 동원하여 농성장의 벽을 뚫고 6일간의 단식, 단수로 탈진한 조합원들을 각목과 쇠파이프로 구타하여 강제 해산시켰다. 경찰은 이를 묵인하고 방관하며 폭력을 비호했다.

노동자투쟁에서 정권 규탄 투쟁으로

6월 24일, 4개 사업장에서 시작된 동맹파업은 6일 동안 굶주리면서 싸운 대우어패럴 노농자 80여 명이 29일 강제 해산됨으로써 일단 막을 내렸다. 이날까지 5개 사업체의 동맹파업과 5개 사업장의 지지 연대를 통해 총 2,500여 명의 노동자가 연대투쟁에 참여했다. 6일 간의 투쟁으로 구속자 43명, 불구속 38명, 구류 47명을 비롯해 강제 해고 1,300여 명에 이르는 대규모의 피해가 있었다.

구로동맹파업과 관련한 사회운동세력의 지지농성과 지지성명서 발표는 계속 이어졌다. 6월 26일, 민주통일민중운동연합과 한국노동자복지협의회, 청계피복노조를 비롯한 18개 단체가 〈현 정권의 노동운동 탄압은 스스로의 말로를 재촉할 뿐이다〉라는 공동성명서를 발표하고 나흘간 지지농성을 벌였다. 이날 대학생 두 명이 공단 내 굴뚝에 올라가 시위를 하고 전국학생총연합회 명의의 선전물을 배포하면서 학생들도 가리봉에서의 가두시위에 참여했다. 농민운동단체들도 성명서를 발표하여 정권의 노조탄압을 규탄하고 동맹파업 노동자들에게 지지를 표시했다. 구로동맹파업은 노조 간부 구속에 항의하는 노동자들의 투쟁에서, 제반 사회운동세력이 노조탄압 중지를 요구하며 정권을 규탄하는 민중연대투쟁으로 변화 확산되었다.

— 이 글은 역사학연구소 유경순 연구원의 글을 발췌 정리한 것입니다.

심상정과 구로동맹파업

구로동맹파업의 심층에는 정치적 상황과 공단의 여러 요인을 모아 연대활동으로 엮어낸 조합 간부와 지역 노동운동가들의 목적의식적인 노력이 있었다.

각 사업장에서는 학생운동 출신 활동가들과 선진 노동자들이 함께 활동하였으며, 현장활동 기간이 길고 대중적인 지도력을 갖춘 선진 노동자들이 주로 간부로 활동하며 노조활동을 주도했다. 지역에는 지역 차원의 비공개 모임이 다수 구성되어 연대활동에 지렛대 역할을 했다. 각 사업장과 지역 차원의 핵심적인 연대활동의 중심에 학생 출신 노동운동가 심상정이 있었다.

심상정은 대학 3학년인 1980년, 카세트 외장을 제작 납품하는 대동

전자 인쇄반에서 공장활동을 시작했다. 잉크 냄새로 가득한 공장 안에 환풍기 한 대 없는 작업 환경 속에서 헛구역질을 참으며 고된 노동을 해야 했던 심상정은 동료들과 함께 임금인상과 식사개선을 요구했으나 곧바로 해고되었다.

두번째 직장인 남성전기에서는 20명이 조를 이루어 컨베이어벨트를 따라 전기부품을 조립했다. 모두들 어깨에 심한 통증을 호소했고, 심상정도 어깨에 그 시절에 얻은 장애가 남아 있다. 남성전기에서는 노동조합 교육부장으로 일하다 1981년 강제 사직당하게 된다.

1983년, 심상정은 구로동맹파업의 시발점이 되는 종업원 2천 명 규모의 대우어패럴에 미싱사로 '위장취업' 한다. 1984년 6월, 대우어패럴 노동자들은 사측의 회유와 협박, 탄압을 이겨내고 마침내 노동조합을 설립하는 데 성공하지만, 심상정은 12월에 위장취업이 드러나 해고된 상태로 활동하게 된다.

경찰의 '내부 수배' 상태에 있던 그는 해고된 뒤에도 단위 사업장 노조들이 일상적인 연대를 이룰 수 있도록 구로지역 정치소모임을 이끌며 비공개 지역활동을 계속해 나갔다.

1985년 6월 22일, 대우어패럴 노조 간부들이 구속되자 그는 곧바로 노조 활동가들과 만나 동맹파업 준비에 들어갔다. 이틀 후, 대우어패럴을 시작으로 구로동맹파업이 일어나고 심상정은 전태일기념사업회에서 노동운동단체들과 연계하여 구로동맹파업을 총괄했다. 이때 구로동맹파업 배후로 지목되어 '1계급 특진, 현상금 500만 원'과 함께 공개 수배되었으며, 9년 동안의 긴 수배생활로 들어가게 되었다.

두려움 없이 어둠을 헤쳐 나간 큰사람

— 강명자 (전 대우어패럴 노동조합 사무장, 구로동맹파업을 촉발시킨 대우어패럴 노조 간부
3인 중 한 명. 현재 독산동 한진어패럴 근무)

심 언니를 처음 본 건 84년도 대우어패럴 노조 결성 즈음이에요. 어느 날, 아는 언니가 '신림동 어느 경양식집에 가 봐. 그러면 너를 만날 사람이 있을 것이다' 해서 갔더니 심 언니였어요. 일하던 과도 다르고 나는 언니가 누군지 몰랐어도 언니는 내가 누군지 알고 있었으니까 만나게 된 거죠. 처음에는 힘들지 않느냐, 고생한다 하면서 노조 하는 근황이나 그런 이야기를 나눴어요. 노조 활동은 힘들어도 당연히 내가 해야 할 일이라고 생각했으니까 열심히 했어요.

그러다 어느 날인가, 심 언니랑 1박 2일로 속리산에 다녀온 적이 있어요. 그때가 참 기억에 남는데, 난 주변이 탁 트인 나주 출신이어서 산이라는 데를 가본 적이 없었거든요. 게다가 그때는 요즘처럼 가로등이 많기를 하나, 산 초입부터 아주 캄캄했어요. 속리산에 있는 어떤 절에 가는 길이었는데, 언니가 그러더라고요, 절에 가려면 시주를 해야 한다고. 쌀 한 말을 자루에 담아 가지고, 그걸 턱 하니 머리에 인 채로 그 캄캄한 산길을 성큼성큼 걷는데……. 나는 나 먹을 과자 나부랭이나 몇 개 들고는 무서워서 달달 떨며 가는데, 심 언니는 그 쌀을 이고 어찌나 잘 가는지 사람이 정말 듬직한 게 엄청 크게 보이더라고요. 영화에서 보면 옛날에 독립 투쟁할 때 산속에서 여성 투사들이 막 과감하게 활약하고 그런 장면이 있잖아요? 언니가 딱 그 모습이겠다 했죠. 여자인데 무서움이 없었어요. 그런 이미지가 강하게 남아 있죠. 지금은 살도 좀 붙고

중년 티가 나서 그렇지 사실 그땐 참 야리야리하고 예뻤어요. 사람도 잘 챙기고, 누구한테 뭐가 필요한지 딱 맞춰서 주는 그런 사람이었어요.

구로동맹파업 이전에도 대학생들이랑 연합해서 가두시위를 많이 했어요. 합법적으로 집회를 하려 해도 다 봉쇄해 버리니까 도로로 나설 수밖에 없었죠. 집회할 때 심 언니랑 두 세 번 나갔었는데, 제가 지금은 참 세련되고 예쁘지만 그때는 촌스러웠거든요.(웃음) 그때 언니랑 나란히 가고 있는데 정보과 형사한테 잡힌 거예요. 그래서 제가 사투리로 '워매 아저씨, 왜 그러시오? 시골에서 지금 막 올라와 여기가 어딘지도 잘 모르겠는디 뭐라 그러시오.' 그랬더니 빨리 집에 가래요. 근데 이게 뭔일인지, 이삼 일 있다가 가리봉에서 또 가두시위를 했는데 그때 거기 하필이면 그 정보과 형사가 나와 있는 거예요. 딱 걸린 거죠.(웃음) 그때는 그래도 남부경찰서에서 간단히 조사받고 풀려났죠.

그런데 구로동맹파업 이틀 전 아침에 그 정보과 형사가 자가용을 턱 대놓고 있더라고요. 그때 잡혀서 갇힌 채로 사흘쯤 됐을 때, 이거는 감방에 가는 상황이구나 하고 각오를 했죠. 그때는 참 열심히 싸웠어요. 조합 간부들은 월급도 다 조합비로 냈고, 누구는 투쟁기금 대려고 살던 집도 내놓고. 월급 받으면 곗돈도 넣고 그랬는데 노조 활동하면서는 십원 한 장 가족이나 나를 위해 사용하지 못했죠.

나중에, 구로동맹파업 끝나고 감방에서 열 달쯤 있다 출소한 다음에 운동에 대해 진지하게 고민했던 때가 있었어요. 다른 회사에 취업해서 노조 만들려고 운동하고 조직하고 있을 때인데, 출소한 직후라 현실적으로 좀 두렵기도 하고. 그때 심 언니가 큰 힘이 되어 줬어요. 프락치가 있어서 나를 회사에 찌르고 사측에서는 자꾸 싸움을 걸고 하니까 많이 답답했죠. 그래도 명분 있는 싸움이니까, 임금인상, 야근수당, 식당문제랑 이런 걸 협의하고 회사를 나왔는데, 여러 모로 힘들고 고민이 있을 때마다 항상 심 언니가 곁에 있어 줬어요.

그러다 그렇게 잘해 주던 언니랑 떨어지고 운동도 제대로 못 하면서 20년 가까이 살다가, 지난 2005년에 구로동맹파업 20주년 기념 행사를 할 때 언니를 다시 만났어요. 많이 미안했죠. 어떻게든 도와주고 싶은데 생활이 생각 같지 않으니까……. 그래서 요즘 로또나 됐으면 좋겠다 하는 바람이 있어요. 로또 당첨되면 정치자금이나 하게 주려고.(웃음)

그래도 심 언니가 수배 기간에 잡히지 않은 게 정말 다행이에요. 심 언니가 우리 신랑을 참 아끼고 신뢰했었는데, 신랑도 대우어패럴에서 같이 일하다가 잡혀갔었거든요. 정말 고춧가룻물 주전자를 곁에 갖다 놓고는 괜히 힘들게 하지 말고 빨리 불라고, 무릎하고 발목 사이에 각목 껴서 밟고 하니까 너무 고통스러웠대요. 정보과 형사들이 '심' 어디에 있는지 불라고 그랬으니 언니가 잡혔으면 더 심한 일들을 당했겠죠. 심 언니는 1계급 특진에 현상금까지 걸려 있고 그랬으니까, 그때 잡혔으면 어디 하나 부러지는 정도가 아니라 이 세상 사람이 아닐 수도 있었을 거예요. 9년이나 수배 생활을 했는데 어떻게 그렇게 자기 관리를 잘했는지, 참 다행이고 대단해요.

노동운동했던 사람 중에 학생 출신들은 결국 자기 갈 길을 갈 수밖에 없었을 거예요. 책을 보고 판단해서 그런 건지는 몰라도, 결국은 본인들의 이념 노선을 따라서, 아니면 자기네 먹고살 길도 고민해야 하니까. 그중에 변절한 사람도 있죠. 그런 거에 비하면, 심 언니는 내내 그 힘든 길을 계속 가고 있잖아요. 어떤 길을 가든 변치 않을 거라는 그런 믿음, 확신이 있어요. 우리를 정말 대변할 수 있는 사람이에요.

노동자들의 삶은 힘든 게 그때나 지금이나 마찬가지예요. 난 이게 참 궁금해요. 바르고 건강한 사고 가지고 정말 열심히 일하면서 살았는데, 평생 그렇게 살아도 나아지는 게 없어요. 오히려 지금이 옛날보다 더 안 좋아진 거 같아요. 열악한 저임금은 그때나 지금이나 마찬가지고, 그때는 그나마 안정된 고용이라도 있었는데 지금은…….

요즘은 언니가 옛날에 했던 이야기가 정말 맞구나 하는 생각도 들어요. 노동자의 자식이 노동자가 될 수밖에 없는 상황이요. 시작부터 아예 출발점이 다르다는 게, 정말 그럴 수밖에 없구나 싶은 거죠. 우리 애들도 학원이나 과외를 마음놓고 시켜 주지도 못하고. 내가 건강할 때까지는 계속 벌어서 대기는 할 텐데, 건강하다가 확 죽으면 좋겠는데 도대체 어떻게 해야 할지를 모르겠는 거예요. 같은 공장에 지금 일흔여섯 먹은 왕언니가 계세요. 딸 셋이 있었는데 어쩌다 보니 이제 혼자 남게 된 거예요. 지금 우리나라 사회보장제도가 잘 되어 있는 것도 아니고, 이쪽 계통 일이 참 힘들거든요. 육체노동이라 젊은 사람도 거의 없고. 그 왕언니가 아직까지 아이롱(다리미)을 잡고 계세요. 왕언니의 그 모습이 딱 내 미래의 모습이라는 생각이 드니까, 내가 일할 수 있을 만큼 건강할 때는 몰라도 그 다음에는 어떻게 될지 모르겠어요. 애들 학원비 대기도 힘든 우리한테 무슨 대책 같은 게 있겠어요. 이런 문제를 정치적으로 당 차원에서 관심을 가져야 하는데, 그럴 사람이 심 언니 말고 누가 또 있겠어요?

그래도 언니한테 뭘 바란다는 식의 이야기는 미안해서 못해요. 말 그대로 삶에 치여서, 하루하루 사는 거에 치여서 예전처럼 그런 투철한 싸움도 못하고 치열하게 살지도 못하는데, 나에게 뭔가 어떻게 해줬으면 좋겠다, 이런 거 없어요. 그냥 마음속으로 응원해요. 언니한테 이 공단 밀집지역에 다시 와서 운동을 하라 그러겠어요, 뭐라 그러겠어요.(웃음) 다만 서민정책을 제대로 펴기 위해서라도 원내에 다시 진출했으면 좋겠어요. 그래서 남들처럼 말로만이 아닌, 진짜 서민정책을 펴셨으면 하고 바랄 뿐이에요.

달변의 카리스마

— 이풍우 (전 대우어패럴 노동조합 편집부장. 현재 인천에서 계측기 제조업 운영.)

다른 작업장도 마찬가지겠지만 당시 대우어패럴 작업 환경 자체가 무척 열악했어요. 노조 편집부장이어서 회사 안팎 상황을 다 꿰고 있었죠. 이건 그냥 열악했다 하고 말 정도가 아니고, 요새 젊은 사람들은 들어도 믿지 못할 정도였어요.

그때 전두환 군사정권에서조차 10만 원 미만 급여를 없애겠다고 정책 펴고 광고할 땐데 국민들 기만하는 선전일 뿐이었죠. 그때 생산직 평균임금이 일당 2,850원이었으니까 기본급 7만 2천 원에 한 달에 8만 5천 원쯤 되는데, 그것도 하루 10시간 기본 노동에 매일 2~8시간의 잔업을 해야 받는 금액이었어요. 주당 노동시간이 평균 70시간이 넘었으니까. 18세 미만 어린 노동자들한테도 근로기준법 무시하고 초과근무시키고.

다루는 게 원단이다 보니까 흙 묻으면 안 된다고 작업장에 쓰레기가 널려 있어도 생산직은 신발을 벗고 일해야 했어요. 원단 다루는 현장은 여름에 온도가 40도를 훌쩍 넘어요. 그 찜통에서 선풍기는 20명에 한 대 꼴로 설치했으니 선풍기가 아니라 온풍기죠. 그럼 원단가루 먼지가 얼굴이고 팔꿈치 안쪽이고 수북하게 쌓이고, 가려워서 긁으면 땀띠에 원단독 오르고 난리도 아니죠. 겨울에는 난방시설이 전혀 없이 자기 체온만으로 버텨야 하니까 동상에 걸리기 일쑤고. 다들 그렇게 일했어요. 아파도 못 쉬었죠. 죽도록 아파서 병원 가느라 한나절만 빠져도, 자르니 마니 입에 담지 못할 욕만 먹고. 대우어패럴이 대우그룹이 인수한 건데, 꼭 대우그룹에 국한된 얘기는 아니겠지만 대우가족이 아니라 대우가축이라는 얘기가 그냥 나왔겠어요.

그때 월세가 보통 5만 원쯤 했는데, 닭장집 아니면 벌집이라고 단칸방이 다닥다닥 붙어 있었어요. 월급 받아서 방세 내면 살 수가 없으니까 돈 아끼려고 서너 명이 좁은 방에 함께 살았죠. 그 자취비용이라도 줄이려면 회사 기숙사에서 살아야 하는데, 한 방에 7~10명씩 같이 쓰는 기숙사 환경 열악한 이야기는 하자면 끝도 없을 거예요. 잔업하면 10시 넘어서 끝나는데 기숙사는 11시에 전등을 다 꺼버리니까. 사람이 개인 일도 봐야 할 텐데 일주일에 수요일 빼놓고는 아예 외출을 통제했어요. 감옥도 아니고 사생활도 전혀 보장되지 않는 상황이었죠.

이런 것보다 심각한 게 관리자와 생산직에 대한 차별이었어요. 사무직이랑 생산직이 하는 일이 다르다고 해도 임금 차별, 상여금 차별, 가족수당 차별, 거기다 식당에서 밥까지 다르게 나왔으니까요. 가장 심한 건 관리자들이 노동자들을 인격체로 대하지 않고 무슨 기계 부품 다루듯이 했다는 거예요. 생산직 노동자들은 거의 미혼여성들인데 욕설이나 폭행, 성희롱이 아주 일상적으로 빈번하게 일어났어요. 거기에 항의라도 하면 또 멸시하고 모욕만 듣고.

지금 생각하면 정말 기가 차지도 않을 얘기인데, 85년도 임금협상 때 노조에서 일당 1,080원 인상 요구했는데, 그렇게 올려준다 해도 정부에서 정한 최저생계비 70퍼센트밖에 안 되는 금액이었어요. 그때 인상의 근거가 되는 생계비 내역을 작성한 적이 있거든요. 한 달에 돼지고기 반 근(1,200원), 멸치 180그램(1,200원), 한 달에 공중전화 10회, 양말 두 달에 한 켤레, 이런 식으로 세세하게 정리했었어요. 그런데 사측에서는 한 달에 4만 원이면 생활이 충분하디고 우기는 거예요. 우리가 작성한 생계비 내역이 사치스럽다는 거였죠. 사측 관리자가 '국 끓일 때 비싼 멸치 넣지 말고 미원이나 넣어서 먹으면 돈이 덜 드는데 왜 비싼 것만 먹느냐?'라고 했어요. 자본금 25억인 회사가 83년에 24억 흑자에, 84년에는 36억이나 흑자가 났는데 임금협상 하자니까 돈 없다고 쓸데없는 소리 말라고 하고, 회사 망한다고 하고. 결국 일당 824원 인상에 합의했는데, 이것도 노동조합 만들어서 투쟁 안 했으면 꿈도 못 꿀 일이었죠.

심 대표는 노조 설립 전에는 몰랐어요. 그때 김준용 위원장이랑 저랑 근무지가 같아서 아침부터 저녁까지 일하면서 진지하게 대화를 나눌 수 있었는데, 어느 날 위원장이 사람 하나 소개시켜 줄 테니까 만나 보라고 하더라고요. 이만하면 괜찮겠다, 판단하고 심 대표를 소개해 준 거였죠.

직접 만나기 전까진 되게 궁금했어요. 남자인지 여자인지, 나이는 몇 살쯤인지, 도대체 어떤 사람일까, 아무것도 몰랐으니까요. 노량진에 사육신묘 있죠? 그때 거기서 만나기로 해서 올라갔는데 경치 참 좋더라고요. 저는 만날 사람이 누구인지 몰랐지만 사육신묘에서 두리번거리고 있으니까 심 대표가 딱 알아봤겠죠. 그때 '어, 여자네?' 하면서 좀 놀랐어요. 첫인상이 체구가 작고 곱상하고, 피부도 고운 게 완전히 백설기처럼 새하얀 얼굴이었어요. 이미지가 참 깨끗하고 단정했고, 그리고 참 달변가였죠. 처음에는 그때 제가 나이도 어리고 심 대표가 무슨 말을 하는 건지도 모를 정도로 꽤 긴장한 상태였어요. 그런데 한 삼십 분 정도 이야기를 듣는데 심 대표가 하는 이야기에 완전히 빠져들었죠. 이론이든 뭐든 어려운 단어가 아니라 우리 노동자가 실제로 사용하는 알아듣기 쉬운 말로 옮겨서 설명하는 능력이 참 대단했어요.

그 다음부터는 정기적으로 만나서 토론하고 회의하고. 대방동에 두세 평 되는 지하방을 얻어서 1~2주에 한 번씩 모였지요. 편집부에서 유인물 만들 때 철필로 직접 글씨를 긁어서 인쇄했는데, 나중에 심 대표가 타자기를 구해 와서 덕분에 그걸로 두드릴 수 있게 됐어요. 심 대표를 처음 봤을 때는 여자라서 좀 놀랐는데, 두 세 번 만났을 때 성별에 대한 고정관념 같은 건 다 사라지고 없었어요. 겉모습이랑 다르게 굉장히 강인한 사람이었거든요. 여성이라면 뭐 부드러운 이미지, 이런 선입견이 있는데 심 대표는 그런 생각이 들 틈이 없을 정도로 카리스마가 있었죠. A4 용지 두 세 장 분량의 자료를 가지고 밤을 새우며 공부하고 토론하고 그랬으니까.

어쨌거나 우리 대우어패럴 식구들은 거의 심상정 팬이었다고 해도 과언이 아니에요. 저는 여자 형제가 전혀 없거든요. 맏이에 장남에다가, 또 종손이고. 그런 저에게 심 대표는 마치 누님이 한 분 생긴 것처럼 참 크고 든든한 사람이었어요. 정말 나를 믿고 지지해 주는 그런 누님이 생긴 것 같은 느낌을 받아서 굉장히 든든했죠.(웃음)

지난 18대 국회에서는 안타깝게 낙선했지만 국회의원을 한 것은 심 대표가 참 많은 것을 보여준 기회였다고 생각해요. 지금도 정치적 욕심 없이 노동자들을 위해서 일관되게 싸울 사람은 심 대표밖에 없어요. 추상적인 이야기지만 심 대표가 지도력을 발휘해서 진보세력의 새로운 통합을 강력하게 추진했으면 좋겠어요.

사람이 살면서 인생의 목표가 있잖아요. 그중에 이거는 자신이 해야 할 몫이다, 과제다, 이렇게 생각하면 그것을 흐트러짐 없이 끝까지 가져가는 게 심 대표예요. 정말 대쪽 같은 사람이거든요. 구로동맹파업 이후에 노동자들이나 학생들이나 이념투쟁하다가 분열했는데 그걸 심 대표가 통합했으면 좋겠어요. 그런 그릇이 되는 사람이에요. 민노당에 있었을 때나 지금 진보신당에 있는 것보다 훨씬 더 강한 힘을 발휘할 수 있는 새로운 진보세력으로, 강력하게 통합하는 지도력을 발휘해주면 좋겠어요.

언제나 든든하게 버텨 주는 사람

— 김준희 (전 대우어패럴 노동조합 교선부장. 61년생. 동대문에서 의류관련 사업체 경영.)

심 언니하면 딱 떠오르는 게 요새랑 달리 엄청 가냘프고 예뻤어요. 워낙에 발발이기도 해서 돌아다니기도 잘 했고요.(웃음) 저는 1과 2반에 있었고 언니는 건너편 1반 중간쯤에 앉아 있는 미싱사였어요. 거기 앉아 있던 모습이 지금도 기억나요. 뭐, 심 언니가 미싱 실력이야 A급은 아니었지만, 그래도 일은 잘했어요.(웃음)

저는 노조에 늦게 참여했어요. 김준용 위원장이랑 이야기는 나누고 있었고 참여하라고 제의는 계속 받았는데, 당시에 방통고를 다니고 있어서 참여할 시간이 없었죠. 그때까진 가난한 운명을 극복할 수 있는 방법은 공부해서 대학에 가는 길뿐이다, 그렇게 생각하고 있었거든요. 그러다 어느 날 퇴근하는데 김준용 위원장이 노조신고필증이 나왔다고 같이 섬유연맹에 가서 교육받자고 하더라고요. 다음 날이 방통고 시험이었는데 왜 그때 거길 같이 가기로 했는지, 그런 게 정말 운명 같은 거였죠. 일주일에 70시간씩 일하면서 몸이 아파도 못 쉬고, 집에 경조사가 있어도 나가지도 못하고 잡혀서 일을 했는데, 그렇게 일을 하면서도 왜 나아지는 건 하나도 없는지 알게 됐어요. 그날 노동조합 교육 받는 동안 어찌나 가슴이 쿵쾅거리며 뛰던지, 눈앞이 단번에 트이는 것 같았어요. 근로자에서 노동자로 변하기 시작하는 순간이었죠. 교육 마치고 자발적으로 교육선전부장을 맡기는 했는데, 실은 노조사무실이 어디 있는지 찾느라 헤매고 그런 때이기도 했어요.(웃음)

그러다 노조에서 가평으로 야유회를 가기로 했는데, 그 전날 금요일 저녁에 사측에서 QC(품질관리)한다고 2과에 다 모이라는 거예요. 미싱들을 한쪽으로 다 몰아서 사람들을 다 모아놓고, 앞쪽에는 축구부라는데 하나같이 처음 보는 사내들이 쭉 둘러싸고 있고. 그러더니 사측에서 마이크 쥐고는 "노조는 다 빨갱이 집단이다. 생산을 잘해야 회사가 발전하고, 회사가 발전해야 여러분도 잘 살 수 있다. 노조 생기면 회사 망한다. 노조에 가입하라고 돈 주고 강제로 가입시킨다"라면서 온갖 흑색선전을 하는 거예요. 그때 다들 엄청 화가 났어요. "왜 거짓말을 하느냐, 왜 없는 말을 만드느냐!" 이런 분노 때문에 정말 극도로 흥분했던 것 같아요. 거기 있던 조합원들이랑 말도 안 된다, 거짓말하지 말라고 소리치는데 축구부원들이 달려들어서 짓밟으면서 그 와중에 정말 말로 할 수 없을 정도로 혐오스러운 짓을 당하고, 그렇게 끌려 나갔죠. 그때야 제대로 깨달았어요. 노조 없을 때 뻔히 눈 뜨고 당하면서도 아무 말 못했는데, 저렇게까지 거짓말을 하는 걸 보니까 노조를 제대로 튼튼히 만들어야겠다고 결심하게 됐죠. 그 일 있기 전까지는 저 정말 조신한 사람이었어요.(웃음)

그리고 주말에 노조에서 가평으로 야유회를 가는 날이었어요. 위원장이 메가폰을 주면서 대열 정비하고 통솔하라고 하더라고요. 생각도 못하고 있다가 메가폰 받아서는 목이 쉬어라 부서별로 줄 세우고, 땀을 삐질삐질 흘리면서 관광버스에 다 태웠어요. 그런데 또 축구부원이라고 구사대가 이 차, 저 차에 올라타며 행패를 부리고, 한참을 싸워서 간신히 몰아내고, 출발하는 데에만 세 시간도 넘게 걸렸어요. 그렇게 차에 타서 출발하고 자리에 털썩 앉으니까 누가 제 손을 잡으면서 고생했다고, 피곤할 테니 먹으라고, 비타민 씨 알약을 주더라고요. 그게 심 언니랑 처음 얼굴 대한 거였어요. 정말 힘들었는데 엄청 인간적인 첫 만남이었어요.

구로지역에 들어온 학생출신 운동가들은 70년대에 강력했던 민주노조들이 개별 사업장 단위로 깨져 나가는 싸움을 보고서 구체적으로 방향성을 정립하고 들어온 사람들이었어요. 단위 사업장 노조인 기업별 노조의 한계를 극복하고, 산별 노조와 지역의 연대로 가야 한다, 이런 확신을 가지고 있었죠. 그래서 각기 다른 사업장이지만 조합들끼리 교류를 많이 했어요. 공부도 많이 하고, 야유회도 같이 가고, 우리의 뜻을 담은 전단지 만들어서 새벽에 공단에 같이 뿌리고. 그때는 경양식집에 참 많이 갔어요. 신림동이나 이태원까지 가서 누가 엿들을 수도 있으니까 종이에 적어 필담으로 이야기 나누고. 심 언니랑은 정치투쟁 뭐 이런 이야기도 나누었지만 그보다는 제가 살아 가는 그런 이야기를 주로 나누었어요. 이야기를 잘 들어보면 무척 감성적인 면도 많았고요. 한편으론 사측의 탄압이 끝도 없다보니까 불안감도 들고, 노동자라는 단어에 대한 거부감도 완전히 씻기지 않은 때였는데, 심 언니는 제가 가진 노동자에 대한 거부감 대신에 자부심을 키울 수 있도록 도와줬지요.

심 언니를 보고 있으면 저렇게 야리야리한 사람이 낮에 일하고, 또 밤에는 밤새 토론하고, 다음 날 또 일하고 또 밤새 토론하고 이런 걸 보면 너무 안타깝고 그래서, 거기에 버금갈 수 있는 내 역할이 뭘까, 이런 걸 고민할 수밖에 없었어요.

그러다 위원장이랑 노조 간부들이 잡혀가면서 구로동맹파업이 일어났는데, 투쟁 상황 자체가 너무 급박하게 돌아갔어요. 사측에서는 노조원들 대상으로 하나하나 회유하면서 협박이나 폭행을 했는데 저한테는 공부 계속시켜 주겠다, 결혼 적령기니까 다 해 준다, 집도 사 주겠다, 이런 식으로 회유하고, 다른 노조원은 외딴 곳으로 끌려가 강제로 감금당하기도 하고, 요새 같으면 정말 생각도 못할 일들이 매일 벌어졌어요. 그래도 우리끼리는 서로 눈빛만 봐도 알 수 있었어요. 그때는 정말 목숨을 걸고 싸웠으니까. 자신을 계속 단련했던 거죠. 상황이 너무 긴박하니까 그런 식으로 단련이 된 거예요. 처음에는 달달 떨고 무서웠지만 정말 거짓말하는 그런 사람들을 용서할 수 없었으니까…….

파업하자마자 물이랑 전기랑 다 끊기고, 음식물 반입도 사측이랑 경찰이 힘을 합쳐서 다 막아 버리고. 파업 6일째 됐을 때, 사측에서 작업장 벽을 뚫고 방화수 뿌려 대면서 밀고 들어와서는 몽둥이랑 발길질로 농성하던 사람들을 엄청 폭행했어요. 그러다 밀린 사람은 2층 창문에서 뛰어내렸는데 그쪽에선 경찰이 닭장차 세워 두고 대기하다가 떨어지는 사람들 닭장차에 던져 넣고. 폭행에 두려움에 감당하기 어려운 순간이었어요. 그때 생각만 하면 정말이지……. 경찰은 그냥 사측 경비원이라는 말이 맞아요. 구사대한테 죽어라 맞아도 구경만 하고 있고. 그러다 나중에 사측에서 우리를 폭력 혐의로 고소하고. 기가 막힌 일이죠.

파업 끝나고 남부경찰서로 끌려갔는데, 조사 받다가 사오 일쯤 되니까 형사가 "다른 애들이 다 불었다. 심상정 어디 있는지 너도 빨리 불어라"라면서 사진을 무슨 백과사전 두께만큼 모아 놓고 파르르 넘기면서 빨리 불라고. 다들 마찬가질 거야, 우린 그때 사진에 완전히 데였어요. 사진이라면 아주 지겨워요.(웃음)

그렇게 감방에 갔는데, 강명자 사무장이랑 나는 집행유예 받고 나올 때까지 10개월 있었고, 이풍우 편집장은 2년 넘게 있었을 거예요. 그런데 신기하게도 감방에 몸은 갇혀 있는데 마음이 편해지는 거예요. 나도 놀랄 정도로 변해 있었던 거죠. 8년 동안 공장에서 죽어라 일만 했는데, 노동자로 다시 태어나면서 두려움이 없어지고 여유가 생겼어요. 엄청 싸웠으니까. 구사대 앞세워 말 못할 폭력 휘두른 회사도 그렇고, 회사 폭력 구경만 하는 경찰도 그렇고, 항의방문하면 앞에서는 협의한다 하고 돌아서면 손잡고 뒷덜미 치는 대우그룹이나 정부나 다 한편이었던 거죠. 세상이 어떻게 돌아가는지 그 본질을 들여다봤다고나 할까. 이후로 나아갈 길이 확실해졌어요.

감방에서는 감방이라는 생각도 못하고 보냈어요. 조아(유산균음료)

로 술도 담그고, '보름달' 빵 층층이 쌓아서 케이크 만들어 생일잔치도 하고, 누구 나가면 출소파티도 아주 거창하게 해 주고 그랬어요. 너무 열심히 살았어요.(웃음) 그땐 그 안에서 둘만 모여도 집회하고 투쟁했죠. 창살에 붙어서 토론도 하고, 운동시간이면 나가서 어깨 걸고 구호 외치고, 끝도 없었어요.(웃음)

그래도 그때 심 언니를 생각하면, 언제나 든든하게 버텨 주는 그런 사람이 있다, 그런 생각이 들었어요. 노동자로서 사명감을 되찾고 느끼게 도와줬던 사람이 바로 심 언니예요. 지금도 계속 그때처럼 공부하는 마음으로 살고 있어요. 지금 조그만 사업체를 하고 있는데 그때 배우고 단련시킨 정신력으로 지금 하는 사업도 이룰 수 있게 됐고. 그런데 그때 노동자로서 사명감이 너무 단단히 각인이 돼서 사업하는 사람의 마인드가 안 잡혀서 큰일이에요.(웃음) 사업장을 운영하니까 이제는 오너의 입장이 돼야 하는데 그걸 잘 못하겠다니까.(웃음) 잠깐 돌아서서 눈 딱 감고 모른 척하면서 행복하게 살면 되는데, 글쎄 내가 편하고 행복하면 죄책감이 생기는 거예요. 경영하는 사람이니까 이젠 오너로서의 사고방식도 필요하다 스스로에게 아무리 설명을 해도 잘 안 된다니까요. 이런 걸 한계라고 해야 하나.(웃음)

내가 장녀라서 그런지 심 언니를 보고는 마치 언니가 생긴 것 같은 그런 느낌을 정말 많이 받았어요. 언니는 언니래도 뭐 사 달라고는 못해요. 내가 언니한테 뭐든 사 주면 모를까.(웃음) 심 언니한테 처음으로 노동자로서 사람 대접 받아보고 따뜻함을 느낀 게 커요. 그걸 잊을 수가 없어요. 남들 고등학교 들어갈 어린 소녀 시절부터 공장 생활 시작하면서 사춘기도 그렇게 힘들게 보냈는데, 사람을 안아 줬다고 해야 하나, 마음속 깊이 따뜻하게 대해 줬던 사람이 심 언니였으니까. 정말 잊을 수가 없죠, 고맙고.

이런 점이 안타까워요. 우리가 비정규직 투쟁에 힘을 싣고 싶어도,

그냥 후원금 얼마 내고, 아니면 집회 때 몇 마디 발언하고, 이런 거 말고 실질적으로 더 힘이 되고 싶은데…… 아직도 노동자들은 목이 마른데, 여전히 힘을 합치지 못하고 모래알로 남아 있고……

심 언니도 등원을 해서 노동자, 농민, 서민 위하는 그런 내용들을 펼쳐야 하는데 그렇지 못하고 있는 것도 참 마음이 아프죠. 사람들이 누가 정말 자신을 대변해 주고 자신을 위해 싸우고 일할 것인지 알아보고 투표했으면 좋겠어요.

연속극이나 사극을 봐도 권력 싸움이 많잖아요. 그것도 순 남자들 중심으로 돌아가는 시스템에서 심 언니는 얼마나 힘들까 생각도 들고, 정치인들 대부분 자기 욕심 채우려는 야심이 있는데 심 언니는 그게 없으니까. 아니 야심이라는 게 심 언니한테는 우리 같은 사람들, 노동자, 농민, 서민들 위해서 제대로 일하려는 욕심뿐이니까. 아무튼 우리는 어떻게든, 언제든 응원할 거예요. 몸으로 일하는 사람들이니까 많이 벌지 못하더라도 연말에 다만 10만 원이라도 후원금 내고, 내가 지금 변화된 내 환경과 조건에서, 내가 실천할 수 있는 것들을 찾아서 할 거예요.

캐리커처

우리 시대의 이상 혹은 현실, 심상정

ⓒ 2010 박재동

순정만화 심상정 by 기선

시골 아이에서 도시 소녀로

1.개구리와 소녀
심상정은 평범한 가정의 4남매 중 막내로 태어났다.
대자연을 벗삼아 자유롭게 방목되어 자라던 소녀 심상정
그런 그녀의 주된 놀이는…
앗♥
개 구 리 사 냥…
그때 잡힌 개구리가 어떤 용도로 쓰였는지는 현재까지 밝혀진 바 없음.
모르는게 좋을걸…
2.돼지와 소녀
심상정의 집안은 아이들 교육에 매우 열성적이었다.
부모님은 서울로 유학을 보낸 큰오빠와 언니를 위해 자주 서울을 오가셨는데…
나는 먹을 썰테니 너는 수학 문제를 풀거라
왜 꼭 붓으로…
남겨진 작은오빠와 심상정에게 주어진 임무는…
까먹지 말고 돼지 밥 잘 줘!
또야…

오빠야~ 돼지 밥 좀 줘라~

물론 제대로 할 리 없다

귀찮아~ 네가 좀 해

아, 몰라~ 배고프면 지들이 알아서 챙겨 먹겠지...

당근이지~ 요즘 돼지들이 얼마나 똑똑한데.

결국 배고픔에 지친 돼지들이 우리를 뛰쳐나와 난동을 부려야 밥을 챙기곤 했다고...

이런 일 한두번이 아니었다는 거...

주입식 제도교육을 거부하고 일찍부터 대외활동(?)에 힘쓴 소녀 심상정

3. 야구와 소녀

나에겐 공부보다 중요한 게 많다!

플레이~ 플레이~

우와아! 와아~!

그녀는 못 말리는 야구광이었는데...

큰거 한방 날려!

홈런 쳐라! 홈런!

명지여고시절 학교 대표로 <여고생 퀴즈>에 출연한다.

매체 데뷔가 좀 빨랐죠 ♥

이제 마지막 문제로 우승자가 정해질 것 같습니다.

자, 문제입니다.

야구에서 파울라인 뒤에 있는 선수들의 대기구역을 무엇이라고 하나요?

헉! 이것은 나의 전공분야!!!

아... 뭐였더라...
더... 덕후? 덕만이?
왜 갑자기 아무 생각
안 나는 거지?
분명히 아는 건데...

으아아아~!!

답은
덕아웃입니다.

그래,
그거!!!

다른 문제도 아니고
야구 문제를 틀려
1등을 놓친 심상정,
완전 절망에 빠지다.

LOSER

지금도 그때만 생각하면 자다가도 하이킥을
날린다는 슬픈 얘기가 전해지고 있다.

아아악!!!
덕아웃!
분명히
아는거였다구!

그녀는 어떻게 운동권이 되었나?

당당히 명문 S대에 합격한
심상정. (재수는 했지만.. 훗!)

그녀의 가슴은
대학생활에 대한 푸르른
꿈으로 부풀어 올랐다.

독서와
여행을
실컷하고
멋진
선생님이
되는 것.

하지만
가장 시급한 것은 바로..

연..애..

나름
원조 김연아
스타일♥

긴머리 청초한
외모와 스타일의 심상정.

* 재수할 때의 모습... 희귀 자료사진.

매의 눈으로 캠퍼스
구석구석을
탐색했다

멋진
남자들이여!
나에게
오라!!!
(어서 와~)

오오!
전방에
퍼지는
훈남의
기운
포착!!!

어느 날 눈에 띈 멋진 남자 A.

신입생...?

...?!

동호회 선택했니?
아직이면 우리
동호회에 오지
않을래?

선배와
함께라면
어디든..♥

그렇게
가입한 곳이
사회과학
동호회였다.

자본주의 사회의
태생적인 모순에
대해서...

저요저요!!!
제가 발제할게요!!!

신입생이
제법 성실한데.

두번째로
눈에 띈
멋진 남자 B.

상정아...
수업 끝나고
혹시 시간
있니?

그럼요~!!
시간 완전
많아요!!♥♥

그렇게
따라간
집회
현장...

유신헌법
즉각!
철폐하라!!

유신
철폐

긴급조치
즉각!
해제하라!!

다시 눈에 띈
멋진 남자 C.

선배 같이 가요

역시...
운동권이었다.

평화시위
보장하라!!!

선배를
돌려줘어어!!!

결국,
멋진 남자들은
죄다 운동권에
몰려있다는 사실을
깨닫고...

불나방처럼
투쟁의 열정을
불태우기
시작한다

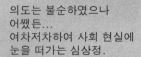

투쟁

의도는 불순하였으나
어쨌든...
여차저차하여 사회 현실에
눈을 떠가는 심상정.

하지만 어떤 상황에서도
폼나는 스타일만은
포기할 수 없었기에...

원피스에
하이힐 차림으로
집회에 나가곤 했다.

그리고
얼마후,
잔인한
현실을
깨닫는
심상정

정장
이건
아니야...

결국
영락없는
운동권
복장으로
탈바꿈하게
된다.

그런데...

7센티힐만 신었던 터라
바닥이 평평한 운동화도
익숙해지기
어려웠다고.

땅이
꺼졌나?

그리고... 운동권에 투신하자 이내 걷히는
환상의 장막...

운동권 남자들이 멋져 보인 건
물들기 전뿐이었다는...

훗~♥

철의 여인, 그 전설의 이면...

누구보다도 튼튼하고
건실해 보이는 심상정.

건강
미인
이랄까
♥

그러나 남모르는 발목부상의
후유증에 시달리고 있다.
눈물 없이 들을 수 없는
발목 부상의 원인...

아이고..
비가 오려나...

그것은 노동운동가
시절로 거슬러
올라간다.

군사독재정권의 폭압에 맞서
한국전쟁 이후 최초의 동맹파업인
구로동맹파업을 일구어냈던 숨은 주역
심상정...

당시 심상정은
대우어패럴에서 이미
해고된 상태로 활약했다.
...라는 건 좀 나중의
이야기고...
그전에 있었던 비화 하나.

미싱은 잘도 도네
돌아가네~♪

전태일 오빠...
저도 미싱사가
되었어요!!

어, 그래~
손가락 조심하구 ♥

당시 함께 일하던 노동자들과 함께
매일매일 이어지는 고된 작업은 물론,

대중문화를 연구(?)하기 위해
구로동 디스코장을
주름잡던 심상정

그러던 어느 날,

치익~

미싱사 자격정지 3년의
상해죄로 뭐 떴다는 사실은
없음

딩~동~댕~♪

움찔!!

점심시간
이다!!!!

올레~
뛰어!!
뛰어!!

1분1초가 아깝다!!

놀고자하는 일념으로 전력질주하던 열혈 노동자 심상정

빨리 먹고 놀자!! 달려라!!

핫...?!!!

결국 계단에서 발목을 접지르는 부상을 입는다.

아직까지도 통증으로 남아 있는 젊은 날 영광의 흔적이었다.

그래도 후회는 없다

한편, 대우어패럴에서 해고당한 뒤에도 험난한 노동운동을 계속한 심상정은 구로동맹파업의 주모자로 수배된다.

지명수배

일단 잡으면 로또당첨 현상금은 옵션 계급특진은 당신도 무조건 잡아야할 기본 딸자 고철수 있다

9시 뉴스와 수배전단에 단독샷을 싣는 기염을 토하다...

이후 10년간 경찰에 쫓기며 동에 번쩍 서에 번쩍 맹활약을 펼치던 심상정...

여기는 위험하다!! 뒤쪽으로 튀어!!

헉... 알았어요!!

당시 서노련지도위원 김문수 현 경기도지사

하루가 멀다하고 지붕을 걷고
담을 뛰어넘어야 했던 심상정.
한번 부상당한 그녀의 발목은
이후로도 성할 날이 없었다…

발목 지못미 ㅠㅠ
사실 웃을 일만은 아니죠;;;

완전 프로페셔널 국회의원이 되다

심하게(!) 열심히 일하는
심상정 의원 때문에 의원실은 항상
쓰나미 현장을 방불케 했는데...

집에
보내줘

잡이
부족해

여기서
살고
싶어요

반면,

헉!
뭐지?
이 눈부신
빛은!!

번쩍

좋은 아침
입니다~♥

비.
빛나고
있어!!!

미남이시네요

눈부신 때깔과 광채를 뿜내는 다른 당 의원들...
의원은 물론이고 보좌관들까지
빛나는 혈색의 위엄이 이루 말로 할 수가 없었다.
대체 비결이 뭐란 말이냐!

자체발광

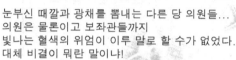

의.. 의원님!!
누.. 눈부신
피부의 비결을
알아냈습니다!!

오오!!
장하다!!!

자, 어서
말해봐!!
대체 평소에
뭘 어떻게
하길래...

그들의
비결은..
비결은...

사우나였습니다!!

엥?

아침에 국회에 출근해 얼굴만 비치고 바로 사우나로 직행하는 다른 당 의원님들.

뜨끈한게 물이 참 좋네요♥

하시는 일은 잘 되시구요? 허허...

오전 내내 푹 쉬다가 럭셔리한 만찬 혹은 술자리를 즐기며 정치를 논한다는 사실을 처음 알게 되었다.

언제나처럼 산더미같이 쌓인 서류와 씨름하던 어느 날,

대학 때 못한 공부를 여기 와서 다하네.

ーー;;

그러거나 말거나

의원실에 찾아온 다른 당 선배 의원

하이, 심 의원! 맛있는 데 아는데 밥먹으러 갑시다!

아... 어쩌죠? 자료 찾고 볼게 많아서 어렵겠네요.

어이구 이런...

그걸 직접한단 말이야? 우린 그런 거 안 해도 돼요! 보좌진들이 정리한 자료로 결과만 보면 된다구~

순진하기는~ 껄껄껄!!

(진짜 초짜로군!)

......다들 정말로...
이렇게 지내는 거였어?
직접 연구하는 게 아니라....?

충격적이지만
사실이었다.

그 후로
심상정도
변하기
시작했다.

좀 다른
방향으로...

보좌진들이 정리한 자료를 통째로
이해하고 소화하기 시작하며
한번에 오케이를 내리지 않는다는
악명을 떨치기 시작한다.

이게 다야?
장난해?
다시 해와!

죄송합니다.
네... TT

OK

NG

레벨업....

밤 12시가 다 되어 퇴근하는
심 의원.

질의서 전체
다시 쓰고
내일 아침 8시에
최종검토합시다!

그리고...

오늘도 자정
넘기는구만.

하루이틀도
아닌데 뭐..

다들 일찍 들어가서
좀 쉬라구~♥
몸 생각도 해야지~

문을
나서기 전
최후의
일격!!!

일...찍?!

말이나 안 하면
밉지나 않지.....................

보좌진들의 명복을 빕니다...

국회의원이 바쁠수록
국민생활이 좋아지는 법이니까요♥

시시콜콜, 심상정에게 묻다!

— 피부가 고우신데 비결은?

• 피부 고운 건 좀 타고 났죠. ^^ 어릴 적 별명이 '사과' 였어요.

— 의원님 건강관리는 어떻게 하세요?

• 부지런히 사는 게 가장 좋은 건강관리. 뭐, 나이 50 넘으니까 체중관
  리는 좀 해야겠다는 필요성을 느끼긴 합니다.

— 노동운동을 하시면서, 정치를 하시면서 가장 막막했고 포기하고 싶었던 순간은
  언제였나요?

• 아이가 모정 결핍증을 보였을 때.

— 세상에서 가장 좋은 목소리를 가진 사람은 누구라고 생각하시나요? (가수, 배우,
  누구든)

• 오바마 대통령

— 심상정 님이 생각하는 가장 섹시한 사람은? ㅋㅋ꼭 대답해 주세요!

• 영화배우 다니엘 데이 루이스

— 심상정 의원님께 있어서 사랑이란 무엇인가요? 궁금해요!!

• 사랑은 배려의 다른 말이지요.

— 첫 연애, 혹은 첫 사랑을 하고 있는 사람에게 해주고 싶은 말은?

• 좋을 때입니다. 아주 푹 빠져 보세요.

— 심상정 님은 글 쓸 때 주로 어떤 펜을 사용하세요?

• 그냥 볼펜, 모나미 153. 아니면 손에 잡히는 대로.

— 심상정님도 욕을 하시나요?

• 길 막힐 때 욕하죠. 물론, 속으로만……. ^^

— 의원님은 후회를 잘하는 편이세요?

• 후회한 걸 후회하죠.

— 스트레스가 쌓이면, 바로바로 풀어 버리는 타입인가요? 그냥 쌓아 두는 타입인가요?

• 스무 시간쯤 푹 자고 그냥 풀어 버려요.

— 심상성이란 성지인늘 한마니로 성의한다년'?

• 모 일간지 만평에서 저를 표현한 건데, '소박한 껍질에 보석이 가득한 석류.' 정말 석류 같은 정치인이 되고 싶네요!

— '난 보기와 다르게 OOO하다!' 의원님의 숨겨진 모습이 있으신가요?

• 로맨틱합니다. 정말이에요. ^^)

— 여태 만났던 사람들 가운데 가장 강적이라고 생각되는 사람은 누구인가요?

• 단연 김어준 「딴지일보」 총수죠.

— 여태까지 살아 오시면서 가장 기억에 남는, 절대 잊지 못할 경험이나 사건은 무
  엇인가요?

• 해피의 추억.

— 의원님 같은 분이 우리나라에 계시다는 것이 얼마나 든든한지 모르겠습니다. 의
  원님의 좌우명을 알고 싶어요. ^_^

• 거창하게 고사를 인용해 볼까요.
  臨淵羨漁 不如退而結網(임연선어 불여퇴이결망): 못에서 물고기를 보
  며 탐내는 것은 물러나서 그물망을 짜는 것만 못하다

— 대표님을 보면 왠지 퇴근 후 허름한 호프집에서 치킨과 생맥주 한잔 하고 싶다는
  생각이 듭니다. 시시콜콜 질문은 바로 이것! 치킨과 생맥주 좋아하시나요? ^^

• 그냥 별로인데 어쩌나? 떡볶이와 튀김을 훨씬 좋아하는데.

— 본인이 추구하는 인간으로서 최고의 매력은 무엇인가요?

• 꺾이지 않는 삶을 사는 것.

— '지금 지갑 속에 있는 것들' 과 그중 제일 아끼는 것은?

• 카드 한 장, 주민증, 명함 몇 장, 돈 약간. 제일 아끼는 건 카드. 그거
  없으면 버스도 전철도 못 타니까.

— 새벽의 일출을 좋아하십니까, 오후의 일몰을 좋아하십니까? 이유는?

• 일몰. 일출이 싫다기보다는 볼 새가 없어서.

— 2010년의 심상정을 한 글자의 한자(漢字)로 쓴다면 무슨 자(字)? 그 이유는?

• '信(신)' 정치인 심상정이 국민을 신뢰하고 국민이 진보정치를 믿는 한해가 되길 희망하는 마음으로.

— 학창 시절에 필기를 열심히 하고 복습하는 타입이셨나요? 아님 이해를 하기 위해 강의를 열심히 듣는 타입이셨나요?

• 복습은 안 했어요. 그때 그 순간에 집중해서 끝내기.

— 음식점에 들어가시면, 중앙에 앉으세요? 구석자리에 앉으세요? 어떤 자리를 선호하세요?

• 당연 구석자리. 장기 수배 효과. ^^

— 배고픕니다. 짬뽕입니까 짜장입니까? 라이라이~~

• 짜장면. 근데 먹으면 배탈이 나서…….

— 지금 이 순간 딱 떠오르는, 비틀즈의 노래가 있다면요?

• 렛잇비(Let it be). 내비 둬~, 너무 바빠서.

— 함께 걷던 아이가 넘어지면 아이가 스스로 일어설 때까지 지켜보시나요? 아님 다가가서 일으켜 세워 주시나요?

• 애가 넘어졌으면 일으켜 줘야죠.

— 어릴 적, 학교에 늘 제출해야 했던 것들 있잖아요. 다음 칸들에 쓰셨던 것들 혹시

기억나세요?

• 취미: 영화보기   특기: 100미터 달리기   장래희망: 선생님

— 이건 정말 '선의의 거짓말'이었다고 기억되는 거짓말은 어떤 상황에서 한 어떤 말이었나요?

• 노동운동하면서 엄마한테 학교 다닌다고 했던 거짓말.

— 가장 외로움을 느꼈을 때가 언제셨을지 궁금해요. ㅎ

• 아플 때죠.

— 최근에 보신 가장 인상 깊은 영화는 무엇이었나요?

• 〈아바타〉

— 카페라떼가 좋아요? 카페모카가 좋아요?

• 아메리카노 블랙. ^^

— 심상정 의원님의 마음의 책, 가장 감명 깊게 읽었던 책이 있다면 어떤 것이 있나요? 나를 변화시킨 책이 있다면 추천해 주세요. ^^

• 『전태일평전』

— 요즘 젊은 세대들에게 추천하고 싶은 책, 이건 반드시 읽어 봐라 하시는 것?

• 『인생기출문제집』

— 20대 독자를 대상으로 직접 책을 한 권 쓰신다면, 책 제목은 어떻게 짓고 싶으세요?

• 『20대여, 반역하라!』

— 의원님이 가장 즐겨 듣는 음악은 무엇인지 궁금합니다~. 왠지 민중가요만 들으실 것 같은 이미지라.

• 주로 영화음악이요.

— 흔히 말하는 18번, 애창곡은 뭔가요?

• 경로잔치 가면 김미성의 '먼 훗날', 동창회에선 이선희의 '인연'

— 전국노래자랑에 나가기로 마음먹었다는 가정 하에, 인기상을 목표로 한다면 어떤 노래를 선택하시겠습니까?

• 조용필의 '킬리만자로의 표범'

— 다시 대입 수험생이 된다면, 무슨 과를 지원하실 건가요? 또 역사교육과?

• 이번엔 인류학과로.

— 대표님 개인의 히스토리가 파란만장하세요—ㅎ 만약 타임머신을 타고, 과거 자신의 인생의 한 시점으로 돌아갈 수 있다면 어느 시절로 가고 싶으세요? 행복했던 때나 되돌리고 싶은 때나, 아무 때나요!

• 갓 대학교 입학한 1학년 신입생 시절.

— 역사교육과를 졸업하셨잖아요. 만약 타임머신이 있다면 역사의 현장 중에 어디로 가고 싶으세요? 우리나라 역사의 한 순간, 그리고 다른 나라도요.

• 우리나라에서는 1945년 해방정국, 외국에서는 프랑스 68혁명 시기.

— 〈100분토론〉의 진행자가 되신다면, 가장 먼저 해보고 싶은 주제는 무엇이신가요? ^-^

• 저출산대책

— 반려동물과 함께 살게 되신다면 어떤 동물에게 어떤 이름을 붙여 주시겠어요?

• 강아지한테 해피라는 이름을.

— 속도위반 커플의 주례를 서신다면 무슨 말씀을 해 주시려나요? 물론 초점은 '속
　도위반'에 맞춰서요. ^^

• 저출산시대 속도위반은 애국하는 겁니다. 기왕이면 쌍둥이 낳으세
　요.

— 티베트에 가면 자기와 똑같은 사람의 모습을 발견할 수 있다고 합니다. 마치 도
　플갱어처럼 말이죠. 만약 자기와 꼭 같은 사람과 지금 이 순간 마주하면 가장 먼
　저 무얼 하고 싶으세요? 도망가는 건 빼고요.

• 이렇게 묻겠습니다. "너 누가 낳았니?"

— 만일 군대에 가신다면, 어디 가고 싶으세요? 육군? 해군? 공군? 의경?

• 군대는 안 가려 하오.

— 왜 정치를 하겠다는 결심을 하시게 되셨는지? 첫 결심!

• 막강한 권력을 국민에게 되돌려 주고 싶어서.

— 정치인들, 특히 여러 차례 금배지를 단 정치인들은 일반 국민을 "솔직히" 어떻게
　본다고 보시나요?

• 표로 보죠, 뭐.

— 우리나라는 과연 대의정치가 이뤄지긴 한다고 보시나요? (중요한 사안 같은 경우
　에 국민의 의사를 반영하고 제대로 과정과 절차를 밟는 걸 본 적이 드물어서요.)

• 이미지 정치로 왜곡되고 있어요.

— 진보세력은 빨갱이라고 생각하는 노인층, 정치에 관심이 없는 청년층이 많은 시대입니다. 진보세력의 집권이 현실적으로 가능할까요? 심상정 님은 현재의 정치체제에서 어떠한 희망을 보고 계신가요?

• 30, 40대 여성들의 거품 없는 정치의식을 불러낼 수 있는 진보정치가 희망이라고 봅니다.

— 심상정 의원에게 20, 30대 젊은 여성은 어떤 존재인가요?

• 진보정치의 가장 유력한 파트너!

— 현재 여성삼국연합(쌍코카페, 화장발, 소울드레서 등의 정치활동 참여가 활발한 인터넷 카페)이라 하여 20~30대 젊은 여성들의 정치적인 활동이 굉장히 뚜렷하잖아요. 이 부분에 대해서 어떻게 생각하시는지요?

• 새로운 민주주의의 종잣돈입니다.

— 민주주의가 퇴보하고 있는 게 눈에 너무 빤히 잘 보이지만 사회참여는 둘째 치고 취업도 안 되고 일단 내 인생부터 살기가 힘들어서 자기 삶 챙기느라 힘든 88만원세대들……. 어떻게 살면 좋을까요? 조금이라도 이 사회가 나아지기 위해서는 무엇부터 실천해야 할까요?

• 자기가 진짜 잘 할 수 있는 것, 이유가 분명한 선택을 하는 것부터 시작하세요.

— 현재 대한민국 사회에서 어쩌면 가장 힘든 삶을 살고 있는 88만원 세대인 20대이면서, 여성이기까지 한 20대 여성들에게 해 주고 싶으신 말이 있으신가요? ㅠㅠ

• 여성을 거부하는 질서에 반역하라!

— 투표철이 돌아오면 투표하는 당연한 행위 이외에 할 수 있는 일이 있다면 뭐가

있을까요?

• 진보정당에 후원하기요.

― 그냥 에둘러 표현하는 거 말구요, 정말로 행복해지기 위해서, 우리 모두가 조금
  더 행복한 세상을 만들기 위해서 우리는 먼저 무엇부터 해야 될까요?

• '연대의 가치'를 배워야 합니다.

* 〈소울드레서〉(http://cafe.daum.net/SoulDresser)와 〈트위터〉를 통해 질문을 주신 분들의 닉네임입니다.
고래. / 난 정오 / 낮잠자는아이 / 노처녀 시집안가 / 누구냐 넌 / 돈데크만 / 따소 / 마루코 짱 / 박민정 / 뽀로로 / 새
세 / 샤랄라공주 / 선댄스키드 / 소금. / 숭구리당당숭당당숭숭구리당당숭당당 / 시궁창같은인생 / 신진 / 심플한데_
/ 장근석 / 중국집배달원 / 직립보행 / 천변풍경 / 초록이끼 / 초크초크한피부 / 최지현 / 카라멜마끼야로 / 커플나부
랭이 / 타인의방 / 피터팻 / 훈련소 행군 / ⁸ˢ♥명탐정키레이ⓘ / ABcd / aeges / dj ccury / ⓘ12:28ⓘ / ⓘ김제동 / ⓘ
내남자하강현ⓧ / ⓘGiacobbe / ⓘO-지.라.퍼ⓧ / ⓧ공부 / ⓧ니가먹은그칙힌이리내서퀴줄거야 / ⓧ뒤뚜웅펭귄 / ⓧ
선인장2 / ⓧ애벌레 / ⓧ찬란한이십대 / ⓧ토끼와거북 / ⓧBrave1 / ⓧEthanHawke / ⓧⓘ더불어숲 / ⓧMIEL:

부록

한국의 교육혁명을 제안한다

— 심상정 (진보신당 전 상임공동대표 · 사단법인 마을학교 이사장)

토론에 앞서

요즘 사람들을 만나면 뭔가 새로운 돌파구가 마련되어야 한다는 절박한 마음을 토로한다. 아이들의 미래가 암담하고 노후도 불안하다는 것이다. 아이들을 키우는 젊은 세대일수록 한국사회를 감당하기 어려워하고, 변화가능성이 없다면 이민갈 수밖에 없지 않느냐는 이야기를 너무 쉽게 하곤 한다. 이들의 얘기에 귀 기울여 보면 그 고뇌의 복판에는 무엇보다 아이들 교육문제가 있음을 알 수 있다.

이제 교육문제는 미시적이고 단편적인 접근으로는 해결 불가능한 상황이 되었다. 인간다운 삶의 주체로서 성장시키고, 좋은 시민을 길러내고, 변화하는 사회경제적 요구에 부합하는 유능한 노동력을 키워내는 교육의 역할이 본질적 한계에 봉착했다는 것을 의미한다. 그리고 우리는 이러한 교육의 위기가 곧 공동체의 위기와 직결되어 있음을 잘 알고 있다. 이제 교육의 근본적 개혁, '교육혁명'을 시작해야 할 때가 되었다.

이러한 문제인식 속에서 나는 18대 총선에서 공교육 혁신을 내걸고 '핀란드 교육모델'로부터 배우자는 공약을 제시한 바 있다. 또 교육주체들과 시민사회계에서 교육의 근본적 개혁의 필요성을 제기하고 핀란드 교육모델을 배우고 창조적으로 적용하기 위한 노력을 진행하고 있다.

그러나 교육의 근본적 개혁은 장기적인 비전에 대한 광범위한 국민적 공감대와 더불어 이를 추진할 명확한 실행프로그램에 대한 사회적 합의가 있어야 가능하다. 그런 점에서 교육혁명을 위해서는 정치의 역할이 절대적이다. 오늘이 자리는 정치권이 교육혁명에 대한 강력한 국민적 요구에 귀 기울이고, 교육주체 및 시민사회계의 노력과 병행하여 정치의 소임을 논의해보자는 취지로 마련되었다.

I. 한국사회 위기와 '교육혁명'의 필요성

요즘 TV를 보면 상당수의 남자 연예인이 기러기 아빠임을 알 수 있다. 기러기 아빠가 사회문제가 된 것은 어제 오늘의 일이 아니지만, 기러기 아빠의 우울증과 자살, 가정파탄 등 사회해체양상으로까지 치닫고 있다. 실로 자녀 교육은 모든 부모의 희로애락의 원천이 된 것으로 보인다.

어떤 문제가 생길 때 사람들은 이를 해결하기 위해 목청을 높이거나 아니면 아예 탈출을 하는 두 가지 방법(voice or exit)을 선택한다(Hershiman, voice or exit). 그러나 국가적 문제는 극단적인 경우가 아니면 보통 '탈출'을 택하지는 않는다. 예컨대 망명이나 이민은 최후의 선택일 것이다. 그런데 우리 교육의 경우는 보통 사람이라도 돈만 있다면 탈출을 선택하는 지경에 이르고 있다. 어떤 수를 쓰더라도 현재의 '교육 게임'에서 승산이 없다는 위기의식이 탈출을 선택하게 하는 것이다. 극단적인 경쟁이 극단적 선택을 불러오는 것이다.

이 글에서는 '극단적 경쟁교육 모델'은 교육 자체로도 이제 지속가능할 수 없을 뿐만 아니라, 더 이상 21세기 정보화시대를 경과하는 한국사회경제 발전 방향에도 부합할 수 없다는 점과 자기계발과 시민의식 그리고 인재양성이라는 교육목표를 이루는 데 근본적 한계를 드러내고 있음을 지적하고 '극단적 경쟁교육 모델'을 근본적으로 바꾸기 위한 교육혁명의 필요성을 제기하고자 한다.

1) 극단적인 경쟁교육, 더 이상 지속가능하지 않다.

무엇보다도 먼저 아이들을 살려야 한다.

현재 우리의 교육은 아이들을 불행하게 만들고 있다. 고등학생에 이어 초중등학생까지 자살을 선택하는 것이야말로 우리가 지금 당장 '교육혁명'을 해야 할 첫번째 이유이다. 우리의 학교는 유감스럽게도 아이들에게 행복을 심어주는 장소가 아니다. 각종 국제비교에서도 우리 아이들이 다른 나라 학생들보다 시험을 두려워하며, 그야말로 죽지 못해 억지로 학습을 하고 있다는 사실이 나타나고 있다.

둘째, 우리의 극단적 경쟁교육은 아이들에게 개성과 꿈을 거세해 버렸다.

대학 강연에서 만난 대학교 1학년들은 자신들을 고등학교 4학년이라고 말한다. 대학에 들어오자마자 도서관으로 직행해 취업시험을 준비해야 하는 신세를 자조적으로 표현한 말이다. 대학은 '지성과 낭만의 요람' 대신 '취업학원'이 되어버린 지 오래다. 중고등학생들에게 장래 희망이 뭐냐고 물으면 대다수가 '좋은 대학 가는 것', 대학생들은 '좋은 직장에 취직하는 것'이라고 답한다. 이들에겐 자신이 무엇을 하고 싶은지, 무엇을 잘 할 수 있는지를 고뇌하고 사색하는 여유가 허용되지 않는다. 오직 서열화 경쟁에서 이기는 것이 인생의 유일한 목표로 강요된다. 그러나 이들 중 대다수는 서열화 경쟁에서 탈락할 수밖에 없다. 그리고 '실패를 성공의 어머니'로 만들 수 있는 주체적 삶을 배우지 못한 아이들은 경쟁에서 탈락하는 순간 '주변인'이 되어버린다. 학문을 하기 위해 대학에 남는 것이 아니라 갈 데가 없어 대학을 유령처럼 떠돌고 있다. 이들에게 사회는 불확실성과 공포의 대상이다. 경제위기와 맞물려 더 확대될 '고등실업자군'과 그들을 받아낼 준비가 되어있지 못한 우리사회의 갭은 대한민국의 최대의 아킬레스 건이다.

셋째, 우리의 극단적 경쟁교육은 더불어 사는 공동체의 구성원을 길러내는 좋은 시민교육을 배제시키고 있다.

우리는 누구나 전인교육을 말하고 우리 사회에서 어울려 살기 위한 공동체적 가치를 체득하게 해서 건전한 시민을 길러야 한다고 말한다. 실제로 협동과 공동체 가치는 교육 목표에 명시되어 있다. 그러나 교육의 목표와 실제 상황은 괴리되어 있다. 어느 대학을 가느냐가 나머지 삶의 수준을 결정하는 학벌 사회에서 0.1점의 입시 점수는 인생을 좌지우지한다. 교실에 내건 목표와 달리, 우리 교육은 공교육마저 대학에 들어가는 데 필요한 수능과 논술 점수를 한 점이라도 더 따기 위한 지식의 암기와 '정답'을 맞추는 기술을 주입하는 데 급급할 수밖에 없다. 사교육 역시 마찬가지이다. 이러한 획일식 주입교육은 서열화된 대학과 학벌 사회 때문이다. 그런데 우리가 주목해야 할 것은 단지 지식의 내용만 문제가 되는 게 아니라는 점이다. 현재의 입시경쟁은 체계적으로 아이들 간의 협동심을 말살하고 있다. 자기 자식에게만 혜택이 돌아가는 사교육이 만연하고 옆 자리 친구보다 0.1점이라도 더 맞아야 하는 상황에서 협동이란 공염불일 뿐이다. 극단적 경쟁과정에서 인간 본성의 일부임에 틀림없는 이타성은 완전히 말살된다. 자유시장경제 이론의 창시자인 아담 스미스는 〈도덕정조론〉에서 "이기심만으로 가득 채워진 세상에서는 시장경제마저 제대로 돌아갈 수 없다"고 경고한 바 있다. 이기심만으로 가득 채워진 사회는 공동체의 해체의 길로 나갈 수밖에 없다.

넷째, 우리의 극단적 경쟁교육은 교사들을 불행하게 하고 있다.

관료적 통제와 학부모들의 경쟁교육 요구에 포위되어 교육자로서의 전문성과 자존감에 큰 상처를 받고 있다. 교육평론가 이범 씨는 우리나라에서 학원강사가 교사보다 나은 점이 두 가지가 있다고 말한다. 하나는 학원강사가 아이들에게 가르칠 교안 또는 교재를 스스로 작성할 수 있는 권한을 갖고 있다는 것과 수업이후에 행정업무에 시달리는 대신에 아이들을 상담할 수 있다는 것이다. 우리나라는 국정교과서, 검인정교과서(일본과 우리나라밖에 없다)를 써야하고 교육당국이 무엇을 어디까지 가르쳐야 되는 지 구체적인 교과내용과 범위까지 지침으로 강요하고 있다. 또 수업을 마치면 교사들은 행정업무에 시달려야 한다. 얼마전, 고양시 백양중학교 교사가 매일 지각하는 아이의 가정방문을 해보니 비닐하우스에서 동생들을 데리고 살고 있는 것을 보고 그동안 야단친 것에 자책감을 느꼈다고 토로하는 이야기를 들은 바 있다. 교장의 평가에 미래가 달려있는 교사들이 잡다한 행정업무 대신에 아이들을 상담하고 아이들의 학습조건을 살피는 일에 시간을 할애하기는 쉽지 않다. 흔히들 교육은 'teaching' 이 아니라 'learning' 이라고 하는데 이런 관료적 통제 하에서 아이들의 상태와 조건을 세심히 배려하는 교육은 당초 불가능하다. 교과과정에 대한 자율성과 책임성이 보장되지 않은 조건에서 훌륭한 스승이 만들어질 수 없다. 훌륭한 선생님을 양성하지 못하는 환경은 교육의 위기를 심화시킬 수밖에 없다.

다섯째, 우리의 극단적 경쟁교육은 학부모들을 고통으로 몰아넣고 있다.

현재의 사교육 경쟁은 전형적인 '죄수의 딜레마' 상황을 연출하고 있다. 남이 어떤 선택을 하든지 나는 사교육을 시킬 수밖에 없기 때문이다. 남들이 사교육을 하지 않는 경우 내 아이의 성적을 올릴 수 있으니 사교육을 시켜야 하고, 남들이 다 하는데 내 아이만 안 시키면 낭패를 볼 것이 뻔하니 사교육을 시킬 수밖에 없다. 만일 모두가 똑같은 사교육을 한다면 달라지지 않겠으나, 허리가 휠 정도의 사교육비를 지출했으니 모두 사교육을 하지 않는 경우보다 나쁜 결과가 아니겠는가? 그러나 실제 상황은 더욱 나쁘다. 왜냐하면 사교육비를 감당할 능력이 다르기 때문이다. 최근의 통계자료를 보면 중학생의 경우 약 9배, 고등학생의 경우 약 12배까지 계층에 따라(1분위와 10분위 비교) 사교육비의 차이가 난다. 지금 같은 경쟁교육이 극단화 되면 될수록 사교육비는 올라갈 것이다. 이미 사교육비는 20조원을 넘어서서 대학 등록금의 두배에 이르렀다. 결국 살림을 짜내고 짜내서 사교육비를 댄다 하더라도 가난한 사람의 자녀가 대학에 갈 확률은 점점 더 줄어들 것이다. "우리 아이도 학원에 열심히 보내고 있지만 우리 애가 경쟁에서 이길 거라고 보지 않아요. 그렇지만 그것도 안 보내면 아예 기회조차 빼앗는 것 같아서. 훗날 부모 원망 안하겠어요? 그래서 기를 쓰고 보내는 거죠." 아이의 사교육비를 위해 서너개의 아르바이트에 매달리고 있는 한 젊은 엄마의 모습은 참으로 눈물겹다. 사교육비 부담에서 부모들을 해방시켜야 한다.

극단적인 경쟁교육은 학생과 교사, 학부모 교육주체 모두를 불행하게 만들고 있다. 그것은 곧 우리 사회를 불행하게 만드는 것이다. 그런 극단적인 경쟁교육모델은 더 이상 지속가능하지 않다.

2) 극단적인 경쟁교육모델, 한국사회의 발전과 역행한다.

첫째, 극단적인 경쟁교육은 21세기 지식정보화시대에 요구되는 인재를 길러낼 수 없다.

한국경제의 기적을 논할 때 좌우의 어떤 경제학자라도 동의하는 대목이 하나 있는데 그것은 바로 교육이 한국 경제성장의 가장 중요한 원동력이라는 사실이다. 과학적인 문자와 더불어 학부모의 놀라운 교육열은 세계에서 가장 낮은 문맹율, 그리고 계산 능력을 국민에게 주었고 이는 노동집약적 산업, 즉 '요소주도 경제'의 가장 확실한 경쟁 우위를 선물했다. 또한 장시간·주입식 교육이 길러내는 평균적 인간은 70년대 중반 이후의 중화학공업, 즉 '투자주도 경제'의 노동자를 대량으로 배출했다.

그러나 과연 지금의 극단적인 경쟁교육 모델이 오늘날 보수나 진보를 가를 것 없이 주장하는 '혁신주도형 경제', '지식기반사회'를 만드는 데, 또는 이명박 정부가 얘기하는 '선진화'에 과연 도움이 될까? 그 답은 단연코 "아니오"이다. 혁신주도 경제나 지식기반사회에 필요한 사람은 사고력과 창의력, 상상력을 갖춘 인재들이다. 그런데 매일 밤 12시까지 어떤 문제가 시험에 나올지 예측하고 때려잡는 연습을 하는 아이들이 창의력과 상상력을 갖출 수 있을까? 하루에도 엄청난 지식과 정보가 쏟아지는 시대에 주입된 지식을 가지고는 게임이 되지 않는다. 지식과 정보를 추려내고 관리할 수 있는 능력, 그런 사고력과 창의력이 필요하고, 그건 혼자가 아니라 서로 협동하고 토론하는 과정에서 배울 수 있는 것이다. 암기식 주입식 경쟁교육으로는 성취하기 어렵다. 그런데 오히려 우리의 교육은 초중고 12년 동안 아이들의 창의력과 상상력을 체계적으로 말살하고 있음에 틀림없다. 때문에 우리 사회가 조금 더 나은 사회가 되기 위해서 뿐 아니라 국제 경쟁에서 낙오하지 않기 위해서라도 지금의 경쟁교육체제를 근본적으로 혁신하는 일을 서둘러야 한다.

둘째, 극단적 경쟁교육이 주도하고 있는 엘리트주의는 우리사회의 잠재력을 후퇴시키고 있다.

불과 얼마 전까지만 해도 교육은 신분 상승의 통로였다. 그러나 이제 교육이 신분 상승의 장벽이 되리라는 것은 분명하다. 현재의 사교육 경쟁을 '죄수의 딜레마' 게임이라고 말했는데 더 적나라하게 표현하자면 '비대칭적 죄수의 딜레마' 게임이라고 할 수 있다. 신문사들의 경품경쟁처럼, 그 결과는 불을 보듯 뻔하다. 아이들의 교육기회가 부모의 재산과 정보력에 거의 전적으로 의존하게 된다. 그것은 곧 교육기회의 세습을 의미한다. 이제 "개천에서 용난다"는 신화도, "한국경제의 신화"도 사라진다. 이것은 이미 서울대 등 이른바 일류대학에서 이미 확인되는 사실이다. 학벌사회라는 치명적 질병을 앓고 있는 한국에서 교육기회의 세습은 곧 신분의 세습을 의미한다. 불행하게도 동서고금을 막론하고 특권계층이 공고해져서 세습이 되면 그 사회는 망했다. 사회에 널려 있는 대부분의 재능이 발휘될 기회를 봉쇄하고 상위 몇 퍼센트의 재능만 사용하기 때문이다. 빌 게이츠나 스티븐 호킹이 한국의 강남이 아닌 산골짜기 지방에서 태어난다면 과연 그 천재성을 발휘할 가능성은 얼마나 될까? 거의 제로에 가깝지 않을까?

단지 엘리트의 충원이 문제가 되는 것 아니라 상당수의 보통 부모가 교육을 포기하게 될 것이라는 사실이 더욱 큰 문제이다. 아무리 노력해도 어차피 질 게임이라면 포기하는 게 낫다. 이민이나 유학을 보내지 못하는 보통 부모의 합리적 선택은 사교육 게임에서 탈출하는 것일 게다. 잠재력을 가진 많은 인력자원이 개발되지 못한 채 사장될 수밖에 없다. 때문에 특히 요즘 유포되고 있는 '한 명이 십만 명을 먹여 살린다' 는 극단적 엘리트주의야말로 우리사회의 미래를 위협하는 위험한 선동인 것이다.

셋째, 극단적인 경쟁교육모델은 대한민국이라는 공동체를 해체하고 있다.

나아가서 더 장기적인 관점에서도 지금 당장 교육혁명을 시작해야 할 이유가 있다. 바로 저출산 고령화 문제이다. 지금 한국의 출산율은 세계 최하위권이다. 우리나라 출산율은 2008년 1.19에서 올해는 1.0이하로 떨어질 것으로 우려되고 있다. 이대로 가면 앞으로 300년 후엔 이 지구상에 한국인은 존재하지 않게 된다. 이야말로 국가적 재앙수준 아닌가? 과거 인구감소가 가장 골치 아픈 문제였던 유럽의 인구는 점차 늘어나고 있는데(특히 북유럽 3국의 출산율은 세계 최고이다) 한국의 고령화 속도는 타의 추종을 불허한다. 무엇이 이런 현상을 낳는 것일까?

성평등과 전반적인 사회복지가 다 복합적으로 작용하는 문제이지만 한국의 출산율이 낮아진 데 경쟁교육이 단단히 한몫을 하고 있다는 사실을 부정할 수는 없을 것이다. 천문학적 규모의 사교육비와 대학등록금을 둘 이상의 아이에게 동시에 댈 수 있는 계층은 최상류뿐이다. 물론 인구가 줄어들면, 그만큼 잠재성장률도 떨어질 수밖에 없다. 앞에서 말한 '비대칭적 죄수의 딜레마' 게임에서 승산이 없으니 아예 게임을 하지 않겠다는 '탈출' 전략이 이민을 넘어 고령사회를 촉진하고 있는 것이다.

이렇게 극단적인 경쟁교육은 교육자체의 위기를 불러왔을 뿐만 아니라 현재 한국 사회 위기의 상당한 원인이기도 하고 동시에 미래의 발전방향과도 역행하고 있음을 직시해야한다. 그런 의미에서 지금의 교육은 부분적이고 단편적인 개혁이 아니라 경쟁교육모델을 근본적으로 전환해야 한다는 점, 그리고 그것은 동시에 사회경제적 개혁과 함께 이루어져야 한다는 의미에서 '교육혁명'을 주장하는 것이다.

3) 어떤 교육혁명을 해야 하는가?

세계경제가 미증유의 위기를 경과하고 있다. 스티글리츠나 크루그먼, 루비니 같은 세계 최정상의 경제학자들은 현재의 위기가 1929년에 발발해서 1930년대를 관통한 '대공황'에 버금가며 그 이상일지도 모른다고 예측하고 있다. 1930년대 공황이 제2차 세계대전을 거쳐 결국 전후의 복지국가를 낳았듯이 공동체적 협동의 가치를 제도화하는 나라가 가장 빨리 위기를 벗어날 것이다. 교육 역시 마찬가지이다.

현재의 위기는 협동이라는 가치의 사회적 제도화(즉 풀뿌리 사회경제와 공공성 경제의 확대와 혁신)와 개인의 창의성과 상상력이 조화될 때 비로소 극복될 수 있을 것이며 교육개혁의 목표 역시 여기에 맞추어져야 한다.

교육 기회가 모든 이에게 평등하게 주어지고(즉 공교육의 확대·강화를 통한 기회의 평등 보장) 이를 통해 개개인이 가지고 있는 잠재 능력을 최대한 발휘시킬 수 있어야 하며 동시에 교육의 방법과 내용이 창의적이고 협동적인 시민을 키워낼 수 있어야 한다.

교육은 개인에게 사회적 이동의 통로여야 한다. 그러기 위해선 사회계층 간의 차이(경제적 보수와 사회적 인정)를 최대한 좁혀 자신의 개성을 발휘하기 위한 이동일 수 있어야 한다. 이것은 교육개혁이 성공하기 위해서는 사회경제적 개혁이 동시에 진행되어야 한다는 것을 의미한다. 정신노동과 육체노동의 차이, 학력에 따른 임금 격차가 극도로 좁고, 심지어 역전될 수 있어야 교육혁명의 성공 가능성도 높아질 수 있다. 이미 비정규직과 실업이 확대되면서 대학 졸업의 프리미엄은 대다수 상실되고 있다. 경쟁에서 밀려나서 대학을 포기하는 게 아니라 대학을 가지 않아도 노동의 가치가 존중되게 함으로써 입시지옥을 해체해야 한다. 현재의 체제위기는 이러한 개혁을 동반할 수 있는 천재일우의 기회이다.

결국 현재 나날이 심각해지고 있는 양극화의 해소를 위한 소득재분배와 자산재분배는 교육혁명의 전제이다. 사람을 돈으로만 따지지 않는, 사회적 인정의 기준이 다양해져야 한다. 예컨대 경제적 보수는 낮아도 자기만의 창조성과 전문성에 대한 사회적 존경이 월급을 압도해야 한다. 특히 교사에 대한 재교육, 훈련도 강화되어야 하지만 그만큼 교사에 대한 존경, 즉 사회적 인정이 높아져야 한다.

교육혁명의 주체는 교사와 학생, 학부모, 시민사회 전체이다. 그러나 교육혁명을 성공적으로 이행하기 위해서는, 특히 우리나라처럼 교육이 정쟁의 도구가 되어 있는 나라에서는 정치의 역할이 가장 중요하다. 교육혁명은 무엇보다도 장기 비전과 명확한 실행계획을 제시해서 사회적 합의를 이뤄야 가능하다. 일부 계층의 단기 이익을 추구해서는 안된다. 누가 사회구성원들의 중지를 모아 그런 장기의 사회적 합의를 이끌어낼 수 있는가? 그것은 곧 정치의 몫이다. 당장 죽음의 벼랑 끝으로 몰리고 있는 아이들을 살려내고 나아가서 그 아이들의 아이들의 미래까지 희망으로 채워야 하는 것이 곧 정치의 소임이기 때문이다.

II. 핀란드 모델에서 무엇을 배울 것인가?

1) 핀란드 모델(협동모델)과 한국 모델(경쟁모델)의 비교

핀란드 모델은 한국의 눈으로 보면 '근본적인 평등'을 추구하며, 그룹교육(group working)으로 협동심을 몸에 익게 하면서도 학생 각각의 개성을 존중하는 '개별 특수 교육', 국제경쟁에서 1위를 하면서도 학생 간 격차가 가장 적은 교육을 추구한다.

핀란드는 1970년대 초 산업화시기에 '종합교육'(comprehensive ecucation)을 도입하고 1980년대 후반에 차별교육(우열반 편성과 같은)을 없애는 개혁을, 그리고 90년대 세계화와 경제위기를 맞아서 직업교육의 강화와, 언제라도 아이들이 자신의 미래를 다시 선택할 수 있도록 하는 고등학교 과정(upper secondary)의 개혁과, 지방자치체(municipality)와 교사의 자율이 최대한 발휘되도록 하는 분권화(decentralized) 교육으로 대응했다.

핀란드 모델과 한국 모델은 OECD의 PISA(Program for International Student Assesment)에서 나란히 좋은 성적을 거두고 있다. 적어도 결과적인 효율성(efficiency) 면에서 두 모델 모두 성공적이라고 할 수 있는 것이다. 그러나 우리의 경우 현재는 비슷하더라도 미래를 보장하기 어렵다는 것을 두 모델의 차이를 들여다보면 알 수 있다.

〈표1〉 PISA 2006 영역별 순위

과학적 소양		읽기 소양		수학적 소양	
국가명	평균 점수	국가명	평균 점수	국가명	평균 점수
핀란드	563	한국	556	타이완	549
홍콩·중국	542	핀란드	547	핀란드	548
캐나다	534	홍콩·중국	536	홍콩·중국	547
타이완	532	캐나다	527	한국	547
일본	531	오스트레일리아	513	네덜란드	531
오스트레일리아	527	폴란드	508	스위스	530
네덜란드	525	스웨덴	507	캐나다	527
한국	522	네덜란드	507	일본	523
독일	516	스위스	499	오스트레일리아	520
영국	515	일본	498	덴마크	513
OECD 평균	500	OECD 평균	491	OECD 평균	498

PISA 2006 Result

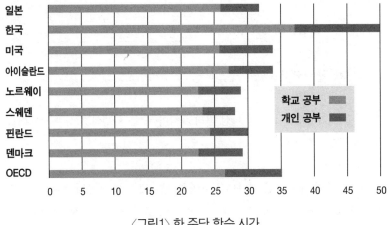

〈그림1〉 한 주당 학습 시간

〈그림1〉을 보면 한국 학생은 핀란드 학생보다 주당 학습시간이 40% 가량 더 많은 것으로 나타나고 있다. 이런 사실을 감안한 '학습효율화지수' 로 보면 핀란드는 여전히 세계 최고인 반면 한국은 15위(65.4점)로 전락하여 OECD 평균(72.1점)에도 못 미친다. 현재의 결과가 장기간의 학습 결과라는 사실을 말해 주는 것으로 아이들에게 주어진 시간의 한계가 있으니 현재 방식으로는 더 이상의 발전가능성이 없을 것이다. 또한 한국의 경우 학교 간, 학생들 간의 격차도 핀란드보다 훨씬 크다. 학습동기와 흥미도, 그리고 자신감에서도 한국은 핀란드에 뒤진다.

한편 IMD의 교육경쟁력 비교에서 핀란드 대학의 교육경쟁력은 계속 1위를 고수하고 있는 반면 한국은 50위권을 오르내리고 있다. 이것은 청소년기의 학력이 핀란드에서는 대학까지 이어지고 있는 반면 한국의 경우 급속히 저하하고 있다는 것을 의미한다. 이러한 사실은 뒤에 보듯이 핀란드 학생의 학습시간이 적고 학생 개개인의 개성이 최대한 발휘되도록 하는 데 초점이 맞춰져 있는 것과 연관이 있는 것으로 보인다. 즉 "서로 다른 학생은 서로 다른 방식으로 배운다" 는 핀란드 교육의 목표가 대학에 가서 창의력과 상상력을 극대화하여 진가를 발휘하는 것으로 볼 수 있을 것이다.

2) 핀란드 모델의 핵심

(1) 평등과 다양성이 함께 가는 교육

"평등과 다양성을 교육의 핵심 원리로 삼아, 모든 학생의 개성과 잠재력을 최대한 발현시킨다"

핀란드 교육개혁을 단 한마디로 요약한다면 "모든 학생에게 좋은 교육을" (good education for all)로 요약된다. 1960년대 말 교육개혁을 시작한 이래 이 목표는 대원칙으로서 핀란드 교육개혁의 역사는 곧 평등교육 확대의 역사라고 해도 과언이 아니다.

"종합교육의 도입", "학교 간 모든 장벽의 해체", (우열반 등)"모든 차별학 습의 철폐", (장애인 등 이질적인 학생도 모두 한 반에서 배우도록 하는)"통합 교육(inclusive educaiton)의 실시" 등 각 단계마다 총력을 기울인 개혁을 관통 하는 단어가 곧 평등(equality)이다. 여기서 평등은 모든 이들에게 최상의 교육 을 받을 기회를 끊임없이 제공한다는 뜻이다. 단지 학생 뿐 아니라 성인이 되 어서도 대학교는 물론, 직업학교나 일반학교에 다시 무료로 다닐 수 있다.

또한 중요한 것은 핀란드 교육에서 평등이라는 낱말 뒤에는 항상 다양성 (diversity)라는 말이 따라다닌다는 사실이다. 평등한 기회를 주는 이유는 아이 들 한명 한명에게 잠재되어 있는 능력, 개성을 한껏 발휘할 수 있도록 하기 위 해서이다. 이를 위해서는 개별교육이 필요하다. 특히 종합교육 마지막 3년(우 리의 중학교 과정)의 학생 수를 최소한으로 줄여서 학생 개개인이 자신의 능력 을 개발하는 데 최고의 노력을 기울인다. 즉 핀란드의 평등은 다양성을 꽃피우 기 위한 '적극적 기회의 평등'이다.

핀란드의 2차 교육혁명은 우열반 등 차별교육의 폐지(바로 한국적 차별교육의 폐지)와 학생 진로의 다양성을 추구한 것이다. 역시 적극적 기회의 평등이 그 원리이다. 직업학교와 일반학교, 대학교와 폴리테크닉(기술대학) 간의 모든 칸막이를 없애고 적극적 시정조치(affirmative action)도 일부 도입했다. 이것은 독일처럼 학생의 인생 진로가 너무 일찍 결정되는 것을 막는 동시에 각급 학교의 자원과 공동체의 지식 및 자원이 서로 교통하도록 만든 것이다.

90년대의 교육개혁은 이전에 국가교육청이 가지고 있던 감독 권한을 폐지하고 지방자치체와 교사에게 커리큘럼과 교수방식을 완전히 이양함으로써 자율교육을 극대화하는 데 초점을 맞추었다. 지역 간의 격차는 국가 보조금으로 메우는데 이 역시 평등과 다양성을 동시에 추구한 정책이다.

요컨대 적극적 기회의 평등이 다양성을 낳고 이 다양성은 학생의 만족뿐 아니라 사회 전체의 효율성을 낳는다. 교육개혁의 첫걸음에 해당하는 적극적인 기회의 평등을 제공하는 데 필요한 재원은 국가가 담당한다. 영유아 단계부터 대학교까지 모든 교육은 무료이며 혼자 생활하는 고등학생과 대학생, 그리고 석·박사과정 대학원생에게는 일정한 생활비까지 지급된다.

(2) 협동교육과 공동체 시민교육

"협동학습으로 공동체 시민교육과 창의적 인재양성을 동시에 꾀한다"

핀란드 교육의 기본 정신 중 하나는 "경쟁은 교육에 적합하지 않다"는 것이다. 핀란드 '교육개혁의 아버지'로 불리는 에리키 아호(Erkki Aho) 전 국가교육청장에 따르면 경쟁은 학생 간, 또는 학교 간 경쟁이 아니라 자기 내부와의 경쟁이어야 한다. 즉 자신에게 잠재되어 있는 능력을 최대한 끄집어내기 위해 스스로와 경쟁해야 한다는 것이다. 특히 우리나라의 중학교 과정까지를 통합한 9년제 종합학교는 보편교육 과정인데, 이 단계에서는 자기계발을 하고 서로 좋은 친구가 되고 좋은 시민이 되기 위한 교육에 초점을 둔다. 아호 전 국가교육청장은 "경쟁은 그 다음의 일이다"고 잘라 말했다.

에리키 아호 전 핀란드 국가교육청장과 만나 '교육개혁'에 관한 대담을 나누는 모습.
(2009년 6월 1일, 핀란드 헬싱키)

학생 사이를 지배하는 원리는 협동이다. 모둠교육(group working)은 학습을 통해 학생들에게 협동을 몸에 익히도록 만드는 방법이다. 그룹별로 평가를 받기 때문에 나만 잘해서는 아무런 소용이 없고 내가 더 아는 것은 다른 아이들과 나눠야 한다. 점수를 향한 경쟁이 아이들로 하여금 완전히 협동의 마음을 잊어버리도록 만드는 한국 교육과는 정반대이다. 요우니 발리예르비(Jouni Valijarvi) 이베스퀼라대학 교수에 따르면 핀란드의 세계적인 IT기업인 노키아의 협동식 작업 역시 핀란드의 협동식 교육에서 비롯됐다.

인재 양성의 측면 이외에 교육적인 관점에서 볼 때에도 협동 교육은 필수다. 교사와 학생, 가르치는 자와 배우는 자의 관계는 그 자체가 소통이고 협력이다. 가르치는 자와 배우는 자의 관계가 교사와 학생 이외에도 학생과 학생 사이, 학생과 다른 어른 사이, 교사와 교사 사이에도 존재하는 바, 학교는 협력이 필수다.

협동의 원리는 이른바 '산학연대'에도 성립한다. 1980년대 말 노키아와 국가교육청은 거대한 산학협력 프로그램을 작동시켰다. 노키아는 핀란드 교육에 IT 기자재를 공급하고 핀란드 학교들은 노키아에 IT 인력을 공급했다. 그러나 협동교육은 단지 IT기술만 배우도록 한 것이 아니라 정보를 취합하고 관리할 수 있는, 그야말로 정보화시대에 필요한 인재들을 길러낸 것이다. 개혁 초기에 특수기술만 요구하면서 일반교육 개혁을 반대했던 재계가 핀란드 교육개혁을 지지하게 된 배경이다.

요컨대 협동을 강조하는 교육은 서로 어울려 사는 공동체 시민의 소양과, 개인이 아니라 그룹을 이뤄서 소통으로 문제를 해결하는 능력을 키울 뿐 아니라, 하나의 정답이 아닌 여럿의 다양한 답을 존중하기 때문에 각 개인의 창의성과 상상력을 북돋운다.

(3) 교육을 통한 사회통합을 위해 국가가 전폭적 지원

"국가의 적극적 지원을 통해 격차해소 교육, 평생교육을 실현한다"

핀란드에서도 대학은 학생이 선택하지만 우리와 달리 이른바 일류대학에 몰리는 일은 벌어지지 않는다.

첫째로 사회의 전반적인 복지체계가 사회적 차별을 극소화했기 때문이다. 배관공과 같은 육체 노동의 임금과 교수와 같은 지적 노동의 임금이 거의 같으니 굳이 대학교에 갈 이유가 없다. 경제적 성공을 위해서 선택하는 것이 아니라 자신의 적성에 따라 선택하며 여러 번의 선택 기회가 주어진다. 종합학교를 마치면 적성에 따라 직업학교에 가기도 하고, 일반계 고교를 거쳐 대학에 가기도 한다. 물론 직업학교를 갔다가도 일반학교를 갈 수 있고 일반 고등학교 출신이 폴리테크닉(기술대학)에 갈 수도 있다. 물론 국민들은 평생에 걸쳐 자신이 필요할 때 교육과 훈련기회를 제공받을 수 있다.

둘째, 국가는 교육과정에서 발생하는 격차를 없애기 위한 적극적 지원을 한

다. 학교자치나 교육과정 자율화 등 자율적으로 학교를 운영하다보면 학교간 격차가 발생할 수 있다. 특히 북부 지역 등 인구가 희박한 지역은 학생 수가 적어 학교 시설 면에서 불리하다. 핀란드는 뒤처지는 학교가 나오면 여기에 집중 투자하여 최소한 평균 수준으로 끌어 올리려고 노력한다.

이러한 접근법은 학교 안에서도 발견된다. 핀란드에서는 장애를 가진 아이와 학습속도가 느린 아이 등 모두를 같은 학습집단 안에 포괄하여 교육해야 한다는 통합교육 원칙을 가지고 있다. 통합된 안에서 개개인의 학습요구에 맞게 개별화된 교육을 할 수 있도록 지원한다. 학생이 어느 과목에서 뒤처지면, 교사와 학생, 학부모가 합의해서 보충교육을 실시한다. 한국인 아이가 입학하면 한국어 교사를 지원한다. 한국적 의미에서 협소한 특수교육이 아니라 폭넓은 특수교육이 이루어진다. 학교 사이에서도, 학생 사이에서도 적극적 지원을 통해, 말하자면 꼴찌의 수준을 높이는 데 총력을 기울인다. 그리고 이 방식이 전체적으로 교육의 결과를 상승시키는 데 도움이 된다. 한 개인이라 하더라도 잘하고 못하는 분야가 있기 마련이고, 위를 잡아당기면 윗부분만 올라가면서 위와 아래의 격차가 벌어지지만 아래를 끌어올리면 함께 올라가기 때문이다.

한국은 교육격차가 사회적 격차를 만들어 내고 이 사회격차는 다시 경쟁을 부추겨 교육격차를 심화시키는 악순환에 빠져 있다. 핀란드는 정반대이다. 이 모든 일은 국가재정으로 전폭적으로 지원되고 있기 때문에 가능한 일이다.

(4) 교사에 대한 신뢰와 자율성

"교사에 대한 확고한 신뢰와 투자로 '자율과 책임' 의 교육을 실현한다"

자유롭고 다양한 교육, 학생 개개인에 맞는 개별화 교육을 위해서는 무엇보다도 교사가 중요하다.

아호 전 국가교육청장에 따르면 핀란드 교육개혁의 주체는 교사와 지방자치단체이다. 핀란드는 9년 통합 종합학교로 개편할 때 기존의 사립학교, 공립학교, 특수학교의 교사를 별도의 시험이나 자격 검증 없이 그대로 수용했고, 임금차이를 인상으로 보전해 주었다. 대신 교사들은 평등과 다양성이라는 새로운 교육철학에 걸맞은 커리큘럼을 개발하고 통합교육과 자기계발을 위한 특수 개별지도를 결합하는 힘겨운 임무를 교사들의 협동으로 수행해 냈다.

또 "교육의 질은 교사의 질을 뛰어넘을 수 없다"는 말처럼 그런 교육이 가능한 환경을 갖춰주면서 동시에 교원 양성 및 연수체제를 개편해야 했다. 핀란드의 교사들은 5~6년에 걸친 양성 프로그램을 통해 두 가지 이상의 과목을 전공하고 석사 이상의 학위를 받도록 하고 있다. 이후에 교사들은 추가로 다른 단위의 학교, 예컨대 종합학교 교사가 고등학교 교사가 되기 위해 석사 학위를 추가로 딸 수 있다.

핀란드에서는 학교교육의 교육 목표와 원칙은 정부가 정하지만, 교재의 선택이나 커리큘럼의 구성, 교수 방법 등은 지방자치단체의 지원 아래 전적으로 교사가 결정한다. 앞에서도 말했지만 90년대 교육청의 감사제도도 폐지했다. 학생의 수, 학교의 위치 등을 고려한 학생 1인당 보조금이 결정되어 지방자치단체에 교부되면 그때부터는 지방자치단체 공무원과 교사가 자율적으로 교육을 한다. 지방으로의 권한 이양과 교사의 자율성이 핀란드 교육의 다양성을 한껏 발휘하도록 만든 것이다.

교육에 대한 평가 역시 자율적으로 이뤄진다. 학교자율평가제도(self evaluation plan)가 바로 그것이다. 이 제도는 설문조사를 포함하여 학교운영 평가, 교육과정 평가, 학교장 리더십 평가, 교사평가를 스스로 작성하여 교육청에 제출하고 교육청의 의견을 들어 발전 계획을 수립하는 방식으로 진행된다. 파시 살베리(Pasi Sahlberg)에 따르면, 교사에게 강요된 책임성이 아니라 교사의 지성적 책임성이야말로 핀란드 교육을 효율적으로 만든다.

스웨덴과 노르웨이도 비슷한 교육제도를 가지고 있지만 핀란드가 3국 중에서 특별히 훌륭한 성과를 올리는 이유를 많은 학자들은 교사의 우수성과 자율 및 책임성에서 찾고 있다. 물론 이런 장점이 실현되려면 교사에 대한 신뢰가 필수적이다. 핀란드에서 교사는 다른 직업에 비해 특별히 많은 월급을 받는 것은 아니지만 가장 존경을 받는 직업이다.

요컨대 교사에 대한 신뢰는 위에서 언급한 핀란드 교육의 모든 장점이 발휘되게 하는 전제이다. 이를 위해서는 물론 교사양성 과정에 대한 대대적이고 질 높은 투자가 필수적이다.

(5) 장기 비전과 사회적 합의

"장기 비전에 대한 사회적 합의가 교육개혁의 관건이다"

핀란드의 교육개혁은 단기간에 이루어진 게 아니다. 종합학교만 하더라도 결정하고 법을 만드는 데 5년, 실제 학교를 세우기 시작하는 데 또 5년이 걸렸다. 약 10년이 지난 1985년에는 수준별 교육과정을 없애고, 90년대 들어서는 학교자치와 교육과정 편성의 자율권을 확대했다.

아호 전 국가교육청장은 20년간 정권과 관계없이 오랫동안 일관된 교육개혁을 진두지휘했다. 이것이 가능했던 것은 정치권을 포함하여 전 사회의 합의가 있었기 때문이다. 핀란드의 교육개혁은 1960년대, 농업사회에서 산업사회로 바뀌는 과정에서 전 사회적인 개혁과 동시에 진행됐다.

이러한 광범위한 사회개혁에서 교육개혁은 선두였고 또한 모범이었다. 아호 전 국가교육청장은 핀란드 교육이 수직적 다리와 수평적 다리를 놓는 데 성공했다고 설명한다. 즉 시간의 흐름에 따라 정권이 바뀌어도 지속될 수 있도록 다리(시간을 연결하는 수직적 다리)를 놓았고 사회의 여러 그룹, 예컨대 노동자와 기업가, 정치가 간의 합의가 지속될 수 있도록 다리(사회를 연결하는 수평적 다리)를 놓는 역할을 했다는 것이다.

지금도 이 두 개의 다리는 계속 건설되고 있다. 국가가 사회발전 5개년 계획을 세울 때 교육부문의 계획 수립에 교육부와 교사 등 교육주체와 노조와 기업 대표 등 사회 각 부문이 참여한다. 초안을 만들어 사회의 합의를 이루고 나면 다시 실행계획이 만들어진다. 이렇게 합의된 안은 정권이 바뀌어도 큰 수정 없이 실천된다.

장기적인 비전을 세우고 명확한 실천방안을 만들어 사회적 합의를 이뤄낸 것이 핀란드 성공의 비결이라고 요우니 발리에르비 교수는 설명한다. 최초의 교육개혁안에 사회민주당과 공산당, 그리고 중도당이 합의했고 보수당 의원들 역시 일부가 교육개혁에 찬성해서 개혁의 출발을 알린 것이야말로 역사적 사건이라고 아호 전 국가교육청장은 말한다. 먼 미래를 내다보는 정치인들의 합의와 신뢰가 핀란드 교육개혁의 전제였던 것이다.

요컨대 장기 비전에 관한 충분한 논의와 사회적 합의가 필수적이다. 그리고 국민들의 합의를 지속시키려면 그것을 실행하기 위한 아주 명확한 실천방안 역시 마련해야 한다. 이런 과정에서 정치의 역할은 지대하다.

Ⅲ. 교육혁명의 방향과 과제

교육혁명은 무엇보다도 우리의 교육 철학에 대한 근본적 성찰로부터 시작해야 한다.

1) 교육 철학의 근본적 성찰이 선행되어야 한다

첫째, 국가와 시민공동체의 발전은 구성원 개개인 모두가 자신의 개성과 잠재력을 최대한 발현해낼 수 있을 때 최고 수준으로 이루어낼 수 있다는 확고한 믿음, 그리고 그런 목표는 좋은 교육시스템을 통해서 달성할 수 있다는 말 그대로 '담대한 희망' 을 공유해야 한다.

이는 시장주의 교육개혁의 기초가 되고 있는 '한 사람이 10만 명을 먹여 살린다' 는 엘리트 교육관이 우리사회 잠재력을 저해하고 공동체를 위협하는 위험한 철학이라는 성찰이 전제되어야 한다.

둘째, 아이들은 아주 중증의 장애만 아니라면 누구나 교육과정의 목표를 달성할 수 있는 능력을 가지고 있다는 믿음, 그것을 실현하는 것이 교육의 책임이라는 교육관을 공유해야 한다.

핀란드에서는 부진한 아이가 있다면 그것에는 반드시 이유가 있다고 믿는다. 예컨대 학습동기가 약하거나, 학습방법을 모르거나, 부모들의 관심과 격려가 부족했거나, 교사들의 배려가 없었거나 등등. 그래서 그 부진 이유를 찾고 부진요인을 없애서 스스로 잠재력을 실현시켜 나갈 수 있도록 해야 하고, 교육이 그런 적극적 역할을 해야 한다고 믿는다.

이는 학습부진을 아이의 탓으로 돌리고 그 책임을 아이들과 부모들에게 전가하는 무책임한 우리 교육시스템과는 구별되는 것이다.

셋째, 평등이 다양성을 보장하고 효율성을 낳는다는 진실에 대한 믿음을 공유해야 한다. 지역 · 학교 · 아이들 간 각종 격차를 줄여 학습조건의 적극적인 평등을 보장할 때만이 아이들 개개인 모두의 개성과 잠재력을 발현할 수 있는 다양한 커리큘럼이 가능하고, 그렇게 해야 교육효과가 극대화될 수 있다.

핀란드 아이들이 우리 아이들보다 공부시간이 절반밖에 안되는 데도 PISA 1위를 함으로써 '평등이 효율을 낳는다' 는 진실이 증명되었고 핀란드 국민들은 이런 교육철학에 대해 확고한 믿음을 갖고 있다.

이러한 평등모델은 우리나라의 극단적 경쟁모델과 근본적으로 철학을 달리한다. 우리나라 일각에서는 평등은 '획일화' 시키는 것을 의미하고 다양성과 배치되는 것이라고 주장하거나 '하향평준화'로 이어질 것이라고 유포하고 있다. 그러나 그것은 과학적으로 증명되지 못한 참주선동에 가까운 것이다. 오히려 극단적인 경쟁교육, 주입식 교육이 획일적이고 전반적인 학력수준을 떨어뜨리고 있는 주원인임을 인정해야 한다.

넷째, 공동체의 일원으로서 소통하고 협력할 줄 아는 보편시민교육이 우선이라는 사회적 합의, 그리고 그것이 사회경제적 발전방향과 부합하는 인재를 양성하는 데도 도움이 된다는 믿음을 공유해야 한다.

중학교까지는 보편교육단계로서 개인의 개성과 잠재력 발현시키고, 또 공동체의 일원으로서 서로 소통하고 연대하고 협력해서 문제를 풀어가는 좋은 시민을 만들기 위한 교육목표를 확고하게 실현하자는 합의가 필요하다.

그러기 위해서는 중고등학교뿐 아니라 초등학교 유치원까지 확대되고 있는 경쟁 서열화 교육시스템에 대한 개편이 불가피할 것이다. 특히 대학 평준화 및 특성화, 노동시장 개혁, 복지제도의 개선 등이 맞물려야 한다.

다섯째, 교육은 교사와 학생, 학부모 간의 협동으로 자율과 책임교육이 이루어질 때 가장 효과적으로 교육 목표를 달성할 수 있다는 믿음을 공유해야 한다.

특히 교육을 하는 사람들은 교사이다. 교사들에 대한 신뢰가 무너진다는 것은 곧 교육이 위기라는 말과 같다. 교재 및 교과 과정과 방법에 대한 권한을 주고 행정적 업무에서 해방시켜야 한다. 이는 물론 교사양성 및 연수 전 과정에 대한 재검토를 동반해야 할 것이다. 또한 배우는 주체는 학생이다. 학교 운영에 학생과 학부모들의 참여가 민주적으로 이루어져야 한다. 뿐만 아니라 지방 정부, 시민사회, 기업 등이 함께 참여하는 사회적 논의 기구가 일상화될 필요가 있다.

여섯째, 교육은 우리 사회를 재생산해내는 일이다. 때문에 국가가 최우선적으로 책임져야 한다는 확고한 인식을 공유해야 한다. 교육이 어떻게 이루어지느냐에 따라 개개인의 발전은 물론이고 공동체의 미래가 규정된다. 당연히 국가가 국민적 합의를 거쳐 지속가능한 교육시스템을 재정으로서 뒷받침해야 한다.

우리나라 국민들은 자식 교육이라면 모든 것을 걸고 있다. 그만큼 교육의 중요성에 대한 인식이 확고하다. 문제는 정부가 국민의 공감대를 바탕으로 질 좋은 교육을 제공하는 것이 국가의 가장 중요한 사명이라는 점을 자각해야 하는데, 정치권이 국민의 뜻을 받들지 못하고 있다. 현재의 망국적인 사교육비는 공동체의 복지와 건강한 발전 재원으로 환원되어야 한다.

2) 교육 근본 개혁으로 가는 여섯 가지 제언 — 버려야 할 것과 이루어야 할 것들

교육혁명으로 가는 큰 틀의 줄기를 제시해 본다.

첫째, 교육시설 및 환경을 획기적으로 개선해야 한다.

"낙후교육시설을 없애고 친생태 공동체 교육시설 건립을 국가적 프로젝트로 추진해야 한다"

전국 어디를 가나 시청 및 문화센터 등 관공서가 화려하게 재건축되었다. 그런데 공공기관 중 가장 낙후된 곳이 교육시설이다. 자료를 보니 백화점 문화센터를 짓는데 평당 1천만원, 교도소 짓는데 평당 300만원이 드는데 초·중·고교를 짓는 데는 그 보다 덜 든다고 한다. 이 나라가 얼마나 싸구려 교육을 시키고 있는지 극명하게 보여주고 있다. 핀란드 야르벤파고등학교를 방문하고서 우리 아이들이 불쌍한 생각마저 들었다. 시설과 공간을 새롭게 구성하지 않고 교육개혁은 연목구어이다. 영국도 빅토리아시대 이후 최대 투자를 해서 21세기 컨셉에 맞게 교육시설과 환경을 재구조화하는 작업을 진행중이다. 학교는 강의 중심으로 설계된 규격화된 병영형 교실 배치를 탈피하여야 하고 새로운 개념의 교육활동이 가능하도록 되어야 한다. 또 새로운 시대의 학교는 해당학교는 물론 지역사회의 어린이와 청소년들이 방과후에도 머물 수 있는 공간이다. 학부모들과 지역주민들이 사용할 수 있는 문화센터로서의 기능도 할 수 있어야 한다.

정부는 부자 감세를 하고 대운하에 돈을 쏟아부울 것이 아니라, 이 나라 미래인 아이들에게, 교육에 돈을 써야 한다. 국민의 세금을 어디에 우선적으로 써야하는지 국민의 뜻에 부합하는 발상의 전환이 이루어져야 한다. 친생태 공동체적 교육시설 및 환경을 구축하는 사업을 국가적 프로젝트로 해야 한다.

둘째, 평가의 패러다임을 전환해야 한다.

"석차를 없애고 교육 전 과정에 걸쳐 상대평가를 절대평가로 전환하자"

보다 나은 교육이나 미래 사회를 고려해볼 때, 학교는 타인과의 경쟁이 아니라 자신과의 경쟁이 이루어지는 장이 되어야 한다. 석차 경쟁이 아니라 자신의 목표 달성을 위해 자신과 싸우는 경쟁이 되어야 한다. 현재의 상대평가를 절대평가로 바꾸려면 일제고사방식의 평가제도와 100점 만점의 평가방법 등 평가의 패러다임 자체가 전환되어야 한다.

평가의 패러다임을 바꾸기 위해서는 교사들의 역할이 매우 중요하다. 조건의 불비와 많은 어려움이 있더라도 교사들 내에서 그 필요성과 중요성을 공유할 수 있다고 본다. 문제는 절대평가로 전환하려면 선생님이 절대평가를 감당할 수 있는 규모로 학급당 학생수가 대폭 축소되는 등 조건이 갖추어져야 한다. 지방의 경우는 당장 가능한 곳도 있지만 대도시의 경우 국가가 나서 가능한 조건을 만드는 데 적극 지원해야 한다.

셋째, 수업방법을 개선해야 한다.

"주입식 교육방식을 버리고 토론, 협동교육으로 전환하자"

21세기는 지식정보의 적극적 나눔과 공유, 그리고 창의적이고 협력적인 노동을 통해 발전하는 사회이다. 소통과 협력할 줄 모르는 사람은 아무리 개인적인 능력이 뛰어나고 축적된 지식이 많다 하더라도 미래사회의 인재라고 보기어렵다. 개방적인 네트워크 속에서 토론하고 협력함으로써 다듬어져가는 사회적 지식과 정보가 중요하다. 교육 또한 이러한 흐름에 맞게 가야 한다. 이런 의미에서 듣기만 하는 주입식·암기식 교육은 21세기와 역행한다. 토론하고 소통하는 협동학습으로 바꾸어야 한다.

평가방법의 개선은 수업방법과 직결되어 있다. 지금처럼 중간고사, 기말고사 등 일제고사 방식이 지속되면 수업내용과 방법이 그에 맞춰져야 하므로 획일적인 주입식 교육이 될 수밖에 없다. 따라서 창의적이고 다양한 커리큘럼과 토론, 협동식 학습이 가능하려면 일제고사를 없애는 등 평가패러다임이 함께 전환되어야 한다.

넷째, 교육의 거버넌스 구조를 개편해야 한다.

"관료적 통제를 없애고 교육주체들의 자율·책임 교육을 실현하자. 교육의 정치 과잉을 없애고 제대로 된 자치·분권을 실현하자"

교육의 가장 중요한 소임은 개개인의 개성과 잠재력을 최대한 발현시키도록 도와주는 일이다. 그런데 교육에 대한 관료적 통제는 다양성을 죽이고 획일성만을 낳을 뿐이다. 또 교사, 학생, 학부모 등 교육주체들을 감시하고 대상화함으로써 자발적이고 민주적이고 창의적인 교육을 말살시킨다. 시스템과 행정의 개선만이 아니라 교육과정의 자율성을 회복하는 것이 중요하다. 교사에게는 교육과정 편성권을 주고, 학생에게는 교육과정 선택권을 부여하여 학생 개개인의 특기와 적성에 맞는 다양한 교육, 책임 교육이 이루어질 수 있도록 해야 한다.

우리는 교육의 자치화의 방법으로 교육감 및 교육위원을 직선제로 바꾸었다. 그러나 교육의 자치와 분권이라는 취지와는 달리 선거과잉으로 교육이 정치화되고 있음을 우려하지 않을 수 없다. 현재의 교육감은 제왕적 권한을 갖고 있고 예산이 집중되어 있어 교육청이 돈을 쓰기 위해서라도 학교에 대한 간섭과 통제를 할 수밖에 없다는 지적이 있다. 교육감의 권한을 대폭 학교로 넘기고, 교장을 공모 또는 선출함으로써 학교 민주화를 이룰 필요가 있다. 이 과정에서 교사의 자율성과 전문성을 강화해야 한다. 또 지역의 교육주체와 시민사회, 그리고 이해관계자들이 교육에 적극적으로 동참하는 지역차원의 사회적 협의기구들을 만들어 나가야 한다.

다섯째, 교육의 블랙홀, 대학의 역할과 기능을 새롭게 정립해야 한다.

"대학 과잉, 서열화를 없애고 대학을 평준화하고 특성화하자"

우리나라 대학은 신분의 재생산 기제로서 대학 본연의 역할과 기능이 왜곡되고 과잉되어 있다. 대학이 진정 학문연구와 인재양성 기관으로 발돋움하려면 대학에 목숨 거는 학벌사회의 해체와 맞물려 추진되어야 한다. 대학을 가지 않더라도 노동의 가치를 존중받을 수 있는 노동시장구조 및 복지제도가 개편되어야 하며, 산업과 경제의 요구에 밀착한 직업 및 기술교육, 학문을 심화시킬 수 있는 특성화가 이루어져야 한다.

우리나라의 대학 서열화는 모든 교육과정을 극단적 경쟁으로 몰고 가는 원천이다. 대학 서열화는 불필요한 과잉 진입경쟁을 낳고 다양성을 실종시키며 대학 전체적인 발전도 저해시킨다. 그런 만큼 대학 서열을 완화하거나 없앨 필요가 있다. 낮은 서열의 대학이나 지방대를 중점 육성하면서 '한줄 서기'가 아니라 '여러 줄 서기'가 되도록 대학별 특성화가 이루어져야 한다고 본다. 이를 위해 국·공립대 네트워크화 등 이미 다양한 방안이 제시되었으므로 광범한 국민적 논의와 합의과정을 거쳐야 한다.

여섯째, 교육에 대한 국가의 역할을 제고해야 한다.

"각종 격차를 없애고 요람에서 무덤까지 평생교육을 책임져야 한다. 특히 영유아 보육 및 교육에 집중 투자함으로써 출발선에서부터 평등을 실현해야 한다"

교육청과 지자체가 특목고로 예산을 집중 투입할 때 같은 지역의 일반고와 실업고가 푸대접을 받는 게 오늘의 우리 모습이다. 전형적인 불균형 발전이며, 뒤처진 자에 대한 배제다. 이는 균등한 교육기회나 교육경쟁력 제고에도 좋지 않은 영향을 미친다. 가정환경이나 지역 등의 조건이 열악하여 잠재력이 발휘되지 않은 아이들이 꽃피울 수 없기 때문이다. 따라서 지역은 농산어촌, 계층은 서민과 저소득층, 계열은 전문계고와 직업교육 등에 대한 정부의 적극적인 지원을 통해 균형발전을 강력하게 이루어내야 한다.

정부의 적극적 지원은 유아단계 교육의 공교육화부터 시작하여 필요할 때 학습과 훈련을 제공하는 평생교육을 뒷받침할 수 있어야 한다. 교육의 불평등이나 학습부진은 영유아 단계의 환경과 조건의 결손으로부터 비롯되고 있다. 따라서 정부는 1~5세까지의 아동보육과 유치원의 공교육화, 그리고 초등학교 저학년에 대해 집중투자를 함으로써 어릴 때부터 고르게 성장할 수 있도록 도와야 한다. 그간 유치원 공교육화와 관련해서는 많은 논란이 있었는데 사립유치원의 이해를 공교육화 과정에서 적극적으로 수렴하는 방식으로 합의점을 도모해야한다.

Ⅳ. 마무리하며 — 교육혁명을 위한 '교육미래위원회' 구성을 제안한다

앞에서 살펴본 것처럼 우리의 교육혁명이 가장 중요하게 참고해야 할 사례는 핀란드식 교육개혁이다. 동시에 한국과 핀란드의 역사와 사회가 대단히 다르다는 것도 확인했다. 그러나 현재의 경쟁모델은 더 이상 지속할 수 없을 뿐 아니라 우리 사회의 위기를 해결할 수 없다는 것도 명명백백하다. 우리의 교육혁명은 대단히 어려워도 지금 시작해야 하는 일이다.

첫째, 교육혁명은 한국사회의 광범한 개혁 프로그램과 함께 작동되어야 한다. 특히 임금 격차를 비롯한 각종 사회적 격차, 그리고 그러한 격차를 결정짓는 대학입시는 불모의 경쟁교육을 강요하도록 만든다.

이러한 사회격차를 완화하는 정책과 동시에 교육개혁이 수행되어야 한다. 당장 필요한 것은 정규직과 비정규직 간의 격차, 남녀 간의 격차, 지역 격차를 완화하는 일이다. 이러한 격차의 해소는 증세와 복지의 확대를 전제로 한다. 그런 의미에서 교육혁명은 곧 교육복지 혁명을 의미한다.

둘째, 교육혁명을 성공하기 위해서는 조급한 단기 개혁이 아니라 적어도 20여 년 이상 오랜 시간을 둔 진화에 가까운 변화를 일관되게 추구해야 한다. 국민의 합의를 얻기 위해서는 무엇보다도 시간이 필요하고 전혀 다른 길을 택하는 데서 오는 부작용을 충분히 고려해야 한다.

지금까지의 교육개혁은 초등학교부터 대학까지 한 번에 적용하는 일괄 접근이었다. 하지만 당사자의 신뢰이익을 고려하지 않아 결과적으로 교육개혁의 반대자를 양산할 수도 있다. 그런 만큼 실제 교육혁명을 성공적으로 이루려면 초등학교 1학년부터 대학 4학년까지 최소 16년을 염두에 두고 구상해야 한다.

장기 비전에 대한 국민적 합의를 확고히 하되, 명확한 실천프로그램을 만들어 교육혁명을 완강하게 주도해 갈 수 있는 교육주체와 이해당사자가 참여하는 사회적 합의기구를 장기적 전망으로 구축해가야 한다.

셋째, 교육혁명을 성공적으로 추진해나가는 데는 정치의 역할이 결정적으로 중요하다. 따라서 국회에 교육혁명을 위한 초당적 교육계획위원회(가칭 "교육미래위원회")를 구성할 것을 제안한다.

현재의 대통령제 하에서는 과거의 정책이 '개혁'의 이름으로 반전되는 경우가 많고, 정치적 목적에 갇히기 쉽고 정쟁적 대상이 될 수 있기 때문에 행정부나 대통령 산하 위원회가 이런 장기계획을 세울 수는 없다.

따라서 핀란드 의회의 미래위원회처럼 국회의 상설 위원회를 만들어 교육의 장기적 비전을 세워야 한다. 정부는 이 위원회가 요구하는 자료와 보고서를 제출하고 교육미래위원회에서 장기 비전에 합의가 이뤄지면, 교육주체 및 이해당사자들의 사회적 합의기구의 협의를 거쳐 다시 4~5년 단위의 이행계획을 제출하여 국회의 승인을 받도록 한다.

이 위원회는 국회의원들로 구성되지만 교육 3주체가 상임위원으로 참가하고, 시민사회와 지방자치단체의 의견을 충분히 수렴하도록 한다. 위원회 산하에 사무국과 연구소를 두어 전문성을 보강할 수 있다. 이런 방식이 효과적이지 않다면 별도의 법률을 제정하여 정치권과 교육주체 및 시민사회가 참여하는 사회적 합의기구를 국가인원위원회와 같이 독립적으로 구성하는 방안도 검토할 수 있다.

이런 논의를 위해 우선 국회 교육위원회를 중심으로 뜻있는 정치인들이 교육포럼을 만들어 우리교육에 대한 진단과 다른 나라의 성공적 사례, 그리고 교육주체들과의 의견교환 등의 활동을 전개할 필요가 있다.

---

* 이 원고는 사단법인 마을학교와 진보신당 정책연구소 공동 주최로 2009년 6월 25일 국회에서 열린 〈교육혁명을 위한 토론회―핀란드 모델과 공교육 개혁방안〉에서 발표된 글입니다.

심상정 연구자료

— 저서
· 『당당한 아름다움』 / 심상정, 레디앙미디어, 2008
· 『인생기출문제집』 / 안철수 외 공저, 북하우스, 2009

— 관련도서
· 『최재천의 한미 FTA 청문회 : 다음 세대에게 알려주고 싶은 한미 FTA의 진
  실』 / 최재천, 향연, 2009
· 『꿈꾸는 여대생에게 들려주는 여성리더들의 이야기』 / 서울대경력개발센
  터, 중앙북스, 2009
· 『삼성왕국의 게릴라들 : 삼성의 절대 권력에 맞서 싸운 사람들 이야기』 / 프
  레시안 특별취재팀, 손문상 그림, 프레시안북, 2008
· 『하나의 대한민국, 두 개의 현실』 : 미국의 식민지 대한민국, 10 VS 90의 소
  통할 수 없는 현실 / 박노자 외, 지승호 인터뷰, 시대의창, 2007

— 심상정의원실 간행물
· 가난한 사람을 위한 민주주의 : 정권교체를 넘어 시대교체로(의정보고서) /
  심상정, 심상정의원실, 2007
· 외환위기 이후 금융감독정책의 문제점 / 심상정, 심상정의원실, 2006
· 당당한 아름다움 국회의원 심상정 (2005 의정보고서) / 심상정, 심상정의원
  실, 2006
· 2005년 의정활동 보고서 / 심상정, 심상정의원실, 2006
· 삼성공화국 성역 허물기 : 총수일가기업에서 국민기업으로 개혁되어야 / 심
  상정의원실, 심상정의원실, 2005

· 정부신용불량대책의 현황, 문제점 및 개선방향 : 민간회복프로그램에서 공
  적지원제도로 전환해야 / 심상정의원실, 심상정의원실, 2005
· 금융공공성 강화를 위한 외국자본 규제 방안 : 전략적 기간산업 보호와 단기
  투기자본 거래 규제 / 심상정, 심상정의원실, 2005
· 외환위기 이후 지역금융의 문제점과 개선방안 / 심상정의원실, 2005
· 공적개발원조(ODA)사업의 현황, 문제점 및 개선방향 : 공여국 이기주의에
  서 벗어나 수혜국 중심의 범세계적 공공재로 / 심상정, 심상정의원실, 2005
· 한국 외환정책의 현황, 문제점 및 개선방향 : 원화절상압력에 맞서 대안적
  환율·금융협조체제 구축해야 / 심상정의원실, 심상정의원실, 2005
· 요금제 공공서비스의 현황, 문제점 및 개선방향 : 요금제 공공서비스의 현
  황, 문제점 및 개선방향 / 심상정의원실, 심상정의원실, 2005
· 신용대란 사태의 원인과 대책 / 심상정의원실, 민주노동당, 2004
· 서민경제 대안을 찾아서 / 심상정, 심상정의원실, 2004
· (국회)시장경제와 사회안전망 포럼 / 국회 시장경제와사회안전망포럼, 시장
  경제와사회안전망포럼, 2004

　　— 세미나 자료
· 등록금 문제 해결 방안 정당 초청 토론회 / 등록금문제해결범사회대책위 주
  최, 2007
· 본선돌풍! '대이변' 이 시작됩니다(당원용) / 심상정, 심상정의원실, 2007
· 금융산업의 구조개선에 관한 법률안 공청회(공청회 2006 - 1) / 국회재정경
  제위원회, 2006
· FTA에 반대하는 여성들 / 한미 FTA저지 여성대책위 외, 한미 FTA저지 여성
  대책위, 2006
· 금융산업의 구조개선에 관한 법률 일부개정법률안에 관한 공청회 / 국회 재
  정경제위원회, 국회 재정경제위원회, 2006
· 적대적 M&A와 경영권 보호의 두 얼굴 / 시장경제와사회안전망포럼, 정덕구
  의원실, 2006

· 한미 FTA 대토론회 / 한미 FTA를 연구하는 국회의원 모임, 한미 FTA를 연구하는 국회의원 모임, 2006

· 보증인 보호와 보증제도 개선을 위한 토론회 / 심상정의원실 ; 참여연대 작은권리찾기운동본부, 심상정의원실, 2006

· 고금리 제한을 위한 한일 공동 토론회 / 심상정의원실 ; 민주노동당 경제민주화운동본부, 심상정의원실, 2006

· 죽음을 부르는 한미 FTA 그리고 광우병 : 광우병 피해자와 전문가에게 듣는다 / 민주노동당 한미 FTA 원내특별대책위원회, 심상정의원실, 2006

· 한국판 "엑슨-플로리오법이 필요하다" : 외국 투기자본으로부터의 국내 기간산업 보호방안 모색 / 심상정의원실 ; 이상경 의원실, 심상정의원실, 2006

· 경제정의포럼, 제1회 : 양극화, 진단과 처방 / 경제정의실천시민연합, 경제정의실천시민연합, 2006

· 경실련 · 아데나워재단 공동주최 - 독일의 사회적 시장경제와 한국사회의 대안적 발전방향에 관한 국제 심포지엄 / 경제정의실천시민연합, 경제정의실천시민연합, 2006

· 양성평등한 예 · 결산제도 도입 촉구 기자회견 - '국가재정법(안)'에 성인지 보고서 작성 등 명시해야 / 심상정의원실, 심상정의원실, 2005

· 투기자본 과세, 어떻게 할 것인가? / 심상정 의원 ; 투기자본감시센터, 심상정의원실, 2005

· 우리안의 또 다른 분단 : 빈곤과 양극화 / 민주노동당 정책위원회, 민주노동당 정책위원회, 2005

· 대부업의등록및금융이용자보호에관한법률중 개정법률안에 관한 공청회 / 국회 재정경제위원회, 국회 재정경제위원회, 2005

· 불공정 하도급거래 사례와 근절방안 / 단병호 ; 심상정 ; 조승수 의원, 민주노동당, 2005

· 대기업 하도급 불공정거래 근절을 위한 토론회 / 민주노동당 정책위원회, 민주노동당 정책위원회, 2005

· 외국자본규제 어떻게 할 것인가 : 외국자본 정책 토론회 / 민주노동당 ; 투기자본감시센터, 민주노동당, 2005

· 해외투기자본과 금융주권 토론회 / 바른사회를 위한 시민회의, 바른사회를 위한 시민회의, 2005

· 부동산 세제의 개혁 방향 / 심상정의원실 ; 민주노동당 정책위원회, 심상정 의원실 2005

· (LG카드, 대우조선해양의) 바람직한 매각과 지배구조 개선을 위한 정책토론 회 : 일괄매각의 문제점과 현실적 대안을 모색한다 : 정책자료집 / 심상정 의원 주최, 심상정의원실, 2005

· 경제위기 극복을 위한 국민대토론회 : 야4당 공동주관 / 한나라당, 한나라당, 2004

· 사립학교법개정 : 교육공공성과 민주화를 위한 길입니다 / 민주노동당 정책 위원회 ; 최순영, 최순영의원실, 2004

· 효율적인 국회운영과 교섭단체의 필요성 : 교섭단체 필요한가! / 손봉숙 ; 함 께하는 시민행동, 손봉숙의원실, 2004

· 2004 통상 · 개방 민주노동당 국감보고회 : 대안적 통상정책을 위한 진보적 모색 / 민주노동당, 민주노동당, 2004

· 서민경제 어떻게 살릴 것인가? / 경제정의실천시민연합, 경제정의실천시민 연합, 2004

· 자본시장의 완전개방과 경영권 보호장치, 이대로 좋은가? / 국회 시장경제 와 사회안전망 포럼 ; 국회 재정경제위원회 [공편], 정덕구의원실, 2004

— 잡지기사 · 기고문 · 인터뷰(발행일순)

· "한국 민주주의는 삼성과의 싸움이다"〈인터뷰〉/ 심상정 ; 주진우 2010 시 사IN. 제121호 (2010-01-04)

· '진보'는 충분조건 아니다 : 진보적 시사주간지의 미래전략 제언… 관점의 차이 넘어 영역의 전문화로 / 심상정 외 2009 한겨레21. 통권787호 (2009.11.27)

· '성평등 천국'을 지구에 건설한 노르웨이의 힘 / 심상정 2009 시사IN. 제95 호 (2009-07-06)

· 여야 사활 건 10월 재보선이 온다 : 수도권 4곳 포함 최소 7곳 전망… 이재
오 · 손학규 · 심상정 등 거물급 후보 물망 / 최성진 2009 한겨레21. 통권759
호 (2009-05-11), pp.22-23

· 진보신당 심상정 공동대표 인터뷰 "힘없는 정의는 무기력… 1득점 필요" :
"은평을 재선거 땐 출마" 〈인터뷰〉 / 심상정 ; 조혜정 2009 한겨레21. 통권
752호 (2009-03-23), pp.40-41

· 이명박 정부의 '저격수'로 등장 : 서울대학교 1970년~80년대 '언더서클' /
정용인 2009 Weekly경향. 통권812호 (2009-02-17), pp.62-65

· '깔끔한 박근혜'와 '강인한 추미애' : 여성정치인 이미지 비교 연구, 심상정
은 남성 같은 복장으로 능력 내세워 / 권순철 2009 Weekly경향. 통권812호
(2009-02-17), pp.32-33

· 노무현-심상정 다시 불붙다 : 2년 전 한-미 FTA 격론, 온라인서 연장전… "신
선했다" 긍정 평가 / 조혜정 2008 한겨레21. 통권738호 (2008-12-08), pp.42-
44

· 끝없는 추락 진보정당 2009년 생존법은? / 천관율 2008 시사IN. 제60호
(2008-11-08), pp.28-31

· 국감 시즌 원외 정당의 씁쓸함 : 진보신당 진성당원 증가도 주춤… 지역주민
과 밀착 제2창당 각오 비장 / 최성진 2008 한겨레21. 통권731호 (2008-10-
20), pp.40-41

· 심상정 대표 머리에 빨간 뿔 달다 / 박근영 2008 시사IN. 제37호 (2008-05-
31), pp.24-25

· 게도 잃고 구럭도 잃고 / 문형구 2008 말. 통권 263호 (2008년 5월), pp.128-
133

· 진보세력 '초라한 몰락' 제 목소리 낼 수 있을까 : 싸늘한 민심 · 간판인물
부재 이중고… 색깔 있는 정치엔 너무 높은 보수의 벽 / 정호재 2008 주간동
아. 통권632호 (2008-04-22), pp.40-41

· 진보신당 어떻게 될까 : "노회찬 · 심상정 둘만 당선돼도 일단은 대성공" 1%
대 당 지지율 고민… 민노당과의 차별화 총력 / 최경운 2008 주간조선. 통권
2000호 (2008-04-14), pp.42-42

· 총선특집 - 심상정을 만나다 [이너뷰] / 심상정 ; 김어준 2008 딴지일보. (2008-04-02)http://www.ddanzi.com/ddanzi/section/club.php?slid=news&bno=5777

· 총선 이슈로 떠오르며 반한나라당 전선까지 살리는 대운하… 슬그머니 발 빼면서도 포기하지 않는 여당 : 내 공약을 내 공약이라 부르지 못하고… / 이태희 2008 한겨레21. 통권703호 (2008-04-01), pp.104-106 총선 격전지 10곳을 가다 / 제정남 ; 이재진 ; 정우성 2008 말. 통권 262호 (2008년 4월), pp.16-23

· 새로운 진보 꿈꾸는 심상정 의원 : "민노당의 가장 큰 패착은 민생을 위한 실천이 부족했다는 점" / 박주연 2008 뉴스메이커. 제17권 제9호 통권764호 (2008-03-04), pp.14-19

· 심상정 비대위의 실패한 '쿠데타' / 김경환 2008 말. 통권 261호 (2008년 3월), pp.110-111

· 누가 진보정당의 블루오션을 열까 : 심상정 · 노회찬 탈당 선언 뒤 '평등파' 연쇄 탈당, 당내 온건 · 중도 · 강경파 대립 구도 / 이태희 2008 한겨레21. 통권698호 (2008-02-26), pp.24-25

· 총선격전지 : 도봉 갑, 올드레프트와 뉴라이트 격돌 :서울 동대문 을 수성 나선 홍준표 의원은 민병두 의원 도전에 비교적 여유 / 권순철 2008 뉴스메이커. 제17권 제8호 통권763호 (2008-02-26), pp.42-43

· "비대위는 분열의 장본인이 되지 말아야 한다" : 심상정비대위에 대한 당원들의 평가 / 인터넷코리아 2008 Corea21. 통권 제11호 (2008년 2월), pp.32-35

· "대중적 · 보편적인 것이 래디컬" : 민주노동당 혁신 떠맡은 심상정 의원… "비정규직과 젊은 세대들에 대해 많이 고민하고 있다" 〈인터뷰〉 / 심상정 ; 류이근 2008 한겨레21. 통권695호 (2008-01-29), pp.32-34

· "지금 민노당은 마지막 초읽기에 몰려 있다" 〈인터뷰〉 / 심상정 ; 차형석 2008 시사IN. 제17호 (2008-01-15), pp.16-18

· 민노당, 혁신이냐 분당이냐 : 대선 패배와 함께 종북파 문제 수면 위로… 심상정 비대위 체제가 당을 살릴 수 있을까 / 류이근 2008 한겨레21. 통권693

호 (2008-01-15), pp.34-35

· "비자금 진실 규명하면 이건희 회장 구속될 것" 〈對談〉 / 김용철 ; 심상정 ; 고재열 2007 시사IN. 제9호 (2007-11-20), pp.20-22

· 반값 아파트 과연 꿈일까 : 법안 발의한 의원들, 제도적 장치 · 법적 근거 미비를 실패 원인으로 지적 : 거품 빼고 실질적인 반값 공급 노력 기울이면 실수요자 충분히 만족 가능 / 김윤현 2007 주간한국. 통권2198호 (2007-11-20), pp.48-50

· 민주노동당 심상정 의원 : "이번 대선 민노당이 2등 된다" 〈인터뷰〉 / 심상정 ; 차형석 2007 시사IN. 제3호 (2007-10-09), pp.18-19

· 민주노동당 최초의 대통령후보 경선, 그 안에서 드러난 희망과 절망 / 도서출판알 대선특별팀 2007 노동세상. 통권5호 (2007년 10월), pp.34-46

· 권-노-심 중간 상황, 2차 투표 갈 수도 : 민노당의 대전 · 충남 권역 후보 선출 대회 현장에서 본 당원들의 고민 / 류이근 글 ; 류우종 사진 2007 한겨레21. 통권676호 (2007-09-11), pp.16-18

· 경선 '3부 리그' 지만 열기는 후끈 : 창당 이래 첫 표 대결 벌이는 민노당… : 권영길 독주 채비, 노회찬 결선서 '역전' 노려 / 조득진 2007 뉴스메이커. 제16권 제36호 통권741호 (2007-09-11), pp.24-27

· 민노당 경선, 3파전 치열… "정파냐" "대중성이냐" 밑바닥 당심이 당락 가를 듯 : '돛' 으로 갈까, '바람' 으로 갈까 / 김회권 2007 시사저널. 통권932호 (2007-09-04), pp.30-31

· 삼성 홈플러스 진주 입성위해 꼼수 부리다 : 홈플러스 아니라고 우기던 STS21, 결국 삼성 홈플러스 / 허동정 2007 말. 통권 255호 (2007년 9월), pp.82-85

· 한 청년 노동자의 정신을 따라 : 『전태일 평전』 / 심상정 글 2007 대산문화. 제25호 (2007년 가을호), pp.80-81

· 한국의 초록당, 그 의미와 가능성 : 최근의 초록당 창당 움직임을 중심으로 / 주요섭 2007 환경과생명. 통권53호 (2007년 가을), pp.151-161

· 권영길 · 노회찬 · 심상정 캠프의 여성들 : '진보의 기치 아래' 참모들도 3色 대결 / 박종진 2007 주간한국. 통권2185호 (2007-08-14), pp.19-19

· 민노당 대선 후보, '씨족회의'로 뽑는다? : 권영길 후보 지지한다는 자주파
  의 '21일 결정'… 정파는 아직도 당원의 유일한 선택 기준인가 / 류이근
  2007 한겨레21. 통권671호 (2007-08-07), pp.36-37
· 대선주자들의 대북·통일·안보정책을 알아본다 : 민주노동당 /평화문제연
  구소 2007 통일한국. 제25권 8호 통권284호 (2007년 8월), pp.34-39
· 대한민국 여성대통령 꿈 영근다 : 박근혜, 한명숙, 심상정 출사표… 후보자
  리더십 비교분석 / 권순철 2007 뉴스메이커. 제16권 제22호 통권727호
  (2007-06-05), pp.36-38
· 심상정 민주노동당 의원 : 한미 FTA는 재앙이다〈인터뷰〉/ 심상정 ;지승호
  2007 인물과사상. 통권109호 (2007년 5월), pp.16-41
· 개성공단과 국내 중소기업 : "저부가가치 산업 대신 핵심산업 단지로 성장해
  야" / 심상정 2007 민족21. 통권74호 (2007년 5월), pp.92-93
· 심상정〈민노당 의원〉-현오석〈무역연구소 소장〉긴급좌담 : 찬성 "향후 일자
  리 50만개 만들어져" : 반대 "교육·문화·의료 등 몰락 불가피" / 심상정 ;
  현오석 2006 이코노미스트. 통권834호 2006-04-25, pp.36-40
· 일망타진 2007 - 심상정을 만나다 [이너뷰] / 심상정 ; 김어준 2007 딴지일보.
  (2007-04-07) http://www.ddanzi.com/ddanzi/section/club.php?slid=news
  &bno=5654
· 김승호 사이버노동대학 이사장 : "권-노-심, 민주노동당의 정체성에 맞나?"
  〈인터뷰〉/ 김승호 ; 이정무 2007 말. 통권 250호 (2007년 4월), pp.38-43
· 민주노동당 대선주자들은 진보대연합 어떻게 보나?〈對談〉/ 권영길 ; 노회
  찬 ; 심상정 ; 김영리 2007 말. 통권 250호 (2007년 4월), pp.16-21
· 한반도 정세 대격변기 어떻게 준비할 것인가 : 대선 예비주자 9인 '철학과
  대응책' 릴레이 인터뷰 / 한기홍 2007 뉴스메이커. 제16권 제12호 통권717
  호 (2007-03-27), pp.16-22
· 민노당 권·노·심의 쇼타임! : 3월8일 심상정 의원에 이어 11일 노회찬 의
  원 경선 출마 선언 : 권영길 의원은 4월 공식화… 새판 짜고 스타 탄생하는
  계기 될까 / 류이근 ; 최은주 2007 한겨레21. 통권651호 (2007-03-20),
  pp.20-21

· 심상정 민주노동당 의원 :"국민 원하는 거 따르는 게 진보" : 대선출마 선언 당내 경쟁 돌입, "서민 먹을거리 해결하는 민주주의시대 열어야" 〈인터뷰〉 / 심상정 ; 김경은 2007 뉴스메이커. 제16권 제11호 통권716호 (2007-03-20), pp.28-29

· 심상정 :무능한 건 진보가 아니라 '사이비 진보' / 류이근 2007 한겨레21. 통권649호 (2007-03-06), pp.24-25

· 민노당의 생명이 달린 12월 19일 : 대선 앞두고 지지율과 당원 수의 급락으로 최악의 위기에 처해 : 권영길 · 노회찬 · 심상정 등 대선 후보들이 당 결집해 분위기 바꿀까 / 류이근 2007 한겨레21. 통권641호 (2007-01-02), pp.18-20

· "통일운동 뒷골목에서 하지 말라" : 민노당 지도부의 일심회 사건 자체 진상조사를 이끌어낸 심상정 의원 :당이 현재 처한 상황은 리더십의 위기… 대선 후보 출마 깊이 고민중 / 심상정 ; 김창석 2006 한겨레21. 통권640호 (2006-12-26), pp.70-71

· "대권후보? 우리도 있다", 민주노동당의 '용' 龍들 / 김경환 2006 말. 통권246호 (2006. 12), pp.68-71

· 민주노동당 심상정 의원 "재벌과 정부의 포로가 된 의원들 전부 퇴학감" : '철의 여인' 국회를 고발하다 〈인터뷰〉 / 심상정 [회견] ; 오상도 글 2006 뉴스메이커. 제15권 제43호 통권698호 (2006-11-07), pp.38-40

· 심상정 민주노동당 국회의원 :"뉴딜은 김근태호의 정치적 침몰" 〈인터뷰〉 / 심상정 ; 김경환 2006 말. 통권 243호 (2006. 9), pp.172-175

· 한미 FTA 무엇이 문제인가 / 심상정 2006 지적재산권. 제15호 (2006. 9), pp.26-29

· 한미 FTA 위해 영화산업 희생양 삼았다 / 문석 2006 씨네21. 통권568호 (2006-08-29)

· 심상정 의원과의 대화 :민주노동당은 진보운동의 희망인가 〈인터뷰〉 / 심상정 ; 河勝彰 2006 창작과비평. 제34권 제2호 통권132호 (2006 여름), pp.289-314

· 4당 경제통이 말하는 '상속 · 증여세 개편' / 강봉균 ; 이한구 ; 심상정 ; 김종

인 2006 시사저널. 통권866호 (2006-05-30), pp.52-53 독립신문사

· 국감스타로 뜬 '철의 여인' : 현장에서 성장한 노동운동가… "지지층 조직화 '거대한 소수' 실현할 것" / 최성진 2006 뉴스메이커. 제15권 제3호 통권 658호 (2006-01-17), pp.24-26

· '성인지' 적 예산편성 제도화하자 / 심상정 2006 國會報. 통권470호 (2006. 1), pp.36-38

· 소비자 피해구제 위해 집단소송제 도입해야 : 입법자의 의견 / 심상정 2005 消費者. 통권 270호 (2005. 7 · 8), pp.37-39

· 민주노동당 국회의원 심상정 :흙바람 부는 땅 꿋꿋하게 선 한 그루 나무처 럼… :세상 변화 꿈꾼 비주류 노동운동가… 얼마나 더 자랄지 모르는 성장 주〈인터뷰〉/ 심상정 ; 全寅權 2005 月刊中央. 31권 4호 통권353호 (2005. 4), pp.34-46

· 심상정 "우하하" 주성영 "으악" : 베스트 · 워스트 '금배지 1위' 로 꼽혀…심 의원 보좌진 '최강 드림팀' / 고제규 2004 시사저널. 통권792호 (2004-12-30) pp.27-29

· 민주노동당 심상정 의원 인터뷰 :"노무현 대통령과 '386' 의원, 이미 재벌과 유착" / 심상정 ; 박권일 2004 말. 통권 222호 (2004. 12) pp.134-139

· 서민경제를 살리기 위한 경제구조의 근본개혁에 나서야 : 침체경기 해법? / 심상정 2004 月刊租稅. 통권196호 (2004. 9) pp.30-35

· 위험천만한 감세경쟁 / 심상정 2004 國會報. 통권454호 (2004. 8) pp.32-34

· 민노당 심상정 의원의 하루 : '일하는 국회 만들자' :청바지 차림으로 새벽 부터 바쁜 걸음 / 주진 2004 月刊中央. 30권 7호 통권344호 (2004. 7) pp.180-181

· 심상정 국회의원 당선자 : "이미지 정치 그만두고 정체성과 정책으로 경쟁하 자"〈인터뷰〉/ 심상정 ; 장신기 2004 인물과사상. 통권74호 (2004. 6) pp.56-73

· 민주노동당 심상정 :제17대 국회 초선의원, 국회도서관으로의 초대 / 심상정 2004 國會圖書館報. 제41권 제6호 통권 제302호 (2004. 6) pp.13-14

· '노동의 시대' 를 위하여 : 민주노총과 한국 노동운동 / 심상정 2000 창작과

비평. 108(2000.6) pp.62-75

· 상반기 고용안정투쟁 평가와 진로 모색 / 심상정 1998 노동사회. 통권 제26
  호 (1998. 10) pp.66-74

· 진보운동과 진보적 지식인운동의 선자리, 갈 길 〈座談〉 / 조희연 外 1997 경
  제와사회. 36(1997.12) pp.8-45

  ─ 비도서자료(비디오녹화자료)

· 심상정 민주노동당 비대위원장 / KBS Media 2008

· 심상정 민주노동당 의원 / KBS Media 2007

· (한미 FTA 특집시리즈) FTA, 기회인가 덫인가 / SBS프로덕션 2006

· 아동 성폭력, 막을 수 있나 / KBS미디어 2006

· 한미 FTA, 약인가 독인가 제1-2부 / MBC프로덕션 2006

· 무너진 서민경제, 원인과 해법은 / SBS프로덕션 2005

· 6월 임시국회, 쟁점은 무엇인가 / KBS미디어 KBS미디어 2005

· 삼성, 그 논란의 실체는 / MBC프로덕션 2005

· 참여정부 경제정책, 반시장적인가? / MBC프로덕션 2004

· 민생경제, 어떻게 살릴 것인가 / MBC프로덕션 2004

· 한국 정치, 여성이 바꾼다 / MBC프로덕션 2004

· 국회개혁의 속도와 폭은 어떠해야 하나? / KBS미디어 2004

· 세금 감면, 경기 살릴 수 있나 / KBS미디어 2004

· 서민 경제, 어떻게 살릴 것인가 / KBS미디어 2004

  ─ 심상정 관련 사이트 및 카페

· 심상정 공식 홈페이지 http://www.minsim.or.kr

· 심상정 마을학교 http://cafe.daum.net/maulschool

· 심상정과 함께 http://cafe.daum.net/minsimjoa

· 진보신당 http://www.newjinbo.org

· 우리 시대의 당당한 아름다움

http://blog.naver.com/simsangjung

http://blog.daum.net/simsangjung

· 미니홈피 http://www.cyworld.com/simsangjung

· 트위터 http://www.twitter.com/sangjungsim

· 플리커 http://www.flickr.com/photos/simsangjung/

· 미투데이 http://www.me2day.net/simsangjung

심상정 연표

1959 파주에서 태어남

1971 대전초등학교 졸업

1974 충암중학교 졸업

1977 명지여자고등학교 졸업

1979 서울대학교 사범대학 역사교육과 입학

1980~1981 구로3공단 소재 남성전기노동조합 교육부장, 강제사직

1983 서울대학교 사범대학 역사교육과 졸업

1983~1985 구로1공단 소재 대우어패럴 미싱사로 일함. 노조결성 및 쟁의로 수배.

1985~1986 구로동맹파업 주동자로 지명수배. 서울노동운동연합 중앙위원장 역임.

1987~1995 전국노동조합협의회 쟁의부장, 쟁의국장, 조직국장 역임. (1984년부터 10년간 수배상태. 93년 징역 1년에 집행유예 2년 선고)

1996~2001 민주금속연맹, 금속산업연맹 사무차장.

2000~2001 민주노동당 당대회 부의장.

2001~2003 전국금속노조 사무처장.

2004~2008 17대 국회의원(재정경제위원회, 예결산특위, 한미 FTA 특위). 민주노동당 원내수석부대표. 민주노동당 한미 FTA저지 특별위원장. 민주노동당 삼성비자금 특별대책본부장. 17대 대통령선거 민주노동당 경선후보. 민주노동당(비대위) 대표.

2008~2009 진보신당 상임공동대표.

2008~현재 사단법인 마을학교 이사장.

2009~현재 사단법인 정치바로 이사장.

수상내역

· 한국사회과학데이터센터, 국감의원 총평가 재경위 1위 (문화일보,
   　2004.10.25)
· 여야 통틀어 가장 모범 '국정감사 최고스타' (한겨레, 2004.10.18)
· 국정감사 NGO 모니터단, 2004, 2005, 2006년 3년 연속 국정감사 우수의원
· 여야 의원이 뽑은 2004년 최고 국회의원(경향신문, 2004.12.20)
· 정치부기자가 뽑은 2004년 한국정치인 성적표 1위(일요신문, 2004.12.26)
· 초선의원이 뽑은 2004 베스트의원 1위(시사저널, 2004.12.30)
· 신라대학교 국제관계학과, 거짓말 안하는 정치인 BEST5 (2005.4.1)
· 국회의원 의정활동 평가 우수의원 (경향신문, 2005.5.26)
· 바른사회 · 밝은정치시민연합, '새천년 밝은 정치인' 상 수상(2006.10.2)
· 국회 선정, 2006년 입법?정책개발 최우수의원(2006. 12. 21)
· 네티즌이 뽑은 '폴컴' 베스트정치인, 2006년 연간 종합 1위(2007.3.22)
· 정치부 기자가 뽑은 백봉신사상, 의정활동 분야 1위(2007.12.7)